Vladimir Vertlib

Die Heimreise

Roman

Residenz Verlag

Der Verlag dankt für die Unterstützung.

Stadt Wien

LAND SALZBURG

STADT : SALZBURG

Bibliografische Information der Deutschen Nationalbibliothek
Die Deutsche Nationalbibliothek verzeichnet diese Publikation in der Deutschen Nationalbibliografie; detaillierte bibliografische Daten sind im Internet über http://dnb.dnb.de abrufbar.

www.residenzverlag.com

Umschlaggestaltung: Boutiquebrutal.com
Typografische Gestaltung, Satz: Lanz, Wien
Lektorat: Jessica Beer
Gesamtherstellung: FINIDR, Český Těšín, Tschechische Republik

ISBN 978 3 7017 1783 5

Dieser Roman hat einen realen historischen Hintergrund.
Er ist in besonderem Maße von den Erzählungen meiner Mutter und anderer Verwandter inspiriert.
Ihnen allen ist dieses Buch gewidmet!

Vladimir Vertlib

Erster Teil

1

Es war kleiner als das Deckblatt eines Personalausweises, hellgrau, schwarz liniert und dünn wie Löschpapier. Die Nachricht war als Streifen aus dem Fernschreiber gekommen, in Teile von passender Länge geschnitten und auf dieses Blatt geklebt worden. Nun war die Schrift verwischt, weil das Telegramm dem Fahrer, der es vom fünfzehn Kilometer weit entfernten Postamt in diesen verlorenen Winkel der Steppe befördert hatte, aus der Hand und auf die vom Regen durchnässte Erde gefallen war. Der Mann, ein korpulenter Kasache in mittleren Jahren, brummte verdrießlich eine Entschuldigung, lehnte sich mit dem Rücken gegen das linke Hinterrad seines Traktors und zündete sich eine Zigarette an. Während er rauchte, versanken seine Stiefel ganz langsam im Schlamm.

Die Nachricht war zwar nass und schmutzig, aber immer noch lesbar. Sie lautete: *Vater schwer krank. Komm rasch! Rückreise von Hochschule bewilligt. Mutter.*

Ich wurde blass und ließ mich auf die Trittstufe des Traktors fallen, weil es sonst nichts gab, wo ich mich hätte hinsetzen können. »Krank?«, flüsterte ich leise und rief dann laut, nach einer Schrecksekunde: »Aber was? Was hat er? Wieso schreibt sie das nicht?«

»Genau. Was soll das heißen, Lina?« Meine Freundin Olga hatte mir über die Schulter geschaut und mitgelesen.

Ich drehte das Blatt um, schaute auf die Rückseite und hielt es gegen das Licht, als würden sich die Wörter dadurch ändern oder etwas anderes preisgeben oder als würde plötzlich etwas Verborgenes zum Vorschein kommen. Doch weder verschwanden dadurch die weiterhin gut lesbaren Wörter noch vermehrten oder verwandelten sie sich. Ich starrte das Telegramm trotzdem noch eine halbe Minute an, prägte mir jeden Quadratzentimeter des Zettels ein: die Überschrift mit den Worten *Kommunikationsministerium der UdSSR*, das Staatswappen, den Stempel, die Linien, den Namen, das Datum – *21. August 1956* –, den Ort des Absenders – *Leningrad* – und den Zielort in der *Kasachischen SSR*, eine Nummer, den Namen der Sowchose, in der ich arbeitete, und eine unleserliche Unterschrift, offenbar die der Postbeamtin, die das Telegramm entgegengenommen hatte. Doch darin war gleichfalls keine geheime Botschaft auszumachen.

»Wenn deine Mutter schreibt, dass Chaim Abramowitsch schwer krank ist, dann …«, Olga stockte.

»Wenn Rosa Borisowna mir so etwas schreibt …«, murmelte ich. »Rosa Borisowna würde nicht wagen, mir das zu schreiben … Niemals würde jemand in meiner Familie so etwas schreiben, wenn nicht …« Das Ende des Satzes brachte ich nicht über die Lippen.

Olga legte mir den Arm um die Schultern, seufzte, holte tief Luft und schwieg. Ich hatte den Eindruck, als überlegte meine beste Freundin krampfhaft, was sie sagen sollte, ohne die richtigen Worte zu finden. Fast hätte sie mir leidgetan. Wenn ich nicht selbst so irritiert und verstört gewesen wäre, hätte ich vielleicht versucht, die Situation mit einem Scherz oder einer belanglosen Bemerkung zu überspielen. Es gab kaum eine Lebenskatastrophe, für die ich damals nicht irgendeine logische Erklärung, eine Lösung oder eine schlüssige Begründung gefunden hätte. Wer verstanden werden wollte, wandte sich an mich, wer getröstet werden wollte, mied mich hingegen. Aus gutem Grund wahrscheinlich.

Reiß dich zusammen!, sagte ich mir. Was soll es denn bringen, wenn du jetzt zu heulen beginnst? Sei erwachsen!

»Nehmen Sie mich mit, wenn Sie zurück in den Ort fahren«, bat ich den Fahrer. Dieser nickte, schnalzte den Zigarettenstummel mit Zeigefinger und Daumen über meine rechte Schulter in die Weiten des Ackers hinter meinem Rücken, zog mit sichtlichem Kraftaufwand die Stiefel aus dem Schlamm und stapfte über einen schmalen Weg aus alten, verfaulten Brettern Richtung Haus – dem einzigen, das hier weit und breit zu sehen war. »Ich fahre erst morgen«, sagte er.

»Morgen erst?«, riefen Olga und ich, die dem Fahrer hinterherliefen, beinahe gleichzeitig aus. »Warum erst morgen?«

»Es ist spät, Mädchen«, sagte er.

»Mein Vater ist krank«, erklärte ich. »Ich muss nach Leningrad zurück. Dringend!«

»Sehr schwer krank«, meinte Olga. »Die Mutter meiner Freundin hat ein Telegramm geschickt. Wenn sie ihre Tochter Tausende Kilometer entfernt mit einem Telegramm belästigt, was so gar nicht ihre Art ist, und das Dekanat der Hochschule die Heimreise bestätigt und bewilligt hat, muss es sich um etwas wirklich Dramatisches handeln.«

»Ich weiß.« Der Mann ging die drei Stufen zum hölzernen Vorbau hinauf, streifte die Stiefel ab, bevor er an die Haustür klopfte, während Olga und ich unten blieben und zu ihm hinaufschauten. »Es ist spät«, wiederholte er. »In der Dunkelheit bleibe ich bei diesem Schlamm sicher irgendwo stecken, und dann gute Nacht. Wenn es wieder zu regnen beginnt, und es soll wieder regnen in der Nacht, kommt hier nicht einmal ein Panzer durch. Außerdem bringt es dir nichts, wenn du heute noch in den Ort kommst. Das Postamt ist geschlossen. Bis zur Bahnstation sind es mehr als hundert Kilometer, und die nächste Mitfahrgelegenheit hast du frühestens übermorgen.«

»Wieso erst übermorgen?«, schrie Olga und wollte schon die Stufen hinauflaufen, ich aber hielt sie am Ärmel zurück. »Lass«, sagte ich leise. »Es hat doch keinen Sinn.«

»Morgen, pünktlich um halb sieben Uhr früh«, bemerkte der Fahrer lapidar, ohne zu lächeln und ohne uns beide anzuschauen.

»Einverstanden«, sagte ich.

Die anderen Studentinnen hatten ihre Briefe und Pakete schon abgeholt. Wasser und Proviant waren ausgeladen. Ich war die Letzte, die zu dem Traktor gegangen war, weil mir das Gedränge, das Schreien und Kichern meiner Kommilitoninnen und die zotigen Bemerkungen des Fahrers zuwider waren. Es spielt keine Rolle, ob ich zehn Minuten später oder früher an der Reihe bin, hatte ich gedacht. Sollen doch die anderen Mädchen zuerst holen, was sie brauchen.

Nach Wochen der Trockenheit hatte es stark geregnet, der Boden war aufgeweicht, und die einzige Straße versank im Schlamm. Der Fahrer hätte schon vor drei Tagen kommen sollen, doch das schlechte Wetter hatte sogar ein Durchkommen mit dem Traktor unmöglich gemacht. Die Lebensmittel wurden knapp und mussten rationiert werden. Die Auf- und Zuteilung hatte Rina übernommen, mit einunddreißig Jahren eine der jüngsten Dozentinnen meiner Hochschule, aber die älteste Bewohnerin des aus einer großen Strohhütte und zwei Zelten bestehenden »Lagers«. Ihr waren von allen anderen – unausgesprochen zwar, aber wie selbstverständlich – solche Aufgaben zugewiesen worden. Rina, deren voller Name Oktjabrina (benannt nach der *Großen Sozialistischen Oktoberrevolution*) lautete, eine landesweit anerkannte Expertin auf dem Gebiet der Infinitesimalrechnung, hatte eine schwere Kindheit und eine noch schwerere Jugend gehabt und demzufolge auch einen schweren Charakter, den manche Leute mit einer Mischung aus Schaudern und Respekt als »gewichtig« bezeichneten. Als ich sie kennengelernt habe, wollte ich von ihr wissen, wie sie als Kind in der Schule gerufen und wie sie heute genannt werden wollte: Oktja oder Ktjaba? Weder noch, sondern einfach nur Rina, hatte sie mir geantwortet. So gab es in unserer Gruppe also eine Rina und mich, eine Lina. Äußerlich wie auch in unserer Sprechweise und unserer ganzen Art waren wir ähnlich wie unsere Namen, auch wenn wir gut zehn Jahre auseinanderlagen. Beide waren wir blond, blauäugig, üppig, aber nicht dick, trugen unser Haar lang und offen und hatten buschige, imposante Augenbrauen, weil die Unsitte, diese auszuzupfen, damals noch lange nicht Mode war. Rina war allerdings etwas größer als ich, hatte markantere Gesichtszüge und eine längere, leicht gebogene Nase. Wenn man Leute fragte, wer von uns beiden wohl Jüdin sei, tippten alle auf Rina, die in Wahrheit Petrowa hieß und die Enkelin eines Landpopen aus der Gegend von Jaroslawl war, während meine Vorfahren aus einem Schtetl in der Nähe der weißrussischen Stadt Mosyr stammten. Elina Chaimowna Blank – so lautete mein voller Name, auch wenn ich von jenen, die schon damals förmlich und per Sie mit mir kommunizierten, mit »Elina Konstantinowna« angesprochen wurde. Mit meinen zwanzig Jahren war ich für die meisten Menschen aber einfach nur »Lina« oder »Linotschka«, und für Fremde war ich oft schlichtweg ein »Mädchen« oder ein »Fräulein«.

Olga und ich machten uns also auf die Suche nach Rina und entdeckten sie bald im Wäldchen, wo sie gerade einem dringenden Bedürfnis nachging. »Wäldchen« war allerdings eine eher ironisch gemeinte Umschreibung für die fünf armseligen Bäumchen, mehr Sträucher als Bäume – die einzigen

Pflanzen in dieser Steppe, die etwas höher waren als reifer Weizen oder Mais. Sonst sah man bis zum Horizont nicht einmal eine Bodenerhebung, es war, als befände man sich auf einem gigantischen kontinentalen Ozean. Die Ernte war eingefahren, wobei »fahren« zweifellos nicht das richtige Wort war. Was nicht rechtzeitig geerntet worden war, und das war das meiste, verrottete nun oder wurde von Mäusen gefressen, und sogar das, was abtransportiert worden war, blieb oft irgendwo unterwegs liegen und verrottete dort – in alten Getreidesilos, auf offenen Ladeflächen, in Güterwaggons auf Nebengleisen oder in anderen Sackgassen und falschen Abzweigungen. Man munkelte zudem von Heuschrecken, die im Anflug waren, doch war wenigstens dies nur ein böses Gerücht.

Das Gras war durch die sengende Sonne verbrannt. Was blieb, war eine Ebene aus verschiedenen Brauntönen, geteilt durch einen schnurgeraden, dunklen Strich, wie der Schatten eines gigantischen Turmes, der hinter dem Horizont verborgen zu sein schien – es war die staubige, nach dem Gewitter schlammige Trasse, welche diesen Außenposten der Zivilisation mit dem Bezirkszentrum verband.

Das »Wäldchen« diente uns Mädchen tagsüber als Toilette. Es bot nicht nur notdürftigen Schutz vor den Blicken anderer sowie einige Mulden in der für die Verrichtung des Geschäfts richtigen Größe und Tiefe, sondern auch genügend Laub, nach dem man überall nur die Hand auszustrecken brauchte, um es zu pflücken und sich damit zu säubern, und jetzt, nach dem Regen, sogar – welch Luxus! – eine Pfütze, um sich die Hände waschen zu können. Hinter dem Haus, in dem gerade der Fahrer verschwunden war, gab es zwar ein Plumpsklo und einen Brunnen, doch die Bauernfamilie, die darin wohnte, hatte uns, den Erntehelferinnen, schon am ersten Tag erklärt, dass beides den Studentinnen aus der fernen Großstadt nicht zur Verfügung stehe. Nur Rina dürfe als Dozentin und somit

»Chefin« der Gruppe großzügigerweise die Toilette benützen, hieß es. Rina verzichtete auf dieses Privileg mit dem Hinweis, sie sei keine Chefin und jegliche Bevorzugung sei ihr peinlich. Die Senkgrube der Toilette stinke ohnehin so erbärmlich, dass sie das Wäldchen oder einfach die Felder rund um das Lager bevorzuge.

Schon auf der neun Tage und acht Nächte dauernden Fahrt im Güterzug, der uns Studentinnen und Studenten sowie das Lehrpersonal der Hochschule von Leningrad ins ferne Kasachstan brachte, hatte Rina auf die ihr als Dozentin zustehenden Sonderrationen verzichtet. »Ich habe Blockade und Krieg überlebt, ich werde auch diesen Ausflug ohne Sonderzuteilungen überleben«, hatte sie gemeint. Die anstrengende Anreise konnte ihr tatsächlich nichts anhaben. Einige ihrer Kollegen hatten weniger Glück.

»Ich hoffe, es klappt alles, und du kommst rechtzeitig nach Hause, um deiner Mutter beizustehen«, meinte Rina, nachdem sie das Telegramm gelesen hatte. Sie streifte Ameisen, Käfer und sonstiges Getier, das im Wäldchen über sie hergefallen war, von ihrem Kleid und den Beinen ab und ging nun langsamen Schrittes zurück zur Strohhütte, in der sich ihr Nachtlager befand – dicht gefolgt von ihrer besten Freundin Natascha und einer jeden Augenblick größer werdenden Gruppe anderer Mädchen. Ich war erstaunt, wie schnell sich die schlechte Nachricht herumgesprochen hatte.

»Aber sicher ist sie rechtzeitig zu Hause!«, erklärte Olga selbstsicher.

»Rosa Borisowna hätte mir nicht geschrieben, wenn es zu spät gewesen wäre«, sagte ich.

»Gewiss nicht«, meinte Rina, aber es klang nicht überzeugend. »Ich habe deine Mutter nur einmal gesehen, habe aber sofort erkannt, was für eine starke und resolute Frau sie ist.«

»Die in Leningrad außerdem noch einen Sohn und eine Schwiegertochter hat«, ergänzte Olga. »Es muss ja nicht immer Lina für alles zuständig sein!«

»Das Erste, was ich mache, wenn ich morgen auf dem Postamt bin, ist, zu Hause anzurufen«, erklärte ich.

»Vorausgesetzt, das Telefon funktioniert«, meinte Natascha, »weil bekanntermaßen die Postämter in diesen Käffern ...« Rina warf Natascha einen vernichtenden Blick zu, und diese verstummte sofort.

»Seit ich mich erinnern kann, ist Chaim Abramowitsch krank gewesen«, murmelte ich und erschrak selbst über den gebrochenen Klang meiner Stimme. »Wahrscheinlich ein angeborener Herzfehler, und alles, was an seinem Herz noch gesund war, hat er sich später selbst ruiniert. Das hat ihm während des Krieges die Einberufung erspart, aber ...« Während ich sprach, musste ich an den letzten Kreislaufkollaps meines Vaters denken und daran, wie meine Schwägerin und ihre Geschwister aus der Ukraine, die in diesen Tagen bei uns zu Besuch gewesen waren, feuchtfröhlich und lautstark seine »Wiederauferstehung« gefeiert hatten. »Möge er hundertzwanzig Jahre alt werden!«, hatten sie ausgerufen, als es ihm wieder besser ging, so als hätte er Geburtstag. Diese Fröhlichkeit der angeheirateten Verwandten erschien mir damals übertrieben und überflüssig. Ihr Verhalten hatte etwas Albernes und Beängstigendes zugleich, fand ich, während mein Vater mit schmerzverzerrtem Gesicht lächelte und schließlich die Bemerkung machte, seine Krankheit habe also doch auch etwas Gutes, wenn sie andere Leute zu so viel Freude und Ausgelassenheit animiere.

»Ich frage mich schon lange, warum du deine Eltern eigentlich nicht Papa und Mama nennst wie normale Menschen, sondern mit Namen und Vatersnamen ansprichst«, bemerkte Natascha. »Das ist so seltsam! Ich wüsste nicht, dass das irgendwo bei uns oder in jüdischen Familien üblich wäre.«

»Jetzt halt doch die Klappe!«, herrschte Rina sie an. Natascha zog schuldbewusst den Kopf ein, senkte den Blick, presste die Arme fest gegen den Körper und sah plötzlich wie ein Schulmädchen aus der siebenten Klasse aus. Sie war klein und feist und wirkte, auch ohne sich kleiner zu machen, als sie war, noch nicht ganz erwachsen, obwohl sie schon vier Jahre in einer Fabrik gearbeitet hatte, bevor sie den Schulabschluss in einer Abendschule gemacht und mit ihrem Studium begonnen hatte.

»Als mein Bruder und ich ganz klein waren, haben wir die Eltern noch Mama und Papa genannt«, erzählte ich. »Dann ist etwas passiert, und seitdem haben wir sie nur mehr mit Namen und Vatersnamen angesprochen, eine Marotte, nichts weiter, aber das ist eine lange Geschichte; ich erzähle sie ein anderes Mal.«

Rina blieb stehen und nahm mich in die Arme. »Ich würde dir gerne etwas wirklich Kluges und Tröstliches sagen«, flüsterte sie, »aber wahrscheinlich gibt es nichts, womit ich dir helfen könnte.«

»Nein«, meinte ich und wich zurück. »Aber das macht nichts. Bitte keine Umstände, ich brauche nichts.«

Rina ließ mich nicht los, drückte mich noch stärker an sich und flüsterte mir leiser als zuvor, sodass es niemand anderer hören konnte, ins Ohr: »Ich wäre froh, wenn ich mir um meine Eltern noch Sorgen machen könnte. Als sie abgeholt wurden, war ich zwölf Jahre alt. Ich werde nie vergessen, wie sie mich angeschaut haben. Vater wollte noch etwas sagen, aber man ließ ihn nicht. Mutter sagte: *Häschen, du sollst …* Dann wurde die Wohnungstür zugeschlagen. Von ihrem Tod erfuhr ich dann ziemlich bald, was natürlich gut war. Andere mussten die Ungewissheit jahrelang ertragen. Du bist einundzwanzig und hattest deine Eltern die ganze Zeit. Trotz allem, was war. Weißt du, die scheinbar selbstverständlichen Dinge sind oft das größte Glück.«

»Du irrst dich«, sagte ich trocken und befreite mich mit einer heftigen Bewegung aus Rinas Umarmung. »Ich bin noch nicht einundzwanzig. Das werde ich erst im November.«

Bis vor wenigen Monaten hatte Rina kaum jemals über ihre Familie oder ihr Privatleben gesprochen. In der Hochschule hatten alle gedacht, ihre Eltern wären Anfang 1942 während der Blockade verhungert; jedenfalls hatte sie das einmal angedeutet, danach aber so schnell das Thema gewechselt, dass niemand weiterzufragen gewagt hatte. Plötzlich jedoch, es war irgendwann im letzten Frühjahr, erzählte sie einigen Studentinnen, darunter auch mir, ihre Eltern seien keineswegs im Krieg umgekommen, sondern 1937 während der »Großen Säuberungen« als sogenannte »Volksfeinde« verhaftet und hingerichtet worden. Der Vater sei ein alter Bolschewik und Revolutionär gewesen, die Schuld der Mutter habe darin bestanden, seine Frau gewesen zu sein. Nun allerdings, knapp zwanzig Jahre später, habe man sie rehabilitiert. Die Zeiten änderten sich. Millionen Menschen kamen aus Gefängnissen und Lagern frei, das halbe Land war unterwegs, verließ entlegene Gegenden mit Stacheldrahtpanorama, Verbannungsorte im hohen Norden und Baustellen in der Tundra, zog in Städte und in wärmere, zivilisiertere Gegenden, und Stalin galt auf einmal nicht mehr als der größte Führer, Lehrer und Vater aller Zeiten und Völker, sondern mutierte zu einem normalen Sterblichen, einem Menschen mit Fehlern, der Verbrechen begangen hatte. Die Staatsanwaltschaft, erzählte Rina ein paar wenigen Studentinnen ihres Vertrauens, habe das Verfahren gegen ihre Eltern eingestellt, da »keinerlei strafbare Handlung vorliege«. Auch die Parteimitgliedschaft der Eltern und die ihrem Vater einst verliehenen Titel und Ehrungen seien posthum wiederhergestellt worden. Ein höherer Beamter der Staatssicherheit habe ihr die Hand geschüttelt und sich bei ihr sogar entschuldigt, erzählte Rina. Es sei, so der Mann mit himmelblauen Schulterklappen und goldenen Sternen auf seiner Uniform, »leider ein bedauernswerter Fehler passiert«. Das mache die beiden Genossen zwar nicht mehr lebendig, aber wenn sie noch am Leben wären, dann wären sie zweifellos stolz auf ihre Tochter und auf ihr Land.

Ich hatte mich oft gefragt, wie es Rina, obwohl sie aus einer Familie von »Volksfeinden« stammte, gelungen war, nicht nur ihr Studium erfolgreich abzuschließen, sondern sogar eine Stelle als Dozentin an einer Pädagogischen Hochschule zu bekommen, doch traute ich mich nicht, ihr jemals eine solche Frage zu stellen. Die Zeiten änderten sich, und doch war es immer noch besser, zu wenig als zu viel zu fragen, so viel hatte ich gelernt. Wissen ist Macht, diese Macht kann aber auch tödlich sein, das wusste ich damals schon.

Damals war ich von der persönlichen Bemerkung der älteren Kollegin, die zudem seit drei Jahren meine Lehrerin war und dies wahrscheinlich noch weitere zwei Jahre bleiben würde, unangenehm berührt. In diesem Moment war ich zu verstört und zu aufgewühlt, um noch Kraft für die Gefühle anderer aufzubringen. Es überkam mich die immer bitterer und beängstigender werdende Ahnung, dass mein Vater tot war. Tot. Krampfhaft versuchte ich, das Bild zu verdrängen, das vor meinen Augen entstand. Ich sah Vater tot auf seinem Bett liegen, während Mutter auf einem Stuhl zu seinen Füßen saß und eine Kerze in der Hand hielt.

»Wenn die Hochschule deine Rückreise bestätigt, wirst du im Bezirkszentrum dein Taggeld und das Reisegeld bekommen. Achte darauf, dass sie dir ja alles auszahlen«, sagte Rina. »Sie sind Gauner.«

»Ja«, murmelte ich. »Ich denke allerdings nicht …«

»Und ich hätte noch eine kleine Bitte«, fiel ihr Natascha ins Wort. »Könntest du einen Brief für mich nach Leningrad mitnehmen? Die Post braucht ewig lang, du bist sicher früher dort.«

»Natascha!«, ermahnte Rina sie streng, machte ein böses Gesicht und hob die Augenbrauen, doch ich nickte und murmelte mit einer Mischung aus Gleichgültigkeit und Resignation: »Ja, gut, her damit.«

»Großartig!«, schrie Natascha freudig und schien auf einmal um zehn Zentimeter gewachsen zu sein. »Ich muss ihn noch schreiben. Du bekommst ihn morgen in der Früh.«

»Ich fahre um Punkt halb sieben.«

»Du bist die Allergrößte!«, rief Natascha, noch lauter und freudiger als zuvor, umarmte mich und gab mir einen Kuss auf die Wange, noch bevor ich sie wegstoßen konnte.

»Ach, könntest du meinen Brief auch mitnehmen?!«, fragte eine weitere junge Frau, und plötzlich war ich von einem Dutzend und bald von noch mehr Kommilitoninnen umringt, die alle auf mich einredeten, mir Briefe, fertig oder halb fertig verpackte Pakete entgegenhielten, Adressen auf Papierfetzen kritzelten, sich dabei aber ohne Unterlass dafür entschuldigten, dass sie mir mit ihren »Belanglosigkeiten« so viele Umstände machten.

»Jetzt hört endlich auf, ihr widerwärtigen Blutsauger!«, brüllte Olga und schob sich zwischen mich und die anderen. »Seht ihr denn nicht, in welchem Zustand sie ist, ihr Vampire? Wo soll sie dieses Zeug außerdem in ihrem Gepäck unterbringen? Was glaubt ihr denn, wer sie ist? Ein Postkutschenpferd? Also bitte: nur Briefe! Keine Päckchen und schon gar nicht etwas anderes.«

Was mache ich nur ohne Olga, dachte ich. Ich hätte viel dafür gegeben, den langen Weg durch vier Zeitzonen und die halbe Sowjetunion, der mir bevorstand, zusammen mit meiner besten Freundin machen zu können statt allein. Doch wusste ich, dass dies nicht möglich war. Die Reiseerlaubnis galt nur für mich. So wie wir Studentinnen und Studenten fast alle gezwungen worden waren, uns im Sommer »freiwillig« für diesen Einsatz zu melden, so zwang man uns nun auch, bis zum Ende der festgelegten Zeit an unserem Bestimmungsort zu bleiben, auch wenn die Ernte inzwischen längst eingebracht war und die Sowchose nicht mehr wusste, was sie mit uns, den ihr aufgezwungenen Hilfskräften, anfangen und wo sie uns einsetzen sollte. Arbeit hätte es wohl genug gegeben, doch fehlte es an dem notwendigen Werkzeug, an Maschinen oder schlichtweg an Transportmitteln.

Mit Olga zusammen wäre mir der Abschied von hier jedenfalls noch viel leichter gefallen. Ich erinnerte mich an den ersten Tag meines Studiums, als ich einer streng aussehenden, etwas verloren wirkenden jungen Frau mit dunklen Haaren und Pferdeschwanz in der Aula der Hochschule begegnet war und sie gefragt hatte, ob sie vielleicht ebenfalls auf dem Weg in das Mathematikinstitut und in die Einführungslehrveranstaltung für Studienanfänger sei. »Ja«, hatte die junge Frau geantwortet. »Ich studiere Mathematik und Defektologie – Arbeit mit blinden und sehbehinderten Kindern.«

»Gut, dann komm, gehen wir, worauf wartest du denn noch«, hatte ich gesagt und die neue Freundin, die sich als Olga vorstellte, resolut, als wäre es die selbstverständlichste Sache der Welt, an der Hand genommen und die Treppe hinaufgezogen.

2

Die Strohhütte war auf dem Gerippe eines alten Lastwagens errichtet worden: verrostete Querstangen, Reste der Fahrerkabine, der Ladefläche und der Motorhaube, die Radachsen, ein paar Bretter und Seile, die alles zusammenhielten, ein großes Segeltuch und viel Stroh bildeten ein kompaktes Ganzes, das – zumindest jetzt im Sommer – den starken Winden der Steppe zu trotzen vermochte. Die Konstruktion sollte wasserundurchlässig sein, doch wenn der Regen sehr stark wurde, tropfte es ins Innere, wenn auch nicht so stark wie in den beiden Zelten daneben, die in solchen Fällen bald unter Wasser standen. Dort schliefen die Mädchen aus der Literatur- und Russischgruppe der Pädagogischen Hochschule. Sie hatten viel zu ertragen. Die Strohhütte war den Mathematikerinnen und Naturwissenschaftlerinnen vorbehalten. Vielleicht hielt man sie für wichtiger als andere, schließlich brauchte man in erster Linie Techniker und Ingenieure und keine Grammatiker und Literaten, um das Plansoll zu erfüllen, das Land zu entwickeln und den Westen zu überflügeln, noch wahrscheinlicher aber war die Entscheidung, wer wo schlafen sollte, völlig willkürlich getroffen worden. Jedenfalls blieben alle an den Plätzen, die man ihnen anfangs zugewiesen hatte, und niemand beschwerte sich.

Rechts und links des Eingangs, nur durch einen schmalen Mittelgang getrennt, standen in der Hütte Stockbetten – dreistöckig, eng, aber immerhin geräumig genug, dass man bequem zu zweit in einem Bett schlafen konnte. Ein Luxus im Vergleich zu den Verhältnissen auf der Zugfahrt von Leningrad nach Kasachstan. Im Güterwaggon hatten auf jeder

Liege neun Mädchen übernachtet. Wenn sich eine von ihnen umdrehen wollte, mussten das die anderen acht ebenfalls tun, und wenn eine pinkeln wollte, wachten alle auf und gingen ebenfalls pinkeln. Doch die Zugfahrt hatte nur neun Tage gedauert, hier, in der Steppe, mussten wir aber inzwischen mehr als sechs Wochen zubringen. Vier weitere Wochen standen uns noch bevor.

Petroleumlampen und Kerzen waren in der Strohhütte verboten, genauso wie Streichhölzer oder Zigaretten. Die wenigen noch funktionstüchtigen elektrischen Taschenlampen waren längst ausgeschaltet. Die Mädchen schliefen oder unterhielten sich halblaut. Ich spürte Olgas Haar im Gesicht und in der Nase. Die Freundin hatte mir den Rücken gekehrt und schnarchte leise. Sie war – wie immer, so auch diesmal – sofort eingeschlafen, während ich neben ihr auf dem Rücken lag und in die Finsternis starrte, zwischen den Silhouetten der Betten und der Körper meiner Studienkolleginnen nach den Geistern der Vergangenheit und den Erinnerungen an sie suchte und bald überzeugt war, ich würde in dieser Nacht kein Auge zutun.

Krampfhaft versuchte ich, an besonders schöne Momente zu denken, die ich mit meinem Vater erlebt hatte, musste dabei aber schließlich bis vor den Krieg zurückgehen, als ich noch ein Kleinkind war. Dort verschwamm alles in einem magischen Ungefähr, einer Welt, als der Himmel gelb wie Eidotter und das Wasser in den Kanälen blau wie der Himmel war und in den Fischgeschäften noch echte Fische mit glänzenden Schuppen in Aquarien herumschwammen und keine Fischattrappen aus Watte und Pappe oder gar Fotografien in den Auslagen zur Schau gestellt wurden. Ich wusste noch, wie mich mein Vater, den ich damals noch »Papa« und nicht »Chaim Abramowitsch« nannte, hochhob und auf seine Schultern setzte, wie ich mich an seinem pechschwarzen, dichten Haar festhielt und diesen sehr spezifischen Geruch von Seife, Schweiß und Rasierwasser einsog, den ich so mochte, wie ich den Kopf hob, durch die Vitrine schaute, plötzlich die großen, dicken Fische im Aquarium sah, so nah, als würden sie jeden Augenblick an mir vorbeischwimmen, und zu schreien begann, und ich wusste weder damals noch später, ob ich eher aus Entzücken oder Entsetzen über die riesengroßen, lid- und wimpernlosen Augen der Tiere, die mich von der Seite anstarrten, geschrien hatte. Mein Vater sagte etwas Beruhigendes, Fröhliches und Scherzhaftes, nur konnte ich mich später nicht mehr an seine Worte erinnern, sondern nur an den Tonfall. Auch heute noch, als Erwachsene, habe ich den Geruch von Vaters Haar in der Nase und seinen damaligen Tonfall im Ohr, wenn ich große, lebende Fische sehe.

In Kasachstan hatte ich noch keinen einzigen Fisch gesehen. In meinem Stockbett liegend, dachte ich an damals, an Leningrad vor dem Krieg, das mir um so vieles adretter und sauberer vorkam als in der furchtbaren Kriegs- und schäbigen Nachkriegszeit, an große Fische und an Vaters Geruch und seine Stimme, doch statt Vaters Bild kam mir plötzlich Professor Semjon Markowitsch (in Wirklichkeit Srul' Mowschewitsch) Kagan in den Sinn, Leiter der Fakultät für Theoretische Mathematik, der mich am Beginn meines Studiums sehr beeindruckt hatte, als er mit Hilfe simpler, logischer Ableitungen nachweisen konnte, dass es im Unendlichen mehr ganze Zahlen als Brüche gibt. Es war Semjon Markowitsch, Parteimitglied seit 1919 und immer noch so begeisterungsfähig wie wahrscheinlich schon in seiner Jugend, der den Studenten feurige Reden hielt – gegen Zionismus und Kosmopolitismus (als Jude musste er das noch viel überzeugender vorbringen als andere), gegen die westdeutsche Wiederaufrüstung, gegen die NATO und die Aggressivität Israels, gegen die kapitalistische

Ausbeutung, die großen Konzerne, den Kolonialismus, den amerikanischen Imperialismus und noch gegen einiges mehr. Die von Chruschtschow propagierte Neulandgewinnung in Kasachstan, die große Agrarrevolution, die Züchtung neuer Getreide- und Maissorten und die Urbarmachung einstiger Steppenregionen, die Mitte des zwanzigsten Jahrhunderts immer noch so aussahen wie in den Zeiten Dschingis Khans und Tamerlans, lobte er hingegen euphorisch. Das gehörte zu den Dingen, bei denen er »dafür« und nicht »dagegen« war, aber in Zeiten wie diesen war er viel öfter gegen etwas als für etwas. Er war es auch, der den Studenten nahelegte, sich im Sommer freiwillig zu melden, um bei diesem »großen, ja epochalen Projekt«, wie er sich ausdrückte, mitwirken zu dürfen. Die Teilnahme sei natürlich freiwillig. Niemand, betonte er, werde dazu gezwungen. Aber! Junge Menschen aus dem ganzen Land hätten sich schon gemeldet, um zusammen diesen großen Sprung nach vorne zu bewerkstelligen und der hellen Zukunft ein paar Schritte näher zu kommen. Er hätte das nicht zu erklären brauchen. Man hatte ihn schon verstanden. Fast die gesamte Hochschule meldete sich »freiwillig« zur Neulandgewinnung – Studenten, Dozenten, Professoren, Angestellte. Ein Zug mit fünfzig Güterwaggons, einem Sanitäts- und einem Verkaufswagen sowie zwei Lokomotiven wurde zur Verfügung gestellt. Trotz zweier überstandener Herzinfarkte meldete sich Semjon Markowitsch ebenfalls für diesen Einsatz. Am dritten Tag, irgendwo zwischen Wolga und Ural, hatte er seinen dritten Herzinfarkt und starb auf dem Weg ins Krankenhaus. Er sollte nicht das einzige Opfer dieser Reise bleiben.

Ich vermutete, dass mein Vater ein paar Jahre nach dem Krieg einen Herzinfarkt erlitten hatte. Es war ihm sehr schlecht gegangen, er hatte alle typischen Symptome – Atemnot, Beklemmungen, Schmerzen in der Brust, Schwindel,

Schwäche. Aber er erholte sich rasch und weigerte sich, einen Arzt aufzusuchen. Es gehe ihm gut, betonte er, es sei nichts weiter als eine wetterbedingte Kreislaufschwäche gewesen. In der Arbeit sei viel los, der Direktor habe ihn seit langem schon im Visier, einen Krankenstand könne er sich nicht leisten. Als Jude könne er sich weniger erlauben als andere. »Solange ich ihnen unersetzlich erscheine, halten sie mich im Betrieb«, erklärte er. »Wenn ich längere Zeit im Krankenstand bin, ersetzen sie mich, und der neue Chefbuchhalter wird bestimmt kein Jude sein.«

3

Gegen Morgen nickte ich ein, es war mehr ein Dösen als ein Schlaf, und in diesem Zustand zwischen Traum und Wachsein schien es mir, als stünde die Strohhütte mitten in einem alten Leningrader Innenhof, und zwar direkt vor dem Hintereingang zu unserem Haus. In allen Fenstern brannte Licht, und nach einiger Zeit begann die Hütte aufzusteigen, schwebte durch die Lüfte und glitt im dritten Stock durch das Korridorfenster in die Kommunalwohnung hinein, in der ich mit meinen Eltern, dem Bruder, seiner jungen Frau und deren sechs Monate alten Tochter zwei Zimmer teilte. Die Großmutter, die ebenfalls mit uns gewohnt hatte, war vor zwei Jahren gestorben. Ganz leise, auf Zehenspitzen schlich ich aus der Hütte in unser Wohn- und Schlafzimmer. Das Baby lag mit offenen Augen in seinem Gitterbett, lächelte, nein, grinste mich schelmisch an, war aber seltsam still; alle anderen schliefen, und nur aus einem Zimmer der Nachbarn (es lebten noch drei Familien in der größten Wohnung dieses einst großbürgerlichen Hauses, das zehn Jahre vor der Revolution erbaut worden war) drang lustvolles Stöhnen. Seltsam, dass Julia um diese Zeit noch einen Kunden hat, dachte ich. Üblicherweise empfing Julia ihre »Gäste« in den frühen Abendstunden. Ihr Mann war dann meist, von Julia rechtzeitig in ausreichendem Maße mit harten Getränken versorgt, schon betrunken und wartete auf der alten Couch im Korridor, bis die Gattin ihre Termine abgearbeitet hatte. Dass jemand um fünf Uhr morgens bei ihr verkehrte, war allerdings ungewöhnlich. Ich überquerte – wiederum auf Zehenspitzen – den Korridor, schob die auf Spielzeugformat geschrumpfte Strohhütte auf die Seite, griff nach der Türklinke der Nachbarn, zuckte zusammen und … erwachte. Aus einem Bett schräg vis-à-vis drang leises Stöhnen. Zwei Mädchen küssten und streichelten einander. Das war nicht das erste Mal, und diese beiden waren nicht die Einzigen, doch um diese Uhrzeit war das, was sie taten, gleichfalls höchst ungewöhnlich. Ich schloss die Augen und hielt mir die Ohren zu. Ich wusste, dass die beiden Studienkolleginnen keine »widernatürliche Veranlagung« hatten, beide waren mit Studenten von anderen Universitäten liiert, eine von ihnen wollte demnächst heiraten. Doch die Veranlagung meiner Kommilitoninnen war mir ohnehin gleichgültig. Ich war der festen Überzeugung, dass jeder Mensch nach seiner eigenen Fasson glücklich werden sollte. Was mich störte, war der mehr oder weniger öffentlich praktizierte Körperkontakt, der bei mir einen so starken Ekel auslöste, dass ich würgen musste. Ich selbst war noch nie von jemandem auf den Mund geküsst worden und hätte dies auch niemals zugelassen. Dass meine Eltern aber immer fest umschlungen in ihrem Bett schliefen und sich morgens nach dem Aufwachen einen Kuss gaben, gefiel mir sehr. Es war das einzige Küssen auf den Mund, dem ich gerne und in Ruhe zuschauen konnte, ohne ein unangenehmes Gefühl zu haben und mich wegdrehen zu müssen. Nun aber empfand ich das Schmatzen und die Maunz-Geräusche von Lisa und Irina unerträglich, diesem Ort, dieser Nacht und vor allem meiner eigenen Stimmung so unangemessen, dass ich aufstand, hastig Pluderhose und Stiefel anzog, den Pullover über die Bluse und die wattierte Jacke drüber, mir das Kopftuch umband und aus der Hütte ins Freie lief. Der Regen hatte aufgehört, doch war es bitterkalt, so kalt, dass ich es bereute, kein zweites Paar Strümpfe angezogen zu haben. Die Wolken hatten sich verzogen. Man sah die Sterne wie Lichter von Scheinwerfern aus einer anderen Welt, die näher kamen, und den Mond wie eine gelbe

Sichel, die am Himmel klebte und jeden Augenblick herunterfallen konnte, die Felder, die im Zwielicht surreal wie mit blauer Farbe bemalt wirkten, und irgendwo, in weiter Ferne, mitten in der Finsternis, teilte ein kaum erkennbarer, nur erahnbarer Horizont Himmel und Erde, Schwarz von Dunkelgrau. Der Herbst kündigte sich an. Einige Tage noch, und am 1. September würden für die Kinder im ganzen Land zwischen Kaliningrad und Sachalin die Sommerferien zu Ende gehen. Sie würden ihre Schuluniformen anziehen, die überall, ob am Eismeer oder unter Palmen am Schwarzen Meer, gleich aussahen, und zur selben Uhrzeit am Morgen in die Schulen eilen, und plötzlich wollte ich gerne wieder ein Kind wie damals sein, als Vater mich an meinem ersten Schultag zu der Blockhütte begleitete, die der Arbeitersiedlung, in die unsere Familie aus dem immer noch belagerten Leningrad evakuiert worden war, als Schulgebäude diente. Ich erinnerte mich, wie Vater mir mit der Hand durch das Haar strich und meinte, wenn ich brav sei und eine gute Schülerin würden, bekäme ich am Ende des Monats einen großen, roten Apfel. Einen Apfel? Ich wusste nicht mehr, wann ich das letzte Mal einen Apfel gegessen hatte, und dennoch sagte ich: »Ich werde sicher eine gute Schülerin werden, ganz sicher, das verspreche ich dir. Auch ohne Apfel!«

Der Traktorfahrer war am Morgen um einiges gesprächiger als am Abend. Während der ganzen Fahrt schimpfte er über die Organisation »dieser ganzen Sache«: Man liefere Traktoren, aber keine Ersatzteile, man habe Lastwagen in großer Zahl erhalten, aber keinen Treibstoff, seit zwei Jahren baue man Mais auf einem Gebiet an, das halb so groß wie die Ukraine sei, weil Chruschtschow davon überzeugt sei, vom heiligen Kukuruz hänge die Errettung der ganzen Menschheit vor Hunger und Not ab, aber man baue keine Straßen, um die Ernte abzutransportieren. Wäre Genosse Stalin noch am Leben, hätte er hart durchgegriffen und bald auf die bewährte Art alles in Ordnung gebracht, meinte der Fahrer.

»Schon möglich«, murmelte ich. »Kann sein.« Es gab Themen, bei denen man auf der sicheren Seite war, wenn man sich nicht festlegte.

Olga hatte mir nicht nur die von den Kommilitoninnen eingesammelten Briefe, sondern auch unzählige Ratschläge mit auf den Weg gegeben, doch kaum war ich abgefahren, hatte ich das meiste wieder vergessen – die Abschiedsworte von Olga, Rina und den anderen, Nataschas Weisheiten und Irinas lustige Geschichte über irgendeine Zugfahrt, über Kwas, Limonade und faschierte Laibchen, die genauso überflüssig und unpassend war wie Lisas vergeblicher Versuch, mich zu umarmen. Unglaublich, was sich manche Menschen für Freiheiten herausnehmen!, hatte ich gedacht, nachdem ich die lästige Person weggestoßen hatte.

Wie lange würde ich wohl bis nach Hause brauchen? Sechs Tage?

Als der Traktor nach einer holprigen Tour durch die schlammigen Felder im Bezirkszentrum ankam und über die einzigen asphaltierten hundert Meter im Radius von hundert Kilometern rollte, war es acht Uhr morgens. Das Dorf war erst vor wenigen Jahren entstanden und bestand aus zwei Straßen, zwei Dutzend aus Lehmziegeln erbauten Häusern sowie einem einzigen zweigeschossigen grauen Gebäude aus Stahlbeton mit Türen aus Metall, in dem sich die regionale Verwaltung, das Postamt, ein Laden und ein medizinischer Versorgungsposten befanden.

Mit dem Anruf zu Hause wollte ich noch eine Stunde warten. In Leningrad war es erst fünf Uhr, also fast noch mitten in der Nacht, und meine Mutter wachte üblicherweise um viertel vor sechs auf. Ich wischte notdürftig den Schlamm von meiner Jacke, der Hose und den Stiefeln ab, erledigte alle Formalitäten, meldete mich offiziell vom freiwilligen Ernteeinsatz ab, ließ einige alberne Witze und zweideutige Bemerkungen über mich ergehen, kommentierte diese nicht, erhielt ein Papier mit Stempel und Unterschrift, mein Taggeld für sechs Wochen und das Geld für die Rückreise, erkundigte mich nach einer baldigen Mitfahrgelegenheit zur Bahnstation (eine solche würde es am nächsten Tag, vielleicht aber auch schon an diesem Nachmittag geben, wurde mir versichert) und betrat schließlich das Postamt.

Das Postamt bestand aus einem kleinen Zimmer mit einem Pult, einem Schreibtisch, einem Schrank, einer Truhe, außerdem gab es eine in der Ecke neben der Tür stehende Posttasche, einen schwarzen Telefonapparat mit einer überdimensional groß wirkenden Wählscheibe, einem Fernschreiber und einen schwarzen Sessel mit hoher Lehne. In dem Sessel thronte Dascha, Darja Iwanowna Kuropatkina, die Leiterin und gleichzeitig einzige Angestellte des Postamts. Sie war eine blonde, füllige Frau undefinierbaren Alters, die ihren Pflichten mit würdevoller Selbstzufriedenheit nachging. Ihr dunkelblauer Uniformkittel war glattgebügelt, das Haar so fest hochtoupiert, als wäre es betoniert, ihr dicker Hals schob sich wie ein parfümierter Reifen zwischen Kragen und Kinn. Die wässrigen, blauen Augen schielten mich an, als blickten sie durch mich hindurch.

»Nummer!«, sagte sie, so feierlich, als würde sie zu einer Audienz bei der englischen Königin rufen.

Ich gab ihr die Leningrader Telefonnummer.

»Fünf Rubel!«

Ich reichte Dascha das Geld. Diese wählte die gewünschte Nummer, presste den Hörer an ihr rechtes Ohr, wartete, wartete, machte ein gelangweiltes Gesicht. So vergingen vier endlos lange Sekunden, in denen mein Herz im Hals und in den

Schläfen pochte. Dascha reichte den Hörer schließlich langsam wie in Zeitlupe an mich weiter.

Julia, die Nachbarin, war am Apparat. »Hallo?« Die Stimme am anderen Ende der Leitung klang verschlafen. Dumpf und in weiter Ferne war sie aber dennoch gut hörbar.

»Hallo Julia, Lina spricht«, sagte ich.

»Lina! Ach Linotschka, mein Gott!«, quietschte Julia und klang plötzlich hellwach und mindestens tausend Kilometer näher.

»Könntest du bitte …«

»Du willst mit Rosa Borisowna sprechen! Ich hole sie sofort.«

Ich hörte, wie Julia Rosa Borisowna rief, hörte nervöse Stimmen, klapperndes Geschirr, eine Tür, die zugeschlagen wurde, schweres Atmen, Knistern, einige Hintergrundgeräusche, die ich nicht zuordnen konnte, Schritte …

»Ja?!« Fast hätte ich die Stimme meiner Mutter nicht erkannt, so heiser, gehetzt und fremd klang sie.

»Rosa Borisowna, hier Lina. Ich habe dein Telegramm erhalten. Was ist los mit Chaim Abramowitsch? Ist er am Leben?«

»Lina? Lina! Ich kann dich leider sehr schlecht hören. Bitte komm, komm schnell! Fahr nach Hause!«

»Rosa Borisowna? Ich höre dich ausgezeichnet. Kannst du mir sagen, was los ist?!«

»Ich kann dich nicht hören. Die Verbindung ist so schlecht. Komm bitte. Fahr gleich los!«

»Rosa … Rosa?«, schrie ich in den Hörer. »Aufgelegt«, murmelte ich dann entgeistert. Warum hatte sie mich nicht hören können, warum hatte sie plötzlich aufgelegt? »Könnten Sie dort noch einmal anrufen?«, bat ich die Postbeamtin.

»Fünf Rubel!« Es klang noch getragener und förmlicher als zuvor – fast wie eine Urteilsverkündung bei Gericht.

Diesmal dauerte es sechs Sekunden, bis abgehoben wurde, doch dann konnte ich nicht mehr warten und riss Dascha den Hörer aus der Hand.

»Rosa Borisowna, bitte, bitte, sag mir nur, ob er noch lebt!«, schrie ich. »Was ist los?«

»Es tut mir leid, Linotschka, ich kann dich nicht hören. Die Verbindung ist katastrophal. Ich freue mich, dass du anrufst, erkenne deine Stimme, aber ich verstehe kein Wort von dem, was du sagst. Bitte entschuldige. Hörst du mich?«

»Ja! Jedes Wort. Ich höre dich ausgezeichnet.«

»Komm nach Hause! Komm! Komm schnell!«, rief Rosa Borisowna, und bevor sie wieder auflegte, glaubte ich ein Schluchzen zu vernehmen. Vielleicht aber war das auch nur ein Rauschen in der Leitung oder das immer stärker werdende Pochen in meinen Schläfen.

4

Die eine Bahnstation sei zweiundneunzig Kilometer entfernt, eine andere, viel größere, hundertvierzehn Kilometer weit weg. Etwas näher gäbe es eine weitere Bahnlinie, die allerdings, wie mir von allen Menschen im Ort, mit denen ich sprach, versichert wurde, im Nirgendwo begann und irgendwo (niemand wusste, wo genau) endete, weshalb sie von vernünftigen Menschen nicht benützt wurde, obwohl dort angeblich regelmäßig Züge verkehrten. Allerdings waren die Straßen durch den Regen so aufgeweicht, dass keine Lastwagen, sondern nur bestimmte Traktoren mit besonders breiten Reifen und Kettenfahrzeuge unterwegs sein konnten, und diese fuhren keine neunzig Kilometer weit. Ich solle warten, hieß es, oder aber …

»Oder aber«, erklärte mir der Stellvertretende Direktor der Sowchose, den ich im Verwaltungsgebäude angetroffen hatte, »Sie fliegen mit Wanjka mit. Dann geht alles noch viel schneller.«

»Das ist eine gute Idee!«, pflichtete ihm seine Frau bei, ihres Zeichens Leiterin einer »sowchosinternen Kontrollbehörde«.

»Wanjka fliegt heute Nachmittag los, um Schädlingsbekämpfungsmittel zu versprühen«, erklärte die Frau. »In Perdilowo – das ist noch etwas weiter weg, Richtung Süden – muss er landen und auftanken und einiges abholen, bevor er zurückfliegt. Dort gibt es einen großen Bahnhof, weil an dieser Stelle zwei Bahnlinien aufeinandertreffen, und eine dritte in Planung ist.«

»Danke, Klarissa Matwejewna«, sagte ich. »Es wäre großartig, wenn ich mitfliegen könnte.«

»Kiril bringt Sie zum *Außenposten Sieben*, dort ist unser Flugplatz.«

»Eine richtig betonierte, ordentliche Trasse«, erklärte der Stellvertretende Direktor der Sowchose mit hörbarem Stolz in der Stimme. »Heute noch Flugplatz, morgen schon Flughafen. Außerdem entsteht dort gerade ein Dorf. Inzwischen gibt es bereits fünf Häuser!«

»Sechs!«, korrigierte ihn seine Frau.

»Gut, sechs. Und eine Straße.«

»Sie sollten nur Mund und Nase mit einem Taschentuch oder einem Kopftuch bedecken, wenn Sie mitfliegen«, meinte Klarissa Matwejewna. »Was Wanjka dort versprüht, ist pures Gift. Wenn er nicht so viel saufen würde, hätte ihn das Gift längst umgebracht. Aber die Alkoholmengen, die er zu sich nimmt, neutralisieren jede andere Substanz und töten alle Bazillen.«

»Vor allem dieser selbstgebrannte Fusel, den er in sich hineinschüttet. So etwas trinke nicht einmal ich«, meinte ihr Mann.

»Manchmal kommt es mir vor, als würde er auch das Kerosin trinken, mit dem sein Flugzeug betankt wird.«

»Jaaa«, murmelte der Stellvertretende Direktor nachdenklich, während er seine Pfeife stopfte. »Als Wanjka aus dem Krieg zurückkam, war er nicht mehr derselbe wie früher. Jähzornig, unberechenbar. Das ist er sogar, wenn er nüchtern ist. Was allerdings sehr selten der Fall ist. Aber machen Sie sich keine Sorgen, Fräulein, fliegen kann er noch, auch wenn er ein Säufer ist und nur mehr ein Auge hat.«

Der *Außenposten Sieben* befand sich sieben Kilometer vom zentralen Ort der Sowchose entfernt. Auf meine Frage, wie viele weitere Außenposten es gebe, und ob denn der *Außenposten Acht* acht und der *Außenposten Sechs* sechs Kilometer vom Ort entfernt sei, erhielt ich keine Antwort. Kiril, ein Neffe von Klarissa Matwejewna, erwies sich als mürrischer Zeitgenosse. Der junge Mann runzelte die Stirn, umklammerte das Lenkrad, als würde er sich daran festhalten, und bemühte sich sehr, mich nicht anzuschauen. Sein rundes Gesicht wurde feuerrot, auf der Stirn perlte der Schweiß, obwohl es an diesem herbstlich anmutenden Augusttag alles andere als heiß war, und sein imposanter Bauch drückte von unten gegen das Lenkrad, sodass er den Atem anhalten und den Bauch einziehen musste, wenn er das Lenkrad drehte.

»Was macht eigentlich die sowchoseigene Kontrollbehörde?«, fragte ich.

»Sie kontrolliert«, antwortete Kiril trocken.

»Wen denn?«

»Den Direktor der Sowchose, seinen Stellvertreter, die Leiterin des Post- und Telegrafenamtes, die Lehrerin, die ehemaligen Strafgefangenen, die hier in der Verbannung leben, und alle anderen auch.«

»Klarissa Matwejewna kontrolliert ihren eigenen Mann?«

»Na und? Bist du etwa gegen die Sowjetmacht?«, fragte er herausfordernd.

»Nein.«

»Die Sowjetmacht weiß immer, was richtig ist und was sie zu tun hat«, knurrte er.

Daraufhin schwiegen wir beide einige Minuten. Ich versuchte, auf der ausgedorrten und dann vom Regen aufgeweichten Steppe die Trasse auszumachen, auf der wir unterwegs waren, konnte aber nichts erkennen. Trotzdem schien Kiril genau zu wissen, wohin er fuhr.

»Wieso ist der Flughafen so weit vom Ort entfernt?«, fragte ich. »Ganze sieben Kilometer!«

»Frag nicht so viel«, brummte der Bursche. »Eine Henne hat eines Tages zu viel geredet, gegackert und viel gefragt, gefragt, nachgefragt und landete schließlich im Suppentopf.«

»Du bist aber freundlich«, meinte ich und lachte.

»Ich bin überhaupt nicht freundlich«, zischte er.

»Das war ironisch gemeint.«

»Was?«

»Ironie!«

Nun drehte er den Kopf zu mir und schaute mich ernst an.

»Vergiss es wieder«, murmelte ich, zuckte mit den Schultern und drehte meinerseits den Kopf zur Seite, um dem durchdringenden Blick des jungen Mannes zu entgehen. »Bring mich einfach nur rechtzeitig zum Flugplatz. Ich werde schweigen.«

Während wir auf dem Rest des Weges schwiegen, betrachtete ich wieder die Landschaft und sah – nichts. Hier wuchs nirgends ein Baum oder ein Strauch. Es gab keine Bodenerhebungen oder Gräben, keine Tümpel, keine Felsen, keine Wege, keine Behausungen oder irgendwelche Markierungen und Wegweiser – nur Schlamm, der langsam trocken wurde und sich in eine schorfartige, hässliche Kruste verwandelte, und braungelbes Gestrüpp bis zum Horizont. Die Erde, ob Feld oder Steppenwiese, war von der Sonne verbrannt worden. Ob hier etwas gesät und geerntet worden war, konnte ich nicht erkennen. Ich fragte mich, wo, warum und gegen wen hier überhaupt Gift versprüht werden sollte, doch traute ich mich nicht, meinen Fahrer ein weiteres Mal mit Fragen zu belästigen.

Ich war erschöpft und saß gleichzeitig wie auf Nadeln. Wann, fragte ich mich, wann erreichen wir endlich dieses armselige Flugfeld, wo ein betrunkener, einäugiger Kriegsveteran in einem kontaminierten Flugzeug auf mich wartete. Ich schloss die Augen, doch änderte dies nichts an meiner Aufgeregtheit und Verstörung, die viel stärker waren als mein Erschöpfungszustand. Wieder suchte ich in meiner Erinnerung nach einem Bild meines Vaters, an dem ich mich festhalten konnte. Als er mir schließlich erschien, drehte er mir aber sogleich den Rücken zu. Scharf und klar erstanden vor meinem geistigen Auge seine Glatze, die abstehenden Ohren, die Muttermale auf seinem Kopf, der abgewetzte Kragen seiner blauen Jacke und die beigefarbenen Bügel seiner Brille. Doch sobald ich versuchte, ihn an den Schultern zu packen und umzudrehen, um sein Gesicht sehen zu können, entzog er sich mir mit raschen, geschickten Bewegungen, so flink, wie er im wirklichen Leben niemals gewesen war.

Ich habe keine Angst vor dem Fliegen, erzählte ich dem Rücken meines Vaters. Technik hat mir nie Angst eingejagt, solange es sich nicht um Militärtechnik handelte. Wenn es mein Schicksal ist, mit einem Flugzeug abzustürzen, werde ich nicht ertrinken. Und umgekehrt.

Mit solchen Phrasen hast du mich schon als kleines Mädchen zur Weißglut gebracht, bemerkte mein Vater. Seine Stimme klang traurig, seltsam tief, dumpf und verzerrt. Es schien, als komme sie aus seinen Ohren oder seinem Nacken.

Wieso hast du denn nie etwas gesagt, wenn du dich über mich geärgert hast?, fragte ich.

Was hätte ich denn sagen sollen? Sei nicht so altklug und verschone mich mit Weisheiten, die ohnehin jeder weiß.

Ja, das hättest du sagen sollen. Vielleicht hätte auch ein beherztes »Ach, halt doch die Klappe!« gereicht.

Ich bin ein guter Vater, aber ich war ein lausiger Erzieher. Das weißt du doch. Ich halte mich stets zurück. Ich habe deinen Bruder ein einziges Mal in meinem Leben geschlagen – eine sanfte Ohrfeige, mehr symbolisch als schmerzvoll. Damals war er fünf Jahre alt; du warst noch nicht auf der Welt.

Kurz darauf lag ich im Schockzustand mit Krämpfen und Atemnot auf dem Boden, der Notarzt musste kommen. Mein kleiner Sohn hat geweint und immer wieder gesagt: »Aber Papa, es hat doch überhaupt nicht wehgetan, es geht mir gut!«

Ich kenne die Geschichte.

Sogar unsere Bürokatze hat ihre Jungen nicht irgendwo, hörte ich die Stimme meines Vaters weitersprechen, sondern ausgerechnet unter meinem Schreibtisch zur Welt gebracht, weil ich sie im Unterschied zu den anderen im Büro nie angefasst habe, sondern immer gewähren ließ bei allem, was sie tat. Tiere verdienen unseren Respekt. Mehr als so manche Menschen.

Ich weiß. Ich hätte mir nur manchmal gewünscht ...

Niemand kann aus seiner Haut heraus, sagte er.

Verschone du mich mit solchen Weisheiten!, erklärte ich und lachte. Wer von uns beiden ist denn nun der Sprücheklopfer?

»Fünf Minuten noch!«, verkündete Kiril plötzlich. »Vielleicht auch vier oder sechs.«

Ich öffnete wieder die Augen, schaute mich um und erspähte in der Ferne einige Bodenerhebungen, die auf den ersten Blick wie Grabhügel aussahen. Erst bei genauerem Hinsehen erkannte ich, dass es sich um eingeschossige Häuser handelte, deren Farbe sich kaum von jener der sie umgebenden Steppe unterschied.

»Und der Flugplatz?«, fragte ich.

Der Fahrer wies schweigend mit dem ausgestreckten Zeigefinger der linken Hand in eine bestimmte Richtung, ohne selbst hinzuschauen. Es dauerte ein wenig, bevor ich dort etwas erkennen konnte, weil ich in die Sonne schauen und die Augen zusammenkneifen musste, doch schließlich sah ich es – das Flugzeug: eine Doppeldeckermaschine mit einfachem Propeller und einem gut sichtbaren, roten Stern auf dem Heckruder. Der Stern war das Erste, was ich sah. Es schien, als würde er langsam über der Erde dahinschweben, und erst einige Augenblicke später verstand ich, dass der Stern zu einem hellgrauen Flugzeug gehörte, welches vom gleißenden Sonnenlicht eingehüllt war und dadurch beinahe unsichtbar schien. Als ich es schließlich ausmachen konnte, wurde mir bewusst, dass es sich bewegte, dass es sich mit zunehmender Geschwindigkeit entfernte und nicht mehr einzuholen war. Kiril drückte aufs Gas und begann unflätig zu schimpfen, erwähnte dabei die Mutter und den Vater des Piloten, dessen Geschwister, Onkel, Tanten und Haustiere; als er bei Wanjkas Großmutter angelangt war, hob die Maschine ab, flog knatternd dem Licht der Sonne entgegen, bis sie in einer dichten Wolke aus dunklen Abgasen und dem langsam aufziehenden, die gesamte Landschaft einhüllenden Nachmittagsnebel verschwand.

Dass wir das Flugzeug um wenige Minuten verpasst hatten, war ärgerlich, denn die Maschine sollte, so Kiril, erst in ein paar Tagen wieder zurückkommen und nicht so bald zu einem nächsten Flug starten. Es konnte zudem nicht verhindert werden, dass sich Wanjka zwischen den Flügen besoff und danach seinen Rausch ausschlafen musste, bevor er wieder einsatzfähig war.

»Nun bleibt dir nichts anderes übrig, als auf einen Lastwagen und eine Mitfahrgelegenheit zu warten«, meinte Kiril mürrisch. »Ich kann's leider auch nicht ändern.«

»Wann wird das sein?«, fragte ich.

»Übermorgen. Morgen. Vielleicht auch in einer Woche. Oder noch später. Keine Ahnung. Frag die Leute hier. Irgendwann fährt sicher ein Lastwagen zur Bahnstation. Früher oder später.«

Das Wort »irgendwann« bereitete mir Sorgen, die Worte »früher oder später« noch mehr, aber ich hatte keine andere

Wahl, als mich mit meinem gesamten Gepäck ins Dorf zu begeben.

Der Stellvertretende Direktor der Sowchose und seine Frau hatten sich geirrt. Das Dorf bestand bereits aus sieben eingeschossigen Häusern und einer Straße, die – wenig überraschend – den Namen Lenins trug. Ein achtes Haus wurde gerade gebaut. Als Baumaterial diente Lehm, der mit Stroh vermischt, geglättet, in Quadrate – Ziegel – geschnitten und in der Sonne getrocknet wurde. Mischen und Schneiden waren harte Arbeit, der Bau des Hauses ohne Baumaschinen eine noch härtere. Jemand fragte mich, ob ich bei den Bauarbeiten mithelfen könnte, und ich willigte sofort ein. Bis mich ein Lastwagen zu einem der nächsten Außenposten der Sowchose und damit zwanzig Kilometer näher an die Bahnstation heranbringen würde, sollten, so versicherte man mir, noch ein oder zwei Tage vergehen. Anderen Menschen beim Arbeiten zuzuschauen, selbst aber müßig zu bleiben, war noch nie meine Art gewesen und würde es auch nie sein.

Eine alte Frau namens Aglaja bot mir eine Ecke im großen Zimmer ihres Hauses an. Man gab mir Stroh, das ich in meinen Matratzen- und den Kissenüberzug stopfte, und eine Steppdecke für die Nacht, von der es hieß, dass sie diesmal besonders kalt sein werde. Aglaja und ihr Mann schliefen auf dem Ofen, ihr Sohn und die Schwiegertochter im Doppelbett, deren Tochter gleich daneben im Kinderbett und ich in meiner Ecke. Noch bevor die Petroleumlampe gelöscht wurde, war ich eingeschlafen.

Als ich aufwachte, waren alle längst auf den Beinen. Während ich zusammen mit einer anderen jungen Frau die fertig getrockneten Ziegel in einer Schubkarre zur Baustelle beförderte, erfuhr ich, dass die Bewohner des Orts eine Art internationale Brigade bildeten. Hier lebten eine russische und eine kasachische Familie, ein »Bandera-Bandit« aus der Westukraine, der 1946 hierher deportiert worden war, eine verwitwete Koreanerin in mittleren Jahren, deren Deportation schon 1937 erfolgt war, als Stalin alle russischen Koreaner aus ihrer Heimat am Stillen Ozean vertrieben und nach Mittelasien verfrachtet hatte, ein deportiertes wolgadeutsches Geschwisterpaar und ein Burjate, der nach Lagerhaft und Verbannung gerade erst rehabilitiert worden war. »Na, siehst du«, sagte die junge Frau, »jetzt haben wir hier sogar eine Jüdin – die reinste Völkerfreundschaft!«

»Und was bist du?«, fragte ich.

»Ich bin ein Waisenkind, ich war immer schon hier, und niemand weiß, wer meine Eltern waren, woher sie stammten und wer ich bin. Ist das nicht toll?«

»Nein«, murmelte ich.

»Doch!«, widersprach sie. »Ich bin sowjetisch. Nur sowjetisch und nichts weiter. Ich habe keine Vergangenheit. Ich bin der neue Sowjetmensch.«

Mir war nicht ganz klar, ob sie das scherzhaft oder ernst meinte.

Das kasachische Ehepaar und seine Kinder hatten noch nie einen Juden gesehen. Als sie erfuhren, dass ich Jüdin bin, wollten sie das zuerst nicht glauben. »Aber Juden sind doch dunkelhaarig und haben lange Nasen!«, meinte die Frau erstaunt.

»Das ist ein Klischee«, erklärte ich.

»Wieso? Es ist doch kein Klischee, dass Kasachen Schlitzaugen haben«, meinte das älteste der vier Kasachenkinder. »Wieso soll es dann ein Klischee sein, dass Juden lange Nasen haben und geizig sind?«

»Aber es gibt Kasachen, die schlitzigere Augen haben als andere«, bemerkte ein anderes Kasachenkind. »Und bei manchen muss man schon genau hinschauen, um überhaupt etwas zu erkennen.«

»Ja und? Es gibt sicher auch geizige und weniger geizige Juden. Wesentlich ist, dass sie nun einmal geiziger sind als Nichtjuden.«

»Geizige Menschen gibt es unter allen Völkern, überall«, erklärte ich mit einem pädagogischen Tonfall in der Stimme, der mir selbst sogleich albern vorkam. »Juden sind nicht anders als andere Leute.«

»Wir sind nicht geizig!«, verkündete ein drittes Kasachenkind stolz. »Wir nicht.«

»Wir haben ja auch wenig zu verlieren und noch weniger festzuhalten«, meinte seine Mutter. »Wenn ich wenigstens einen Esel hätte, würde ich mich glücklich schätzen.«

»Stattdessen hast du uns«, meinte ihr Mann. Alle lachten, und das »jüdische Thema« wurde nicht wieder aufgegriffen.

Nach zwei intensiven Sonnentagen war die Erde trockener geworden. Ein Lastwagen, der die Sowchose von Ost nach West und wieder zurück durchquerte und gleichermaßen Menschen, Tiere und Waren beförderte, brachte mich nach zwei Übernachtungen im *Außenposten Sieben* zum nächsten Dorf. Dort sollte ich auf die nächste Mitfahrgelegenheit warten. Die Bahnstation war von hier nur mehr sechzig Kilometer entfernt.

Das Dorf bestand aus einem gut sieben Meter hohen Getreidesilo aus schmutzig grauem Beton, einem Brunnen, einer Sickergrube, einer Rampe, einigen Maschinen und Geräten zum Entladen und Beladen von Lastwagen, einem kleinen, mit Kerosin betriebenen Dynamo, einem Gemüsegarten, einem Kaninchenstall mit ein paar Dutzend Tieren, drei Ziegen und zwei Häusern. In einem davon wohnte ein alter kasachischer Agronom (jedenfalls behauptete er, ein solcher zu sein), der für das Silo und die Aufsicht über das Dorf zuständig war, im anderen ein halbes Dutzend Arbeiter aus Usbekistan, deren Arbeitsverträge im Herbst ausliefen. Das Silo war längst bis an den Rand gefüllt. Sein Inhalt wurde allerdings von Mäusen gefressen, weil das Getreide seit Wochen nicht mehr weitertransportiert wurde und sich offenbar niemand dafür zuständig fühlte, hier etwas zu unternehmen.

Die usbekischen Arbeiter sprachen kaum Russisch. Zwar verstanden sie alles, was man ihnen sagte, konnten aber selbst nur notdürftig einfache Sätze formulieren und hatten einen starken Akzent. Der Agronom wiederum erwies sich als freundlich und gesprächig. Er stellte mir sogar sein Bett zur Verfügung. Er selbst werde die Nacht auf einer Strohmatte verbringen, meinte er, das mache ihm keine Umstände, es wäre schließlich nicht das erste Mal in seinem Leben. »Du hast doch nichts gegen Katzen?«, fragte er mich.

»Nein.«

»Gut. Wir haben nämlich viele hier – wegen der Mäuse. Aber es sind leider so viele Mäuse, dass die Katzen mit dem Jagen und Fressen nicht nachkommen. Die Katzen vermehren sich schnell, aber die Mäuse noch schneller. Außerdem starben viele Katzen in letzter Zeit an einer Krankheit. Katzenschwindsucht.«

»Noch nie etwas davon gehört«, murmelte ich.

»Ich nenne das so. Keine Ahnung, was es wirklich ist. Ein Tierarzt kommt hier nur einmal im Jahr vorbei, ein Arzt für uns Menschen aber auch nicht öfter. So bin also ich selbst Arzt, Tierarzt, Geburtshelfer, Henker und Totengräber in einem.« Er kicherte. Ich musste ihn sehr erschrocken angeschaut haben, denn er lachte und fügte rasch hinzu: »Ich spreche natürlich in erster Linie von Katzen.«

Ich war froh, dass ich nur eine Nacht und einen halben Tag an diesem unwirtlichen Ort verbringen sollte. Das Bett musste ich mit Mäusen teilen, und jedes Mal, wenn ich sie verscheuchte, kamen sie wieder zurück, starrten mich aus sicherer Entfernung mit ihren Knopfaugen an oder stolzierten unverschämt und gut sichtbar quer durch das Zimmer, als wollten sie mich verhöhnen. Nicht einmal die Katzen – es befanden sich mindestens vier Katzen im Haus, vielleicht auch fünf oder sechs – konnten ihnen etwas anhaben. Die Katzen wirkten satt und zufrieden, schliefen oder lagen einfach nur da, ohne den Mäusen oder mir Beachtung zu schenken. »Raubtiere! Man muss warten, bis sie wieder hungrig sind, erst dann gehen sie auf die Jagd«, erklärte der Agronom und schüttelte verärgert den Kopf. »Das dauert. Ich hatte schon versucht, ihnen Abführmittel zu verabreichen, um die Sache zu beschleunigen, aber das funktioniert nicht.«

»Sie sollten ihnen ein Brechmittel geben, Alichan Erlanowitsch«, meinte ich schmunzelnd. »Das wirkt bestimmt.«

»Wie soll ich hier ein Brechmittel für Katzen herstellen?«, brummte der alte Mann, während er mich nach der Besichtigung des Zimmers und der Schlafstätte »durchs Dorf«, sprich um das Getreidesilo herumführte. »Ich bin kein Chemiker.«

Mit einer Mischung aus Ekel und Belustigung erkannte ich, dass es sich bei den dunkelgrauen Flecken und Punkten auf der Mauer des Silos um ganze Rudel von Mäusen handelte, die auf und ab liefen und laut piepsten, wenn sie hin und wieder ausrutschten und von der Mauer auf die Erde fielen.

»Siehst du – das ist die wahrhaftige Diktatur des Proletariats«, erklärte Alichan Erlanowitsch. »Die Menschen ernten das Getreide, das dann von den Mäusen gefressen wird. Die Mäuse werden von den Katzen gefressen, die Katzen werden von einer Seuche gefressen, und die Menschen haben schließlich nichts mehr zu fressen.«

»Das stimmt nicht«, widersprach ich. »Genosse Stalin hat einmal gesagt …« Ich hielt inne, weil ich noch rechtzeitig daran denken musste, dass die Zeiten sich geändert hatten und man den Genossen Stalin nicht mehr zitieren sollte. Seine Denkmäler standen zwar noch überall, jede Stadt hatte einen Stalinplatz und eine Stalinstraße, ein Stalinstadion, eine Stalingrund- und -mittel- oder sogar eine Stalinhochschule, eine Stalinbadeanstalt und eine Stalinfabrik; die Städte Stalingrad, Stalino und Stalinabad trugen immer noch seinen Namen, und doch sprach man in der Öffentlichkeit plötzlich nicht mehr über den einst *»größten Führer und Lehrer aller Zeiten und Völker«*, als hätte es nicht nur den inzwischen verpönten Personenkult, sondern auch die Person selbst niemals gegeben. Man munkelte sogar, dass Tausende Historiker im ganzen Land den Sommer über intensiv an neuen Schulbüchern, Schul- und Studienplänen gearbeitet hatten und dass die neuen Geschichtsbücher angeblich bis zu Schulbeginn am 1. September fertig sein würden.

Der alte Kasache ließ sich von der Erwähnung des Namens Stalin nicht abschrecken. »Genosse Stalin wollte uns sesshaft machen«, erzählte er. »Wir waren ein großer Clan. Hirten, die durch die Steppe zogen, Menschen, die ihre Freiheit genauso liebten wie ihre Pferde, Kamele, Ziegen und Schafe. Es war unser Vieh und nicht das irgendeiner Kolchose oder Sowchose. Wir hatten unsere Traditionen. Sie sind für immer verloren. Ich bin der Letzte, der noch am Leben ist. Alle anderen sind verhungert, getötet oder weit weggebracht worden, irgendwohin, wo sie für immer verschollen sind. Nomaden sesshaft machen: Was für eine aberwitzige Idee!«

»Wenn die Partei es will und für richtig befunden hat, wird es gemacht«, flüsterte ich, weil ich das Gefühl hatte, etwas sagen zu müssen, auch wenn der alte Mann und ich miteinander allein waren und uns offensichtlich niemand zuhörte. Schwiege ich, könnte das trotzdem irgendwann von irgendwem gegen mich verwendet werden. Manchmal hatten sogar Steine Ohren und die Sterne Augen. »Die Geschichte, geschätzter Alichan Erlanowitsch, hat ihre Regeln und Zwangsläufigkeiten, denen wir uns nicht entziehen können«, verkündete ich. Der alte Mann ignorierte diese Bemerkung. »Genosse Chruschtschow quält die Menschen viel subtiler als seine Vorgänger und Wegbegleiter«, sagte er mit hörbarem Verdruss in der Stimme. »Er glaubt, die ganze Welt mit dem Anbau von Kukuruz retten zu können, und lässt deshalb alles andere verrotten, alles, was wächst und gedeiht, ob auf der Erde, im Wasser oder in unseren Seelen …«

»Ich habe Hunger«, unterbrach ich ihn.

»Wir haben Gurken. Gurken, Tomaten, Kohl und Salat und sogar etwas Brot. Manchmal lassen die Mäuse Gnade walten, sodass für uns ein paar Krümel übrigbleiben.«

5

Zwischen dem von Mäusen überrannten Getreidesilo und der Bahnstation musste ich noch zwei weitere Stationen in Kauf nehmen. Schon bald würde ich nicht mehr wissen, in welchem der beiden Dörfer ich zuerst gewesen war, würde vergessen, wie sie aussahen, und mich an die Menschen, denen ich dort begegnet war, kaum mehr erinnern können. Was mir im Gedächtnis blieb, waren Fragmente, Splitter und Mosaiksteine der Erinnerung – meine eigenen eiskalten Finger, die ich an einem der Abende über einem Feuer wärmte, eine knarrende, blaue Tür, die der Wind aufstieß und die ich nur mit Mühe wieder schließen konnte, ein zerrissenes Kleid, das ich nachts im Licht einer Petroleumlampe nähte, und die zutiefst unangenehme Stimme einer Frau, die schmerzvoll in meinen Gehörgang und weiter in mein Gehirn eindrang, um sich dort einzunisten und mir am ganzen Körper Unbehagen zu bereiten. Die halbe Nacht lang erzählte die Frau Geschichten, die ich nicht hören wollte, Geschichten, »die das pralle Leben selbst geschrieben hatte« – so jedenfalls hätte sich mein Vater ausgedrückt und subtil gelächelt, wenn er dabei gewesen wäre und ebenfalls zugehört hätte, so subtil, dass nur ich die leichten Zuckungen seiner Mundwinkel erkennen und als Lächeln hätte deuten können. Doch mein Vater war nicht dort, auch wenn er in diesen Tagen stets ein anwesender Abwesender war.

Chaim Abramowitsch war ein schweigsamer Mann und hatte selbst nur sehr selten irgendwelche prallen Geschichten erzählt. Nur einmal, als ich als Jugendliche krank im Bett lag und er mit mir zwei Tage allein war, ging er aus sich heraus und berichtete mir über ein Schlüsselereignis seines Lebens. Doch das war eine große Ausnahme. Üblicherweise sprach er wenig mit mir. Wenn ich etwas über seine Kindheit und Jugend erfahren wollte und ihn mit Fragen belästigte, erklärte er meist nur: »Ich weiß es nicht mehr«, oder: »Frag deine Mutter; ich habe ihr vor vielen Jahren alles über mich erzählt.« Wenn ich nicht lockerließ, fügte er hinzu: »Deine Mutter hat ein besseres Gedächtnis als ich und kann dir mehr über mich sagen als ich selbst. Du weißt doch, wie sie ist.«

Meine Mutter aber berichtete, wenn ich ihr Fragen stellte, für meinen Geschmack viel zu knapp und zu vage, wie sie als junges Mädchen nach Beendigung einer weißrussischen »*Devjatihodka*«, der damals nur neunklassigen Gesamtschule, in die Stadt Mosyr kam, um dort an einem Pädagogischen Institut eine Ausbildung zur Grundschullehrerin zu machen, und wie sie sich in den Buchhalter verliebte, weil er als einziger der jüdischen Jungs, denen sie in dieser Kleinstadt begegnete, weder etwas von einem vergeistigten, schmuddeligen Talmudschüler noch von einem unverschämten, übergriffigen Provinzcasanova hatte, sondern ein kerniger, schweigsamer Proletarier mit schwieligen Händen war – ein Mensch, dessen inneres Leuchten in die lichte, kommunistische Zukunft wies, an die meine Mutter damals, 1928, noch unbedingt, wenn auch nicht immer bedingungslos glauben wollte. Trotzdem kam für sie nur ein Jude als Partner in Frage. Wen sonst, dachte sie, sollten denn ihre Eltern jemals akzeptieren und respektieren können? Wem außer einem anderen Juden sollte sie selbst vertrauen, wer sonst könnte sie so gut verstehen, dass sie Offensichtliches und Naheliegendes nicht zu erklären brauchte?

Von einem Proletarier hatte Chaim Abramowitsch in seinem späteren Leben nichts mehr an sich, obwohl er als Kind und als Jugendlicher im Flusshafen von Mosyr schwer geschuftet hatte. Solange ich denken konnte, wirkte er auf mich wie ein typischer Vertreter einer in der Sowjetunion längst verpönten Bürgerlichkeit. Manchmal stellte ich mir den Vater in einem eleganten Anzug, einem Gilet mit Messingknöpfen und einer Melone vor. Derart eingekleidet würde man ihn von einem englischen *Clerk* nicht unterscheiden können, dachte ich, von einem, der morgens und abends mit aufgeschlagener *Times* in der Londoner *Underground* saß, Pfeife rauchte, der Verwaltung eines Unternehmens mit dem etwas seltsamen Anhängsel *Limited* hinter dem Firmennamen als Büroleiter vorstand, ein Reihenhaus aus rotem Backstein am Stadtrand bewohnte, an den Wochenenden die Familie im eigenen Automobil ins Grüne chauffierte und sich hin und wieder sogar Schuhe nach Maß anfertigen ließ. Natürlich erzählte ich niemandem von meinen Fantasien, weder meinem Bruder, vor dem ich sonst keinerlei Geheimnisse hatte, noch meinen Freundinnen und Freunden und den Eltern schon gar nicht. Außerdem wusste ich, dass sich das Leben in London in Wirklichkeit ganz anders abspielte als in den westlichen Kinofilmen, welche die Rote Armee nach dem Krieg aus dem eroberten Berlin als Trophäen mitgebracht hatte. Die kapitalistische Hölle war zweifellos nicht so schlimm, wie Charles Dickens sie einst beschrieben hatte oder wie die sowjetischen Zeitungen behaupteten, aber auch kein ewiges Sommerfest wie in den erbeuteten Komödien und Liebesromanzen, die manchmal noch in den Kinosälen der sowjetischen Großstädte gezeigt wurden. London – ein Sehnsuchtsort, den ich nur zu gerne aufgesucht hätte, um an der Themse zu flanieren und den Piccadilly Circus mit eigenen Augen zu sehen. Irgendwann einmal. Wohl kaum in absehbarer Zeit. Vielleicht in einem anderen Leben.

Der Lastwagen würde nur eine knappe Stunde bis zur Bahnstation benötigen, erklärte man mir bei meinem letzten Zwischenhalt in einem Weiler mit dem seltsamen Namen

Kreuzung Nord, was mir umso eigentümlicher vorkam, als hier in der Steppe keinerlei Wegkreuzung, sondern nur eine einzige staubige Trasse erkennbar war. Der Bahnhof sei nur etwa 38 Kilometer entfernt, hieß es. Praktisch um die Ecke. Ein junger Fahrer, der dorthin unterwegs sei, werde mich mitnehmen. Ich müsse nicht mehr lange warten, der Bursche sei vor kurzem in einer anderen Siedlung losgefahren und werde bald ankommen. Jedenfalls sei ich nun fast am Ziel, denn an dieser Bahnstation könne ich in einen direkten Schnellzug nach Moskau einsteigen, der für die Strecke nur vier Nächte und fünf Tage benötige.

Als ich einige Stunden später endlich in der Kabine des Lastwagens neben dem Fahrer saß, war ich so erleichtert und glücklich, die lange Reise quer durch die Sowchose bald hinter mir zu haben, dass ich den jungen Mann am Steuer anlächelte und auf eine alberne Bemerkung von ihm mit einem Scherz reagierte. Der junge Mann verstand mein Lächeln und die freundlichen Worte jedoch falsch, denn er begann, kaum dass sich der Wagen in Bewegung gesetzt hatte, mit mir zu flirten, was sich darin äußerte, dass er pausenlos launige Geschichten erzählte, über die er selbst heftig lachte. Ich hörte kaum zu. Ich war müde, meine Beine schmerzten, die Kopfhaut juckte, und in den Schläfen pochte es, sehr heftig und, wie mir schien, unregelmäßig: schnell, dann plötzlich langsam, aber besonders deutlich spürbar. Diese Arhythmie machte mir aber keine Angst. Vielmehr versuchte ich, in mich hineinzuhören und zu verstehen, welche Botschaft mein Puls gerade aus meinem Innersten an mich weiterleitete. Es kam mir vor, als beherrschte er ein geheimes, bislang verborgenes und nur auf mich allein zugeschnittenes Morsealphabet, das ich allerdings noch zu entschlüsseln hatte.

Der junge Mann erzählte Geschichten über Tanja, die freche Ziege seiner Tante, die tagtäglich auf das Dach des

Hauses kletterte, um von dort meckernd die Landschaft zu bewundern; er erzählte von einem Mastschwein, das ihn an Wladlena Akakijewna, seine ehemalige Lehrerin, erinnerte, und er erzählte die Geschichte vom Genossen Knopotschkin, dem Parteisekretär, der letztes Jahr zum Tag der Oktoberrevolution dieselbe Rede gehalten hatte wie ein Jahr zuvor zum Internationalen Frauentag, weil er vom falschen Blatt abgelesen hatte, ohne dass das jemanden gestört hätte. Den meisten war der Fehler nicht einmal aufgefallen.

Ich lachte pflichtbewusst, aber mechanisch und immer nur dann, wenn er selbst schon zu lachen begonnen hatte. Bald achtete ich gar nicht mehr auf das, was er von sich gab, und wenn er mich etwas fragte, antwortete ich zwar bereitwillig, aber einsilbig, nickte, murmelte hin und wieder ein »Ja, ja« oder schüttelte den Kopf. Ich war schon ganz in einen angenehmen Dämmerschlaf versunken, der mir aber gerade noch erlaubte, so zu tun, als wäre ich wach, als der junge Mann plötzlich den Lastwagen anhielt und den Motor abstellte.

»Was ist los?«, fragte ich, zuckte zusammen, war sofort hellwach, drehte mich zu dem Fahrer und schaute ihm das erste Mal direkt ins Gesicht.

»Ich mag dich«, sagte er, und sein Hals wurde lang, seine Wangen rot und seine Lippen spitz. »Sehr sogar.«

Der junge Mann war bestimmt ein bis zwei Jahre jünger als ich, klein, strohblond, hatte ein rundes Gesicht voller Sommersprossen, eine Stupsnase und abstehende, viel zu groß geratene Ohren. Noch auffälliger als diese waren aber seine Augen. Sie waren grün, außergewöhnlich groß und engstehend, und es schien mir, als wären sie starr und würden niemals blinzeln.

»Du bist ein so hübsches Mädchen«, erklärte er und grinste über das ganze Gesicht.

Und du schaust aus wie eine Eule oder ein Uhu, dachte ich, sagte aber so laut, scharf und bestimmt, wie es mir trotz meiner Verunsicherung und ansteigenden Angst noch möglich war: »Fahr sofort weiter! Was soll das hier? Spinnst du?«

»Lass uns doch Liebe machen!«

»Wie bitte?«

»Ich heiße übrigens Tolik.«

»Was?«, schrie ich und griff vorsichtshalber nach der Türschnalle, bereit, jeden Augenblick aus dem Wagen zu flüchten. »Was???«

»Anatolij«, präzisierte Tolik.

»Was willst du?«, brüllte ich, obwohl ich natürlich genau verstanden hatten, was er wollte.

»Nur ein bisschen Vergnügen«, erklärte er. »Eine halbe Stunde. Es wird uns beiden guttun. Das ist ein sehr schöner Ort hier. An dieser Stelle halte ich oft an. Die fünf Sträucher am Straßenrand habe ich selbst gepflanzt. Und wir haben Zeit. Der Zug nach Moskau fährt erst um halb vier Uhr nachmittags.«

»Nein! Was erlaubst du dir!«, schrie ich empört und schlug die Hand weg, die Tolik nach mir ausgestreckt hatte. »Sonst noch was! Was glaubst du, wer du bist?«

»Ich bin Tolik«, verkündete Tolik. »Anatolij Anatoljewitsch Nachlobustin. Gefalle ich dir denn nicht?«

Der junge Mann sprach diese Worte mit einer so entwaffnenden Naivität und einem strahlenden, gutmütigen Lächeln aus, dass meine Angst von einem Augenblick auf den anderen verflogen war.

»Gefalle ich dir nicht?«, fragte er schon etwas verunsichert. »Die Mädchen im Dorf sagen alle, ich sei ein ganzer Kerl!«

Da begann ich zu lachen, und je mehr sich Toliks Gesicht von dem eines komischen Kauzes zu dem einer traurigen Eule wandelte, umso fröhlicher, ausgiebiger und lauter musste ich lachen. Einige Male versuchte ich, das Lachen zu unterdrücken, und prustete dann doch wieder los, bis ich kaum noch atmen konnte.

Toliks Stirn legte sich in Falten. Einige Sekunden schien er ernsthaft darüber nachzudenken, wie er meinen Lachanfall zu deuten habe. Dann allerdings verfinsterte sich sein Gesicht. Hastig wandte er sich ab, startete noch hastiger den Wagen, legte mit einer vehementen, wütenden Bewegung den Gang ein und drückte so stark aufs Gas, dass der Motor wie eine Meute tollwütiger Wölfe aufheulte. Ich wurde in den Sitz gedrückt, und als ich mich wieder bewegen konnte, wischte ich mir mit einem Stofftaschentuch die Tränen aus den Augen, schnäuzte mich und sagte nach einer kurzen Pause mit ruhiger Stimme: »Bitte entschuldige, Tolik, aber du musst mich verstehen. Ich habe äußerst schwierige Tage hinter mir. Mein Vater ist schwer krank, liegt im Sterben oder ist sogar schon tot. Ich hänge hier, am anderen Ende der Welt, fest – müde, ungewaschen, ungepflegt, mit einem langen Weg hinter mir und einem noch längeren und wahrscheinlich beschwerlichen vor mir, und dann kommst du, ausgerechnet du, und ...« Ich kicherte wieder. »Verzeih, ich lache dich nicht aus, ich lache in erster Linie über mich selbst, du bist sicher ein netter Knabe. Aber ... es ist ... es war einfach zu komisch. Dein Gesicht hättest du sehen sollen. Mein Gott, was du für ein Gesicht machen kannst!«

»Ich bin kein Knabe«, brummte Tolik. »Ich bin doch schon längst ein ...«

»Ein ganzer Kerl, ich weiß«, fiel ich ihm ins Wort. »Alle Mädchen im Dorf sagen das.« Ich lachte wieder.

Tolik kaute an seinen Lippen, sagte nichts mehr und schaute verkrampft nach vorne. Seine Schultern waren hochgezogen, der Kopf war so reglos, als sei er mit Beton auf seinem Rumpf fixiert worden. Für wenige Augenblicke bekam ich es wieder mit der Angst zu tun. Hatte ich ihn zu sehr gereizt? Verhöhnt? Beleidigt? Provoziert? Gedemütigt? Musste ich ein schlechtes Gewissen haben? Wenn er mich jetzt schlagen oder vergewaltigen würde, hätte jedes Gericht Verständnis für seinen Zorn. Schließlich hatte ich seine Gefühle verletzt. Ein wehrloses Mädchen soll einen jungen Mann nicht reizen, und schon gar nicht, wenn es mit ihm allein in der Steppe unterwegs ist. Er könnte mich vergewaltigen, erschlagen und irgendwo im Feld vergraben, dachte ich. Es würden Tage vergehen, bis mich jemand vermisst, und dann würde man in dieser Wüste aus Erde, Schlamm, den Resten geernteter Maisstauden und verdorrtem Gras meine Leiche niemals finden.

Doch Tolik ließ seine Frustration und seine Wut in erster Linie an sich selbst, am Schalthebel und an den Pedalen aus. Noch nie hatte ich eine so holprige und rasante Fahrt erlebt. Nach einigen Kilometern bog der Wagen von der Piste auf einen kaum als solchen erkennbaren Nebenweg, beschleunigte, bremste abrupt vor einer Mulde, donnerte mit den Rädern der rechten Seite in ein Schlagloch und beschleunigte sofort wieder. Wenn ich mich nicht rechtzeitig festgehalten hätte, wäre ich mit dem Kopf gegen die Kabinendecke, die Tür oder die Windschutzscheibe geschleudert worden. Doch es gelang mir, mich zu schützen.

Auf einmal tauchte eine Baumreihe auf. Ich sah Gestrüpp, einen Wasserturm, ein eingeschossiges Gebäude aus Lehmziegeln mit flachem Dach und Gleise, die in der Sonne glänzten – zwei lange, rostrote Schlangen mit silberfarbenen Rücken, die reglos nebeneinanderlagen und warteten.

Als der Wagen anhielt, ging alles sehr schnell. Tolik stieg aus, zog mein Gepäck von der Ladefläche, warf es in weitem Bogen auf die Erde, öffnete danach die Kabinentür. »Raus!« Ich sprang schnell hinaus.

»Dort drüben ist die Bahnstation«, verkündete der junge Mann, räusperte sich, spuckte aus und machte eine Bewegung des Kopfes Richtung Gebäude. »Dein Zug kommt in drei Stunden, wenn er pünktlich ist. Gute Heimreise!«

Bevor ich etwas sagen konnte, war Tolik wieder eingestiegen und davongefahren. Der Lastwagen verschwand in einer Wolke aus schmutzig gelbem Staub, der sich erst legte, als das Fahrzeug nur mehr ein schwarzer Punkt am Horizont war.

Tolik hatte mich tatsächlich an einer Bahnstation abgesetzt, doch sah diese anders aus, als man sie mir im letzten Dorf beschrieben hatte. Hier gab es weder eine Kleinstadt noch einen richtigen Bahnhof mit Vorplatz, Schalter und Kiosk. Hier war kein Mensch, geschweige denn ein Dorf. Ein solches war offenbar geplant, doch hatte man bei seiner Errichtung wohl eine Pause eingelegt. Jenseits der Bahntrasse konnte ich zwei Straßen (festgestampfte Erde) und die Fundamente dreier Häuser erkennen. Der Wasserturm schien leer zu sein, der Bahnhof bestand aus einem einzigen, vollkommen leeren Raum. Tür- und Fensterrahmen waren ebenfalls noch nicht montiert, sodass die Fenster wie blinde Augen in die Landschaft starrten. Der Bahnsteig – aufgeschüttete Erde und Lehm, vermischt mit Sand und Steinen, an den Seiten mit Holzbrettern gestützt – wies keinerlei Spuren von Schuhen oder Stiefeln auf. Hier war schon lange Zeit niemand mehr ein- oder ausgestiegen.

Wo zum Teufel bin ich nur?, fragte ich mich. Wo hat dieser elende Hund mich abgeladen?

Ob hier jemals ein Zug fuhr? Das Glänzen der Gleise ließ jedenfalls vermuten, dass die Züge regelmäßig verkehrten. Ob ein solcher jedoch tatsächlich schon in drei Stunden oder erst am nächsten oder übernächsten Tag vorbeifahren würde, konnte ich nicht wissen. Es gab weder Aushänge noch Hinweisschilder. Die Haltestelle hatte nicht einmal einen Namen. Jedenfalls war nirgends eine Aufschrift auszumachen.

Plötzlich musste ich daran denken, wie mir vor Tagen, an meiner ersten Zwischenstation auf der langen Reise durch die

Sowchose, von einer Bahnlinie berichtet worden war, die niemand benutzte, weil dort angeblich Züge von Nirgendwo nach Nirgendwohin fuhren. Keiner wusste, warum diese Bahnlinie überhaupt gebaut worden war, aber sie war in Betrieb.

»Oh, ich bringe ihn um!«, schimpfte ich. »Dieser elende Mistkerl, dieser geile Dorftrottel, dieser wasserstoffblonde Verbrecher.« Es war offensichtlich, dass Tolik mich an der falschen Bahnlinie abgesetzt und dass er dies ganz absichtlich getan hatte.

Mir blieb nichts anderes übrig, als auf den rettenden Zug zu warten. Glücklicherweise hatte ich eine Wasserflasche, reichlich Knäckebrot, etwas Kohl, eine Gurke und einen Maiskolben eingepackt. Seit ich im Krieg als Kind die Leningrader Blockade erlebt und nur mit Mühe überlebt hatte, ging ich selten ohne Proviant auf eine Reise, mochte diese auch noch so kurz sein.

Es war Mittagszeit. Ich setzte mich an den Rand des Bahnsteigs, stützte mich mit den Füßen am Gleis ab und stellte verblüfft fest, dass ich keinerlei Angst hatte. Eine innere Stimme sagte mir, dass der Zug schon kommen würde, vielleicht nicht bald, doch jedenfalls lange, bevor ich Gefahr lief, zu verdursten oder zu verhungern. Statt Angst überkam mich jedoch ein Gefühl tiefer Traurigkeit. Das erste Mal, seit ich von der Krankheit meines Vaters erfahren hatte, war ich ganz allein. Wenn ich nicht so müde gewesen wäre, hätte ich vielleicht geweint, doch hatte ich keine Kraft zum Weinen, was mir an diesem Ort zudem ganz und gar unangemessen erschien.

6

Eine Stunde verging und eine weitere und noch eine. Die drei Stunden Wartezeit, von denen Tolik gesprochen hatte, waren um, ohne dass am Horizont ein Zug oder sonst irgendetwas oder jemand aufgetaucht wären. Schließlich wurde ich ungeduldig, kroch vom Bahnsteig hinunter auf die Trasse und presste mein Ohr gegen ein Gleis. Ich wusste, dass man auf diese Weise einen herannahenden Zug hören konnte, auch wenn er kilometerweit entfernt und noch nicht zu sehen ist. Als Kind hatte ich das oftmals getan, hatte gelernt, die Sprache der Gleise richtig zu deuten. Allein: Diesmal hörte ich nichts. Nichts außer das Summen von Insekten, den mit den Nachmittagswolken aufkommenden Wind und meinen eigenen Herzschlag. Mein Ohr begann zu schmerzen, eine Wanze krabbelte über meine Wange, meine rechte Hand klammerte sich am feuchten Holz einer Schwelle fest, das Gleis aber schwieg.

Ich kletterte zurück auf den Bahnsteig und prüfte zum wiederholten Male, wie viele Vorräte ich noch hatte. Das Essen würde für einige Tage reichen, das Wasser jedoch nicht. Die Flasche war nur mehr zur Hälfte voll. Zur Not konnte ich das brackige Regenwasser trinken, das noch in einigen Bodensenkungen, Mulden und Ritzen zu finden war, oder hoffen, dass es wieder regnete. In einer Siedlung, auch wenn diese noch nicht fertig war, musste es einen Brunnen geben, dachte ich, doch konnte ich ihn nirgendwo entdecken. Wo war er nur? Ich hatte Angst, mich allzu weit von der Bahnstation zu entfernen, aber auch von hier aus, mit freiem Auge, hätte ich den Brunnen eigentlich sehen müssen.

Ich überlegte, welche Alternativen ich hatte. Was sollte ich tun, wenn der Zug bis zum nächsten Morgen nicht käme? Und wenn doch: Würde der Lokführer mich überhaupt am Bahnsteig stehen sehen, wenn der Zug in der Nacht vorbeikäme? Wer rechnete schon damit, dass hier jemand einsteigen wollte?

Was soll ich tun, fragte ich mich. Soll ich ein Feuer machen? Aber wo? Und womit?

Am nächsten Morgen könnte ich mein Gepäck hier zurücklassen und versuchen, den Ort, den ich diesen Morgen verlassen hatte, zu Fuß zu erreichen. Allerdings war ich nicht sicher, ob ich in der Steppe den Weg finden würde. Käme ich von diesem ab, wäre ich ohne Karte und Kompass verloren. In jedem Fall würde ich, sollte ich die kommenden Tage überleben, Tolik, diesen widerwärtigen Verbrecher, anzeigen.

Ich aß eine halbe Gurke, nahm drei Schluck Wasser und beschloss, bis zum nächsten Morgen nichts mehr zu trinken. Ich wusste, wie schwer mir das fallen würde, aber Entbehrungen kannte ich seit meiner frühen Kindheit, und nichts, so dachte ich, konnte an die Schrecken herankommen, die ich schon erlebt und überlebt hatte. Solange ich denken konnte, wurde mir von Verwandten und Freunden vermittelt, wie rational, diszipliniert und konsequent ich sei, auch wenn ich selbst nie so recht daran glauben wollte und mich viel geringer schätzte, als es die meisten anderen taten. An diesem Tag jedoch war ich geneigt, ihnen zu glauben. Die Erinnerung an die lobenden Worte der anderen gab mir Kraft und stärkte mein Durchhaltevermögen. Nein, ich würde die Wasserflasche bis zum Morgengrauen gewiss nicht mehr anrühren: Das hatte ich beschlossen, und ich würde mich – ohne Wenn und Aber – daran halten.

Eine weitere Stunde verging, Wolken zogen auf und verdunkelten den Himmel, während der Wind nachließ. Als der

Abend nahte, wurde es kälter. Ein mir vertrauter, angenehmer und doch mit Trauer und Wehmut aufgeladener Herbstgeruch lag in der Luft, und wenn ich nicht gewusst hätte, dass es sich um Einbildung handelte, hätte ich schwören können, sogar den Geruch von Bratkartoffeln und den Rauch von Holz- und Kohleöfen wahrzunehmen. Ich war unendlich müde, doch zwang ich mich, die Augen offen zu halten. Wenn der Zug nahte, wollte ich ihn rechtzeitig sehen.

Um wach zu bleiben, bemühte ich mich, in Bewegung zu bleiben, ging auf dem Bahnsteig auf und ab und versuchte, mich durch »heitere Gedanken« (so meine Bezeichnung dafür) aufzumuntern. War es nicht eine »Ironie des Schicksals«, dachte ich, den Krieg, die Leningrader Blockade, die Flucht aus der belagerten Stadt und Stalins Judenverfolgungen überlebt zu haben, nur um in der kasachischen Steppe umzukommen, weil ein notgeiler Dorftrottel sich von mir zurückgewiesen und verhöhnt gefühlt hatte? Ich zwang mir ein Schmunzeln ab, hielt meine Überlegungen aber schließlich doch weder für heiter noch für amüsant. Das Schmunzeln erstarb auf meinen Lippen. Ich blieb stehen, biss ein Stück von der Gurke ab, genoss die Feuchtigkeit auf Zunge und Gaumen, biss ein weiteres Stück ab und kaute lange daran, bevor ich es hinunterschluckte.

Vielleicht, dachte ich, hatte ich zu harsch auf die Avancen des jungen Mannes reagiert. Ich hätte sein unerhörtes Ansinnen freundlich, aber bestimmt zurückweisen sollen, ohne ihn dabei auszulachen. Hätte ich netter sein sollen? War ich an meiner misslichen Lage selbst schuld? Sogleich verwarf ich diesen Gedanken. Musste ich denn wirklich auf jede Unverschämtheit meiner Mitmenschen einfühlsam reagieren? Hatte ich das in meinem Leben nicht ohnehin schon oft genug getan? Nichts von dem, was ich gesagt hatte, rechtfertigte die Reaktion dieses Kerls. Oder etwa doch? Vielleicht, dachte ich, wollte er mich nur erschrecken, mir eine Lektion erteilen. Bald schon, bestimmt noch vor Sonnenuntergang, würde er zurückkommen, lachen, sich entschuldigen und mich, wie ausgemacht, zu jenem Bahnhof bringen, wo sich Menschen befanden und regelmäßig Züge verkehrten ... Ich ließ meinen Blick über die Landschaft schweifen, doch nirgendwo, nirgends, bis zum Horizont, wo Himmel, Wolken und Erde im Nebel verschwammen und ein undefinierbares Ganzes bildeten, bewegte sich etwas – weder ein Lastwagen noch ein Traktor oder eine Lokomotive, weder Pferd noch Esel oder sonst ein Tier, geschweige denn ein Mensch. Ich war ganz allein.

Ich setzte mich auf den Sack, in den ich die meisten meiner Kleidungsstücke gepackt hatte, zog die Beine an, bis ich die Stirn auf die Knie legen konnte, und versuchte, so regelmäßig wie möglich zu atmen, um meine aufsteigende Angst zu bannen. Das Letzte, was ich jetzt brauchen konnte, war, in Panik zu geraten. Ich musste ruhig bleiben, ich musste nachdenken, meine Lage nüchtern analysieren, Entscheidungen treffen. Stattdessen stieg die Wut in mir hoch, sodass ich am liebsten auf etwas oder jemanden eingedroschen hätte.

Es war so ärgerlich und beschämend, dass ich immer und immer wieder in solche unangenehmen Situationen mit Männern hineingeriet, besser gesagt, hineingezwungen wurde, dachte ich. Andere Mädchen wurden zwar ebenfalls belästigt, doch hatte ich den Eindruck, als hätte es eine bestimmte Sorte Männer gerade auf mich in besonderem Maße abgesehen. Dabei war an mir so gar nichts besonders. Ich hielt mich für ganz und gar durchschnittlich, so durchschnittlich, dass man mich eigentlich hätte übersehen sollen. Das wäre mir manchmal lieber als alles andere: Übersehen oder sofort vergessen zu werden.

Der Aufenthalt in Kasachstan war in den letzten Wochen diesbezüglich allerdings ereignislos, das heißt frei von Übergriffen und somit sehr angenehm verlaufen. Das erschien mir wie eine Pause im nicht enden wollenden Spießrutenlauf, den ich oft über mich ergehen lassen musste. Hier jedoch hatte es keine widerwärtigen Vorkommnisse gegeben, auch wenn nur wenige Kilometer entfernt vom Zeltlager der Studentinnen aus Leningrad eine Brigade aus Tatarien untergebracht gewesen war – lauter Männer unterschiedlichen Alters, Arbeiter einer Schraubenfabrik in der Nähe von Kasan, die ihren Urlaub ebenfalls »freiwillig« der Neulandgewinnung hatten opfern müssen. Als meine Kolleginnen und ich bald nach unserer Ankunft erfahren hatten, wer unsere Nachbarn waren, stellten sich Angst und eine gewisse Unruhe ein, doch die Tataren erwiesen sich als perfekte Gentlemen. Es gab keine Übergriffe, ja nicht einmal jenes derbe Gerede, die sattsam bekannten Anspielungen und Zweideutigkeiten, die für Männer eines bestimmten Milieus typisch waren, wenn sie jungen Frauen begegneten. Vielmehr entwickelten sich zwischen den Studentinnen und den Arbeitern einige echte Freundschaften, und wenn es einmal tatsächlich zu Flirts und Annäherungen kam, so unter Wahrung des gegenseitigen Respekts und der erforderlichen Sittsamkeit – so jedenfalls kam es mir damals vor. Natürlich hatte ich meine Augen und Ohren nicht überall, und an Gerüchten, den üblichen Eifersüchteleien und dem Getratsche der Mädchen hatte ich keinerlei Interesse. Wenn ich etwas nicht hören wollte, dann hörte ich nicht hin. Als die Tataren einige Wochen früher als wir nach Hause fahren durften, bedauerten wir ihre Abreise sehr.

In Leningrad und in anderen Städten war es um die zwischengeschlechtlichen Beziehungen anders bestellt. Kaum ein Ort, an dem ich nicht belästigt worden wäre, seit ich mich von einem kleinen Mädchen zu einer Halbwüchsigen und schließlich zu einer jungen Frau entwickelt hatte. Die Freier meiner Nachbarin machten mir im Wohnungskorridor oder draußen auf dem Flur eindeutige Angebote, berührten mich an den Haaren und an der Brust oder klopften mir sogar auf den Hintern. In der Straßenbahn, dem Trolleybus oder der ein Jahr zuvor eröffneten Metro kamen mir Männer oft näher, als mir lieb war. Ich wurde auf der Straße angesprochen, angepöbelt, bedrängt, man pfiff mir nach, vor einigen Monaten hatte mich ein Mann über Straßen und Hinterhöfe verfolgt, bis ich ihn wie durch ein Wunder abhängen konnte. Abends mied ich schlecht beleuchtete Straßen, machte einen großen Bogen um Parkanlagen, und wenn mir in einsamen Gegenden Männer entgegenkamen, wechselte ich stets die Straßenseite oder lief in die entgegengesetzte Richtung davon.

Je älter ich wurde, desto mehr war ich zu der Überzeugung gelangt, sexuelle Übergriffe sowie vulgäre Sprache, Mimik und Gestik seien ein normales, artgerechtes männliches Verhalten. Hormongesteuert, vernachlässigt und schlecht erzogen, wären Männer gar nicht fähig, sich anders zu verhalten – ähnlich geilen Rüden, rammelnden Hasen oder brunftigen Hirschen. Natürlich gab es Männer, die anders waren, jene, deren Willenskraft, Charakter und Erziehung über den natürlichen Trieb zu triumphieren vermochten. Zu solchen Männern gehörten mein Vater, mein Bruder sowie Freunde und Kommilitonen, die kultiviert genug waren, nicht immer nur an das eine zu denken.

Ansonsten konnte einen Mann weder sein Rang, sein Beruf noch eine respekteinflößende gesellschaftliche Stellung vor der hormonbedingten Niedertracht beschützen, die wie ein Fluch auf seiner Seele, vor allem aber auf seinem Körper lastete. Mit Ekel dachte ich daran zurück, wie ich mit sechzehn Jahren sogar einmal von einem Mönch belästigt worden war.

Dies ereignete sich während eines Sommerurlaubs, den ich mit meinen Eltern und dem Bruder in der Ukraine zubrachte. Für eine Woche mieteten wir ein Zimmer in einer Datscha am Dnjepr nördlich der Stadt Krementschuk. Während der Vater aus beruflichen Gründen nach Leningrad zurückkehren musste, besuchten meine Mutter, mein Bruder und ich Kiew. Zu den Höhepunkten dieser Besichtigungstour gehörte das Heilige-Mariä-Himmelfahrts-Kloster mit den berühmten Kirchen und Höhlen, in die sich seit dem Mittelalter Mönche zurückzogen, um Gott zu suchen und inneren Frieden zu finden. Die Höhlen waren nur im Rahmen einer Führung zu besichtigen. Diese wurde von einem jungen Mönch geleitet, einem groß gewachsenen, korpulenten Mann mit breiten Schultern und einem wallenden, an einen Teppich erinnernden Bart. Bruder Georgij geleitete die aus etwa zwanzig Leuten bestehende Gruppe durch die Gänge und unterirdischen Kirchen, an Mönchszellen und Katakomben vorbei. Hin und wieder blieb er stehen, um etwas zu erläutern, manchmal bekreuzigte er sich oder sprach ein Gebet. Je tiefer wir uns ins unterirdische Labyrinth vorwagten, desto düsterer wurde es um uns herum, bis man im Licht von Kerzen und Öllampen gerade noch genug sehen konnte, um nicht zu stolpern.

Schließlich erreichten wir einen der ältesten Bereiche des Klosters, ein völlig finsteres mittelalterliches Gewölbe, modrig und kalt, welches, wie der Mönch wortreich versicherte, noch aus der Zeit vor der mongolischen Eroberung Kiews im Jahre 1240 stammte und seit Dutzenden von Generationen als besonders heilig angesehen werde. In diesem Verlies befinde sich eine angeblich wundertätige, byzantinische Ikone mit dem Antlitz einer Madonna, die den Menschen Trost und Erleichterung verschaffe: Maria als Helferin in der Not, Kämpferin gegen die Versuchungen des Teufels und des Lasters.

»Hier ist sie!«, rief Bruder Georgij begeistert aus und stellte die Kerze, die er mit sich trug, auf einem kleinen Vorsprung an der Wand ab. Die Kerze beleuchtete ein in der Tat wunderschönes, kleinformatiges Porträt einer jungen Frau mit Heiligenschein, deren Gesicht so kunstvoll gemalt war, dass man den Eindruck hatte, es würde einen anschauen und einem mit den Augen folgen, egal, wohin man sich auch bewegte.

Außer der Madonna konnte man im Raum kaum etwas sehen. »Kommt alle näher, näher, kommt zu mir!«, bat der Mönch leise, ja er flüsterte beinahe, so als wäre die von ihm geführte Touristengruppe eine verschworene Gemeinschaft, der er ein Geheimnis anvertrauen wollte. Wir umringten Bruder Georgij. Mein Bruder schob mich ganz nach vorne, damit ich den Mönch besser hören konnte, wie er später beteuerte. Dieser sprach nun tatsächlich sehr leise, was wohl der weihevollen Atmosphäre des Raumes angemessen sein sollte, und während er sprach, machte er einen Schritt auf mich zu, sodass ich seinen Atem spürte, und dann spürte ich noch mehr – seinen Bauch, seine Oberschenkel, seine Finger, die meine Brust berührten und sich dann, unsichtbar für alle anderen in dieser Dunkelheit, an meinem Körper entlangtasteten. Ich wich zurück, doch mein Bruder, der hinter mir stand, schob mich wieder nach vorne, und nun spürte ich in der Höhe meiner Hüften etwas Hartes, Längliches, das mir in die Seite und etwas später in den Bauch stach. Im ersten Augenblick hielt ich es für einen Gegenstand, den der Mönch unter seiner Robe mit sich trug, ein Federpennal vielleicht, ein Etui mit harter Schale oder etwas Ähnliches. Als ich verstand, was es wirklich war, wich ich erneut angewidert zurück, doch abermals schob mich mein Bruder nach vorne. Wie dumm er doch war!

Der Mönch berührte meine Pobacken, fasste mich an der Taille, und ich, fassungslos, verwirrt, beschämt, wusste nicht, wie ich reagieren sollte, wagte vor Peinlichkeit und Scham nicht, etwas zu sagen, konnte mich aber mit etwas Mühe aus der Umklammerung lösen. Wäre ich einige Jahre älter gewesen, hätte ich wahrscheinlich geschrien und protestiert, damals jedoch, mit sechzehn, brachte ich kein Wort heraus.

Mit großer Leidenschaft erzählte der Mönch währenddessen von der grenzenlosen Liebe der Gläubigen zur Jungfrau Maria, von der wundertätigen Kraft ihrer Unschuld und Güte und der wechselvollen Geschichte der fast tausend Jahre alten Madonna, die angeblich schon die Mutter des Fürsten Wladimir Monomachos, eine byzantinische Prinzessin, aus Konstantinopel nach Kiew gebracht hatte. Nach der Revolution und dem Bürgerkrieg entfernt, aber nicht vernichtet, verschwand die Madonna für die gesamte Zwischenkriegszeit in einem Depot, wurde aber nach der Befreiung Kiews von den Nazis im November 1943 auf Geheiß des Genossen Stalin persönlich wieder an ihren angestammten Platz zurückgebracht. Der »Mann Gottes und doch der demütigste seiner Diener«, wie der Mönch sich selbst bezeichnete, sei dafür »unserem großen Führer und Lehrer, dem Genossen Stalin« auf ewig dankbar. »*Meine Seele preist die Größe des Herrn*«, zitierte Georgij die Worte Mariens aus dem Lukasevangelium. »*Und mein Geist jubelt über Gott, meinen Retter. Denn der Mächtige hat Großes an mir getan, und sein Name ist heilig.*«

Wann immer der »demütigste Mann Gottes« auf die Jungfrau Maria zu sprechen kam, spürte ich umso härter seine leibliche Gegenwart, und als die Führung endlich zu Ende war, fühlte ich mich so gedemütigt und schmutzig wie noch nie in meinem Leben.

»Hattest du nicht auch den Eindruck, dass du diesem Marienbild sehr ähnlich siehst?«, fragte mich der Bruder, als wir wieder draußen und im Sonnenlicht waren. »Erstaunlich, wie ähnlich eure Gesichtszüge sind.«

»Ach, halt doch die Klappe, du Vollidiot!«, brüllte ich und begann ihn in einer Weise zu beschimpfen, wie ich es bis dahin noch nie getan hatte. Der Bruder brauchte einige Zeit, bis er verstand, was geschehen war.

Die Zeit verging. Am Abend konnte ich meine Augen schließlich nicht mehr offen halten. Im Traum sah ich die Steppe, den Horizont, Wolken, die sich verdichteten und verdunkelten, bis sie schwarz wurden und mir entgegenrasten. Unter meinen Füßen rollten und rumpelten die Räder eines Lastwagens. Am liebsten wäre ich unter die Erde gekrochen, alle Wege führten ja ohnehin dorthin. Tolik wollte sich mit mir vergnügen, erklärte mir, dass er nun einmal seine Bedürfnisse habe, das müsse ich verstehen, er sei ein Mann. Ich betrachtete mit Abscheu sein grinsendes Gesicht in der Dunkelheit, doch hatte er seltsamerweise einen Vollbart und trug eine Robe wie ein Mönch. Er streckte die Arme nach mir aus, ich wich zurück, begann zu schreien, er aber schrie plötzlich ebenfalls, schrie lauter als ich selbst, und nicht nur das – er schrie nicht nur, sein Kopf dampfte. Rauch kam aus seinen Nasenlöchern, seinem Mund und seinen Ohren, und seine Haut wurde schwarz.

Ich erwachte, riss die Augen auf und erblickte keine fünfzig Meter entfernt, aber sehr schnell wachsend, weil näher kommend – eine schwarze Dampflokomotive. Der rote Stern an ihrer Spitze glänzte im letzten, fahlen Licht des vergehenden Tages. Wenn Rauch und Dampf nicht meine Lunge gefüllt hätten, hätte ich laut geschrien. So aber hielt ich den Atem an, sprang auf, begann zu hüpfen und mit den Armen zu fuchteln, doch der Lokomotivführer hatte mich offensichtlich längst gesehen. Der Zug bremste, die Lokomotive donnerte mit quietschenden Bremsen an mir vorbei; es folgten vier, fünf, sechs, sieben Güterwaggons und schließlich ein einziger, hell erleuchteter Passagierwagen, aus dem ausgelassenes Gelächter und Ziehharmonikamusik zu mir drangen. Ich raffte mein Gepäck zusammen und lief, so schnell ich konnte, in Richtung dieses Waggons. Als der Zug endlich zum Stehen kam, wurde eine der Türen von innen aufgestoßen, knirschte, klappte mit einem lauten Knall nach außen. Kräftige Arme packten mich samt meinem Gepäck und zogen mich ins Innere, ins Licht, das mich blendete. Für einige Augenblicke konnte ich kaum atmen, konnte nichts erkennen. Jemand hielt mich fest, sagte etwas Heiteres, worüber andere lachten. Ich verstand nichts, hörte kaum etwas, war wie benommen. Noch bevor die Tür hinter meinem Rücken geschlossen wurde, rollte der Zug weiter.

7

Meine einfache Frage »Wohin fahren wir?« konnte die versammelte Fahrgemeinschaft, immerhin etwa vierzig Leute, nicht eindeutig beantworten. Die einen meinten Richtung Osten, andere widersprachen und behaupteten, man sei Richtung Nordwesten unterwegs. Auf jeden Fall, und darin waren sich alle einig, bewegte man sich nicht dorthin, wohin man ursprünglich wollte, sondern dorthin, wohin andere meinten, dass man sich bewegen sollte, und dies schon seit geraumer Zeit. Es dauerte eine Weile, bis ich verstand, was damit gemeint war.

Man gab mir zu trinken, zuerst Wasser, dann Tee, dann eine Flasche Bier – auf dessen Genuss ich allerdings verzichtete –, man reichte mir eine Scheibe Brot mit Margarine, eine halbe Gurke und eine Tomate, wies mir eine Bank zu, auf der ich mich ausbreiten konnte und sogar genug Platz hatte, um mich hinzulegen. Der Waggon, in dem ich mich befand, sah aus, als stamme er noch aus der Zeit vor der Revolution, und wurde offenbar früher als Regional- beziehungsweise Vortezug oder als Stadtbahn eingesetzt. An einer Wand klebte noch ein halb zerrissener Fahrplan der Stadt- und Regionalbahnen der sibirischen Stadt Barnaul und Umgebung aus dem Jahre 1949. Der Waggon hatte Sitzbänke aus Holz, einen schmalen Mittelgang und noch schmalere Gepäckablagen über den Sitzen, die mit allerlei Kram fast bis zur Decke hinauf gefüllt waren. Zudem lagen zahlreiche Koffer und Säcke in den Ecken, im Einstiegsbereich, auf und unter den Bänken oder auch im Durchgang, sodass man mit einiger Mühe und dem nötigen akrobatischen Können darübersteigen oder

-klettern musste. Der Gang auf die Toilette – dies war das Erste, was ich tat, als ich wieder einigermaßen zu mir gekommen war – erinnerte an einen Abstieg in die Hölle. Nicht einmal während des Krieges hatte ich mich an einem solch erbärmlichen und schmutzigen Ort erleichtern müssen. Eingetrocknete Exkremente klebten auf dem Boden und an den Wänden, eine Klobrille war nicht vorhanden, und natürlich war der winzige Wasserbehälter über dem noch winzigeren Waschbecken leer.

Im Wagen war es eng und stickig, es roch nach Schweiß, Urin und Alkohol, die Beleuchtung war schummrig und flackerte, die Schiebefenster klemmten und ließen sich nicht öffnen und irgendwo – unsichtbar, aber für alle gut hörbar – schlugen Blechplatten gegeneinander. Dies war in jeder Kurve, bei jeder Bremsung und Beschleunigung des Zuges der Fall. Niemand wusste, wie man das unangenehme Geräusch abstellen könne, doch das kümmerte auch keinen.

Ich erkannte bald, dass im Waggon eine sehr gute, ja sogar ausgelassene Stimmung herrschte, und dass die meisten Leute einander kannten. Es wurde gefeiert, gesungen, gescherzt und getrunken, Letzteres offenbar schon ziemlich lange. Ein Herr mit Schmerbauch und Glatze tanzte durch den Raum, wackelte mit den Hüften, stolperte über die Gepäckstücke und sang mit erstaunlich schöner, sonorer Stimme ein schlüpfriges Lied über die »prallen Möpse« irgendeiner Mascha, während zwei nur mehr halb bekleidete Damen in mittleren Jahren dazu in die Hände klatschten und so derbe und zotige Bemerkungen machten, dass ich mich angewidert wegdrehte und spürte, dass ich rot wurde. Einige etwas weniger alkoholisierte, aber dennoch alles andere als nüchterne Personen setzten sich zu mir auf die Bank oder umringten mich, zeigten ihre Anteilnahme und fragten mich aus, empörten sich über den »unverschämten Dorfcasanova«, nachdem ich knapp erzählt hatte, was mir widerfahren war, meinten, ich solle »den Trottel« unbedingt anzeigen. Es sei kriminell, ein junges Mädchen mitten im Niemandsland auszusetzen.

»Wo sind wir hier überhaupt?«, fragte ich. Kaum hatte ich diese Frage gestellt, lachten alle laut auf und meinten, dass sie viel für mich tun und mir vieles erzählen, aber leider diese eine, wenn auch zweifellos wichtige, ja entscheidende Frage nicht beantworten könnten.

»Wir sind die Theatergruppe *Roter Blitz* aus Rubzowsk«, erklärte ein großer, hagerer Mann mit Glasauge und vier goldenen Zähnen. »Irgendein Vollidiot hatte die glorreiche Idee, uns auf Sommertournee durch die Dörfer, Kleinstädte und Sowchosen der Region zu schicken – angeblich als Teil des Neulandgewinnungsprogramms. Das flache Land, die Steppe, soll nicht nur landwirtschaftlich, sondern auch kulturell entwickelt, sozusagen zivilisiert werden.«

Allgemeines Gelächter. Auch ich musste schmunzeln.

»Dabei haben wir immerhin schon in den großen Theatern des Kusbass gespielt – im *Großen Theater* von Bernaul, im Puppentheater von Prokopjewsk, in der Stadthalle von Leninsk-Kusnetskij, auf der *Clara-Zetkin-Bühne* von Stalinsk, im Alten Güterbahnhof von Kemerowo, in Tomsk gleich an mehreren Orten und einmal sogar im *Opern- und Dramatheater* von Nowosibirsk und jetzt …«

»Zuletzt im Kinosaal der *Rosa-Luxemburg-Schweinezuchtsowchose*«, fiel ihm jemand ins Wort.

»Wir sind leidenschaftliche und wackere Kämpfer im Dienste der kulturellen Entwicklung unseres großen sozialistischen Heimatlandes«, ertönte eine weibliche Stimme hinter meinem Rücken. »Wo man uns hinschickt, dort kämpfen wir gegen Dünkel, Gleichgültigkeit und Ignoranz für eine lichte Zukunft.«

Wieherndes Gelächter.

»Karla Adolfowna ist die Komikerin unter uns«, erklärte der hagere Einäugige. »Sie hat immer schon solche Scherze gemacht – bevor sie ins Lager kam und auch seitdem sie wieder freigelassen wurde.«

»Die Arschlöcher haben mich geknickt, aber nicht zerbrochen«, knurrte die weibliche Stimme, deren Besitzerin für mich weiterhin unsichtbar blieb.

»Ich bin übrigens Witalij Antonowitsch Jastrebow«, stellte sich der Einäugige vor, »meines Zeichens seit gut zehn Jahren Dramaturg, Regisseur und Leiter dieses im Moment ziemlich besoffenen Haufens. Alle nennen mich Witjka.«

»Und dieser Zug hier?«, fragte ich zaghaft. »Woher kommt er und wohin …?«

Da begannen alle durcheinanderzureden. Sie unterbrachen sich gegenseitig, fielen einander ins Wort, erzählten mit zunehmender Aufregung ungefähr dieselben, manchmal aber auch widersprüchliche Geschichten, doch schließlich erhielt ich eine Vorstellung davon, was passiert war. Die Theatergruppe war in der Region von Ust-Kamenogorsk unterwegs gewesen – zwei Auftritte »in der Provinz« waren noch geplant, der zweite davon in einer Arbeitersiedlung, einem Vorort der Großstadt Ust-Kamenogorsk selbst, ein würdiger Abschluss dieser Tour, um danach auf direktem Wege nach Hause in die westsibirische Stadt Rubzowsk unweit der kasachischen Grenze zurückzukehren –, als ihr Lastwagen an einer Straßenkreuzung angehalten wurde. Mitarbeiter der Staatssicherheit, die berüchtigten Uniformierten mit den blauen Schulterklappen, hatten eine Sperre errichtet, eine Stacheldrahtrolle quer über die Straße und die umliegenden Felder gelegt, einen Posten aufgestellt. Man befahl dem Lastwagenfahrer umzukehren und in eine Kleinstadt namens Krjutschkowo (jemand behauptete, die Stadt habe Klitschkowo und nicht Krjutschkowo geheißen) zurückzukehren.

Warum, erklärte den Schauspielern und ihren Begleitern natürlich niemand. Als einer der Schauspieler nachzufragen wagte, erhielt er als Antwort einen derart bösen, vielsagenden Blick, dass er keine Fragen mehr stellte. In Krjutschkowo (oder Klitschkowo) wurden sowohl der Lastwagen als auch sein Anhänger, in dem sich die Theaterrequisiten befanden, konfisziert. Die Requisiten wurden ausgeladen und in irgendeinem Schuppen gelagert, während die Schauspieler mit ihren persönlichen Gegenständen und der Verpflegung, die sie mithatten, in einen Zug umsteigen mussten – in genau diesen nämlich –, um damit weiterzufahren. Wohin? Das wurde ihnen nicht gesagt. Der Oberleutnant der Staatssicherheit, der sie bis zum Bahnhof begleitet hatte, wusste es selbst nicht. Ein Stationsvorsteher war auf dem winzigen Provinzbahnhof, in den der Zug, von irgendwoher kommend, eingefahren war und wo er auf die Weiterfahrt wartete, seltsamerweise nicht aufzutreiben, der Lokomotivfahrer und sein Heizer sprachen nur Kasachisch und taten so, als verstünden sie kein Russisch, oder aber sie durften nichts erzählen und flüchteten sich auf diese Weise hinter eine vermeintliche Sprachbarriere. Sie wiederholten nur einige Male das Wort »Fluss«, doch präzisierten sie nicht, ob, wohin und zu welchem Fluss sie fuhren, auch wenn es sich vermutlich um den Fluss Irtysch handelte, weil dies der einzige größere Fluss weit und breit war. Was sie in den Güterwaggons transportierten, wusste ebenfalls niemand, aber das spielte ohnehin keine Rolle. Hauptsache, im Passagierwaggon war genug Platz.

Egal, wohin der Zug fahre, er werde sie schon nach Hause bringen, meinte daraufhin der KGB-Oberleutnant, wenn auch vielleicht über einige Umwege und Zwischenstationen. Es sei verboten, sich Sorgen zu machen. »Seien Sie fröhlich!«, befahl er. Um Fahrkarten bräuchte man sich nicht zu kümmern. Es handle sich um eine Ausnahmesituation. Was denn passiert sei, fragte ihn zu diesem Zeitpunkt niemand mehr. Eine Frau aus Krjutschkowo (oder Klitschkowo), die zufällig vorbeikam, berichtete allerdings leise, als der KGB-Mann nicht hinhörte, sie habe von ihrer Schwägerin, die es aus einer sicheren Quelle wisse, gehört, es habe als Folge der schweren Regenfälle eine Naturkatastrophe in China gegeben, die sich in irgendeiner Weise auf Kasachstan und Westsibirien auswirke, weswegen die gesamte Region um Ust-Kamenogorsk, wenn auch nur inoffiziell, zur Sperrzone erklärt worden sei: Es dürfe niemand hinein und niemand heraus. Genaueres könne sie aber leider nicht sagen.

»Das heißt …«, murmelte ich.

»Das heißt«, erklärte Karla Adolfowna, die sich als eine resolute, stämmige Dame um die fünfzig erwies, »dass wir heute gegen Mittag losgefahren sind und, so wie es aussieht, noch die ganze Nacht durchfahren werden, ohne weit zu kommen. Schau doch hinaus! Wir kriechen im Postkutschentempo dahin.«

Ich schaute aus dem Fenster, doch draußen war es stockfinster, so finster, dass ich beim besten Willen nicht erkennen konnte, wie schnell der Zug unterwegs war. Man sah weder Himmel noch Erde, man sah keine Lichter, keine Sterne und keinen Mond. Wahrscheinlich war es bewölkt – eine geschlossene Wolkendecke über einer gespenstischen, pechschwarzen, völlig menschenleeren Steppe, und plötzlich hatte ich den Eindruck, dort draußen sei gar nichts, weder Gras noch Sträucher, weder Tiere noch Vögel, kein Fuchs, keine Maus, keine Eule, keine Nachtfalter oder Käfer, weder Schlangen noch Spinnen, kein Boden, keine Erde und keine Finsternis, sondern das absolute Nichts, gar nichts, mehr als nur eine völlig stille Leere, sondern ein Nichts, das keinen Anfang und kein Ende hatte, keine Luft, keine Zeit, keine Vergangenheit, keine Zukunft und kein Ziel, sondern nur die

Ewigkeit des Augenblicks, das Dampfen der Lokomotive, das Rattern der Räder auf unsichtbaren Gleisen im Nirgendwo, die furchterregenden, Unheil verkündenden Schläge der Blechplatten und dieses seltsame, beängstigende Gefühl der Bewegung ohne klare Richtung, auf und ab und schräg dahin, sodass man meinen könnte, der Zug könnte jeden Augenblick davonfliegen oder in einen tiefen Abgrund stürzen.

Ich spürte, dass ich keine Luft mehr bekam. Ich schloss die Augen, kaute nervös an meinen Lippen und begann von hundert rückwärts zu zählen. Karla Adolfowna legte mir den Arm um die Schultern, drückte mich an sich und sagte – leise zwar, aber laut genug, dass ich es hören konnte: »Komm, Mädchen, zieh deine Schuhe aus, leg dich auf die Bank, atme durch den Mund, ein und aus und immer wieder, stell dir etwas Beruhigendes und Schönes vor und versuch zu schlafen. Alles wird gut. Ganz bestimmt! Ich weiß es. Wir werden schon irgendwo ankommen. Wir haben doch alle schon Schlimmeres erlebt als eine Bahnfahrt ins Ungewisse und haben es bis jetzt – mit viel Glück – heil überstanden. Nicht wahr? Auch du bist ein gebranntes Kind – das sehe ich dir an. Wir haben genug zu essen und zu trinken, die Leute hier tun dir nichts Böses, ich pass auf dich auf, und Bahngleise enden immer irgendwo.«

Letzteres empfand ich zwar nicht unbedingt als Trost, doch war ich froh, dass sich jemand um mich kümmerte und mir erklärte, was ich tun sollte. Ich war zu müde, um noch weiter nachzudenken, ich war aber auch zu müde, um meine Angst abzuwehren. So schloss ich die Augen und wusste plötzlich nicht mehr, ob ich nicht doch noch wach war. Mir schräg gegenüber, wenn auch drei Bänke weiter, unweit der Zugslatrine (denn nur so konnte man diesen Ort bezeichnen) sah ich noch eine junge Frau etwa in meinem Alter, nur kleiner und zierlicher, mit dunklen, kurz geschnittenen Haaren, einem runden Gesicht und leicht geschlitzten Augen, wie sie manche Kasachen, noch öfter aber Kinder mit nur einem kasachischen Eltern- oder Großelternteil hatten. Während ich darüber nachdachte, welcher Nationalität das Mädchen denn nun tatsächlich angehörte, schlief ich ein und fuhr im Schlaf tagelang durch einen langen Tunnel, bis der Zug mitten in Leningrad wieder an die Oberfläche kam und als Straßenbahn bis knapp vor unser Haus fuhr. Im Treppenhaus wartete mein Vater auf mich und erklärte mir, es sei alles ein Missverständnis gewesen. Man habe zwei Menschen mit dem gleichen Familiennamen verwechselt und das Telegramm der falschen Tochter geschickt.

Als ich wieder aufwachte, wusste ich nicht, wie viel Zeit vergangen war. Doch als ich aus dem Fenster schaute, zeigten sich schon die ersten Lichtstrahlen am Horizont. Die meisten Fahrgäste schliefen – lagen oder saßen auf den Bänken oder hatten ihre Jacken und Mäntel auf dem Boden ausgebreitet und sich daraufgelegt. Nur das kasachische oder halbkasachische Mädchen saß immer noch aufrecht auf der Bank unmittelbar neben der Toilette und las ein Buch. Ich war zu weit weg, um zu erkennen, um welches Buch es sich handelte, und es erschien mir nicht angemessen, hinüberzugehen und zu fragen. Das Mädchen spürte meinen Blick, schaute kurz auf, rang sich für den Bruchteil einer Sekunde ein Lächeln ab und wandte sich wieder dem Buch zu.

Es wäre so wunderbar, wenn der Traum, den ich gerade gehabt hatte, kein Traum, sondern real, wenn mein Vater noch am Leben und gesund und das Telegramm nichts weiter als ein peinliches Missverständnis oder eine Verwechslung wäre! Aber ein Traum war ein Traum, und ich war ein stets logisch denkender Mensch gewesen. Das jedenfalls war seit Jahren mein unerschütterliches Selbstbild. Zudem konnte ich weiterhin nicht sicher sein, was wirklich geschehen war, ob mein Vater schon tot oder noch am Leben oder im Krankenhaus oder vielleicht auf dem Weg der Genesung und wieder zu Hause war. Es war diese Unsicherheit, die mir keine Ruhe ließ, meine bösen Vorahnungen verstärkte und mich in einen Zustand dauernder innerer Unruhe versetzte. Wenn ich doch endlich in eine Stadt käme, in der es ein Postamt mit einer Fernsprechanlage gab!

Während ich darüber nachdachte, welche Stadt dies denn sein könnte, welche Stadt hier überhaupt in der Nähe war (was nicht leicht herauszufinden war, da ich ja nicht wusste, wohin der Zug eigentlich fuhr), hatte ich plötzlich ein starkes Bedürfnis, meinen Vater zu umarmen, seine Hände, seine Haut, die Haare auf seinen Armen und die Stoppeln auf seinen an den Wochenenden meist unrasierten Wangen zu spüren. Das war seltsam, denn seit ich der Kindheit entwachsen war, vermied ich es, von jemandem berührt zu werden – die Eltern waren hier keine Ausnahme –, und dass ich auf einmal dieses verstörende Verlangen nach dem Körper, ja sogar nach dem Körpergeruch des Vaters hatte, versetzte mich in eine noch größere Unruhe als jene, die ich ohnehin schon verspürt hatte. Ich bin übermüdet, unausgeschlafen, dachte ich, dünnhäutig und schmutzig wie altes Zeitungspapier. Ich sollte schlafen, lange schlafen, vor allem aber endlich diese triste Gegend hinter mir lassen. Als der Herrgott sie erschuf, muss er in einer äußerst melancholischen Stimmung gewesen sein.

Ich schloss wieder die Augen und spürte, dass Vater mich hochhob und hinaus an die frische Luft trug. Die Fantasie vermischte sich mit einer intensiven Erinnerung, die mich ins Jahr 1943 zurückführte, in ein Dorf, das sechzig Kilometer von der Stadt Joschkar-Ola entfernt lag. Nur wenige Wochen zuvor bin ich mit den Eltern und dem Bruder aus dem belagerten Leningrad evakuiert und nach einer langen Odyssee hierhergebracht worden. Es ist Winter, ich bin sieben Jahre alt, liege in einem engen Raum auf einer Matratze und kann nicht atmen – vielmehr atme ich sogar schnell, tief und immer schneller, doch das, was in meine Lunge kommt, ist dabei, mich zu ersticken, es macht mich benommen, schnürt mir die Kehle zu, mir wird übel, ich habe den Wunsch, zu erbrechen. Es droht mich von innen in Stücke zu reißen. Ich atme und ringe doch verzweifelt nach Luft. Oben, auf dem Ofen, im elterlichen Bett, liegt Mutter. Sie rührt sich nicht, vollführt seltsame Bewegungen, Zuckungen, Verrenkungen, und so gerne ich zu ihr gehen, sie an der Hand ziehen, sie um Hilfe bitten würde, es gelingt mir nicht, denn ich kann mich kaum bewegen, ich habe keine Kraft, den Kopf zu drehen, geschweige denn aufzustehen und irgendwo hinzugehen. Einzig der Bruder scheint noch in einem besseren Zustand zu sein. Langsam, aber stetig bewegt er sich auf allen Vieren Richtung Tür. Er ist noch stark, er kriecht. Ein Glück, dass der Riegel nicht vorgeschoben ist. Einen Meter noch, und der Bruder wird die Tür aufstoßen und den rettenden Sauerstoff in den Raum lassen. Doch diesen Moment werde ich nicht mehr bewusst miterleben können. Das Nächste, woran ich mich erinnern kann, sind die kräftigen Arme meines Vaters, der mich hinaus ins Freie, in die eiskalte, lebensspendende Luft trägt, in den frischen, weichen Schnee legt und zurück ins Haus rast, um meine Mutter und meinen Bruder zu retten.

Seit diesem Erlebnis achteten Mutter, Vater, mein Bruder und ich sehr genau darauf, wann wir die Abzugsklappe des Ofens schließen und wann wir diese lieber offen lassen sollten. Mein Vater hatte sie geschlossen, bevor er an jenem Morgen zur Arbeit gegangen war. Zu früh, wie sich bald herausgestellt hatte. Es war ein großes Glück, ja beinahe schon ein Wunder, eine Kohlenmonoxydvergiftung unbeschadet überlebt zu haben. Ein riesengroßes Glück war auf jeden Fall, dass mein Vater, der eine Stunde früher als die Mutter zur Arbeit gehen musste, vergessen hatte, die Haustür abzuschließen. So konnte mein Bruder sie aufstoßen, bevor er direkt an der Türschwelle das Bewusstsein verlor. Das allergrößte Glück aber war, dass mein Vater eine Vorahnung gehabt hatte. Dies war ein gleichermaßen seltsames wie beklemmendes Gefühl, das er weder von früher kannte noch später in seinem Leben jemals wieder erleben sollte. Um halb sechs Uhr morgens war er an seinem Arbeitsplatz, der ihm als Evakuierten zugewiesen worden war – als Buchhalter in der Verwaltung der lokalen Holzverarbeitungssowchose –, eingetroffen, doch um halb sieben war er plötzlich unruhig geworden, und um zehn vor sieben war er überzeugt, dass zu Hause etwas nicht in Ordnung war. Fünf Minuten später war er schon in Panik geraten, und auch wenn ihn seine Kollegen zu beruhigen versuchten, ließ er alles liegen und stehen und raste nach Hause zurück, wo er keine Minute zu früh eintraf.

Ich weiß nicht mehr, wie lange ich im Schnee gelegen bin, zwei, vielleicht drei Minuten, vielleicht auch länger. Meine Lunge füllte sich wieder mit Sauerstoff, doch war ich weiterhin zu schwach, um aufzustehen. Damals rief ich nur mit schwacher Stimme nach meinem Vater, doch nun ist meine Stimme stark und klar. »Chaim Abramowitsch!«, schreie ich. »Chaim Abramowitsch! Wo bist du? Was ist los?« Aber er antwortet nicht. Stattdessen rüttelt jemand an meiner Schulter und ruft: »Wach auf! He! Hallo! Mädchen! Fräulein! Mach schon, wach auf! Du hast schlecht geträumt.«

»Ich?«, murmle ich.

»Ja, wer denn sonst? Die Königin von England? Und wer ist Chaim Abramowitsch?«

»Mein Vater.« Ich richte mich auf und wische mir mit dem Ärmel meiner Bluse den Schweiß von der Stirn. Vor mir steht das halbkasachische Mädchen, das vorhin neben der Toilette gesessen und ein Buch gelesen hat, beugt sich über mich, schüttelt und rüttelt weiterhin an meiner Schulter und grinst über das ganze Gesicht.

»Wo sind wir?«, frage ich.

»Am Irtysch!«, verkündet das Mädchen freudig, mit heller, beinahe feierlicher Stimme. »Sieh doch!«

Inzwischen ist es hell geworden. Ich schaue aus dem Fenster und erkenne im Morgendunst einen breiten Fluss, an dem der Zug langsam entlangfährt, so langsam, dass ein Fahrrad oder ein Pferdefuhrwerk schneller sein müssten, doch erscheint mir das und alles andere um mich herum – das Mädchen neben mir, die gerade erwachenden, gähnenden, rülpsenden, plaudernden, scherzenden Schauspieler, die lange Warteschlange vor der Tür zur Toilette – uninteressant und belanglos angesichts dieses majestätischen Flusses mit den vielen kleinen, von Gestrüpp und Bäumen bewachsenen Inseln, Ufern und Seitenarmen, Schwärmen von Vögeln über dem Wasser und dieser wunderbaren, einmaligen Mischung aus Grün und Gelb und Milchig-Weiß und Fröhlichkeit nach vielen Tagen in Schwarz, Grau, Braun und Tristesse.

»Chaim Abramowitsch ist dein Vater?«

»Ja.«

»Ich hätte meinen Vater auch niemals nur mit seinem Vornamen angesprochen«, sagt das Mädchen. »Nicht einmal im Traum wäre mir das eingefallen. Allerdings habe ich kaum jemals von ihm geträumt. Glücklicherweise habe ich nur selten Albträume.«

»Glaubst du, dass es dort, wo wir ankommen werden, ein Telefon gibt?«, frage ich.

»Aber sicher nicht«, meint das Mädchen und beginnt zu lachen.

8

Es muss etwa sieben Uhr morgens, vielleicht auch etwas später gewesen sein, als der Zug endlich seinen Bestimmungsort erreichte – eine Arbeitersiedlung am Irtysch, besser gesagt, die Baustelle einer entstehenden großen Arbeitersiedlung, in der offensichtlich einige Fabriken und Werkstätten und eine Reihe von Wohnhäusern errichtet wurden. Die Neulandgewinnung hatte den größten Bauboom seit den unmittelbaren Nachkriegsjahren ausgelöst. Neben Städten wie Pawlodar, Omsk und Akmolinsk, die von beschaulichen Provinzstädten zu großen Industriezentren ausgebaut wurden, schossen Siedlungen, Kleinstädte, Industrieanlagen und Dörfer wie Pilze aus dem Boden. Doch diese Baustelle hier war leer. Es schien, als hätten die Arbeiter sowie alle anderen Menschen sie fluchtartig verlassen, ohne etwas mitzunehmen. Überall standen Baumaschinen und Kräne still, Werkzeuge lagen herum. Die Bauhütten neben den Gleisen sahen aus, als wären sie noch vor kurzem bewohnt gewesen. Streunende Hunde wühlten im Müll, und die Tür eines Ladens direkt an der Bahntrasse, an dem der Zug langsam, fast schon im Schritttempo, vorbeifuhr, stand offen, allerdings waren im Inneren weder Verkäufer noch Kunden zu sehen.

Ob es hier Postämter und Telefone gab, konnte ich nicht in Erfahrung bringen. Dafür blieb keine Zeit. Das Gleis endete direkt neben der Schiffsanlegestelle; der kleine Bahnhof – ein eingeschossiger, grauer Betonkasten, der aussah, als sei er gerade erst fertiggestellt worden – war offenbar gleichzeitig auch das Hafengebäude. Der Dampfer *Heldenstadt Sewastopol* hatte, wie es schien, auf diesen Zug gewartet und sollte demnächst ablegen, sodass alle Passagiere des Zuges von zwei besorgt wirkenden und nervös aussehenden Hafen- oder Bahnhofsbeamten angehalten wurden, rasch in dieses Schiff nach Omsk umzusteigen, wenn sie nicht mindestens einen ganzen Tag oder noch länger auf das nächste Schiff warten wollten. Noch seltsamer war, dass die Beamten ebenfalls mitfuhren und somit die große Baustelle samt Bahnhof und Anlegestelle nun völlig menschenleer zurückließen.

Omsk: das war gut! Omsk bedeutete Großstadt, Zivilisation und die Transsibirische Eisenbahn mit direkter, regelmäßiger Verbindung nach Moskau. Ein Schnellzug brauchte für die Strecke von Omsk nach Moskau keine vier Tage – der reinste Luxus.

Dennoch war so ziemlich alles an dieser Schiffsreise höchst eigenartig, jedenfalls war dies mein Eindruck, und das machte mir Sorgen. Kurios, wenn auch nicht ungewöhnlich, war allein schon die Tatsache, dass ein Flussdampfer in Kasachstan den Namen der berühmten Hafenstadt am Schwarzen Meer trug. Doch darüber musste ich einfach nur schmunzeln. Erstaunlicher war allerdings, dass dieses Schiff, das gut hundert oder mehr Passagieren Platz bot, völlig leer war und wir, die wir vom Zug aus umgestiegen waren, nun die einzigen Fahrgäste waren. Den Aufschriften konnte man jedoch entnehmen, dass der Heimathafen dieses Schiffes Semipalatinsk, die nächste Großstadt flussaufwärts, war. Die absonderliche Zugfahrt, die leere Arbeitersiedlung, die abgesperrte Region, das ungewöhnliche Verhalten der Hafenbeamten: Das alles verhieß nichts Gutes. Ich musste daran denken, wie meine Freundin, die Hochschulassistentin Rina, von ihrer Flucht aus einer choleraverseuchten Gegend am Asowschen Meer (oder war es das Kaspische Meer?), wo sie jemanden besucht hatte, berichtet hatte. Im letzten Moment, praktisch im Nachthemd und mit dem kleinsten Koffer in der

Hand war Rina aus der Stadt, deren Namen ich längst vergessen hatte, herausgekommen, bevor die ganze Region unter Quarantäne gestellt worden war. Cholera im 20. Jahrhundert! Unglaublich!, hatte ich damals gedacht. Was aber war jetzt schon wieder passiert? Dass die Behörden die Bevölkerung nicht informierten und Katastrophen jeglicher Art vertuschten, war üblich. Es gab keine Natur- oder sonstige Katastrophen im Sozialismus. Punkt! Nach einem Erdbeben ließ man Verletzte lieber krepieren, als sie in andere Regionen des Landes zu bringen. Zu Stalins Zeiten war es gefährlich gewesen, nachzufragen. Jetzt, 1956, waren die Leute etwas mutiger geworden, doch gab es hier niemanden, den man hätte fragen können. Die beiden Beamten hatten sich sofort auf die Brücke zum Kapitän und seinem Ersten Offizier zurückgezogen. Dort hatten Passagiere keinen Zutritt, und die Matrosen sowie das restliche Personal sagten alle einsilbig dasselbe: »Wir wissen nichts, wir wollen nichts wissen, wir haben nichts gehört, wir dürfen nichts sagen, Gerüchte interessieren uns nicht, lasst uns in Ruhe!«

War der Passagierwaggon, in dem ich die Nacht hatte verbringen müssen, eine Art fahrender Müllcontainer gewesen, so machte das Schiff einen ungleich saubereren und bequemeren Eindruck. Es handelte sich um einen modernen Kahn mit Dieselmotor, der – zumal stromabwärts – zügig unterwegs war. Dennoch würde er wohl erst am nächsten Tag abends in Omsk eintreffen, hieß es. Eigene Kajüten für die Passagiere gab es zwar nicht, dafür aber einen großen Schlafsaal mit Stockbetten. Es gab frische Laken, Decken- und Kissenbezüge, Handtücher, getrennte Waschräume für Frauen und für Männer, eine Küche und einen Speisesaal mit Essensausgabe, für die zwei dicke Frauen in weißen Kitteln zuständig waren. Ein feister Genosse mit Hornbrille und auffälligem Doppelkinn stellte sich als »Direktor der Verpflegung« vor und hielt uns, den Passagieren, die sich alsbald im Speiseraum versammelt hatten, einen kurzen Vortrag. »Geschätzte Bürger und Genossen!«, verkündete er. »Herzlich willkommen an Bord des Linienschiffs *Heldenstadt Sewastopol* nach Omsk.« Er sprach fröhlich und mit Aplomb. »Ein Matrose wird Sie heute noch mit den Sicherheitsvorschriften bekannt machen und Ihnen die Fahrkarten verkaufen. Ich hoffe, Sie haben Ihr Gepäck im Schlafsaal verstaut und ein passendes Bett für sich gefunden. Links neben dem Eingang zu den Toiletten finden Sie einen ganzen Stapel der *Kasachischen Prawda* und der *Omsker Abendnachrichten*. Diese Zeitungen sind zur freien Entnahme – zum Lesen und natürlich auch für andere, dringlichere Zwecke.« Gelächter. »Für Ihr leibliches Wohl ist ebenfalls gesorgt. Zum Mittagessen um halb eins gibt es Kohlsuppe mit einer Scheibe Brot, zum Abendessen um halb sieben Kohlsuppe mit einem Schuss Sahne und zwei Scheiben Brot. Zum Frühstück – pünktlich um acht Uhr morgens – erhalten Sie Tee, drei Scheiben Brot, ohne Kohlsuppe zwar, hehe, hihi, dafür aber für einen Aufpreis von fünf Rubel etwas Margarine oder Konfitüre. Zwischendurch haben wir reichlich Tee und Wasser und Kwas und am Nachmittag Kompott, wofür Sie allerdings ebenfalls extra bezahlen müssen. Unsere beiden Mitarbeiterinnen Dascha und Njuscha stehen Ihnen jederzeit zur Verfügung. An Bord herrscht übrigens striktes Alkoholverbot. Außerdem werden Sie gebeten, im Schlafsaal, wenn möglich, nicht zu rauchen. Das ist aber nicht verboten. Tabak gibt es bei Dascha und Njuscha ebenfalls zu kaufen, aber nur fünfzig Gramm pro Person. Danke!«

Ein Murren ging durch den Raum. »Im Gefängnis wurde ich auch nicht viel besser ernährt«, murrte jemand. »Jetzt zwingt man uns aus unerfindlichen Gründen zu einem großen Umweg und gibt uns nicht einmal ordentlich zu fressen. Und saufen darf man auch nicht!«

»Was redet der Typ denn für einen Blödsinn!« Karla Adolfowna schüttelte den Kopf. »Offenbar ist er niemals in einem richtigen Gefängnis gewesen. Für eine gute Kohlsuppe hätten wir unsere Seele verkauft.«

Witjka, der Direktor der Schauspielertruppe, seufzte und meinte, er werde mit Dascha und Njuscha reden, etwas aushandeln und organisieren. Witjka, Karla Adolfowna, das schweigsame halbkasachische Mädchen, der Mann, der in der Nacht im Zug einen ordinären Tanz hingelegt hatte, eine weitere Schauspielerin und ich hatten am selben Tisch im Speiseraum Platz genommen. Fast ein halber Tag war inzwischen vergangen. Wenn ich aus dem Fenster schaute, sah ich hin und wieder Fischerhütten, Schiffsanlegestellen für kleine Boote und Wege, die den dünnen Baumstreifen am Fluss querten und hinaus in die Steppe führten. Ansonsten schien die Gegend weitgehend menschenleer zu sein. Zwischen meinem und dem nächsten Fenster hing ein Stalinbild. Der Rahmen und das Glas schienen schon lange nicht mehr gesäubert worden zu sein.

»Lass nur«, meinte Karla Adolfowna. »Nicht du! Ich werde lieber mit den beiden Drachen reden. Unter uns Mädchen werden wir bestimmt viel schneller handelseins.«

»Ja, gut. Pass nur auf bei diesen Weibern!«, bemerkte Witjka. »Ihre Haut ist weiß wie Milch, ihr Lächeln süß wie Honig, doch ihre Seelen sind schwärzer als das alte Brot, das sie uns bestimmt bald servieren werden.«

»Mir scheint, du bist im falschen Stück«, scherzte die zweite Schauspielerin am Tisch. »Hast du das irgendwo geklaut oder selbst erfunden?«

»Apropos Theater: Was habt ihr in den letzten Wochen eurer Tournee eigentlich gespielt?«, fragte ich. »*Hamlet*? *Jewgenij Onegin*? *Boris Godunow*? *Der Revisor*?«

»Nein«, sagte Witjka und seufzte. »*Lenin in Sibirien*.«

»Von wem ist das denn?«, fragte ich.

»Von Igor Skobejew – in Westsibirien ist er weltberühmt!«

»Er hätte lieber über Lenin in der Schweiz schreiben sollen – das wäre sicher spannender gewesen«, meinte ich.

»Oh, dann hätte er aber die schöne Liebesgeschichte zwischen der Melkerin Awdotja und dem Knecht und bolschewistischen Aktivisten Nikolaj, den Lenin zum Kämpfer erzieht, nicht erzählen können.«

»Wieso nicht? Dasselbe hätte wahrscheinlich auch in den Schweizer Bergen funktioniert.«

»So uninspiriert, wie Skobejew schreibt, redet kein Schweizer«, erklärte Witjka.

Als Karla Adolfowna zurückkehrte, strahlte sie über das ganze Gesicht und meinte, die Damen hätten noch einige Schweinehufe und Reste von Schweinefüßen auf Lager. Diese würden sie – für einen Aufpreis, versteht sich – abends in den großen Topf mit der Kohlsuppe werfen. Dann rieche das Ganze wenigstens ein bisschen nach Fleisch. Außer Konfitüre gebe es übrigens auch Honig und auch ein wenig echte Butter – diese sei aber teuer und zudem ranzig. Den Kwas und das Kompott empfehle es sich nicht zu konsumieren – aus den bekannten Gründen. Und für besondere Anlässe gebe es etwas angeblich Vorzügliches, Selbstgebranntes, Achtzigprozentiges und natürlich zu hundert Prozent Illegales. Teuer, aber gut! Zerfetze zwar die Gedärme, mache schlimmstenfalls taub und blind, lasse aber die Seele in luftigen Höhen flattern. Außerdem würden die Damen Wert darauf legen, nicht als Dascha und Njuscha, sondern als Genossinnen Darja Iwanowna und Anna Pawlowna angesprochen zu werden. »Ihr seht, wir nähern uns mit großen und schnellen Schritten dem kommunistischen Paradies, nachdem wir im Sozialismus ja schon bisher viel besser gelebt haben als die darbenden Massen im verfaulenden, kapitalistischen Westen«, meinte

Karla Adolfowna und löste mit dieser Bemerkung allgemeine Erheiterung aus.

Unglaublich, was heute plötzlich alles möglich ist!, dachte ich und starrte sie mit so viel Bewunderung an, dass Karla Adolfowna unwillkürlich den Kopf wegdrehte.

Natürlich verstand jeder, warum man den Kwas und das Kompott nicht konsumieren sollte. Der laszive Tänzer der vorangegangenen Nacht wusste es nicht nur, sondern hatte sogleich eine Geschichte parat. »Vor einigen Jahren war ich Springer, ich sprang ein, wenn andere Schauspieler ausfielen, und so spielte ich Falstaff, König Lear und Faust und auch andere Rollen in mehreren Städten an verschiedenen Theatern in der gesamten Union. Einmal war ich mit dem Zug von Chabarowsk nach Welikije Luki unterwegs – eine lange Reise«, erzählte er. »In den ersten beiden Tagen schmeckte das Kompott noch einigermaßen nach Kompott, auch wenn es schon deutlich verdünnt war und wohl seit drei Zugfahrten keine neuen Früchte mehr gesehen hatte, dann schmeckte es wie abgestandener Tee, noch einige Tage später nach gar nichts mehr und schließlich nach Abwaschwasser. Eines Tages beobachtete ich, wie die Damen Wasser in den Behälter nachfüllten, gut, das war klar, aber am nächsten Tag fand ich heraus, um welches Wasser es sich handelte. Es stammte aus demselben Bottich wie das Spülwasser für die Toiletten, zum Händewaschen und zum Wischen des Bodens. Offenbar war das Trinkwasser knapp geworden.«

»Schurik!«, ermahnte ihn Witjka streng. »Bitte verschone uns mit deinen ekelhaften Geschichten!« Und Schurik verstummte.

Mittags stellte ich fest, dass die Kohlsuppe schlecht schmeckte und einen üblen Geruch verströmte, aber sie war essbar, und ich war hungrig, so hungrig, dass ich sie schnell auslöffelte, das Brot förmlich verschlang und sogar den nächsten Halt – das Schiff legte in einer Kleinstadt namens Mikojanowsk an, wo es offenbar noch Bewohner gab – überhaupt nicht bemerkte. Seit ich im Alter von sechs Jahren die Leningrader Blockade überlebt hatte, beschwerte ich mich nicht mehr über schlechtes Essen. Letztlich war alles besser als gekochtes Schuhleder oder ein Auflauf aus altem Industrieklebstoff. Das Leben war kurz und kostbar, und Essen war in erster Linie dazu da, um den Magen zu füllen. .

Der Zug der Hochschule hatte auf dem Weg nach Kasachstan einen Wagen mit sich geführt, in dem sich ein Kiosk befand. Wenn sich die Studentinnen in den Bahnhöfen, in denen es einen längeren Aufenthalt gab, vor dem Kiosk anstellten, strömten Frauen und Kinder aus dem jeweiligen Ort herbei, um zu betteln. Je weiter sich der Zug von den großen Zentren Zentralrusslands entfernte, desto öfter war dies der Fall. »Mädchen, liebe Mädchen!«, baten die Frauen. »Könntet ihr uns nicht etwas Wurst und Schokolode kaufen? Wenigstens ein ganz klein wenig. Unsere Kinder haben das noch nie gegessen, bei uns gibt es so was nicht, bei euch aber ganz bestimmt. Bitte, bitte, tut uns den Gefallen, wir zahlen gerne den doppelten Preis.« Ich war empört gewesen, dass in meinem Land elf Jahre nach Kriegsende immer noch solche Zustände herrschten, während die Nazis von gestern angeblich die Folgen des Krieges längst hinter sich gelassen hatten und einen Wohlstand genossen wie nie zuvor. Das war nicht gerecht.

Ich kaufte Wurst, Käse, Schokolade, Kekse, Äpfel und Birnen für die bettelnden Frauen – selbstverständlich zum normalen und nicht zum doppelten Preis. Ich verstand diese Frauen gut, doch wenn ich selbst etwas aß, achtete ich kaum darauf, was es war, ob es schmeckte und wie viel ich aß, und wenn jemand in meiner Nähe, den ich kannte, ein Freund, ein Kollege oder ein Verwandter, einen halben Apfel ungegessen zurückließ, hatte ich keine andere Wahl, als diesen durch schnellen Verzehr endgültig zu vernichten.

Nach dem Zwischenhalt in Mikojanowsk füllte sich der Speisesaal des Schiffes mit neuen Passagieren – einer Familie mit Kindern, einigen Arbeitern, die nach Pawlodar unterwegs waren, Angestellten auf Dienstreisen, einem älteren Ehepaar, das Verwandte flussabwärts besuchen wollte, und drei Herren, die im Unterschied zu den anderen neu Zugestiegenen überhaupt nicht gesprächig waren, deren Beruf und Tätigkeitsfeld jedoch nicht schwer zu erraten war. Seltsamerweise erkannte ich Menschen ihres Schlages sofort, und zwar auch dann, wenn sie Zivil trugen und sich nicht zu erkennen gaben. Man versuchte zumeist, sie zu ignorieren, so zu tun, als wüsste man nicht Bescheid. Diese drei Herren in alten grauen Anzügen – ein noch sehr junger, schlanker Kasache, ein wohlgenährter Blondschopf mit rosiger Haut und ein Glatzkopf mit trübem Blick und einer Narbe auf der Wange – gaben sich, eine halbe Stunde nachdem sie eingestiegen waren und sich auf dem ganzen Schiff umgeschaut hatten, selbst zu erkennen. Im Speisesaal, wo sich die meisten Passagiere nach dem Essen immer noch aufhielten, weil draußen an Deck gerade ein starker, kalter Wind wehte, stellten sich die drei Herren förmlich vor, zückten ihre Ausweise, in denen nachzulesen war, was ohnehin alle von Anfang an vermutet hatten, und begannen nun ihrerseits »aus reiner Routine und der daraus folgenden Notwendigkeit«, wie sie versicherten, die Ausweise sämtlicher Passagiere zu kontrollieren. Man gehorchte, ohne Fragen zu stellen.

Der rosige Blondschopf grinste und bezeichnete mich als »das hübscheste Mädchen im Raum«. Der junge Kasache kontrollierte meinen Ausweis, studierte aufmerksam das Telegramm, das ich aus Leningrad von meiner Mutter bekommen hatte, sowie den Befreiungsschein von der freiwilligen Hilfsarbeit, der mir in der Sowchose ausgestellt worden war, während der Glatzkopf mit Narbe, offenbar der Vorgesetzte der beiden anderen, mürrisch fragte: »Waren Sie in den letzten Tagen in Ust-Kamenogorsk oder in der unmittelbaren Umgebung der Stadt, Bürgerin?«

»Nein«, antwortete ich wahrheitsgemäß. »Ich war in meinem Leben noch nie in Ust-Kamenogorsk.«

»Hm, gut«, brummte der ältere KGB-Mann und wandte sich den anderen Fahrgästen zu.

»Ich wünsche Ihnen eine rasche Weiterfahrt und Ihrem Vater gute Genesung«, meinte hingegen der junge Kasache. Das Grinsen in seinem Gesicht wirkte wie eingefroren.

»Ich war schon zweimal in Ust-Kamenogorsk«, meinte fünf Minuten später Karla Adolfowna, »das ist aber Jahre her. Heute hätte ich wieder dort sein sollen, um auf der Bühne Lenins Ehefrau zu spielen, aber man hat mich ja nicht durchgelassen; ansonsten wüsste ich nicht, warum ich freiwillig nach Ust-Kamenogorsk fahren sollte.«

»Ich verstehe«, sagte der kahlköpfige KGB-Mann trocken.

»Wirklich?«, fragte Karla Adolfowna und hob erstaunt die Augenbrauen. »Sie verstehen?«

Der Beamte gab ihr keine Antwort, sondern verlangte nun von der halbkasachischen jungen Frau ihren Personalausweis, den sie aus ihrem Rucksack herausholte und wortlos aushändigte.

Die junge Frau war bis dahin schweigsam gewesen. Hier wie auch bereits im Zug hatte sie distanziert, manchmal fast abweisend, in jedem Fall aber in sich gekehrt gewirkt. Zur Schauspielertruppe gehörte sie nicht, sondern sie war, wie ich später erfuhr, schon im Zug gesessen, als die Schauspieler gezwungen wurden, einzusteigen. Sie sprach niemanden an, und wenn sie jemand etwas fragte, antwortete sie zwar immer freundlich, aber einsilbig. Es war klar, dass sie keine Konversation wünschte. Vielmehr war sie die ganze Zeit in ihr Buch vertieft oder tat zumindest so – es war eine russische Übersetzung von Erich Maria Remarques *Im Westen nichts Neues*. Als Schülerin hatte ich dieses Buch dreimal gelesen.

»Rauschan Dschabajewa?«

»Ja.«

»Sie leben in Akmolinsk.«

»Ja.«

»Und Sie arbeiten ...?«

»Als Textilfachkraft in der Fabrik *Proletprodukt-Rock-und-Strumpfkombinat*.«

»Hm«, murmelte der Beamte und runzelte die Stirn. »Wann und wo sind Sie geboren?«

»Am 23. August 1935. In Akmolinsk. Steht doch alles in meinem Pass.«

»Dann hatten Sie ja vor kurzem Geburtstag, gratuliere!«, rief der Blondschopf aus. »Einundzwanzig, was für ein schönes Alter.«

Der Kahlkopf warf seinem Kollegen einen ernsten Blick zu, drehte und wendete Dschabajewas Ausweis, hielt ihn gegen das Licht, runzelte die Stirn, knurrte verärgert: »Ganz schön dreckig, dieses Dokument. Sie müssen besser auf Ihre Sachen aufpassen, Bürgerin!« Eindringlich betrachtete er das Foto und meinte: »Wenn mich jemand fragen würde, ob Sie das sind, würde ich sagen: Das sind nicht Sie. Für so etwas habe ich ein geübtes Auge. Obwohl andererseits ... Wer weiß. Es ist natürlich ein sehr schlechtes Foto. Haben Sie abgenommen?«

»Ich habe abgenommen!« Die junge Frau wurde deutlich nervöser. »Letztes Jahr war ich verliebt, ich hatte einen Freund, aber der fand, ich sei zu fett. Also habe ich abgenommen.«

»Und dann?«

»Dann hat er trotzdem mit mir Schluss gemacht.«

»So ein Idiot!«, rief der Blondschopf aus und kicherte. »Ich wäre gerne bereit, seinen Platz einzunehmen.«

Sein Vorgesetzter ignorierte auch diese Bemerkung, ja, er würdigte den Kollegen nicht einmal eines strengen Blickes, während der junge Kasache den Kopf schüttelte. »Sie haben abgenommen, aber Ihre Augen sind offensichtlich runder und Ihre Nase gerader geworden. Wie ist das möglich?«, wollte der Kahlkopf von Rauschan Dschabajewa wissen. »Sie sind Kasachin, nicht wahr?«

»Ja. So steht es in meinem Pass.«

Der Kahlkopf machte seinem kasachischen Kollegen ein Zeichen. Dieser sagte etwas auf Kasachisch, offenbar stellte er eine Frage, welche die junge Frau mit Mühe, einige Male stockend und sich wiederholend beantwortete. Der junge Beamte schaute sie erstaunt an. Sein Vorgesetzter hob die Augenbrauen.

»Na und!«, sagte Rauschan Dschabajewa herausfordernd. Nach einigen Minuten von Angst und Verwirrung wirkte sie wieder selbstsicherer. »Meine Mutter ist Russin, mein Vater Kasache, ich habe eine russische Schule besucht und zu Hause immer Russisch gesprochen. Ich habe meinen Vater nie kennengelernt. Er hat sich bald nach meiner Geburt aus dem Staub gemacht. Keine Ahnung, wo er sich jetzt herumtreibt. Was wollen Sie überhaupt von mir?«

»Wir wollen gar nichts, wir machen nur völlig harmlose Routinekontrollen«, bemerkte der blonde Beamte. »Alles hat seine Ordnung. Waren Sie in den letzten Tagen in Ust-Kamenogorsk? Oder in der unmittelbaren Umgebung der Stadt? Das heißt: in einem Radius von hundert Kilometern?«

»Nein. Warum sollte ich dort gewesen sein?«

»Keine Ahnung. Sagen Sie es uns. Hätte ja sein können. Wohin fahren Sie überhaupt?«

»Nach Hause! Ich habe Verwandte meiner Mutter in der *Iljitsch-Kolchose* besucht. Diese befindet sich …«

»Wir wissen, wo sie ist«, unterbrach sie der Kasache.

»Wie ist der Name Ihrer Mutter?«, erkundigte sich der ältere KGB-Mann. »Wann ist sie geboren und wo? Beruf?«

»Iwanowa. Raissa Afanasjewna. Geboren am 3. November 1912 im Dorf Kriworogowo, damals Gouvernement Omsk. Bauarbeiterin.«

»Adresse?«

»Straße des 25. Oktober, Haus Nummer 49, Block 5, Stiege 2, Tür 34«, antwortete die junge Frau wie aus der Pistole geschossen. Es schien, als habe sie genau auf diese Frage gewartet und sich eigens darauf vorbereitet, sie schnell und präzise zu beantworten.

»Geschwister?«

»Nein.«

»Gut. Geben Sie mir bitte Ihren Rucksack, Bürgerin.«

Die junge Frau reichte den KGB-Leuten wortlos ihren Rucksack. Die beiden Jüngeren begannen, ihn auszuleeren und den Inhalt auf dem Tisch auszubreiten, während der Ältere Dschabajewas Personalausweis zum wiederholten Male durchblätterte, zuklappte, nach einigem Zögern ebenfalls auf den Tisch legte, sich eine Zigarette anzündete und, während er rauchte, den beiden Kollegen mit einer Mischung aus Widerwillen und Langeweile bei der Arbeit zuschaute. Diese entnahmen dem Rucksack einige Socken und Strümpfe, drei Blusen, zwei Röcke, zwei Kleider, eine Hose, eine Jacke, einen Schal, eine Wollhaube, ein Paar Handschuhe, sechs Unterhosen, eine Zahnbürste, Zahnpulver, eine Seife, ein Handtuch, ein kleines Fläschchen mit Parfüm, ein längliches, etwa zwanzig bis fünfundzwanzig Zentimeter langes Wachstuch mit Schnüren an beiden Seiten, einige Tücher, Stofffetzen, Watte, ein Heft, zwei Bleistifte, eine Geldbörse, eine dicke, in

Zeitungspapier eingewickelte Scheibe Schwarzbrot, die ausgepackt und in vier Teile geschnitten wurde, um zu prüfen, ob nicht etwas darin versteckt war, ein Stück Zucker, eine Gurke, eine Thermosflasche, deren Inhalt – schwarzer Tee – in eine Blechschüssel geschüttet wurde, und ein weiteres Buch – *Geschichten aus Odessa* von Isaak Babel. Ich hatte von Babel gehört, aber nichts von ihm gelesen. Obwohl der 1940 hingerichtete russisch-jüdische Autor vor etwas mehr als einem Jahr posthum rehabilitiert worden war, gab es noch keine Neuausgabe seiner Werke. Wer eines seiner vor dem Krieg erschienenen Bücher besaß, konnte sich glücklich schätzen.

Babel interessierte die KGB-Agenten nicht. Sein Buch wurde nur kurz aufgeklappt, um zu überprüfen, ob etwas hineingelegt worden war.

Der Kasache wühlte in Dschabajewas Sachen, inspizierte sie, schob das meiste schnell zur Seite, bis das Wachstuch sein Interesse weckte. Mit zwei Fingern hob er es hoch, betrachtete es einige Augenblicke neugierig, drehte es und fragte schließlich: »Wozu ist das denn gut?«

»Leg das wieder hin, du Trottel!«, schnauzte ihn der ältere KGB-Agent an. »Das ist nicht unser Metier.«

»Wieso?«, fragte der junge Mann. Die Leute am Tisch begannen zu lachen, danach jene am Nebentisch und bald hörte man Gelächter im ganzen Saal. Rauschan Dschabajewa lachte nicht, sondern wurde rot und senkte den Blick, und nachdem der blonde KGB-Agent seinem kasachischen Kollegen etwas ins Ohr geflüstert hatte, wurde auch dieser rot, sogar feuerrot, und begann hastig, die auf dem Tisch ausgebreiteten Gegenstände wieder in den Rucksack der jungen Frau zu stopfen.

Der ältere KGB-Mann lachte ebenfalls nicht. »Ihr Foto lässt mir keine Ruhe, Bürgerin«, bemerkte er. »Ich fürchte, Sie werden uns begleiten müssen, damit wir Ihre Personalien überprüfen können. In einer Stunde legen wir in der Stadt Karaterek an …«

Das Lachen im Saal erstarb sofort. Betretenes Schweigen stellte sich ein. Rauschan Dschabajewa nahm ihren Ausweis wieder wortlos an sich und nickte; sie hatte sich kritik- und kommentarlos mit ihrem Schicksal abgefunden. Karla Adolfowna seufzte, von einem Augenblick auf den anderen schien sie um einen Kopf kleiner geworden zu sein. Die anderen am Tisch versuchten, nicht aufzufallen. Plötzlich aber hörte ich eine junge, weibliche Stimme, die laut, deutlich und mit großer Überzeugungskraft zu sprechen begann.

»Das kann doch nicht wahr sein!«, rief die Stimme empört. »Es kann, nein, es darf nicht sein, dass in unserem sozialistischen Heimatland des Jahres 1956, heute, fast vierzig Jahre nach der Großen Sozialistischen Oktoberrevolution, Menschen so behandelt werden. Ein schlechtes Foto? Wegen eines Fotos muss die Bürgerin einen ganzen Tag und eine Nacht auf das nächste Schiff warten? Wirklich? Wozu? Wozu haben wir den Krieg gegen den Faschismus gewonnen, den Personenkult überwunden und sind wir gerade dabei, hier, in dieser Region, die Kornkammer für die ganze Welt zu erschaffen? Wollen wir den Hunger auf der Welt besiegen und gleichzeitig zulassen, dass Menschen willkürlich wegen schlechter Fotos oder anderer Kleinigkeiten schikaniert werden? Wir müssen ein großes Werk vollbringen, alle zusammen! Wir müssen den Kommunismus aufbauen. Eine Zukunft für uns, unsere Kinder und alle fortschrittlichen Menschen. Und ihr? Was tut ihr? Schämt euch, Genossen!«

Es dauerte ein bis zwei Sekunden, bis ich realisierte, dass ich weder träumte noch fantasierte, sondern dass es meine eigene Stimme gewesen war, die ich vernommen hatte. Später fiel es mir selbst schwer zu begreifen, geschweige denn anderen begreiflich zu machen, warum ich mich eingemischt und für eine mir völlig fremde junge Frau eingesetzt hatte. Konnte es sein, dass ich etwas, das ich mir gedacht hatte, aber als kluger Mensch natürlich niemals wirklich sagen wollte, in einem Augenblick des Kontrollverlustes oder der geistigen Verwirrung tatsächlich laut ausgesprochen hatte? Bis dahin war ich doch immer vorsichtig gewesen, ich hatte sogar als Kind stets wohlüberlegt, zurückhaltend und vernünftig agiert und die in mich gesetzten Erwartungen gewissenhaft erfüllt. Auf diese Weise war es mir gelungen, auch in schwierigen Lebenslagen jene gefährlichen Klippen des Schicksals zu umschiffen, an denen die Biografien von Menschen zerschellen, die zu tollkühn oder zu feige oder schlichtweg töricht sind.

9

Das Schweigen, das auf meinen Ausbruch folgte, verhieß nichts Gutes. Außer den drei KGB-Leuten, die mich fassungslos anstarrten, schauten ausnahmslos alle Menschen weg und machten sich so klein und unscheinbar wie nur möglich. Sogar das kasachische Mädchen zog die Schultern hoch und den Kopf ein, verschränkte die Arme auf der Brust, klemmte die Hände unter die Achseln und senkte den Blick. Die glatten, schwarzen Haare fielen ihr ins Gesicht, sodass von der Seite nicht einmal mehr ihre Nasenspitze zu sehen war.

Die arme Rosa Borisowna, dachte ich. Wenn Chaim Abramowitsch wirklich gestorben ist und ich verhaftet werde, bleibt Rosa Borisowna allein. Mein Bruder hatte Frau und Tochter, um die er sich kümmern musste. Das füllte ihn zur Gänze aus. In den letzten Jahren war ich die wichtigste Stütze für meine Eltern gewesen. Auf mich hatte man sich jederzeit verlassen können. Nun würde diese Stütze aus eigenem Verschulden einbrechen. Wie konnte ich meiner Mutter so etwas antun? War meine unüberlegte Einmischung Ausdruck einer moralischen Empörung, oder war sie einfach nur meiner selbstgerechten Eitelkeit geschuldet gewesen? Manchmal war es falsch, das Richtige zu tun, manchmal war es besser und richtiger, zu schweigen und dadurch Schuld auf sich zu laden. Manchmal war richtig falsch, und falsch war richtig.

Ich hatte ein schlechtes Gewissen, empfand aber gleichzeitig ein seltsames, ganz neues Gefühl der Erleichterung. Es erschien mir, als habe ich etwas Dickes, Klebriges, Schmutziges abgestreift, das mich bisher umhüllt hatte, und dadurch eine Haut voller offener Wunden freigelegt, die jetzt atmen durfte.

Jegliche Konversation war verstummt. Kein Umrühren von Löffeln in Teetassen mehr, kein Scharren mit Füßen, kein Geschiebe, kein Husten, Räuspern und Niesen, kein Schließen oder Öffnen von Türen. Sogar die Schlange vor den Toiletten löste sich auf. Stille. So vergingen drei oder vier endlos lange Sekunden, in denen nur das Pfeifen des immer stärker werdenden Windes und das Schreien der Möwen zu hören war. Ich kam mir wie eine Fliege vor, die mit ihren großen Augen das rasend schnelle Herannahen einer Fliegenklatsche sieht und plötzlich erkennt, dass sie es nicht schaffen wird, rechtzeitig davonzufliegen.

Auf einmal jedoch hörte ich Schritte und kurz darauf eine männliche Stimme hinter meinem Rücken: »Seht her, Genossen!« Ich drehte mich um und erblickte einen Mann, der mir bis dahin kaum aufgefallen war. Er gehörte zu der Brigade, die in Mikojanowsk an Bord gekommen war, um in Pawlodar am Bau eines neuen Frachtenbahnhofs mitzuarbeiten. Dieser Mann war der Vorarbeiter. Vor einer halben Stunde hatte er den anderen im Saal laut etwas erzählt, doch ich hatte nicht zugehört. Jedenfalls trug der Mann blaue Arbeitskleidung und hatte einen Werkzeugkasten bei sich. Nun ging er um den Tisch herum, trat dicht an den kahlen KGB-Mann heran und hielt ihm seinen Personalausweis vor die Nase. »Hier, Genosse, schauen Sie! Prüfen Sie bitte meine Fotografie? Und dann schauen Sie mir ins Gesicht. Bin ich der Typ auf dem Bild, oder bin ich es nicht? Bin ich noch ich selbst, oder versteckt sich vielleicht ein Gauner und Betrüger hinter dieser Visage?« Er deutete mit dem ausgestreckten Zeigefinger auf sein Gesicht.

»Was erlauben Sie sich, Bürger!«, schrie der KGB-Mann. »Lassen Sie uns unsere Arbeit machen. Gehen Sie zurück an Ihren Platz! Setzen Sie sich wieder.«

»Genosse!«, korrigierte ihn der Arbeiter. »Ich bin Ihr Genosse, lieber Genosse! Parteimitglied seit 1934. Das Foto in meinem Pass wurde im Sommer 1945 gemacht, einen Tag nach meiner Demobilisierung. Ich bin den ganzen Weg von Stalingrad nach Berlin marschiert und war dreimal im Lazarett. Wo waren Sie während des Krieges, Genosse? An welcher Front haben Sie gekämpft?«

»Ich verbitte mir solche beleidigenden und volksfeindlichen Anspielungen!«, brüllte der KGB-Mann.

»Ich habe ebenfalls abgenommen«, sagte plötzlich Karla Adolfowna, klappte ihren Personalausweis auf und legte ihn auf den Tisch. »Schauen Sie! Könnte es nicht sein, dass das gar nicht ich auf diesem Foto bin?«

»Ich habe nicht abgenommen, ich bin fetter geworden, fetter und älter«, meinte Witjka, der Schauspieldirektor, während er seinen Personalausweis aufschlug. »Mein Foto ist schön wie das Bildnis von Dorian Gray, mein echtes Gesicht jedoch ist eine Allegorie der Vergänglichkeit.«

»Ich war immer schon ein anderer«, meinte Schurik und hielt nun ebenfalls seinen Ausweis in die Höhe. »Schauen Sie mich an. Wer will schon jemand sein wie ich. Nicht einmal mein Foto möchte mit mir tauschen, geschweige denn ich mit meinem Foto.«

»Stecken Sie Ihr Dokument ein und halten Sie die Klappe!«, schnauzte ihn der KGB-Mann an, doch inzwischen hatten auch andere im Saal, und jetzt wurden es immer mehr, ihre Personalausweise hervorgeholt und darin zu blättern begonnen. Schurik machte keinerlei Anstalten, sich der Aufforderung des KGB-Mannes zu fügen, sondern begann ein Gedicht von Lermontow vorzutragen, in dem es um den Kampf gegen einen Dämon und andere böse Mächte geht. Seine Rezitation ging jedoch im allgemeinen Stimmengewirr und ansteigenden Lärm unter.

Noch nie in meinem Leben hatte ich erlebt, dass sich die allgemeine Stimmung derart rasch und radikal geändert hätte.

Die Leute murrten, schimpften, beschwerten sich, forderten, man möge ihnen endlich erklären, was denn eigentlich los sei und was diese seltsamen Fragen über den Aufenthalt in Ust-Kamenogorsk zu bedeuten hätten. Andere behaupteten lautstark, die Zeiten hätten sich geändert, sie hätten vieles aushalten müssen, jetzt aber wollten sie nicht mehr schikaniert werden. Der ältere KGB-Mann schien verunsichert zu sein, wusste nicht recht, wie er reagieren sollte, zögerte, drückte seine Zigarette auf der Tischplatte neben dem Aschenbecher aus, verschränkte die Arme auf der Brust, runzelte die Stirn. Während er aber trotzdem einigermaßen ruhig wirkte, hatten seine beiden jüngeren Kollegen sichtlich Angst, schauten einander und dann ihren Vorgesetzten hilfesuchend an, zuckten, zappelten und schielten nervös Richtung Tür.

Zu Stalins Zeiten wäre so etwas niemals möglich gewesen – das wusste ich. Inzwischen war vieles möglich, was vor drei oder gar vier Jahren noch undenkbar gewesen war. Möglich war aber auch immer noch das genaue Gegenteil. Sämtliche Passagiere dieses Schiffes könnten – auch das wusste ich – an der nächsten Anlegestelle »kassiert« werden und dann für Jahre irgendwo in der Versenkung verschwinden. Genauso gut könnte man sie nach alter bolschewistischer Tradition in die Steppe bringen, erschießen, verscharren und so tun, als hätte es sie nie gegeben. In jenen Jahren glaubte ich zwar immer noch an den Sieg des Sozialismus und an eine märchenhafte kommunistische Zukunft mit Wohlstand und Glück für alle, doch gleichzeitig wusste ich nur zu gut, in welchem Land ich lebte. Dennoch fühlte ich mich gestärkt, ja so stark wie seit langem nicht mehr.

Der KGB-Mann drohte währenddessen mit Anzeigen und »noch ernsteren Konsequenzen« und lieferte sich mit dem Vorarbeiter aus Mikojanowsk, mit Karla Adolfowna, Witjka und Schurik Schreiduelle.

»Was wollt ihr denn eigentlich von uns!«, ereiferte sich der Vorarbeiter. »Glaubt ihr, dass hier lauter Spione, Diversanten und Volksfeinde unterwegs sind?«

»Ich galt viele Jahre als Volksfeindin, als Faschistin«, berichtete Karla Adolfowna. »Ich bin Deutsche. 1941 hat man mich aus der Stadt Engels an der Wolga nach Westsibirien deportiert, doch inzwischen habe ich einen Ausweis und darf wieder reisen.«

»Euch geht es doch nur darum, zu prüfen, ob jemand in Ust-Kamenogorsk war oder nicht«, meinte der Vorarbeiter. »Lasst das Mädchen in Ruhe. Sie sagt doch, dass sie nie dort war.«

Es fiel mir auf, dass es eigentlich kaum mehr um das kasachische Mädchen ging. Die Menschen beschwerten sich über alles Mögliche – über die schlechte Lebensmittelversorgung, die steigenden Preise, die miesen Wohnungen, die schmutzigen Latrinen, die Stromausfälle, die überfüllten Krankenhäuser, die holprigen Straßen, den Mangel an so ziemlich allem, von Medikamenten und Schuhen über Glühbirnen bis zu Kissenüberzügen, über die Dummheit der Regierenden und die Fallstricke der Bürokratie. Die KGB-Leute versuchten, etwas zu erklären, doch hörte ihnen niemand mehr zu.

»Nehmt lieber mich mit und überprüft meine Personalien«, schrie jemand am anderen Ende des Raumes, dessen Gesicht ich nicht erkennen konnte. »Ihr werdet bald fündig werden: ein langes Dossier, Strafsache nach Paragraph 58 aus dem Jahre 1937, Urteil – zehn Jahre Lagerhaft, Entlassung aus der Haft 1947, eine erneute Verhaftung und eine neue Strafsache im Jahre 1949, ein neuerliches Urteil – fünfundzwanzig Jahre Lagerhaft und schließlich vor einem halben Jahr die Einstellung sämtlicher Verfahren und Aufhebung aller Urteile aufgrund eines fehlenden Straftatbestandes. Das alles werdet ihr finden, wenn ihr meine Personalien überprüft. Schaut hin und lest. Hier bin ich, Genossen. Nehmt mich mit. Ich habe niemanden mehr, der auf mich wartet, ich habe nichts zu verlieren. Schaut mich an. Kein Foto kann jemals wiedergeben, wer ich bin, und schon gar nicht, wer ich einmal war. Was immer in Ust-Kamenogorsk passiert ist, ich war es nicht. Oder vielleicht doch?«

Nach diesen Worten verließen die drei KGB-Leute wortlos den Raum und begaben sich hastig auf die Brücke. Die Leute im Saal schauten ihnen betreten nach. Die Aufregung, die Empörung und die Wut waren im Nu verflogen, machten aber weder einer Jubelstimmung noch einem Gefühl von Angst und Unsicherheit Platz. Es schien, als hätten die Menschen selbst noch nicht recht verstanden, was gerade geschehen war. Sie schauten einander an, schüttelten die Köpfe, steckten ihre Ausweise ein, zündeten sich Zigaretten an. Es war Karla Adolfowna, die diesen eigentümlichen emotionalen Stillstand beendete, indem sie das Stalinbild, das zwischen den Fenstern hing, herunterholte und es dem »Direktor der Ausspeisung«, der die ganze Zeit schweigsam und verstört in einer Ecke gestanden war, mit den Worten in die Hand drückte: »Das brauchen wir hier nicht mehr. Legen Sie es irgendwohin, wo niemand diese Visage anzuschauen braucht, Genosse.« Der Direktor, der davor schon blass gewesen war, wurde nun kreidebleich, doch er tat wie ihm geheißen, flüsterte ein knappes, kaum hörbares »Jawohl!« und verschwand mit dem Bild des einstigen »großen Führers« in der Küche. Nun löste sich die emotionale Erstarrung, und die Menschen begannen plötzlich, wie auf Kommando, alle gleichzeitig zu sprechen, zu lachen, herumzugehen, Tee zu trinken, zu streiten, einander zu gratulieren und Vorwürfe zu machen. Die Türen knallten. Vor den Toiletten bildete sich wieder eine Schlange. Irgendwer stellte ein Schachbrett auf.

Rauschan Dschabajewa strahlte mich an, und ich lächelte zurück. Was sollte ich ihr sagen? Sollte ich überhaupt etwas sagen? Doch die junge Frau wollte sich mit mir nicht unterhalten, sie breitete nur die Arme aus. *O nein*!, dachte ich entsetzt. *Sie wird mich doch nicht umarmen wollen! Bloß nicht!* Ich wich zurück, doch es war zu spät. Das Mädchen fiel mir um den Hals und stammelte schluchzend: »Danke, danke, danke!« Sie krallte sich an meinem Rücken fest. Ich spürte ihren Schweiß und ihren Atem. *Warum können die Leute einander nicht einfach nur die Hand geben?*, fragte ich mich. Wenn ich nicht so aufgeregt, überspannt und müde gewesen wäre, hätte ich mich wahrscheinlich gewehrt oder übergeben müssen oder beides zugleich. In diesem Moment jedoch überwogen die Freude und die Rührung, was mich nicht daran hinderte, zu murmeln: »Es ist noch nicht vorbei. Wir wissen nicht, was uns erwartet, wenn wir an Land gehen. Man soll den Tag nicht vor dem Abend loben.«

»Ich sehe, du bist ein positiver Mensch«, flüsterte Rauschan und lachte, ohne mich dabei loszulassen, sodass ich den Eindruck bekam, die junge Frau würde mit mir demnächst zusammenwachsen. »Du magst recht haben, aber egal, was uns an Land erwartet, werde ich niemals vergessen, was du für mich getan hast.«

»Ach, das war doch nichts«, murmelte ich.

»Blödsinn!«

»Übrigens bin auch ich 1935 geboren«, bemerkte ich.

»Ein besonders guter und wertvoller Jahrgang!«, meinte Rauschan, küsste mich auf beide Wangen und auf die Stirn und ließ mich endlich los.

»Man wird sehen«, sagte ich.

10

Im Hafen des Städtchens Karaterek gingen die drei KGB-Leute von Bord. Ein paar weitere Passagiere stiegen ebenfalls aus, und etwa zwei Dutzend Leute, vielleicht sogar etwas mehr, in jedem Fall überraschend viele für einen so kleinen Ort, kamen an Bord. Abgesehen davon geschah hier aber nichts Überraschendes. Weder gab es die von manchen befürchtete bewaffnete Patrouille, die das Schiff stürmte und sämtliche Passagiere festnahm, noch gab es Männer in Zivil, die jemanden baten, sie zu begleiten. Man konnte den Eindruck gewinnen, der normale Alltag sei wieder eingekehrt, als sei nichts gewesen, und doch warteten alle darauf, dass etwas Schlimmes geschehen würde, auch wenn sie sich bemühten, sich nichts anmerken zu lassen. Die Neuankömmlinge spürten, dass etwas nicht in Ordnung war, verstanden aber natürlich nicht, was los war. Sie sahen sich nervös um, forschten in den Gesichtern der Passagiere, die vor ihnen schon da gewesen waren, und wunderten sich, warum sie ihrerseits derart misstrauisch oder ängstlich taxiert wurden und warum man ihnen entweder abweisend oder übertrieben freundlich begegnete. Jedenfalls zogen sie sich bald in den Schlafraum oder andere Bereiche des Schiffes zurück oder flüchteten an Deck.

Rauschan und ich hatten uns ebenfalls an Deck begeben. In der letzten Stunde hatten wir beide zahlreiche Hände schütteln müssen. Ich ertrug es mit Fassung, dass Karla Adolfowna mir auf die Schulter klopfte, mir einen Kuss auf die Wange drückte und mir zu meinem Mut und meiner Entschlossenheit gratulierte, doch Rauschan hatte Mühe,

Schuriks Annäherungsversuche zurückzuweisen. Der Schauspieldirektor Witjka wiederum schrieb Rauschan und mir seine Adresse auf und erklärte, wir könnten uns jederzeit an ihn wenden, wenn wir einmal in seine Gegend kämen und Hilfe bräuchten.

Dann blieben wir beide allein, und wenn sich uns jemand näherte, rückten wir weg. Der Wind hatte die Wolken vertrieben. Es war windstill und der Himmel klar. In der prallen Nachmittagssonne wurde es heiß wie im Hochsommer. Die Schlechtwetterfront hatte sich endgültig in die Mongolei oder die Weiten Sibiriens verzogen und überließ die kasachische Steppe jener typischen flirrenden, trockenen Hitze, die den kontinentalen Sommer für viele Menschen so unerträglich macht. Rauschan zog ihre Weste aus, öffnete den oberen Knopf ihrer Bluse, band sich ein Kopftuch um und zündete sich eine Zigarette an. Jemand, den sie um eine Zigarette gebeten hatte, hatte ihr die ganze Packung und eine Schachtel mit Streichhölzern geschenkt. »Vierzig Grad im Schatten im Sommer, vierzig Grad unter null im Winter und dazwischen nichts«, sagte Rauschan. »Unser Klima hält die Menschen entweder fit oder es bringt sie um.«

»Es ist schon fast September«, bemerkte ich. »Herbst!«

»Ja, in Leningrad.«

»Ich hoffe, ich bin spätestens in einer Woche zu Hause. Ich muss dringend nach Hause! Mein Vater …«

»Ich weiß«, unterbrach mich Rauschan. »Das habe ich schon mitbekommen. Chaim …«

»Abramowitsch …«

»Chaim Abramowitsch. Das klingt so schön biblisch.«

»Wenn du es sagst.«

»Ich sage es.«

»Und deine Eltern?«

Rauschan schüttelte den Kopf und bot mir eine Zigarette an.

»Danke, ich rauche nicht.«

»Ich eigentlich auch nicht, nur gelegentlich, zu besonderen Anlässen. Heute zum Beispiel. Heute ist heute.«

»Ja, gewiss.«

Wir standen an der Reling und betrachteten eine schmale, von Gras und Büschen überwachsene Insel, die unzähligen Vögeln als Nist- und Brutplatz diente. Das Schiff umrundete sie zur Hälfte, wich mit einem schnellen Manöver, welches es beinahe in eine Querstellung zum Fluss brachte, den Stromschnellen hinter der Inselspitze aus, neigte sich zur Seite, scheuchte einen Schwarm weiß gefiederter Wasservögel auf, wendete um neunzig Grad, richtete den Bug wieder flussabwärts und nahm Fahrt auf.

»Weißt du, wie diese Vögel heißen?«, fragte ich.

»Ja.«

Ich erwartete, dass Rauschan mir die Bezeichnung der Vögel nennen würde, doch sie rauchte und schwieg, und ich fragte nicht weiter nach. Fast wäre ich geneigt gewesen, sie doch um eine Zigarette zu bitten, obwohl ich noch genau wusste, wie mir zwei Jahre zuvor von der einzigen Zigarette, die ich in meinem Leben geraucht hatte, kotzübel geworden war.

Von der Seite wirkte Rauschan zierlich. Zierlich, schmal und verletzlich – mit zarten Händen, kleinen Füßen, kleinen Brüsten, schmalen Schultern, schmalen Hüften wie ein Knabe, einem schmalen Gesicht und einer geraden Nase, die tatsächlich sehr europäisch aussah, und wunderschönen, magisch geschwungenen Augen, die man nicht anders nennen konnte als »halbgeschlitzt«. Der KGB-Mann hatte recht. Mit an Sicherheit grenzender Wahrscheinlichkeit war sie nicht das Mädchen, das auf der Fotografie in ihrem Personalausweis abgebildet war. Eine halbschlitzäugige, kleine Halbkasachin, Muttersprache Russisch, mit einer perfekten Aussprache, in der allerdings ein fremder Tonfall mitschwang, der alles Mögliche sein konnte, nur nicht Kasachisch. Ob sie wohl wirklich Rauschan hieß? Natürlich sprach ich das, was mir durch den Kopf ging, nicht an, und doch ließ es mir keine Ruhe. Wer war diese junge Frau, für die ich mich eingesetzt und so viel riskiert hatte und zu der ich mich auf eine so eigentümliche und für mich selbst unerklärliche Weise hingezogen fühlte, wirklich? Ich verstand jedoch, dass es für mich besser war, weniger zu wissen. Wer nichts weiß, kann auch nichts verraten und niemandem schaden, wenn er unter Druck gesetzt, erpresst oder peinlich befragt wird, und manchmal ist eine falsche Frage gefährlicher als eine richtige Antwort.

»Erzählst du mir, warum du deinen Vater Chaim Abramowitsch und nicht Papa oder Vater nennst?«, fragte mich Rauschan plötzlich.

»Und du? Warum würdest du deinen Vater nicht einmal im Traum mit dem Vornamen ansprechen? Weil er deine Mutter und dich sitzen gelassen hat?«

»Du zuerst.«

»Was?«

»Ich habe zuerst gefragt. Erzählst du mir deine Geschichte, erzähle ich dir meine.«

»Wirklich? Danke für dein Vertrauen!«, sagte ich erstaunt. Das hatte ich nicht erwartet.

»Wenn ich niemandem vertraue, gehe ich früher oder später unter. Noch schlimmer: Ich gehe ein.«

»Lieber später als früher.«

»Sicher, aber um welchen Preis!?«

»Du hast recht. Aber irgendetwas lässt mich vermuten, dass deine Geschichte viel länger ist als meine«, erwiderte ich.

»Macht nichts. Der Abend ist noch jung und dieser Fluss lang und träge.« Rauschan lächelte mich an, doch spürte ich etwas Bitteres und Düsteres in ihrem Blick, etwas, das mich nervös, gleichzeitig aber auch neugierig machte.

»In fünfzehn Stunden sind wir in Pawlodar. Abendessen und Frühstück eingerechnet.«

»Dann haben wir ja Zeit«, meinte Rauschan und warf den Stummel ihrer Zigarette mit großem Bogen ins Wasser.

Zweiter Teil

1

»Es begann an dem Tag, als ich *Iwan dem Schrecklichen* begegnete«, fing ich zu erzählen an. »Das ist lange her, aber ich erinnere mich noch gut, dass es ein schöner Sommertag war, einer, wie es sie so nur selten in dieser Region gab – mit einem milden, etwas dunstigen, melancholischen Himmel und einer Erde, die einem spürbar die Fußsohlen wärmte. Es ging mir gut, nach einigen schwierigen Jahren fühlte ich mich wieder einigermaßen wohl, auch wenn ich nach der Hungerszeit in Leningrad immer noch weniger essen konnte, als für mich gut gewesen wäre. So ließ ich mich von den anderen Kindern zu einer Mutprobe überreden. Seit fast zwei Jahren schon befand ich mich in Besukladowskoje, einer Holzfällersiedlung am Großen Kundysch-Fluss unweit eines Sees, der ebenfalls den Namen Besukladowskoje trägt, zwei Tage mit dem Pferdefuhrwerk oder dem Schlitten von der Stadt Joschkar-Ola entfernt, war aber *Iwan dem Schrecklichen* noch nie von Angesicht zu Angesicht gegenübergestanden.«

»Was war an diesem Iwan so schrecklich?«, fragte Rauschan. »Ich selbst habe ja die Erfahrung gemacht, dass die angeblich Schrecklichen oft kleiner sind, als man glaubt.«

»Er trug ein dickes Halsband aus Leder, an dem eine gusseiserne Kette befestigt war. Diese war aber lang genug, um uns Kindern Angst und Schrecken einzujagen.«

»Ein Zar unter den Hunden also?«, meinte Rauschan und lachte.

»Ein Dobermann, glaube ich«, sagte ich. »Aber kein reinrassiger. Ein deutscher Schäferhund war unter seinen Vorfahren und noch irgendetwas anderes, aber ich kenne mich nicht aus.«

»Macht nichts. Erzähl weiter.«

»Ein zotteliges Ungeheuer jedenfalls. Es lebte in einer Hundehütte, die im Garten eines Hauses stand, das selbst nicht viel größer war als eine Hütte. Im Haus wohnte eine alte Frau, die angeblich immer schon da gewesen war – noch bevor die Siedlung gebaut und die Holzverarbeitungssowchose gegründet worden war. Niemand wusste mehr genau, was die Frau vor der Kollektivierung getan hatte, ob sie Land besessen oder ob sie einen Mann oder Kinder gehabt hatte. Und wer Bescheid wusste, der schwieg. Wie die Alte hieß, habe ich vergessen. Wir, die Kinder, nannten sie *Baba Jaga* oder die *Bestienfrau*. Die Bestie – das war der Hund – hatte seinen Namen schon zwei Kindergenerationen vor uns erhalten: *Iwan der Schreckliche*. Die alte Frau nannte ihn anders, doch die Kinder, die schon in der dritten und vierten Klasse waren, erzählten es den Erstklässlern und diese erzählten es mit Schaudern, sich ängstlich umblickend, weil man nie wusste, welche anderen vier- oder zweibeinigen Bestien in der Nähe lauerten und lauschten, den Kindergartenkindern weiter: Iwan der Schreckliche hatte vor dem Krieg ein Dutzend Hühner, sechs Kaninchen, zwei Schafe, ein Kitz, vier Katzen und ein Kleinkind gerissen. Seitdem verbringe der alte, aber immer noch sehr böse Hund den

Rest seines Lebens an der Kette, und seine Besitzerin gehe praktisch nie mehr aus dem Haus. Es sei eine große Mutprobe, den Garten der alten Frau zu durchqueren, ohne vom Hund angefallen oder von der Hexe ins Haus verschleppt zu werden. Wer dies schaffe, werde von den anderen respektiert, wer nicht, sei ein Feigling, mit dem niemand mehr etwas zu tun haben wollte.

Über die furchtbaren Dinge, die im Haus geschahen, gab es nur Gerüchte. Sogar die älteren Kinder, die das Grundschulalter hinter sich hatten und in einem größeren Dorf die Mittelschule besuchten, sprachen nicht gerne darüber. *Denk nicht dran, sprich es nicht aus!*, hieß es in einem Kinderreim. *Hast du Angst, kommt es ins Haus. Rufst du es, so holt es dich, schreist du laut, so frisst es dich, bist du fort, so merkt man's nicht.* Man munkelte allerdings etwas von Schmerzensschreien in mondlosen Nächten, von einer furchteinflößenden Silhouette auf einem fliegenden Besen, von einem großen Ofen, einer großen Schaufel und einem Kochtopf, der verdächtige Gerüche verströmte. Man wusste allerdings auch, dass die alte Frau Kaninchen züchtete und sich hin und wieder einen Braten gönnte. Legal war das nicht, doch kümmerte das niemanden, denn auch die Erwachsenen machten lieber einen Bogen um das finstere Haus.

Mischa, Mitja, Mascha, Ksjuscha und Wanja – meine besten Freunde – wünschten mir alles Gute. Als Waffen erhielt ich einen Knüppel und eine rostige Gartenschere sowie zahlreiche gute Ratschläge, wie ich mit dem Hund umzugehen hätte, wenn er mich anspringt. Die Kunst bestand darin, so nahe wie möglich an die Hundehütte heranzukommen, ohne vom Hund gebissen oder von der Baba Jaga ins Haus verschleppt zu werden. Alles hing davon ab, die Länge der Kette richtig einzuschätzen. Würde ich dabei einen zu großen Bogen um die Hütte und den Garten machen, hätte die

Mutprobe keine Gültigkeit, und ich müsste von vorne beginnen. Dass ich gekniffen hätte, würde sich in Windeseile im ganzen Dorf herumsprechen. Solch eine Schande wollte ich nicht riskieren.

Langsam und vorsichtig öffnete ich die Gartentür und betrat den Garten, während Mischa, Mitja, Mascha, Ksjuscha und Wanja hinter dem Zaun hockten und mich aufgeregt durch die Lücken zwischen den Zaunpfählen beobachteten. Vorsichtig setzte ich einen Fuß vor den anderen – immer die Hundehütte und das Haus im Augenwinkel. Im Gemüsegarten der alten Frau gab es Gurken, Kohl, Rüben, Karotten, Kartoffeln. Er war sonnenseitig gelegen und überraschend gut gepflegt, was man von dem alten Holzhaus nicht sagen konnte. Es war alt und schäbig – windschief und von Efeu überwachsen. Sogar das Plumpsklo wirkte stabiler als das Haus, von der Hundehütte ganz zu schweigen. Diese war weiß gestrichen und mit Abstand das schönste Bauwerk weit und breit.

Während ich, so leise es nur ging, zwischen zwei Gemüsebeeten dahinkroch – die Hundehütte in dem einen Augenwinkel, die Eingangstüre zum Haus im anderen behaltend, hörte ich plötzlich ein Kichern hinter meinem Rücken. Ich weiß nicht, ob Mischa, Mitja, Mascha oder jemand von den anderen beiden gelacht hatte und warum, doch ich erschrak, blieb wie angewurzelt stehen, wollte so still wie der Tod sein, am besten in der Erde versinken, doch es war zu spät. Zuerst drang ein dumpfes Knurren an mein Ohr – es hörte sich an wie ein Bomberflugzeug im Anflug –, dann wurde das Knurren lauter – wie ein Bomberflugzeug, das sich seinem Ziel näherte (ich wusste noch genau, wie sich das anhörte), und schließlich fielen die Bomben: *Bam, bam, bam.*

›Wuff, wuff, wuff!‹

Bam, bam.

Meine Finger zitterten noch stärker, als meine Zähne klapperten. Der Knüppel fiel mir aus der Hand. Ich kniff die Augen zusammen, zog den Kopf ein.

Auch die Gartenschere glitt mir aus der Hand.

›Rrrr, wuff, wuff, rrrrr, bam, bam!‹

Die nächste Bombe würde ganz bestimmt unser Haus treffen!

Die nächste Bombe ist für mich bestimmt, sie wird mein Schicksal besiegeln. Die Bombe und ich – unerbittlich und unentrinnbar führt uns das Schicksal zusammen. Es ist unsere unumkehrbare Bestimmung, einander kennenzulernen und dabei im selben Augenblick in Stücke gerissen zu werden.

Ich war wieder dort, die Zeit war stehen geblieben und dann zurückgerast, es war 1942; ich war im belagerten Leningrad und sollte demnächst sterben. Reflexhaft streckte ich die Arme aus und schlang sie um den Hals meiner Mutter, auf deren Knien ich im Luftschutzkeller oder in der Küche unserer Wohnung immer saß, wenn die Bomben fielen, das Licht flackerte und die Decke über unseren Köpfen bebte, doch statt Mutters Haut berührte ich feste, borstige Haare, riss die Augen auf, sprang einen Schritt zurück. Ein intensiver, fleischiger Atem drang mir in die Nase, ließ mich husten und würgen und ausspucken. Die Bestie war riesengroß. Sie hatte sich auf den Hinterpfoten aufgerichtet, weil die Kette an ihrem Halsband sie nach hinten zog, ihrem Bewegungsspielraum eine Grenze setzte, sie aber auch in dieser aufrechten Pose stabilisierte. Sie war einen Kopf größer als ich, und allein schon dieser Kopf war so groß wie der eines Kalbes, und die beiden kreisrunden, riesigen, engstehenden Augen des Tieres leuchteten wütend und sprühten Funken. Zwei Pforten in die Hölle mitten in einer braunen, zotteligen Felllandschaft mit schwarzer, glänzender Knopfnase, angelegten Ohren und einem weit aufgerissenen Maul mit messerscharfen Zähnen –

bereit, mich sofort zu verschlingen, wenn ich ihm zu nahe käme. Am aberwitzigsten aber erschien mir die Zunge, ein für mich unnötig massig wirkendes Etwas, das schlaff aus dem Maul herausquoll, zitterte und vor Speichel troff– wie eine vom Regen durchnässte, rote Fahne bei Windstille.

Der Hund bellte immer lauter. Für mich klang es wie ein wütendes Brüllen, wie eine unflätige Schimpftirade in einer Sprache, die ich nicht verstand. Ich stellte mir vor, dass der Hund Deutsch mit mir redete. War Deutsch nicht die Sprache, die so klang wie das Bellen von Hunden?

Ich ging nicht, ich kroch, aber nicht geradeaus, sondern seitlich, und ließ dabei den Hund keinen Moment aus den Augen, während Mischa, Mitja, Mascha und die anderen beiden mir ständig ›Näher! Näher! Du musst näher an ihn ran!‹ zuriefen. Der Hund bellte, und ich bellte zurück. ›Wuff!‹, schrie ich, so laut ich konnte, in erster Linie, um mir selbst Mut zu machen. ›Sei still und verschwinde, du elender Sohn einer läufigen Hündin!‹ Der Hund schaute mich so erstaunt an, als hätte er mich verstanden, ging auf Hinterpfoten einige Schritte rückwärts, die Kette erschlaffte, und er fiel auf die Vorderpfoten zurück. Doch auch auf allen vieren machte er einen bedrohlichen Eindruck und hörte nicht auf zu knurren. Ich kroch weiter, und gerade als ich glaubte, die Mutprobe erfolgreich bestanden zu haben, wirbelte ein Windstoß mein Kleid auf und den Saum direkt dem Köter ins Maul. Dieser ließ sich die Gelegenheit nicht entgehen und schnappte zu, kaute, zog und zerrte daran, während ich stehen blieb und nur mehr an eines dachte: Möge er bitte, bitte das Kleid nicht zerreißen. Meine Mutter würde mich umbringen, wenn ich in einem zerrissenen Kleid nach Hause käme – es war das einzige Sommerkleid, das ich hatte.

›Nein!‹, keuchte ich. ›Nein, liebes Hündchen, sei so nett, lass los! Lass los, du Mistvieh! Wehe, du machst es kaputt.‹

Das Mistvieh schien mich zu erhören. Es zerrte und kaute nicht mehr an dem Stoff meines Kleides, doch es ließ auch nicht los. Es hielt das Kleid und somit auch mich fest. Wenn ich mich ein wenig bewegte, spannte sich der Stoff, und das Tier betrachtete mich mit einem höhnischen Funkeln in den Augen, als wollte es mich verspotten.

›Reiß dich los!‹, riefen mir Mischa, Mitja, Mascha, Ksjuscha und Wanja aus sicherer Entfernung zu. ›Reiß dich los, sonst frisst er dich!‹

›Wenn er dich frisst, werde ich für deine Seele beten!‹, schrie Ksjuscha, die mit ihren Eltern, Großeltern und Geschwistern immer noch heimlich zu Gott betete – etwas, das niemand wissen durfte und natürlich jeder im Dorf wusste.

›Mistvieh!‹, schrie ich. ›Lass mich gehen, du Hundesohn, ich habe dir doch nichts getan. Na warte nur, du wirst mich noch kennenlernen! Ich erschlage dich und verfüttere dich an die Katzen!‹ Das Mistvieh schien von meinen Drohungen wenig beeindruckt zu sein. Es knurrte und verbiss sich weiterhin in mein Kleid.

›So darfst du nicht mit ihm reden!‹, hörte ich plötzlich eine männliche Stimme hinter meinem Rücken. Ich war so auf den Hund fixiert und damit beschäftigt, mich irgendwie aus meiner misslichen Lage zu befreien, dass ich weder bemerkte, dass sich mir jemand genähert hatte, noch darüber erschrak.

Der Fremde war sehr jung, eigentlich noch ein Bursche, vielleicht achtzehn, neunzehn, höchstens zwanzig Jahre alt. Er war dünn: dünn und sehr groß, ein Meter vierundneunzig, wie ich später erfuhr, und er hatte eine angenehme, sonore Stimme, die klang, als gehörte sie zu einem viel Älteren. Er trug eine ausgebleichte, an mehreren Stellen geflickte Infanterie-Uniform, eine alte, völlig zerfranste Militärmütze, einen großen Armeerucksack und hielt eine etwa vierzig

Zentimeter große Puppe in der linken Hand. Es fiel mir auf, dass die Puppe, wie auch der junge Mann selbst, blaue Augen und blonde Haare hatte.

›Sei ruhig, mein Kleiner‹, redete der Bursche dem Hund gut zu. ›Es ist alles gut, niemand tut dir etwas Böses, weder das Mädchen hier noch die kleinen, widerlichen Giftzwerge hinter dem Zaun. Sei so nett, lass bitte das Kleid der jungen Dame los.‹

Der Hund schaute ihn an, hörte auf zu knurren, überlegte einige Augenblicke, stellte die Ohren wieder auf und ließ mein Kleid los.

›Siehst du‹, sagte der Bursche. ›Man erreicht viel, wenn man Menschen und Tieren höflich und mit Respekt begegnet. Mit Freundlichkeit gewinnst du die Welt, außer natürlich, wenn es um Faschisten geht: Diese muss man töten. Ich weiß, wovon ich rede.‹

›Freundlich? Soll ich etwa jedes Vieh mit Namen und Vatersnamen ansprechen?‹, fragte ich schnippisch. Was bildete sich der Knabe ein? Wer war er überhaupt, und warum gehorchte ihm der Hund und mir nicht?

›Das ist eine gute Idee. Warum denn nicht mit Namen und Vatersnamen?‹, meinte er und legte mir die Hand auf die Schulter. ›Wie heißt dieser Hund?‹

›Iwan der Schreckliche.‹

›Wunderbar. Und wie hieß sein Vater?‹

Ich wusste natürlich nicht, wie der Vater des Hundes geheißen hatte, ja ich wusste nicht einmal, wer der Vater Iwans des Schrecklichen gewesen war. Der einzige Zar, der mir spontan einfiel, war Peter der Große und so sagte ich: ›Iwan Petrowitsch. Mit Vater und Vatersnamen heißt er Iwan Petrowitsch.‹ Historisch gesehen war das zwar Unsinn, denn Peter der Große lebte mehr als hundert Jahre nach Iwan dem Schrecklichen, doch das war mir damals egal.

Dem Hund machte der kreative Umgang mit Geschichte ebenfalls nichts aus. Nachdem ich ihm gesagt hatte: ›Iwan Petrowitsch, bitte entschuldigen Sie, dass ich Sie gestört habe‹, schaute mich der Hund freundlich an und begann, mit dem Schwanz zu wedeln. ›Na, siehst du‹, sagte der junge Mann. ›Geht doch!‹ Er streichelte das Tier, kraulte es am Hals und dann zwischen und hinter den Ohren.

In diesem Augenblick öffnete sich die Tür des Hauses und die Bewohnerin, angeblich eine gefährliche Hexe, die ich bis dahin noch nie gesehen hatte, kam heraus. *Herauskommen* ist dabei wohl das falsche Wort, denn sie ging nicht, sie schwankte. Ihre Alkoholfahne konnte ich auf sieben Meter Entfernung riechen. Sie war alt, Ende sechzig, vielleicht auch etwas älter, wirkte aber trotz der Tatsache, dass sie betrunken und ungepflegt war, immer noch agil. Vor allem aber war sie laut. Als sie uns sah, blieb sie oben an der Treppe, die zur Eingangstür ihres Hauses führte, stehen, begann zu schimpfen und zu schreien, fuchtelte mit den Armen, ballte die Fäuste. Ich verstand kein Wort, denn sie sprach Mari.«

»Mari?«, unterbrach mich Rauschan. »Was ist Mari? Von einer solchen Sprache habe ich noch nie etwas gehört.«

Wir standen immer noch an der Reling. Der Fluss war an dieser Stelle breit und träge, und in der prallen Sonne war die Hitze beinahe unerträglich. Wenn es nach mir gegangen wäre, hätten wir uns auf die Suche nach einem schattigen Platz gemacht. Doch Rauschan lehnte lässig am Geländer, rauchte schon die dritte Zigarette und wirkte derart zufrieden, dass es mir nicht in den Sinn kam, sie bei dieser Pose zu stören.

»Joschkar-Ola ist die Hauptstadt der Autonomen Sozialistischen Sowjetrepublik Mari«, erklärte ich. »Die Mari sprechen eine finno-ugrische Wolgasprache, die so kompliziert ist, dass sie kaum jemand lernt, der dieser Volksgruppe nicht angehört. Ich selbst habe in den Jahren, die ich in dieser Region gelebt habe, nur ein paar wenige Mari-Phrasen aufgeschnappt.«

»Ja, es ist überall dasselbe«, murmelte Rauschan und ließ den Zigarettenrauch durch die Nase entweichen. »Alle müssen Russisch lernen, aber niemand lernt die Landessprachen. In fünfzig Jahren werden nur mehr einige alte Leute, die in den Dörfern leben, Kasachisch, Baschkirisch, Ukrainisch oder dieses Mari beherrschen.«

»Ich war ein Kind und hatte andere Sorgen«, erklärte ich.

»Ja ja, schon gut, erzähl weiter!«

»Das Erstaunlichste war, dass der junge Mann der alten Frau sofort freundlich auf Russisch antwortete. Ich weiß nicht mehr, was er gesagt hat, es dürfte sich um Komplimente und einige scherzhafte Bemerkungen gehandelt haben. Die Frau hörte auf zu schreien und begann schnell, etwas zu erzählen – auf Mari. Ich verstand weiterhin kein Wort, der junge Mann, wie mir schien, ebenfalls nicht, aber er schaute sie an, strahlte über das ganze Gesicht und nickte. Das genügte offenbar. Sie lächelte zurück, hörte dabei aber nicht auf, zu reden. ›Keine Ahnung, was Sie uns mitteilen wollen, gnädige Frau‹, verkündete der junge Mann, ›aber ich bin mir sicher, dass Sie völlig recht haben.‹

Ich hingegen – bis jetzt verstehe ich nicht ganz, warum – verspürte plötzlich eine tiefe Traurigkeit und eine unerklärliche Zuneigung zu dem Tier, vor dem ich mich vor kurzem noch so gefürchtet hatte. Ich kniete vor Iwan dem Schrecklichen nieder, schlang meine Arme um seinen großen, dicken, zotteligen Hals und begann zu weinen. Ich glaube bis heute, dass ich seit Beginn des Krieges nie so bitterlich und verzweifelt geweint hatte wie in diesem Augenblick. Was in den nächsten Minuten geschah, verschwimmt in meiner Erinnerung zu einem seltsamen Nebel. Was ich noch weiß, ist, dass der Bursche und die alte Frau freundlich auf mich einredeten, und dass sogar Mischa, Mitja, Mascha, Ksjuscha und Wanja, die bis dahin hinter dem Zaun gehockt waren, aufstanden, sodass ihre Köpfe nun gut sichtbar über die Zaunpfähle ragten. Still und ernsthaft, mitleidig und erschrocken starrten mich fünf Augenpaare an. Der Hund beschnupperte mich, wedelte noch heftiger als zuvor mit dem Schwanz und leckte mir die Tränen aus dem Gesicht …

Fünf Minuten später waren der junge Mann und ich auf dem Weg ins Dorf. ›Borja‹, sagte er. ›Ich heiße Borja. Kannst du mir sagen, wo die Familie Blank aus Leningrad wohnt?‹

›Was willst du von ihnen?‹, fragte ich misstrauisch.

›Du bist aber neugierig‹, meinte er und grinste.

›Man weiß ja nie, mit wem man es zu tun hat‹, wiederholte ich einen Satz, der zu den Standardphrasen meines Bruders gehörte.

›Ich bin Borja. Boris Sisskind. Rosa Pinsker ist meine Tante. Meine Mutter ist ihre ältere Schwester. Chaim Blank ist also mein Onkel. Ich war fünf Wochen im Lazarett und bin soeben demobilisiert worden. Kennst du Rosa Pinsker?‹

›Das ist meine Mama‹, murmelte ich und spürte, wie ich vor Freude und Aufregung rot wurde.

›Du bist also Elina!‹

›Ja.‹

Er schien nicht überrascht zu sein. ›Dann ist das für dich!‹, sagte er und reichte mir die Puppe. Ich nahm die Puppe, drehte und wendete sie, betrachtete sie von allen Seiten. Eine so große und schöne Puppe hatte ich noch nie gesehen. Sie war aus hartem, rosafarbenem Material, wahrscheinlich aus Guttapercha, die Arme und Beine ließen sich bewegen, sie hatte nicht nur Kopfhaar, sondern auch Augenbrauen und Wimpern, ihre Haare waren fest und borstig wie jene des

Hundes, den ich gerade umarmt hatte, und wenn ich die Puppe in die Horizontale brachte, klappte sie die Augenlider zu, als würde sie schlafen.

›Hat sie einen Namen?‹, fragte ich.

›Nein, noch nicht, aber sie ist für dich.‹

›Danke. Wirst du jetzt bei uns wohnen?‹, fragte ich.

›Ja. Mein Vater ist schon Anfang 1942 gefallen, und meine Mutter …‹ Er stockte.

Ich nahm ihn an der Hand und führte ihn zu uns nach Hause.«

»Danke für diese Geschichte«, sagte Rauschan. »Aber wie kam es denn nun dazu, dass du deine Eltern bis heute mit Namen und Vatersnamen ansprichst? Ich kann mir nicht vorstellen, dass die Erfahrung mit dem Hund der einzige Grund dafür ist …«

»Sei nicht so ungeduldig«, fiel ich ihr ins Wort. »Ich bin noch nicht fertig.«

»Aber jetzt habe ich Hunger«, erklärte Rauschan. »Gehen wir in den Speiseraum und reden später weiter.«

Die Abendessenszeit nahte. Dank der starken Strömung und dem Rückenwind hatte das Schiff Fahrt aufgenommen. Vielleicht werden wir früher in Pawlodar ankommen als geplant, dachte ich, doch sprach ich diesen Gedanken nicht aus, um nichts zu verschreien.

»Es gibt Kohlsuppe mit Brot«, bemerkte ich.

»Mit einem Hauch von Schweinehuf«, meinte Rauschan.

»Statt Gewürzen gibt es ein paar Borsten und in jeder zehnten Portion sogar ein Fettauge.«

»Dann nichts wie hin!«, rief Rauschan und begab sich schnellen Schrittes zur Tür, die ins Innere des Schiffes führte.

2

»Boris hatte Schuhgröße sechsundvierzig. Seine Schuhe waren so groß, dass ich selbst mit beiden Füßen in einen Schuh oder Stiefel von ihm passte. Auch seine Hände, seine Ohren und sogar seine Zähne waren doppelt so groß wie meine. Wenn er mich hochhob, auf seine Schultern setzte und durch die Siedlung spazierte, hatte ich den Eindruck, die Welt weit unter mir könne mir nichts mehr anhaben. Boris – für mich immer nur Borja – und ich wurden Freunde. Wir sind es bis heute geblieben, auch wenn unsere Beziehung nicht immer konfliktfrei war. Als ich ein Kind war, passte er auf mich auf. Heute ist es umgekehrt.

Tante Rita, Borjas Mutter, die in Wirklichkeit Rivka hieß, war die ältere Schwester von Rosa Borisowna. Angeblich war ich als Kleinkind oft auf Borjas Schoß gesessen, angeblich hatte er mit mir Verstecken gespielt und mir Chansons vorgesungen, meist populäre Schlager jener Zeit. Daran kann ich mich nicht erinnern. Ich weiß aber, dass ich ein Schaukelpferd aus Holz besaß, das ursprünglich Borja gehört hatte. Während der Blockade haben meine Eltern es in Stücke gehackt und im Ofen verheizt.

Als der Krieg begann, war Borja vierzehn Jahre alt. Sein Vater war Offizier der Roten Armee, er hatte durch einen seltsamen Zufall die großen Säuberungen der Dreißigerjahre heil überstanden. Die Verluste an der Front waren in den ersten Kriegsmonaten so groß, dass er rasch befördert wurde. Offiziere wurden dringend gebraucht. So mancher Leutnant stieg damals zum Oberstleutnant auf.

Zuerst befehligte Borjas Vater eine Kompanie, dann ein Bataillon, dann eine Brigade. Seine Frau und die vier Kinder blieben in Leningrad. Im September begann die Belagerung der Stadt. Katja und Sara, Borjas jüngere Schwestern, starben im Herbst 1941. Schelja, damals schon eine junge Erwachsene, überlebte. Im Dezember, als die Brotration für Kinder nur mehr 125 Gramm am Tag betrug, konnte Borja kaum noch gehen. Im Jänner lag er nur mehr im Bett, verlor zeitweise das Bewusstsein, und wenn er zu sich kam, gab ihm seine Mutter heißes Wasser zu trinken, das sie als ›Suppe‹ bezeichnete, weil sie Schuhsohlen, Lederhandschuhe und die letzten noch vorhandenen Reste von Tapetenkleister darin verkocht hatte.

Schließlich war es Borjas Vater, der ihm das Leben rettete. Er besorgte Lebensmittel für ihn und ließ ihn aus der Stadt ausfliegen. Als höherer Offizier hatte er Rettung für seinen Sohn organisieren können, nachdem es ihm zuvor nicht gelungen war, seine beiden Töchter zu retten.

Borja kam mit seinem Vater an die Front. Dort war er nicht das einzige Kind. Überall gab es sogenannte *Söhne des Regiments* – Kinder von Offizieren oder Soldaten, die ihre Väter begleiteten, Kinder und Jugendliche, die ihre Eltern und ihr Zuhause verloren hatten und keine Angehörigen mehr besaßen, Straßenkinder, die sich der Armee angeschlossen hatten, hinter den Linien kleinere Dienste verrichteten und von den Kämpfern oft verhätschelt und als eine Art Maskottchen ihrer Einheit angesehen wurden. Viele Soldaten hatten selbst Kinder verloren oder zu Hause zurückgelassen. Nun hatten sie jemanden, um den sie sich stattdessen kümmern konnten. Legal war das nicht, aber in jener Zeit hatten die Behörden andere Sorgen, als sich um das Wohl von Kindern zu kümmern. Manche starben, andere kamen gegen Ende des Krieges in Kinderheime oder Lager für schwererziehbare Jugendliche, die ›Kolonien‹ genannt wurden. Für die Rolle eines ›Sohnes des Regiments‹ war Borja allerdings schon zu alt, vor allem aber zu groß. Mit vierzehn überragte er manche Erwachsene schon um einen ganzen Kopf. Allzu lange blieb er ohnehin nicht hinter den Linien. Sein Vater war an der Wolchow-Front eingesetzt. Dort fand im Winter und Frühjahr 1942 eine große Offensive statt, deren Ziel es war, den Blockadering von Leningrad zu brechen. Die Offensive scheiterte, Zehntausende Rotarmisten starben, eine ganze Armee wurde eingekesselt und geriet in Gefangenschaft. Einige Kämpfer konnten sich aus der Umzingelung befreien, aber es waren nicht viele. Angeblich liegen heute noch mehr als hunderttausend Leichen in jenen Sümpfen und Wäldern südöstlich von Leningrad.

Zu den Opfern dieser Kämpfe gehörte auch Borjas Vater. Als Borja dies erfuhr, erklärte er, er wolle nicht mehr tatenlos im Erdhaus, in dem früher der Stab untergebracht gewesen war, herumsitzen, sondern als regulärer Soldat mitkämpfen. Man schlug ihm diese Bitte nicht ab. Er erhielt die Uniform eines Gefallenen und ein Gewehr. Für den Kommandeur seiner Einheit, die in den Wäldern ums Überleben kämpfte, war Borjas Alter das geringste Problem.

Nach der Niederlage konnten sich die Reste von Borjas Einheit zu den eigenen Truppen durchschlagen. In den nächsten Jahren kämpften viele von ihnen bei Rschew, Smolensk und in Weißrussland, und Borja blieb Soldat und kämpfte mit – bis zum Sommer 1944. Wie dies möglich war, welches Geburtsjahr in seinem Militärausweis eingetragen war, ob seine Vorgesetzten über sein Alter Bescheid wussten oder nicht, kann ich nicht sagen. Er sprach nur wenig über seine Kriegserlebnisse, und was er erzählte, war so grauenhaft, dass ich es nicht wiederholen möchte.«

»Das musst du auch nicht!«, unterbrach mich Karla Adolfowna. »Mach endlich eine Pause und iss deine Suppe auf, auch wenn sie nicht nach Schweinefüßen riecht, sondern eher so, als hätte der Koch seine eigenen schmutzigen Füße im Kochtopf gewärmt.«

»Ich denke, ich lasse sie stehen«, murmelte ich.

»Unsinn! Du musst etwas in den Magen bekommen, Mädchen. Dein junger Organismus braucht Kalorien.«

Es war nicht mein Plan gewesen, Borjas Geschichte nicht nur Rauschan, sondern der ganzen Runde zu erzählen. Doch ein Wort hatte das andere ergeben. Ich hatte im Speisesaal bei Tisch über Borja gesprochen, Karla Adolfowna und Witjka waren hellhörig geworden, hatten nachgefragt. Ich hatte nichts zu verbergen und erzählte weiter, ohne allerdings zu verraten, dass Rauschan versprochen hatte, mir im Gegenzug ihre Geschichte zu erzählen. Einige weitere Passagiere kamen an unseren Tisch und hörten mir zu – mit ernsten Gesichtern, aufmerksam, ohne zu unterbrechen. Während ich sprach, waren die Reste meiner Suppe kalt geworden, doch hatte ich ohnehin keinen Hunger mehr. Trotzdem schlürfte ich nun, um Karla Adolfowna nicht zu verärgern, noch ein paar Löffel der übelriechenden Flüssigkeit, die einen bitteren Beigeschmack hatte, und sprach weiter.

»Im August 1944 lag Borja irgendwo im Westen Weißrusslands in einem Lazarett. Ein Schrapnell hatte ihn am Oberkörper getroffen, ohne dabei ein lebenswichtiges Organ zu verletzen. Er hatte großes Glück gehabt. Als man ihn wieder gesundschreiben und zurück an die Front schicken sollte, wurde der Oberarzt stutzig. Doktor Jaroslaw Korowin – diesen Namen hat sich Borja für immer gemerkt – stellte fest, dass die Musterungskommission auf der Suche nach dem Siebzehnjährigen war. Dabei war der Jugendliche schon seit zweieinhalb Jahren an der Front. Der Oberarzt wunderte sich, wie das möglich war, fand keine Erklärung und erklärte Borja kurzerhand für *vorläufig untauglich für den Militärdienst.* ›Du hast genug gekämpft‹, meinte er. ›Wir gewinnen den Krieg auch ohne dich. Er wird sowieso nicht mehr lange dauern. Unsere Truppen sind schon mitten in Polen und werden bald die deutsche Grenze erreichen. Wenn du achtzehn bist, und der Krieg bis dahin nicht vorbei ist, wirst du wahrscheinlich noch einmal gemustert und offiziell eingezogen. Hoffen wir, dass es nicht so weit kommt.‹

Borja hatte Glück. Er wurde am 26. Juni 1927 geboren. Als er achtzehn wurde, hatten wir Hitlerdeutschland schon besiegt. Das Thema Militärdienst war für ihn erledigt.

›Wohin sollen wir dich demobilisieren?‹, hatte ihn der Oberarzt gefragt. ›Zu deiner Mutter in Leningrad?‹

›Nein. Zu ihr will ich nicht.‹

›Wen hast du denn sonst noch?‹

›Meine Tante in der Gegend von Joschkar-Ola. Sie wurde mit ihrer Familie dorthin aus Leningrad evakuiert.‹

›Tante geht nicht. Es müssen direkte Verwandte sein.‹

›Meine Großeltern sind auch dort. In einer Holzfällersiedlung bei Joschkar-Ola.‹

›Gut, dann fahr zu deinen Großeltern. Ich hoffe sehr, dass ich dich während dieses Krieges nie mehr sehen muss.‹

Also erhielt Borja seinen letzten Marschbefehl zu seinen Großeltern, den Eltern meiner Mutter, die nach einer abenteuerlichen Flucht aus Weißrussland zu Kriegsbeginn über einige Zwischenstationen ebenfalls in unserer Siedlung gelandet waren.«

»Warum wollte dein Cousin Boris denn nicht zu seiner Mutter zurück?«, wollte Karla Adolfowna wissen.

»Keine Ahnung. Wir haben nie darüber gesprochen. Als Kind hat mich das nicht interessiert, und später hat Borja meine Fragen stets abgeblockt.«

Das war gelogen. Ich hatte sehr wohl eine Ahnung, warum Borja damals nicht zu seiner Mutter nach Leningrad zurückkehren wollte, auch wenn ich mit ihm nie offen über dieses Thema gesprochen hatte. Doch waren meine Vermutungen und Überlegungen, meine Schlussfolgerungen aus Borjas Andeutungen oder die Mutmaßungen meines Bruders nicht etwas, das ich vor Karla Adolfowna und der versammelten Reisegesellschaft ausbreiten wollte.

»Seltsam. Wirklich seltsam.« Karla Adolfowna sah mich forschend an, und plötzlich hatte ich den Eindruck, dass sie mich verstanden hatte. Schalk blitzte in ihren Augen auf, eher gutmütig als spöttisch, aber vielsagend. »Vielleicht ist das etwas, das wir nicht unbedingt wissen müssen«, bemerkte sie leise.

»*Unsere Mütter und Frauen, wo sind sie denn, wenn wir vorm Tor des eigenen Hauses stehen?*«, begann Witjka plötzlich mit rauchiger Stimme zu singen, besser gesagt, zu krächzen; es war ein Lied, das ich bis dahin noch nie gehört hatte. »*Begrüßen uns und führen uns hinein, doch riecht's in unserem Haus nach Diebereien.*« Während er sang, schaute Witjka mit nach innen gekehrtem Blick durch mich hindurch.

»Erzähl bitte weiter«, bat Rauschan.

»*Doch wollen wir, was war, nicht sehen, und wollen hoffend in die Zukunft gehen, doch auf den Feldern mästen sich die Krähen, doch auf den Fersen folgt des Kriegs Gedröhn.*«

»Erzähl weiter!«

»*Und wieder Stiefel in den Gassen, hört! Und Vögel flattern, aufgescheucht, verstört …*«

»Er war verstört, so verstört, dass ich mich immer noch wundere, dass in jenem Spätsommer und Herbst nicht mehr passiert ist als eine Massenschlägerei, die er verursacht hatte, und eine Anzeige wegen Körperverletzung, die allerdings wieder zurückgezogen wurde. Meine Großeltern erhielten von den Bezirksbehörden eine Verwarnung: Sie sollten ihren Enkel besser kontrollieren. ›An die kurze Leine nehmen‹, wie sich der zuständige Milizionär ausgedrückt hatte. Das war leichter gesagt als getan. In den meisten Fällen war Borja eine Seele von einem Menschen – gutmütig, hilfsbereit, naiv und verspielt wie ein Kind. Offen für Schabernack jeglicher Art. Im November sprang er in den eiskalten Fluss, und als ich eines Tages behauptete, die Ohren eines Menschen würden lang wie die eines Hasen, wenn man ihn an den Ohren hochzieht, hob er einen meiner Klassenkameraden, der mich oft quälte, vor meinen Augen an den Ohren hoch, um mir zu beweisen, dass ich unrecht hatte. Wie ihr euch denken könnt, hatte diese Geschichte für alle Beteiligten ein äußerst unerfreuliches Nachspiel, und meine Eltern mussten mit dem Milizionär ein langes Gespräch führen.

Borja erzählte mir, dass er kurz vor seiner letzten Verwundung, die ihn ins Lazarett brachte, mit seinen Kameraden durch ein weißrussisches Dorf marschiert war und barfüßigen Kindern beim Schlagballspielen zugesehen hatte. Wie gerne hätte er seine Uniform und Schuhe ausgezogen und mitgespielt. Er rief den Kindern etwas zu, sie antworteten ihm freundlich und nannten ihn ›Onkel‹. Das machte ihn traurig. Er wollte noch kein ›Onkel‹ sein, auch wenn er längst wie einer aussah. Für mich hatte er viel von einem Onkel und von einem Kind zugleich, vor allem, wenn er im Haus auf allen vieren herumlief, wieherte und alles umstieß, was ihm im Weg war, und ich auf seinem Rücken reiten durfte. Meine Mutter und meine Großeltern schimpften, mein Bruder lachte, mein Vater schaute weg und schwieg. Konflikte löste Vater, indem er sie ignorierte.

Woran ich mich gut erinnern kann, sind Borjas riesengroße Füße, die über die Kante des Klappbettes, in dem er bei uns schlief, hinausragten. Seltsamerweise, und auch wenn mir mein Gedächtnis vielleicht einen Streich spielt, so erinnere ich mich auch, dass seine Fußsohlen immer im Kegel des Mondlichts waren, das durch den Spalt zwischen den Vorhängen ins Zimmer fiel. Wenn ich in der Nacht aufwachte, sah ich in der Dunkelheit nichts als seine scheinbar mitten im Zimmer schwebenden Füße. Und fast in jeder Nacht bewegten sie sich irgendwann – zuckten, fuhren auf und nieder, verschwanden unter der Bettdecke und kamen mit wild und unnatürlich gespreizten Zehen wieder zum Vorschein. Dann begann er zu schreien und hörte erst wieder auf, wenn meine Eltern, mein Bruder und ich an sein Bett kamen, ihn weckten, umarmten und ihm gut zuredeten. Einmal sagte ich dabei den Zählreim auf, der bei uns Kindern so beliebt war: ›*Denk nicht dran, sprich es nicht aus! Hast du Angst, kommt es ins Haus. Rufst du es, so holt es dich, schreist du laut, so frisst es dich, bist du fort, so merkt man's nicht.*‹ Von da an wollte er das immer wieder von mir hören, wenn wir ihn aus seinen Albträumen zurückholten. ›Sag es!‹, verlangte er. ›Sag es!‹ Und wenn ich es aufsagte, folgten seine Lippen lautlos meinen Worten. Es waren grauenvolle und gleichzeitig irgendwie auch schöne Momente. Wenn er weinte, weinte ich mit ihm, aber ich weinte nicht um ihn, sondern weil ich endlich selbst weinen durfte. Doch war er es, der mir die Augen für meine eigenen Tränen öffnete.

Borja erwies sich in vielerlei Hinsicht als Problemkind. In seinem Alter hätte er arbeiten gehen können, doch meine Eltern schickten ihn in die Schule – mit mäßigem Erfolg. Statt zu lernen, versuchte er, die junge Lehrerin zu verführen. In der Freizeit trieb er sich herum und machte nur Unfug. ›Bring dein Leben endlich auf die Reihe!‹, ermahnte ihn meine Mutter. ›Du lebst bei uns wie ein Schwein im Stall, tust nichts, lernst nichts, lässt dich bedienen. Ich weiß, dass du Schlimmes erlebt hast, aber das haben andere auch. Trotzdem lassen sie sich nicht so gehen.‹

›Ja, Mama!‹, sagte Borja.

›Nenn mich nicht Mama!‹, empörte sich meine Mutter. ›Deine Mama ist in Leningrad. Wenn du dich weiterhin so aufführst, schicke ich dich zu ihr zurück. Sie bombardiert mich ohnehin mit Briefen und ist empört darüber, dass du hier bei mir und nicht bei ihr bist.‹

›Untersteh dich!‹, schnauzte er sie an. ›Ich möchte hier bei euch bleiben – bei Mama und Papa, Schwester und Bruder. Was soll ich in Leningrad? Vor drei Jahren wäre ich dort beinahe abgekratzt.‹

›Jetzt reicht es aber!‹, schrie Mutter. ›Ab sofort nennst du mich Rosa Borisowna und meinen Mann Chaim Abramowitsch. Rosa Borisowna! Chaim Abramowitsch! Hast du verstanden? Und du bist mit uns per Sie. Mehr Respekt, bitte! Deine Cousine ist für dich Lina, einfach nur Lina und nicht *Schwester*, *Schwesterlein* oder *Kleine Blindschleiche*, und deinen Cousin solltest du *Sascha* nennen und nicht *Bruder*, *Brüderchen*, *Altes Haus* oder *Alter Kaktus* – er ist weder zerzaust noch stachelig.‹

›Aber Oma und Opa bleiben Oma und Opa?‹, fragte er.

›Ja, meinetwegen‹, brummte meine Mutter. ›Wenn sie nichts dagegen haben.‹

»Ihr ahnt wahrscheinlich schon, wie die Geschichte ausgegangen ist«, beendete ich meine Erzählung. »Borja ließ sich zu nichts zwingen und nannte meine Eltern weiterhin *Mama* und *Papa*, auch wenn beide ihn ständig ermahnten, er solle sie mit Namen und Vatersnamen ansprechen, ich blieb für ihn *Schwester* und Sascha *Bruder*, wenn er uns nicht gerade als *Blindschleiche*, *Kleines Geißlein*, *Kaktus* oder *Altes Haus* bezeichnete, während Sascha und ich irgendwann anfingen, unsere Eltern *Rosa Borisowna* und *Chaim Abramowitsch* zu nennen und einander nur mehr mit *Bruder* und *Schwester* anzusprechen – was zuerst nur ein Spiel war, wurde bald zum Spleen und schließlich zu einer Gewohnheit, die wir auch dann nicht mehr ablegten, als wir erwachsen geworden waren.«

»Und der Hund?«, fragte Rauschan. »Hast du ihn ebenfalls weiterhin mit Namen und Vatersnamen angesprochen? Iwan Petrowitsch?«

»Natürlich! Wenn ich ihn nicht gerade liebevoll als *Hündinnensohn* bezeichnet habe. Wir wurden gute Freunde. Wann immer ich ihn besuchte, knurrte und bellte er zuerst und schleckte mir dann die Hände ab.«

3

Als ich kurz vor Sonnenuntergang mit Rauschan wieder an der Reling stand und auf die Wasseroberfläche starrte, dachte ich an all das, was ich meiner neuen Freundin und den Schauspielern der sibirischen Theatergruppe nicht erzählt hatte. Unerwähnt geblieben waren vor allem die zahlreichen Streitgespräche, die meine Eltern damals geführt hatten, soweit man diese sehr einseitige Angelegenheit überhaupt als Streitgespräch bezeichnen kann. Rosa Borisowna raunte, lamentierte und redete auf Chaim Abramowitsch ein. Dieser hörte zu, nickte und wich dem Konflikt aus.

»Er ist völlig verwahrlost«, empörte sich Rosa Borisowna. »Er hat keinerlei Pläne für die Zukunft, keinen Ehrgeiz, erzählt nichts, liest nichts, lernt nichts, arbeiten will er auch nicht, verschwindet jeden Tag für mehrere Stunden im Wald – niemand weiß, was er dort treibt. Manchmal habe ich den Eindruck, als sei er erst zwölf. Warum nur, warum haben wir diesen Taugenichts überhaupt bei uns aufgenommen?«

»Weil er dein Neffe ist?«

»Jedenfalls ist er ein schlechtes Vorbild für unsere Kinder.«

»Mhm«, brummte Chaim Abramowitsch, schaute weg und kaute an seinen Fingernägeln. »Aber sie mögen ihn sehr. Lina isst wieder regelmäßig, ohne ständig erbrechen zu müssen, und Sascha wird von den antisemitischen Jungs in der Schule nicht mehr verprügelt.«

Tatsächlich hatte ich, bevor Borja zu uns kam, lange Zeit kaum etwas essen können. Während der Blockade hatte ich gehungert. Als es wieder etwas zu essen gab, rebellierten mein Körper und mein Geist so stark dagegen, als wollten sie das mörderische Werk der Nazis vollenden, das der Hunger einst begonnen hatte. Die Lehrerin schickte mich wegen meiner »schlimmen Dystrophie« nach Hause, sie befürchtete, ich würde während des Unterrichts sterben. Borja hingegen war ein guter Esser, und mit der Zeit begann ich, seinem Beispiel zu folgen.

»Vielleicht redest ja du einmal mit ihm«, schlug Rosa Borisowna vor. »Ganz allein. Von Mann zu Mann. Er ist kein Kind mehr.«

Chaim Abramowitsch zuckte mit den Schultern. »Was soll das bringen? Er hört nicht auf mich. Ich war nicht einmal in der Armee, geschweige denn im Krieg. Sogar für die Brandbombenlöschgruppe unseres Hauses war ich zu schwach und zu ungeschickt. Ich bin alt und verbraucht, ein ängstlicher alter Jude aus dem Schtetl. Für jemanden wie Boris bin ich nichts weiter als eine Anekdote aus der Vergangenheit. Was glaubst du, was er in den letzten drei Jahren alles gesehen und erlebt hat?«

»Du bist erst neununddreißig!«

»Schau mich doch an.« Er seufzte.

»Du unterschätzt dich«, widersprach Rosa Borisowna. »Was ist aus dem verwegenen jungen Mann geworden, den ich geheiratet habe?«

»Ich fürchte, der ist schon dem ersten Fünfjahresplan zum Opfer gefallen.«

»Du hast immer schon geschuftet wie ein Ackergaul.«

»Wenn ich wenigstens so stur wäre wie ein Esel.«

»Was uns nicht umbringt, macht uns stark.«

»Ja, bevor es uns endgültig kaputtmacht«, meinte er. »Aber gut, ich rede mit Boris.«

Rauschan riss mich aus meinen Gedanken, indem sie mich an der Hand fasste und auf die andere Seite des Schiffes zur gegenüberliegenden Reling zog. »Da!«, rief sie und deutete mit dem Zeigefinger nach oben. Ich schaute hinauf und sah einen Schwarm Graugänse, der in perfekter Dreiecksformation Richtung Süden zog. Die Vögel flogen so tief, dass ich die unterschiedlichen Schattierungen in ihrem Gefieder ausmachen konnte. Rauschan schaute ihnen mit verträumtem Blick nach und murmelte: »Fantastisch.«

»Ja.«

»Wenn ich sie sehe, dann fühle ich etwas, dann fühle ich … Ich habe das Gefühl, als ob …« Sie brach ab, ohne den Satz zu vollenden.

»Nun bist du an der Reihe«, sagte ich. »Erzähl mir deine Geschichte. Heißt du wirklich Rauschan?«

»Nein«, flüsterte Rauschan. »Aber außer dir darf das niemand erfahren.«

»Einverstanden.«

»Ich erzähle dir alles, aber du musst mir etwas versprechen.«

»Was?«

»Begleitest du mich nach Moskau?«

»Ich fahre ohnehin über Moskau nach Leningrad.«

»Sehr gut! Ich bin noch nie außerhalb der Regionen von Semipalatinsk und Ust-Kamenogorsk gewesen. Noch nicht einmal in Pawlodar, wo wir morgen früh ankommen, geschweige denn in Russland. Ich bin ein echtes Landei.«

»Aber ich dachte …«

»Ich bin nicht Rauschan. Ich bin Greta. Die Russen in der Siedlung nannten mich manchmal Galja, aber ich bin Greta, Gretchen für meine Mutter, Gretl für meine Geschwister. Ursprünglich hieß ich Grete, mit *e*, aber der Standesbeamte, der meine Geburtsurkunde ausstellte, hat aus dem *e* am Wortende ein *a* gemacht. Er war manchmal etwas eigenwillig.«

»Und Rauschan? Wer ist Rauschan?«

»Dazu später.«

»Gut.«

»Wenn jemand an meiner Seite ist und zu mir hält, fühle ich mich gleich sicherer und weniger einsam. Obwohl ich natürlich auch allein zurechtkommen würde, wenn ich müsste. Nicht, dass du etwa glaubst, ich käme ohne dich nicht klar.«

»Wieso vertraust du mir?«, fragte ich.

»Ich vertraue dir nicht«, erklärte sie. »Ich habe einfach keine andere Wahl, als mich auf mein Bauchgefühl zu verlassen.« Sie schaute sich um, so als wollte sie auf Nummer sicher gehen, dass uns niemand belauschte, aber es war kein Mensch in der Nähe. »Du wirst mich verstehen, wenn ich dir alles erzählt habe.« Sie zündete sich eine Zigarette an und schaute den davonfliegenden Gänsen nach. »Ich wünschte, ich wäre ein Vogel«, sagte sie leise, »aber noch mehr wünsche ich mir, mir so etwas nicht wünschen zu müssen. Verstehst du, was ich meine?«

»Ich werde dich verstehen, wenn du mir alles erzählt hast«, sagte ich.

Die Sonne ging unter, und es wurde kühler, wenn auch nicht so kalt wie in den letzten Tagen. Meine Jacke, meine Weste und meine Strümpfe lagen unten im Schlafraum, doch wollte ich jetzt nicht wieder in den Schiffsbauch gehen. Dafür würde später noch Zeit sein. Ich genoss die frische Luft und war gespannt darauf, was mir die junge Frau, die ich als Rauschan kennengelernt hatte, erzählen würde. »Wer bist du wirklich?«, fragte ich.

»Ich bin Greta. Greta Kerzer. Meine Mutter war Deutsche. Sie wurde aus ihrer ursprünglichen Heimat deportiert.« Rauschans, besser gesagt, Gretas Stimme veränderte sich, wurde tiefer, dunkler. Es kam mir vor, als wäre diese Stimme ein Tor, das sich knarrend öffnete. Was wohl dahinter lag.

Sie schaute mich nicht mehr an. Ihre Schultern fielen nach vorne und streckten sich in die Höhe, als wollten sie den Hals schützen und dem Kopf etwas mehr Stabilität verleihen. Das ließ sie allerdings fragiler erscheinen als zuvor.

»1941?«, fragte ich. »Aus dem Wolgagebiet?«

»Nein.« Greta lachte bitter. »Bei uns ist alles komplizierter. Meine Mutter wurde in einer deutschen Siedlung in Wolhynien, unweit von Luzk, geboren, aber schon als Kind, während des Ersten Weltkriegs, im Jahre 1916, als die Front näher kam, wurde sie wie Hunderttausende andere Deutsche aus dieser Region mit ihren Eltern und Geschwistern nach Sibirien deportiert. Die Familie meiner Mutter, jener Teil, der überlebt hatte, landete schließlich im Norden von Turkestan, wie es damals hieß.«

»Von dieser Aussiedlung habe ich noch nie gehört.«

»Wer kennt schon alle Deportationen in unserem mächtigen und weiträumigen Vaterland!«

»Und dein Vater war Kasache?«

»Geduld! Lass mich erzählen.«

»Nur zu!«

»Mein Stiefvater, das heißt der Mann meiner Mutter, von dem ich den Namen Kerzer habe, stammte ursprünglich aus dem von Deutschen bewohnten Wolgagebiet. Seine Familie war vor dem Ersten Weltkrieg in die kasachische Steppe ausgewandert und hatte Land erworben. Ein freiwilliger Umzug, ausnahmsweise keine Deportation. In einem Ort namens Friedensfeld, in der Nähe von Akmolinsk, lernten sich Kurt Kerzer und Marianne Lutz, meine Mutter, kennen. 1929 kam mein Bruder auf die Welt, ein Jahr später meine Schwester. Im selben Jahr wurde unsere Familie *entkulakisiert*. Kurt wollte nicht freiwillig in die Kolchose eintreten, und er ließ sich auch nicht zur Freiwilligkeit zwingen. Sein Grundstück war groß genug, dass er und seine ganze Familie als *Kulaken* eingestuft wurden, doch klein genug für die etwas weniger gefährliche *Kategorie Zwei*. Damit galten sie als die kleineren Fische unter den reichen, ausbeuterischen Bauern und Klassenfeinden, und wurden nicht auseinandergerissen und in Zwangsarbeitslager gesteckt wie die Familien der *Kulaken* der *Kategorie Eins*. Deshalb haben sie überlebt. Sie wurden enteignet, entrechtet und wegtransportiert, wenn auch nur in einen anderen Teil Kasachstans – in die Gegend von Semipalatinsk.«

»Das ist nicht weit von hier«, sagte ich.

»Damals war es abseits jeglicher Zivilisation und annähernd menschenleer. Meine Eltern und Großeltern mussten zusammen mit anderen Enteigneten und Vertriebenen den Ort praktisch aus dem Nichts aufbauen.«

»Wie haben sie ihn denn genannt, diesen Ort?«, fragte ich.

»*Liebknecht*. Nach Karl Liebknecht. Heute heißt das Dorf anders.«

»Wie denn?«

»Das musst du nicht wissen«, meinte sie trocken. »Am liebsten würde ich selbst vergessen, wie dieses Kaff heißt.«

»Leider sind gerade die Dinge, die wir am liebsten vergessen würden, jene, die wir niemals vergessen«, erklärte ich.

»Das ist nicht immer so«, widersprach sie. »Als Kurt Mitte 1934 verhaftet wurde, verhielt sich das gesamte Dorf so, als hätte es ihn niemals gegeben. Laut meiner Mutter hatten einige seine Existenz derart verdrängt, dass sie sie behandelten, als sei sie eine ledige Mutter, die nie verheiratet gewesen war.«

»Was warf man ihm vor?«

»Trotzkismus. Das war völlig absurd. Kurt war ein bescheidener Mensch, ein Landarbeiter, der sich vor allem für Kühe, Ziegen und Schweine interessierte. Er konnte kaum Russisch. Angeblich hat er das erst im Lager richtig gelernt. Für die Lektüre einer halben Buchseite auf Deutsch brauchte er eine

Stunde, und wenn ihm jemand erklärt hätte, der Trotzkismus habe etwas mit dem Alten Testament zu tun, hätte er das sofort geglaubt.«

»Wie viele Jahre musste er absitzen?«

»Fünf. 1934 war nicht 1937. 1937 oder 1938 hätte er wahrscheinlich zehn Jahre bekommen oder wäre erschossen worden. Später hätte man ihm aus der Tatsache, dass er ein Deutscher war, ebenfalls einen Strick drehen können. Er hatte schlichtweg das Glück, früh genug festgenommen worden zu sein. Von den fünf Jahren saß er viereinhalb Jahre ab und kam vorzeitig frei, weil das Verfahren gegen ihn eingestellt wurde. 1939 war so etwas möglich. Jedes Jahr hat seine eigene Geschichte.«

»1939. Da warst du ja schon auf der Welt.«

»Ich erinnere mich nicht an seine Heimkehr, aber ich weiß noch, dass ich auf seinem Schoß saß und an dem langen Bart zog, den er sich hatte wachsen lassen. Er war der Vater, der nicht mein Vater war, aber es hätte werden können. Ich hatte nicht viel von ihm. Während des Krieges starb er wenige Jahre später an Tuberkulose.«

»Das tut mir leid«, murmelte ich.

Sie versteckte ihr Gesicht vor mir, drehte den Kopf zur Seite, sodass ich nur mehr ihr Haar und ihre Schulter sehen konnte, machte einen und dann noch weitere zwei Schritte von mir weg. »Machen wir eine Pause, ich muss kurz allein sein. Gib mir eine Viertelstunde. Wir treffen uns wieder hier. In fünfzehn Minuten. Bitte!« Sie hastete in Richtung Heck davon, dorthin, wo sich zwei Rettungsboote, mehrere Ersatztaue, ein Werkzeugschuppen und der Abgang in den Motorraum befanden. Ich verstand nicht, was sie dort wollte, hätte es aber unpassend gefunden, ihr zu folgen. Stattdessen begab ich mich in den Schlafsaal, um warme Kleidung zu holen. Eine leichte, aber kühle Brise ließ mich frösteln.

In der Dämmerung verschwammen die Grenzen zwischen Wasser und Ufer, in der Dunkelheit lösten sie sich ganz auf, bis nur mehr wenige Lichter an Land erkennbar waren. Die Scheinwerfer des Schiffes leuchteten unsere Fahrrinne aus – eine träge, glatte Wasseroberfläche, die noch schwärzer war als die Nacht, die sich auf sie senkte.

Für die anderen Fahrgäste war ich immer noch eine Berühmtheit. Auch wenn die meisten von ihnen längst der Mut verlassen hatte, den sie im Augenblick der zornigen Leidenschaft und der höchsten Anspannung hatten aufbringen können, so warfen sie mir jetzt zumindest wohlwollende Blicke zu, auch wenn niemand mehr auf die nur wenige Stunden zurückliegenden Vorkommnisse zu sprechen kam. Drei Männer und ebenso viele Frauen fragten mich allerdings, ob sie etwas für mich tun könnten. Man bot mir Pralinen, Brot, Zigaretten und sogar harte Getränke an – was ich natürlich ablehnte –, ein junger Mann wollte meine Telefonnummer haben, ein anderer machte mir Komplimente über mein Aussehen, die so hilflos und auf peinliche Weise plump waren, dass ich schmunzeln musste. Eine alte Frau kam auf mich zu, versperrte mir den Weg und bekreuzigte mit dem Zeige- und Mittelfinger der rechten Hand mein Gesicht. »Danke, Großmutter«, sagte ich, verneigte mich, und sie machte den Weg frei.

Als ich mit Weste, Jacke, Kopftuch und Strümpfen bekleidet wieder an unseren Platz an der Reling zurückkehrte, war Greta noch nicht dort. Ich schaute mich um, konnte sie im Zwielicht aber nirgendwo ausmachen. Ich beschloss, zehn weitere Minuten zu warten, und während ich auf den Lichtkegel an der Wasseroberfläche starrte, fragte ich mich, worauf ich mich hier überhaupt einließ. Ich kannte diese junge Frau nicht, wusste nicht, was sie wirklich wollte, ob sie nicht vielleicht eine Provokateurin, eine Diebin oder Betrügerin war.

Wollte sie mich ausrauben oder gar ermorden? Hatte ich nicht andere Sorgen, als die halbe Nacht ihren Geschichten zu lauschen? Ich vermisste meinen Vater, fragte mich immerfort, ob er überhaupt noch am Leben war, ob ich nicht konsequenter meine schnelle Rückreise nach Leningrad vorantreiben sollte. Die obskure halbkasachische Deutsche würde an mir wie eine Klette hängen und mir, nach allem, was ich erlebt hatte, was ich schon wusste und vermutete, nur Schwierigkeiten einhandeln. Wenn sie nach Moskau wollte, müsste sie erst mit mir in Omsk aussteigen. Da aber die von ihr gespielte Rauschan (hatte sie sie bestohlen oder getötet, um an ihre Papiere zu kommen?) angeblich in Akmolinsk zu Hause war, müsste Greta schon mehrere Stunden früher, in Pawlodar, von Bord gehen, wenn sie die Glaubwürdigkeit ihrer Rolle nicht gefährden wollte. Von dort würde sie nach Akmolinsk mit dem Zug reisen und wahrscheinlich erst dort in einen Schnellzug nach Moskau umsteigen. Ich wäre sie allerdings los, denn von Omsk hatte ich eine direktere Verbindung nach Moskau.

Ich schaute mich ein weiteres Mal um. Wo war sie denn? Im Speiseraum, im Schlafraum, oder war sie aus unerfindlichen Gründen in den Maschinenraum hinabgestiegen? Hatte ihr jemand etwas angetan, oder war sie ins Wasser gefallen? Ich ärgerte mich darüber, dass ich sie vermisste und mir Sorgen um sie machte. Dieses Mädchen hatte etwas Zartes und Verwegenes an sich, etwas, das nicht zusammenpasste und mich gerade deshalb irritierte und zugleich anzog. Ich schob das auf die Aufregung der letzten Tage, auf meine Übermüdung und momentane Überspanntheit, beschloss aber, mir Gretas Geschichte bis zum Schluss anzuhören. Wer weiß: Vielleicht würden mir Andeutungen oder das Nichtgesagte zwischen ihren Sätzen helfen, besser zu verstehen, woran ich bei ihr war. Ich würde freundlich, offen und entgegenkommend sein, dabei aber dennoch misstrauisch und stets auf der Hut. Ich bin gutgläubig, aber nicht töricht, dachte ich. Ich habe einen guten Riecher dafür, wenn etwas faul ist, und sollte diesmal einfach besonders gut aufpassen. Nachdem ich diesen Entschluss gefasst hatte und schon drauf und dran war, mich auf die Suche nach Greta zu machen, tauchte sie plötzlich wie aus dem Nichts auf, als hätte die Dunkelheit sie ausgespuckt und an meine Seite gestellt. »Wo warst du?«, fragte ich gereizt. »Ich fürchtete schon, du seist über Bord gegangen.«

»Ich habe mir eine Schachtel Zigaretten gekauft. Die beiden Küchenschnepfen waren nicht an ihrem Platz, jedenfalls nicht dort, wo ich sie vermutet hatte. Ich musste sie erst suchen. Entschuldige, dass es länger gedauert hat.«

»Kein Problem. Die Nacht ist noch lang.«

»Ich bin froh, dass du auf mich gewartet hast«, sagte sie.

4

»Nach Kurts Verhaftung blieb meine Mutter mit ihren beiden Kindern allein. Für meine Mutter war es, wie sie mir versicherte, die schlimmste Zeit ihres Lebens, noch schlimmer als die Enteignung, Verfolgung und Deportation, die sie einige Jahre zuvor erleben musste. Das war zwar ein Schrecken ohne Ende gewesen, doch zumindest war Kurt an ihrer Seite gewesen.

Auf die Kollektivierung und die Deportationen folgten weitere Katastrophen. Was man bei uns erntete, wurde für die Städte und Industriezonen requiriert, sodass den Menschen in unserer Siedlung kaum noch Getreide für die nächste Aussaat übrigblieb. Doch auch das Saatgut, das sie hatten, konnte in der trockenen Steppe nicht richtig gedeihen, weil zu wenig bewässert wurde, weil Düngemittel und Pestizide fehlten, Mäuse und Insekten Felder und Lager plünderten und die Obrigkeit für sich, ihre Familien, ihre Freunde und Verwandten und für den Schwarzmarkt den größten Teil abzweigte. Der Kommandant unserer *Spezialsiedlung mit besonderem Regime*, ein Nicht-KZ mit KZ-Charakter, wurde deshalb zwar festgenommen, schnell abgeurteilt und erschossen, doch sein Nachfolger war nicht besser – nur geschickter. Der hingerichtete Funktionär war ein Gauner gewesen, erzählte meine Mutter, der neue Kommandant hingegen war ein Dieb im großen Stil – gut vernetzt, mit Verbindungen bis nach Moskau.

Mein Großvater war bald nach Kurts Verhaftung gestorben, Mutter, Großmutter und meine beiden Geschwister hungerten. Die Siedlung war eine Mischung aus Dorf, Wildnis und Zwangsarbeitslager. Es gab unsinnige Arbeitsaufträge, die Zuteilung von ungenügenden Essensrationen, Umerziehungsunterricht für ehemalige *Kulaken* und Konzerte im Kulturclub, der den bezeichnenden Namen *Glückliches Leben* trug. Irgendwer musste Loblieder auf den ersten Fünfjahresplan verfassen (*Wie strahlende Lichter am Nachthimmel dampfen die Schlote des Fortschritts am Horizont einer freudvollen Zukunft; o Arbeiter, in deines Herzens Glut kocht voller Leidenschaft dein junges Blut*), ein anderer schwärmte auftragsgemäß vom Sieg des Sozialismus über alle kapitalistischen Ausbeuter der Welt, und ein Dritter verlangte, man sollte Volksfeinde wie tollwütige Hunde erschlagen. *Hunden gebührt ein hündischer Tod!*, war der Slogan. Ich selbst«, erzählte Greta bitter, »habe Jahre später in diesem Club ebenfalls vorsingen müssen: *Ich bin ein kleines Mädchen, ich tanz' und lauf' umher, Stalin hab' ich noch nie gesehen, doch liebe ich ihn sehr!*«

»Das habe ich auch singen müssen«, sagte ich. »Vor zehn Jahren war das in der gesamten Union Pflichtprogramm für kleine Mädchen.«

»Die entkulakisierten Volksfeinde durften die Siedlung zwar eigentlich nicht verlassen, doch niemand hinderte sie am Gehen. Es gab weder Zäune noch Stacheldraht. Allein – wohin hätten sie gehen sollen? In dieser Einöde, in der es kaum Straßen oder andere Siedlungen gab, wären sie umgekommen oder aufgegriffen und zurückgebracht worden. Anderswo war es zudem keineswegs besser als bei uns. Der Agitator und Parteifunktionär, der uns erziehen sollte, erklärte den Leuten, man habe sie befreit. Indem man ihnen ihren Besitz weggenommen hatte, habe man sie vom Zwang des kapitalistischen Wirtschaftens und der Last spießiger, überkommener Vorurteile befreit. Dafür sollten sie der Sowjetmacht dankbar sein.

Im Herbst lagen meine Geschwister, vier und fünf Jahre alt, mit aufgedunsenen Bäuchen in ihren Betten, meine Großmutter konnte sich ebenfalls kaum mehr rühren, sie würde bald sterben, und außer meiner Mutter war niemand bereit, ihnen zu helfen. Eine Frau ohne Mann war nicht viel wert, obendrein wenn sie die Ehefrau eines verurteilten Trotzkisten war. Wer etwas für sie tun wollte, tat es heimlich. Doch brachten nur wenige diesen Mut auf. Bald waren alle Feldmäuse, Eidechsen und Schlangen aufgegessen. Haustiere gab es längst keine mehr. Man hörte kein Hundegebell und keinen Hahnenschrei, kein Miauen, Muhen oder Blöken, kein Wiehern und keinen Hufschlag mehr. Zu jeder Tages- und Nachtzeit war es totenstill. Wenn die Menschen sich bewegten, taten sie dies langsam und leise, wenn sie sich unterhielten, flüsterten sie, und nicht einmal die Geier kreisten noch über dem sterbenden Ort.

Am Rande des Dorfes befanden sich ein Silo und ein Holzschuppen, in dem Getreide und andere Lebensmittel gelagert wurden. Beides war eingezäunt und wurde gut bewacht. Wer sich zu nahe an dieses Areal heranwagte, riskierte sein Leben. Die Wachmannschaft bestand aus einem Kirgisen und zwei kasachischen Helfern. Sie waren mit Flinten und Holzknüppeln bewaffnet, und wenn sie gelegentlich eine Runde durch das Dorf drehten, schauten die Leute weg, senkten den Blick und spuckten, sobald das Trio vorbeigegangen war, verächtlich aus. Ähnlich verhielten sie sich, wenn die Rotarmisten und Staatssicherheitsleute unser Dorf kontrollierten. Laut meiner Mutter empfanden die Menschen eine intensive, beinahe tierische, auf jeden Fall starke körperliche Angst, wenn ihre Peiniger in der Nähe waren, eine Angst, die allerdings mit so viel Ekel und Verachtung einherging, dass sie gegen den Würgereflex beim Anblick dieser Kreaturen regelrecht ankämpfen mussten.

Der Kirgise war ein kräftiger Mann in den Dreißigern. Seinen Namen vergaß man bald. Für alle war er nur ›*Der Kirgise*‹, ein Mann, dessen Herkunft genauso im Dunkeln lag, wie seine Pläne für die Zukunft ungewiss waren. Man munkelte, er sei ein Mörder und ein Dieb, hätte sich aber als Denunziant bei den Behörden beliebt gemacht und schließlich statt einer weiteren Lagerhaft den Wächterposten in unserer Siedlung ›verdient‹. Das waren aber nur Gerüchte. Genaueres wusste man nicht. Was die beiden Kasachen betraf, so herrschte wiederum Gewissheit darüber, dass es sich um Kriminelle handelte. Laut meiner Mutter waren die beiden jeden Abend betrunken, während der Kirgise keinen Tropfen Alkohol anrührte.

Wenn das Trio unterwegs war, verriegelte es das Tor zum Areal mit dem Silo und dem Schuppen und ließ es durch einen Rotarmisten bewachen. Manchmal aber waren nur zwei unterwegs, und der Dritte blieb als Wächter zurück. War dies der Fall, blieb das Tor gelegentlich offen, auch dann, wenn der Rotarmist gerade nicht in der Nähe war. Es war an einem trüben Novembernachmittag, als meine Mutter sich auf der Suche nach Essbarem durch das Dorf schleppte und bemerkte, dass das Tor nur angelehnt war und der wachhabende Kasache einige Meter entfernt mit dem Rücken zu ihr stand und rauchte. Mutter nützte die Gunst des Augenblicks und schlich sich hinein. Am Schuppen war ein Vorhängeschloss angebracht, doch auf den Brettern, die vom Zaun zum Eingang ausgelegt waren und einen schmalen Weg bildeten, lagen vereinzelt Getreide- und Maiskörner, die beim Ein- oder Ausladen der Säcke auf den Boden gefallen waren. Mutter schaute sich verstohlen um. Es war niemand in der Nähe, und der Kasache stand immer noch in sicherer Entfernung und schaute in eine andere Richtung. Mutter fiel auf die Knie und begann hastig, die Körner aufzusammeln, wobei sie ihre Finger auch zwischen und unter die Bretter schob und dort nach Körnern tastete. Bald hatte sie eine Handvoll alter, schmutziger Körner beisammen, die sie schnell in ihre Jackentasche stopfte. Nun hätte sie sich – so jedenfalls erzählte sie es mir – damit begnügen und schnell davonlaufen sollen. Stattdessen aber beschloss sie, noch eine weitere Minute zu riskieren, um den Boden direkt vor der Tür zur Scheune abzusuchen. Dort wurde sie rasch fündig. Unter dem Türstock fand sie drei ganze Ähren und zahlreiche weitere Körner. Schon wollte sie auch diese einstecken und davonlaufen, als sie plötzlich eine Hand auf ihrer Schulter spürte. Sie wollte aufspringen, doch ein harter Griff hielt sie fest und drückte sie nieder. Mit Mühe gelang es ihr, den Kopf zu wenden. Das breite, grinsende Gesicht des Kirgisen mit dem hässlichen Mund und der froschähnlichen Physiognomie würde sie nie vergessen. Die ganze Zeit hatte sie sich so sehr auf den Kasachen konzentriert und diesen stets im Augenwinkel behalten, dass sie die Rückkehr des Kirgisen übersehen hatte. Nun grinste er sie an und sagte: ›Hab' ich dich erwischt, du deutsche Diebin!‹ Und dann fügte er etwas hinzu, was Mutter nicht verstand, eine höhnische Bemerkung, eine Drohung oder ein Schimpfwort, wahrscheinlich auf Kirgisisch. Ob Kasachisch, Kirgisisch, Turkmenisch oder Usbekisch – für meine Mutter war das alles nur ›turkestanisches Kauderwelsch‹. Anders bezeichnete sie es nicht.

›Komm mit, du Hündin!‹, schrie der Mann auf Russisch und zerrte sie in seine Hütte, die sich gleich hinter dem Schuppen mit den Vorräten befand. Er stieß sie hinein und knallte die Tür hinter sich zu.«

5

»Das Innere der Hütte bildete einen seltsamen Kontrast zur Atmosphäre und zum äußeren Erscheinungsbild des Dorfes und seiner Bewohner in jener Zeit. Wie gesagt, die meisten von ihnen waren am Verhungern – schmutzig, krank und heruntergekommen, ihre Häuser düster und leer, die Stuben rochen nach Staub, Hunger und Tod. Die keineswegs hungernde Obrigkeit des Dorfes – bestehend aus dem Kommandanten, den Rotarmisten, Kommissaren, Aktivisten, Wachleuten, berittenen Patrouillen sowie Denunzianten und Mitläufern, die es sich irgendwie hatten richten lassen – hingegen befand sich in einem fast permanenten Alkoholrausch. Während es anderen Menschen an Brot mangelte, schien der Zufluss an Wodka, Rum, Kognak und Schnaps nicht zu versiegen. Die Elite hat ihre eigenen Versorgungskanäle. Das war so, ist so und wird immer so bleiben. Um den Wahnsinn auszuhalten, ließen die privilegierten Herrschaften die Sau raus, sie selbst und ihre Häuser waren so verkommen, dass es darin bestenfalls wie in Schweineställen, schlimmstenfalls wie in Kloaken aussah und roch, sie feierten rauschende Feste, torkelten in verschmutzten, halb offenen Uniformjacken durch das Dorf, schossen in die Luft und schlugen, wenn sie schlechter Laune waren, auf alles und jeden ein. Nicht einmal Kinder waren vor ihnen sicher. Es gab Fälle von Mord, Totschlag und grausamen Übergriffen, die natürlich nicht geahndet wurden. Ich weiß nicht, ob das in anderen Siedlungen genauso war wie bei uns, ob wir die Regel oder eine Ausnahme bildeten. Es war, so meine Mutter, auf jeden Fall wie im innersten Kreis der Hölle.

Was meine Mutter besonders aufregte, wenn sie von jener Zeit sprach, war, dass damals fast überall der größte Hunger schon vorbei war. 1932 sei das schlimmste Jahr gewesen, erzählte sie mir. 1934 mussten die Dörfer nicht mehr so viel von ihrer Ernte oder ihrem Vieh abliefern wie in den Jahren davor, manche erhielten sogar Hilfslieferungen aus anderen Regionen. Warum das in unserem Dorf anders war, kann bis heute niemand mit Gewissheit sagen. Vielleicht hängt das damit zusammen, dass man in diesem Jahr zahlreiche Kasachen zwangsweise bei uns ansiedelte, was die Einwohnerzahl fast verdoppelte. Das waren ursprünglich Nomaden, die man vor einigen Jahren dazu verpflichtet hatte, Getreide an den Staat abzuliefern. Deshalb mussten sie zuerst einmal ihr Vieh an den Staat verkaufen, um dafür jenes Getreide zu kaufen, mit dem sie wiederum ihre Schulden beim Staat beglichen. Um dem zu entgehen, waren viele in andere Teile der Sowjetunion geflüchtet. 1934 begann man, sie wieder nach Kasachstan zurückzuschicken. Man zwang sie, sesshaft zu werden – zum Beispiel in unserem Dorf. Jedenfalls erklärten meine Mutter und andere Dorfbewohner damit den Hunger. Doch eigentlich weiß keiner, wer welche Befehle gegeben, Regeln befolgt oder nicht befolgt hatte. Die meisten, die man hätte fragen können, sind während der Säuberungen des Jahres 1937 umgekommen, und jene, die noch leben, tun so, als könnten sie sich an nichts mehr erinnern.«

»Das kenne ich«, unterbrach ich sie. »Es ist überall, im ganzen Land, dasselbe. Aber du wolltest mir von dem Kirgisen und von deiner Mutter erzählen.«

»Der Kirgise war anders als die anderen Arschlöcher. Seine Kleidung war blitzblank, perfekt gepflegt, wie auch sein Haus, die Stube, der Fußboden, das Bett, die Küchenutensilien, der Ofen. Im Vorraum standen, ordentlich in Reih und

Glied wie Rekruten auf dem Appellplatz ihrer Kaserne, frisch geputzte Schuhe und Stiefel. Meine Mutter zählte vier Paare, nicht mitgerechnet jenes Paar, das der Kirgise anhatte. Kein anderer Mensch im Dorf hatte so viele Schuhe oder Stiefel. An der Wand gegenüber der Kochnische hing eine Fotografie, die den Kirgisen als Jugendlichen mit zahlreichen Erwachsenen – wahrscheinlich seinen Eltern und anderen Familienangehörigen – zeigte, und gegenüber hing an der Wand eine große rote Fahne, die an den Rändern ausgefranst war. Während des Bürgerkriegs hatte der Kirgise in der Roten Armee gekämpft. Das behauptete er jedenfalls.

Draußen war der Mann grob zu meiner Mutter gewesen, nun gab er sich plötzlich äußerst höflich und zuvorkommend, bot ihr Tee und ein Butterbrot an. Ein Butterbrot! Mutter hätte ihr Leben für ein Butterbrot hingegeben und noch viel mehr als das. Doch sie aß es nicht, sondern bat den Mann, das Brot für ihre Kinder mitnehmen zu dürfen. Gewiss dürfe sie das, meinte er. Wenn sie wolle, würde er ihr einen ganzen Laib mitgeben und zwei Säcke Getreide heimlich in der Nacht in ihr Haus bringen lassen, wenn sie bereit wäre, ihm für eine Stunde Gesellschaft zu leisten, um ihm ›im Bett ein bisschen Freude zu bereiten‹. Genau das waren, laut Mutter, seine Worte gewesen: ›ein bisschen Freude im Bett bereiten‹. Anderenfalls würde er sie leider wegen Diebstahls von öffentlichem Eigentum – Getreide – anzeigen und bei der Miliz abliefern müssen. Auch die zufällig am Wegesrand liegenden Körner gehörten, genauso wie der gesamte Grund und Boden und alles, was darauf wachse, dem Staat, also der Gemeinschaft aller Werktätigen, und wer diese Körner widerrechtlich an sich nehme, begehe ein Verbrechen gegen den Staat, das heißt gegen die Gesellschaft. Als Deportierte und Ehefrau eines Volksfeindes müsse meine Mutter für ein solches Vergehen mit zehn Jahren Lagerhaft, wenn nicht mit noch

Schlimmerem rechnen, meinte der Kirgise. Was dann wohl aus den armen Kindern würde!

Du ahnst es schon: Meine Mutter hat nicht lange gezögert. Neun Monate später kam ich auf die Welt. Mein Erzeuger hat allerdings Wort gehalten und die versprochenen zwei Säcke Getreide geliefert. Das sicherte meinen Geschwistern und wohl auch meiner Mutter das Überleben.«

Während Greta diese Geschichte erzählt, fällt es mir schwer, sie anzuschauen. Hin und wieder werfe ich ihr aus Höflichkeit einen Blick zu und starre daraufhin dann wieder auf einen unsichtbaren Punkt am gleichfalls unsichtbaren Horizont. Gretas Worte sind stärker als alle Ängste, die die Finsternis einer nächtlichen Schiffsreise auf einem breiten Fluss mitten in der kasachischen Steppe in mir erzeugt. Besonders beunruhigend finde ich die Offenheit der jungen Frau, die für mich vor wenigen Stunden noch eine völlig Fremde war, das Vertrauen, das sie mir aufdrängt, die intime Atmosphäre, die sie in einer Mischung aus Verzweiflung und Schamlosigkeit erzeugt, der Übergriff, die Vereinnahmung und Komplizenschaft, in die ich hineingezwungen werde, gegen die ich mich bestimmt wehren würde, wenn ich könnte. Doch sitze ich längst in einem Zuschauerraum von Gretas Lebenstheater – festgeklebt auf einem Stuhl, gierend nach dem nächsten Akt, wissend, dass es viel vernünftiger wäre, aufzustehen und zu gehen, wenn ich nur wüsste, wo sich der Notausgang befindet. Je weniger man über die Geheimnisse seiner Mitmenschen weiß, desto besser für die eigene Gesundheit, hat Chaim Abramowitsch oft gesagt. Was mich von ihm unterscheidet, ist, dass meine Neugierde manchmal stärker ist als meine Vernunft.

»Warum hat sich deine Mutter deiner nicht entledigt?«, frage ich direkt. Irgendwann bin ich es leid, vernünftig zu sein. Dass man mich hin und wieder für taktlos hält – damit habe ich mich längst abgefunden.

»Mama hätte einen solchen Schritt niemals in Erwägung gezogen. Dafür war sie ein viel zu gläubiger Mensch.« Greta hält meine Frage offenbar nicht für taktlos. Auch scheint sie weder überrascht noch irritiert zu sein. »Eine Abtreibung wäre natürlich logisch gewesen. 1934 waren Abtreibungen noch legal. Erst 1936 wurden sie verboten. Doch, wie gesagt: Gottes Gebote waren für Mama gewichtiger als ihr Ekel vor dem, was der Kirgise in ihr hinterlassen hatte. Sogar als er sie bestieg, hat sie ständig an Jesus gedacht. Sie betete still vor sich hin, um sich von der Widerwärtigkeit und der Demütigung dieses Aktes abzulenken, und war dem von ihr so geliebten Gottessohn näher als je zuvor. So hat sie es mir jedenfalls erzählt.«

»Glaubst du denn selbst an Gott?«, möchte ich wissen.

»Das kommt darauf an.«

»Worauf?«

Sie gibt mir keine Antwort, sondern erzählt weiter: »Außerdem gab es niemanden im Dorf, der einen Schwangerschaftsabbruch hätte vornehmen können. Doktor Zuckerbrot, ein jüdischer Arzt aus Kiew, der seit Ende der Zwanzigerjahre in unserer Gegend in der Verbannung gelebt hatte, war einige Monate zuvor gestorben. Es gab eine Hebamme und ein paar Frauen, die das vielleicht hätten machen können, doch hätten sie den Eingriff weder fachlich einwandfrei noch umsonst durchgeführt. Aber, wie gesagt: Meine Mutter gehorchte ihrem Glauben.«

»Ein Glück für dich«, murmle ich.

»Wer weiß. Zweifellos wäre es besser, wenn es mich nicht gäbe. Das hätte einigen Menschen viel Leid erspart. Ich selbst hätte dadurch weder Glück noch Pech gehabt oder etwas verloren. Wenn man nicht existiert, kann man logischerweise auch nichts verlieren. Nicht wahr?« Sie lächelt und zündet sich eine weitere Zigarette an.

»Och!«, stöhne ich. »Sei nicht so kompliziert. Unser Leben ist viel zu schwer für existenzielle Fragen dieser Art.«

»Dann solltest du wenigstens rauchen«, meint sie.

Ich schüttle den Kopf. »Wie hat der Mann deiner Mutter reagiert, als er von dir erfuhr?«, frage ich.

»Oh, das ist eine klassische Familienlegende! Seit meiner frühen Kindheit wurde sie zu besonderen Anlässen wie Geburtstagen oder Feiertagen erzählt, beinahe so, als handle es sich um die Weihnachtsgeschichte oder eine Bibellesung. Ich selbst kann mich an die in Frage kommende Szene nicht erinnern. Ich war erst dreieinhalb Jahre alt. Aber ich habe die Geschichte so oft gehört – in immer wieder abgewandelter Form, ausgeschmückt oder mit Auslassungen, doch sinngemäß immer ungefähr gleich –, dass ich heute den Eindruck habe, als erinnerte ich mich selbst an jedes Detail.

In den ersten Tagen des Jahres 1939 wurde Kurt aus dem Lager entlassen. Fast zwei Wochen lang war er von Kamtschatka nach Kasachstan unterwegs gewesen und kam an einem feuchtwarmen Wintertag müde, hungrig und durchnässt in unser Dorf zurück. Die Menschen sahen ihn, erschraken, drehten sich um, liefen davon oder verschwanden in ihren Häusern. Noch wussten sie nicht, dass er rehabilitiert worden war und ein Kontakt mit ihm keine unmittelbare Gefahr mehr für sie bedeutete. Meine Mutter erzählte, dass sie ihn nicht sofort erkannte, als er in der Tür stand. Sein Körper war im Zwielicht, das Gesicht lag im Schatten. Er trug einen alten, übelriechenden Mantel sowie eine noch übler stinkende Pelzmütze, er hatte keine Zähne und keine Augenbrauen mehr, das rechte Auge bewegte sich nicht, starrte ins Leere, die linke Wange war durch eine hässliche Narbe entstellt, und seine Haut war gelb und faltig geworden. Mutter hatte ihn erst ein halbes Jahr später erwartet. Nun starrte sie ihn an, ungläubig, fassungslos, dass er plötzlich da war, vor allem aber völlig unvorbereitet auf diesen Moment. Genauso fassungslos betrachtete währenddessen Kurt die drei Kinder in der Stube. Zwei von ihnen waren ihm bekannt. Sein Sohn und seine Tochter – immer noch mager bis auf die Knochen – schauten ihn mit ernster Aufmerksamkeit an, doch wer war das schlitzäugige, kleine Mädchen, das sich in diesem Augenblick der allgemeinen stummen Erstarrung als Einzige bewegte, indem sie vom Ofen auf den Boden hüpfte und lachend auf den fremden Mann zulief. Als Kleinkind soll ich nämlich sehr vertrauensselig gewesen sein.

Der Mann betrat das Haus, ging durch den Vorraum in die Stube und blieb mitten im Raum stehen.

›Kurt!‹, schrie Mutter. ›Oh, Kurt!‹

›Wer ist das?‹, fragte Kurt mit heiserer Stimme und kaum unterdrückter Wut, zeigte mit dem Finger auf mich und schob mich beiseite. Ich hatte gerade versucht, meine Hand in den Spalt zwischen Kurts linkem Stiefel und seiner Wade zu schieben. Dort vermutete ich ein geheimes Versteck, das ich unbedingt erforschen wollte.

›Wer ist der Mann?‹, fragte ich.

›Das ist unser Vater‹, erklärten meine Geschwister, die sich weiterhin nicht von der Stelle rührten. Ich wundere mich immer noch, dass sie so schnell verstanden haben, wer er war. Immerhin hatten sie ihn viereinhalb Jahre nicht gesehen.

›Unser Vater?‹, wiederholte ich ungläubig. Bis dahin lag die Bezeichnung *Vater* irgendwo außerhalb meines Vorstellungsvermögens. Mütter waren wichtig. Aber Väter? Einige Kinder hatten Väter, andere hatten keine. Oder keine mehr. Manche Kinder hatten Väter, aber von denen durfte man nicht wissen und niemals über sie reden, obwohl natürlich jeder alles wusste. Mit drei Jahren wusste auch ich längst, dass es nicht nur eine einzige Wahrheit gab. Meist verstand ich, was ich sagen durfte und was nicht, ohne dass man mir viel erklären musste.

›Unser Vater?‹, fragte ich noch einmal nach.

›UNSER Vater!‹, verkündete meine Schwester stolz, während mein Bruder auf eine fiese Weise zu grinsen begann. ›Nicht deiner.‹ Mein Bruder kicherte.

Nun war ich vollends verwirrt und außerdem verängstigt, denn besagter Vater hatte gerade zu brüllen und zu schimpfen begonnen, und obwohl ich wenig verstand, erkannte ich intuitiv, dass dieses Brüllen irgendetwas mit mir zu tun hatte.

Kurt tobte, Mutter weinte, meine Geschwister weinten, und schließlich weinte auch ich, weil die anderen weinten. Dann begann Mutter zu erzählen. Sie sprach rasch und lang, und es waren ein Flehen und ein Trotz in ihrer Stimme, in die sich Wut und Trauer und ein bisschen Resignation mischten. An die Stimme und den Tonfall glaube ich mich erinnern zu können; und wenn diese Erinnerung auch nicht meine eigene oder nur Einbildung ist, macht das nichts, weil sie dennoch stimmig bleibt. Jedenfalls erzählte Mutter Kurt die ganze Geschichte – vom großen Hunger, von den aufgeklaubten Getreidekörnern, von dem erpresserischen Angebot des Kirgisen, von Jesus, der ihr geholfen hatte, die Demütigung zu ertragen, von den zwei Säcken Getreide, von der Schwangerschaft und dem kleinen, wunderschönen Engelchen Greta, das zwar im Dreck gezeugt, aber rein und unschuldig auf die Welt gekommen sei.

›Ich bin nicht unschuldig, ich trage schon lange keine Windel mehr und putze mir jeden Abend die Zähne!‹, soll ich gesagt haben. Meine Geschwister lachten, die Erwachsenen nicht.

Kurt hörte meiner Mutter zu, die Arme auf der Brust verschränkt. Er hatte weiterhin den Mantel an und die Mütze auf dem Kopf, nur die Handschuhe hatte er abgestreift und nachlässig auf den Boden geworfen. Als Mutter mit ihrem Bericht fertig war, schaute er sie ernst an, holte aus und schlug zu. Er gab ihr eine Ohrfeige, dann eine zweite und noch eine dritte. Angeblich waren es kräftige Schläge: Zuerst auf die rechte Wange, dann auf die linke und dann noch einmal auf die rechte. Sie ertrug es, ohne sich zu rühren und ohne einen Laut von sich zu geben, hielt seinen Schlägen und seinem Blick stand, streckte Rücken und Hals durch und wartete, obwohl es in ihren Ohren dröhnte, das Zimmer vor ihren Augen schwankte und sie sich kaum mehr auf den Beinen halten konnte.

Nachdem Kurt sie geschlagen hatte und endlos lange Sekunden vergangen waren, umarmte er sie, schluchzte und bat sie um Verzeihung. ›Das liegt nicht in meiner Hand‹, erwiderte Mutter trocken. ›Nur Gott kann dir verzeihen. Ich liebe dich, ich werde dich immer lieben.‹ Sie löste sich aus seiner Umarmung, hob seine Handschuhe vom Boden auf und legte sie auf die Bank neben dem Ofen. Kurt nickte und umarmte nun auch mich, flüsterte mir deutsche Koseworte ins Ohr, die ich bis dahin noch nie gehört hatte, und versprach, mir ein besserer Vater zu sein, als es der ›niederträchtige, schlitzäugige Hundsfott‹, der mich gezeugt hatte, jemals sein könnte. ›Irgendwann bringe ich ihn um‹, sagte er, ›und dann ist die Geschichte für dich und für uns alle für immer erledigt. Du wirst einfach nur meine Tochter sein.‹ Er sollte sich irren.«

Sie machte eine Pause, kaute an ihren Lippen, krallte sich mit beiden Händen an der Reling fest – so krampfhaft, als wollte sie sie ausreißen. Sie sah mich nicht an, und plötzlich kam es mir vor, als versuchte sie, in der Ferne denselben unsichtbaren Punkt zu erspähen, auf den ich schon seit einiger Zeit starrte.

»Hat er ihn denn umgebracht?«, fragte ich.

»Nein. Der Kirgise war zu diesem Zeitpunkt längst nicht mehr bei uns im Dorf. Er hatte bei den Sicherheitskräften Karriere gemacht, nachdem er die großen Säuberungen unbeschadet überstanden hatte. Im Krieg war er Politkommissar und wurde danach nach Ust-Kamenogorsk versetzt. Das alles erfuhr ich erst viel später. Damals, mit dreieinhalb Jahren, war ich einfach nur glücklich, einen Vater zu haben, auch wenn ich spürte, dass mit mir oder mit ihm oder mit uns beiden etwas nicht in Ordnung war.«

6

Ich war müde, hätte Greta aber gerne noch bis in die Morgenstunden zugehört. Doch Greta brauchte eine Schlafpause. Die Nacht sei noch jung, meinte sie dann: Ganze acht Stunden noch bis zu unserer Ankunft in Pawlodar, in drei bis vier Stunden werde sie wieder ausgeruht genug sein, um mir den zweiten Teil ihrer Geschichte zu erzählen. So musste ich mich wohl oder übel mit einer Unterbrechung abfinden.

Nun lag ich mit geschlossenen Augen in meiner Schiffskoje und war wieder zwölf Jahre alt. Ich war sowohl hier als auch dort, ich befand mich damals und heute, in zwei Welten zugleich, und ich wusste das. Aber ich wusste nicht mehr genau, aus welcher der beiden Welten ich eben gekommen war, ob ich wach war oder schlief. In der seltsamen Welt des Halbschlafs gab es immer zwei Wege, die ich beschreiten konnte – in den Traum oder ins Erwachen, wobei sich der Traum oftmals aus einer Erinnerung speiste. Meist fiel es mir allerdings schwer zu entscheiden, welchen Weg ich wählen oder ob ich versuchen sollte, auf dem schmalen Grat zwischen den beiden Welten zu wandeln.

In meiner Erinnerung war ich zwölf Jahre alt, und es war der 8. März 1948 – der *Internationale Frauentag.* Deshalb verlangte unsere Nachbarin Julia von allen ihren Freiern den doppelten Preis. Die Männer murrten und meinten, sie würden ihr lieber Blumen schenken, wie es nun einmal am Internationalen Frauentag üblich war. Männer schenkten Frauen Blumen, fragten, wann das Essen fertig sei, und gingen, bis es so weit war, mit ihren Freunden in den Korridor oder hinunter in den Hof, um zu saufen.

»Deiner Ehefrau kannst du Blumen schenken«, schimpfte Julia. »Mich behandelst du bitte schön am 8. März mit Respekt. Ich lasse mich nicht mit billigem Gestrüpp abspeisen. Zahl, was ich von dir verlange, oder geh zurück zu deiner Frau.« Die Männer zahlten. Keiner wagte es, sich mit Julia anzulegen.

Julias Stimme war laut und hoch, und die Zimmerwände waren dünn. Spätestens mit zehn Jahren wusste ich alles, was ein Kind in diesem Alter noch nicht wissen sollte.

An jenem 8. März läutete gegen Mittag im Vorraum das Telefon. Es war ein ungeschriebenes Gesetz, dass der Hörer immer abgehoben werden musste. Wer dem Apparat am nächsten war, sollte diese Aufgabe übernehmen. Kinder waren davon ausgenommen. Ich hob trotzdem ab.

»Julia?« Eine heisere männliche Stimme.

»Nein, Lina.«

»Holst du mir bitte Julia an den Apparat, Kind!«

»Wer spricht denn?«

»Wasja.«

»Welcher Wasja? Julia kennt mehrere Wasjas.«

»Wassilij Iwanowitsch Sidorow.« Er sprach den Namen gewichtig, beinahe feierlich aus. Ich musste lachen. »Doktor Sidorow«, verkündete er, wobei er das Wort Doktor betonte. Nun prustete ich erst richtig los.

»Ich schau nach, ob sie da ist«, sagte ich, obwohl ich es ohnehin wusste, legte den Hörer auf das Holzbrett neben dem Apparat, klopfte an die Tür von Julias Zimmer und trat ein. Julia lag nackt auf dem Rücken auf ihrem Bett. Ein dicker, stark nach Alkohol riechender Mann lag auf ihr, bewegte sich vor und zurück und keuchte. Seine Wampe drückte auf ihren Bauch, sodass bei jeder seiner Vorwärtsbewegungen ein Hügel aus Haut und Fett unter ihrem Busen emporgedrückt wurde, der wieder verschwand, wenn er sich rückwärts bewegte. Die bleichen Pobacken des Mannes glänzten im fahlen Licht der

Deckenleuchte und machten auf mich den Eindruck eines aufgeschlitzten Mondes, der betrunken hin und her wankte. Auf dem Sofa, das dem Bett gegenüber an der Wand stand, lag – ebenfalls auf dem Rücken – Julias beste Freundin Galja. Auch sie hatte einen zappelnden Mann auf sich, der allerdings erheblich jünger und schlanker, wenn auch hässlicher als der Fettwanst mit den bleichen Pobacken war und ebenfalls nach Alkohol roch. Zwischen Bett und Sofa lag ein versiffter, weinroter Teppich. Auf diesem Teppich hatten sich ebenfalls zwei Personen niedergelassen, von denen ich allerdings von dort, wo ich stand, nur behaarte männliche Beine, schmutzige Füße mit zuckenden Zehen und einen sich bewegenden, nackten weiblichen Rücken, Hintern und Hinterkopf sehen konnte. Das blonde Haar der Frau war hochgesteckt. Als ich genauer hinschaute, konnte ich die feinen Härchen auf ihrem Nacken erkennen.

»Alles Gute zum Internationalen Frauentag!«, sagte ich.

»Verschwinde hier, du dumme Göre!«, keuchte der Mann, der sich auf Julia hin und her bewegte. »Verschwinde, sonst zeige ich dir, wo die Krebse überwintern.«

»Halt die Fresse, mach weiter und komm endlich!«, schnauzte ihn Julia an. »Was willst du, Kleine?«, fragte sie mich.

»Ein Doktor Wassilij Iwanowitsch Sidorow ist am Apparat und verlangt nach dir.«

»Er ist kein Doktor.« Julia kicherte. »Wasja will nur Doktor spielen. Sag ihm, ich bin gerade beschäftigt, aber er soll um 13 Uhr … nein, Moment, lieber um 13 Uhr 30 vorbeikommen, wenn er will. Und sag ihm bitte, dass er heute doppelt zahlen muss. Immerhin haben wir den 8. März.«

»Ja, ich weiß«, murmelte ich und lief zurück zum Telefon.

In der nächsten Stunde machte ich meine Hausaufgaben und wartete auf Chaim Abramowitsch, der trotz des Feiertags etwas Dringendes im Büro erledigen musste und erst am Nachmittag frei haben würde, während Rosa Borisowna mir zum wiederholten Male erklärte, ich solle Julias Zimmer nicht betreten.

Um halb zwei läutete es an der Wohnungstür. Bevor Rosa Borisowna mich zurückhalten konnte, war ich schon draußen im Korridor, öffnete die Tür und erblickte ein schmächtiges Männchen, kaum größer als ich mit meinen zwölf Jahren. Das Männchen hatte tiefliegende, braune Augen, trug einen dunklen, abgewetzten Mantel und etwas, das ich bis dahin nur selten gesehen hatte: Ein Pincenez. Dadurch erinnerte er mich entfernt an die Fotografien von Anton Tschechow in meinem Literaturlesebuch, nur dass dieser Mann älter, verhärmter, ärmer und proletarischer als der große Schriftsteller aussah: Tschechow als Sowjetmensch. »Guten Tag, ich bin Doktor Sidorow«, stellte sich mir der Mann vor und streckte mir die Hand entgegen. »Doktor Wassilij Iwanowitsch Sidorow!«, verkündete er feierlich. Ich sagte nichts, verschränkte beide Arme hinter meinem Rücken, trat schnell beiseite und ließ ihn eintreten und rief dann so laut, dass es alle in der Wohnung hören konnten: »Julia, dein Wasja ist da!«

Schon wollte ich die Tür wieder schließen, da sah ich Chaim Abramowitsch, der sichtlich sehr müde war und vom Treppensteigen außer Atem auf mich zukam. »Wieso stehst du denn vor der Tür?«, fragte er mich. »Ist etwas passiert?« Ich schüttelte den Kopf, drehte mich um und lief zurück in unser Zimmer.

Dort verkündete Chaim Abramowitsch, dass er Kopfschmerzen habe. Am nächsten Dienstag werde unangekündigt und ganz spontan eine Revision im Betrieb stattfinden. Bis dahin müsse er alle frisierten Bücher so weit in Ordnung bringen, dass sie nicht mehr frisiert aussähen. Natürlich habe der Revisor seinen Anteil schon bekommen, trotzdem müsse

»die Schweinerei einigermaßen koscher« aussehen, meinte er.

»Pass ja auf«, bemerkte Rosa Borisowna. »Wenn das so weitergeht, wird man dich irgendwann einmal an die Wand stellen.« Sie wirkte sehr besorgt.

»Gewiss«, meinte er. »Dann gibt es eben einen Juden weniger.«

Während Chaim Abramowitsch sich umzog, sich auf das Bett legte, ein Buch in die Hand nahm und zu lesen begann, stellte ich erschrocken fest, dass er eine frappierende Ähnlichkeit mit Julias Doktor Wasja hatte. Zwar hatte er eine andere Statur, eine tiefere Stimme, und seine Augen waren grün, nicht braun, dennoch erinnerte etwas an ihm an Julias kaulquappenähnlichen Freier. Wahrscheinlich gehörte er zu derselben gebückten, verhärmten, überarbeiteten Spezies Mensch, doch mit meinen zwölf Jahren konnte ich das weder erkennen noch ausdrücken. Schon gar nicht konnte ich mir so etwas eingestehen. Vielmehr erinnerte ich mich daran, wie Rosa Borisowna mit Wehmut in der Stimme von dem kräftigen Proletarier erzählte, in den sie sich einst verliebt hatte – ein junger Mann mit schwieligen, immerfort rauen Händen, der schon als Sechsjähriger im Flusshafen von Mosyr zehn Stunden am Tag hatte schuften müssen und schließlich zu einem mutigen Draufgänger heranwuchs, dem die Frauen angeblich nur so zuflogen. Moira, Njuscha, Krejna, Nastja, Tanja, Katja, Schura, Chawa, Gissja … Sie alle wollten den »feschen Chaimele« für sich haben, sie alle hatte Rosa Borisowna ausgestochen, vertrieben, in die Schranken gewiesen und den jungen Mann schließlich aus der weißrussischen Provinz nach Leningrad mitgenommen. »Dein Vater war mir immer treu, in seiner frühen Jugend jedoch war er ein wilder Hund«, hatte mir Rosa Borisowna einmal erzählt und scherzhaft hinzugefügt: »Vielleicht hast du ja noch das eine oder andere Halbgeschwisterchen, von dem wir nichts wissen.«

Dieser Satz fiel mir wieder ein, als ich an jenem 8. März die müde, alternde Figur meines Vaters betrachtete, der auf dem Bett liegend keineswegs wie ein »wilder Hund« aussah. Wann war er denn überhaupt zu Hause? Jeder Ochse und jeder Ackergaul war ein Müßiggänger im Vergleich zu ihm. Nicht einmal an den Sonn- und Feiertagen konnte man mit ihm rechnen, und seit Kriegsbeginn hatte er keinen Urlaub mehr gehabt, und auch nach Kriegsende nicht mehr. In der wenigen Freizeit, die er hatte, war er so erschöpft, dass er entweder schlief oder las oder alte jiddische Lieder summte, aber nur selten mit meinem Bruder oder mit mir redete. Manchmal wünschte ic mir sogar, dass er mich einfach nur in den Arm nahm – so wie früher, während der Blockade oder im Dorf bei Joschkar-Ola.

Wenn doch Borja noch bei uns leben würde!

»Chaim Abramowitsch!?«

»Ja, Lina.«

»Habe ich vielleicht außer meinem Bruder noch andere Geschwister?« Plötzlich und für mich selbst unerklärlich erschien mir die Vorstellung, unbekannte, geheimnisvolle, ältere Halbgeschwister zu haben, äußerst faszinierend.

»Frag deine Mutter«, sagte Chaim Abramowitsch ernst, ohne von seinem Buch aufzuschauen.

Rosa Borisowna begann zu lachen. »Genau!«, meinte sie. »Schau im Schrank nach, vielleicht findest du dort ein verstecktes Geschwisterchen.«

»Ich hatte eher an deine Kinder mit anderen Frauen gedacht, Chaim Abramowitsch. Angeblich warst du in deiner Jugend ein großer Frauenheld.«

»Aber natürlich«, meinte er genauso unaufgeregt und scheinbar unbeteiligt wie zuvor. »Ich habe zwei Kinder in Weißrussland, eines in der Ukraine, eines in Kirgisien – alles Mädchen. Und dann noch einen Jungen in Turkmenistan.

Nicht zu vergessen, das Kind in Ungarn, das ich vor zwei Jahren mit der ungarischen Praktikantin gezeugt habe.«

»Du bist blöd!« Schmollend wandte ich mich ab, während meine Eltern mich auslachten, und sogar mein Bruder, der gerade in der vorletzten Klasse war und schwierige Trigonometrieaufgaben für die Schule zu lösen hatte, blickte von seinem Heft auf, schmunzelte und meinte: »Schwesterchen, du wirst dich damit abfinden müssen, dass es nur mich gibt, auch wenn ich gut verstehen kann, wie unbefriedigend das für dich ist.«

»Trottel!«, schrie ich, sprang auf, lief aus dem Zimmer und knallte die Tür hinter mir zu.

Die Tür fiel zu oder wurde zugeschlagen. Oder waren es mehrere Türen? Ich machte die Augen auf. Ein Schatten fiel auf mein Gesicht. Ich schob die Decke beiseite und richtete mich auf. Greta stand neben meinem Bett und schaute mich an. »Seit wann beobachtest du mich?«, fragte ich.

Sie zuckte mit den Schultern. »Glaubst du, ich schaue ständig auf die Uhr? Ich beobachte dich nicht, ich betrachte dich nur. Du hast fest geschlafen. Ich wollte dich nicht wecken.«

»Ich habe nicht geschlafen, nur gedöst. Ich habe mich an etwas erinnert. Es ist mir einiges aus meinem früheren Leben eingefallen. Es war kein Traum. Es wäre mir viel lieber, wenn es nur ein Traum gewesen wäre.«

»Du schnarchst also, während du döst und dich erinnerst? Es gibt sicher Dutzende Ärzte, die gerne eine wissenschaftliche Arbeit über dich schreiben würden.«

»Tu nicht so klug. Und nein: Ich habe nicht geschnarcht!«

»Wenn du es sagst …«

»Wie spät ist es überhaupt?«

»Wir haben Zeit. Erstens kommen wir eine Stunde später in Pawlodar an, und zweitens geht es von dort nicht weiter.«

»Was?« Ich sprang auf und war auf einmal hellwach. »Was heißt, es geht nicht weiter?« Erst jetzt merkte ich, dass alle Menschen im Schlafsaal in heller Aufregung waren. Einige schimpften, andere liefen hektisch hin und her, als wären sie auf der Suche nach irgendetwas oder irgendwem, andere packten ihre Koffer, Rucksäcke und Tüten und schleppten sie zum Ausgang.

»So unnötig, diese Hektik«, meinte Greta und schüttelte den Kopf. »Es dauert noch, bis wir ankommen, und dann geht es ohnehin nicht weiter.«

»Wieso?«, fragte ich niedergeschlagen.

»Maschinenschaden. Irgendein Tier oder Tierkadaver hat sich in der Schiffsschraube verfangen. Heißt es. Oder auch etwas anderes. Oder es ist alles noch schlimmer. Sagt man. Jemand behauptet, ein Kolben sei gebrochen und eine Zündkerze sei kaputt. Deshalb lassen wir uns mit der Strömung bis Pawlodar treiben. Das ist nicht mehr weit. Von dort geht es wohl erst morgen weiter, wenn überhaupt. Wir sollten auf die Eisenbahn umsteigen, heißt es. In Pawlodar gibt es einen großen Bahnhof. Fahrkarten werden ohne Aufpreis umgetauscht.«

»Es gibt also Züge nach Omsk?«, fragte ich.

»Nach Akmolinsk. Von dort geht es überallhin weiter – sogar direkt nach Moskau. Akmolinsk ist die große Metropole von übermorgen. Vor ein paar Jahren haben sich dort noch Kamel und Esel gute Nacht gesagt. Inzwischen soll dort angeblich sogar eine Straßenbahnlinie errichtet werden.«

»Aha«, murmelte ich.

»Wir fahren bis Moskau zusammen. Ja? Einverstanden, Lina?«

»Ich werde ihn nie wiedersehen«, flüsterte ich. »Ich habe schon so viel Zeit verloren. Zu viel. So sinnlos! Ich sehe ihn nie wieder.«

»Du meinst Chaim Abramowitsch? Deinen Vater?«

»Ja.« Wie gerne hätte ich Tränen in meinen Augen gespürt, aber sie wollten und wollten nicht kommen. Alles in meinem Inneren verkrampfte sich, nichts ließ los, kein Gefühl konnte nach außen treten, im Gegenteil, die Verkrampfung flocht einen Gordischen Knoten in meine Seele.

»Mach dir keine Sorgen.« Greta umarmte mich, und ich wehrte mich nicht einmal dagegen, ließ Arme und Kopf hängen. »Wir haben jetzt einander. Vertrau mir. Alles wird gut! Alles!«

7

Wenn man sich der Stadt Pawlodar auf dem Fluss Irtysch von Süden her näherte, sah man auf dem rechten Ufer einen Felsen – soweit ich mich erinnere, die einzige Bodenerhebung weit und breit – und auf diesem Felsen, dem Fluss zugewandt, eine Aufschrift in großen, roten Lettern: *Willkommen in Pawlodar, der Stadt des Trampeltiers!*

Ich hatte schon gefrühstückt und wartete mit meinem gesamten Gepäck oben an Deck. Die meisten Fahrgäste hatten sich ebenfalls dort eingefunden. Es gab kaum jemanden, den es noch im Inneren des Schiffes hielt.

Ich kniff die Augen zusammen und öffnete sie wieder. Einmal und dann ein weiteres Mal. Die Aufschrift war immer noch dort. Unglaublich!, dachte ich.

Die Stadt Pawlodar war mir auf Anhieb sympathisch.

»Hooligans!«, empörte sich jemand von den Fahrgästen. »Man wird die Übeltäter sicher wegen Rowdytums anklagen. Ich war vor einem Monat hier, und die Aufschrift lautete: *Willkommen in Pawlodar, der Stadt der Neulandgewinnung!*«

Eine Frau lachte und meinte: »Offenbar hat irgendwer die in den Felsen gemeißelte *Neulandgewinnung* mit einem Tuch oder einem Schild überdeckt, auf dem *Trampeltier* steht. Wahrscheinlich ein Kinderstreich. Also, ich finde das großartig!«

Eine weitere, begeisterte Stimme: »Das sind neue Zeiten, Leute! Neue Zeiten! Vor ein paar Jahren hätte sich niemand getraut, einen solchen Streich zu spielen. Nun wird alles anders. Man kann wieder atmen, und man kann wieder lachen.«

Darauf eine Replik von irgendwem hinter mir: »Noch ist es aber nicht so weit. Also halt lieber die Klappe, du Prophet.

Sonst halten dich bald alle für ein Kamel, und dann beweis einmal, dass du keines bist.«

»In dieser Gegend gibt es ja wirklich viele Trampeltiere«, hörte ich eine weitere Stimme, die ernsthafter klang, als es mir und offenbar auch allen anderen in diesem Augenblick angemessen schien, denn nun setzte ein allgemeines Gelächter ein.

Greta legte mir die Hand auf die Schulter und flüsterte in mein Ohr: »Vor den anderen musst du mich weiterhin Rauschan nennen. Nicht, dass du dich verredest!«

»Glaubst du, ich bin blöd?«, flüsterte ich zurück.

»Nein. Aber müde und nicht ganz bei dir. Da kann der Geist klar sein, die Zunge aber ein Eigenleben entwickeln.«

»Nicht bei mir«, zischte ich sie an. »Mein Geist ist zwar müde, aber meine Zunge tut immer, was ich will.«

»Dann ist es ja gut«, meinte sie. »Trotzdem: Sieh dich vor!«

Bis wir im Hafen von Pawlodar ankamen, vergingen noch drei Stunden. Entweder war an diesem Morgen die Strömung besonders schwach oder das Manövrieren ohne Motor war schwerer als erwartet. Ich weiß es nicht. Die Schiffsmannschaft kümmerte sich nicht mehr um uns. Wir trieben an den Vororten der Stadt vorbei, die am rechten Ufer lagen – Hütten, Gemüsegärten, nicht asphaltierte Straßen, Schrottplätze, Müllhalden, zerfallende Häuser und gleich daneben modern aussehende Industrieanlagen, wohl gerade erst aus dem Boden gestampft, wechselten einander ab. Trampeltiere sah ich keine, aber einen mit Gerümpel beladenen Karren, der von einem alten Mann gelenkt und von einem noch älter aussehenden Esel gezogen wurde, und einen Lastwagen, der mit dampfendem Motor am Straßenrand stand. Und dann sah ich ein großes Metallrohr, das aus einem Erdhügel ragte und am Ufer direkt über dem Wasser endete. Es hatte einen Durchmesser von gut einem Meter und spie eine gelbliche Flüssigkeit, die sich in weitem Bogen in den Fluss ergoss. Den Gestank konnte man sogar an Bord unseres Schiffes wahrnehmen – eine Mischung aus Chemikalien und Verwesung, allerdings in einer äußerst originellen Zusammensetzung. Einen solchen Gestank hatte ich bis dahin noch nie wahrgenommen. Ich fragte mich, was sie in dieser Stadt wohl für Industrieabfälle produzierten, beschloss aber sogleich, dass ich das lieber nicht wissen wollte.

»Jetzt verstehe ich, warum die Fische hier wie Hundekacke riechen«, meinte jemand. »Gott sei Dank kann ich so ziemlich alles essen, ohne krank zu werden. Meine Frau sagt, ich hätte den Magen einer Ratte.«

»Hast du etwa in Pawlodar Fisch gegessen?«

»Ja.«

»Selber schuld.«

»Ich bin Kinderärztin, ich habe hier in einer Klinik gearbeitet, und ich könnte euch Geschichten erzählen.«

»Danke, lieber nicht!«

»Soviel ich weiß, entsteht hier eine große Aluminiumfabrik.«

»Es wird aber noch dauern, bis sie fertig ist.«

»Wie es dann wohl stinken wird, wenn sie erst einmal in Betrieb ist?«

»Wann war hier eigentlich die letzte Cholera-Epidemie?«

»Ach, halten Sie doch die Klappe! Es reicht, dass man kürzlich eine ganze Region inoffiziell und streng geheim unter Quarantäne gestellt hat, und niemand weiß, was wirklich passiert ist, weil unsere klugen Behörden überhaupt keine Informationen preisgeben. Und dann kommen Sie noch mit so dämlichen Fragen und Anspielungen. Wer sind Sie überhaupt?«

»Soll ich Ihnen meinen Ausweis zeigen?«

»Nein, danke, Ihre Visage genügt mir vollkommen.«

»Leute, seid friedlich! Beruhigt euch und bleibt locker! Wir sind in der Stadt des Trampeltiers. Ein Trampeltier ist wie das Leben: Manchmal läuft es, manchmal trägt es dich und dein Gepäck, manchmal bockt es und manchmal spuckt es dir ins Gesicht. Kriecht man auf den vorderen Höcker rauf und rutscht versehentlich wieder runter, dann gibt es noch einen zweiten Höcker, auf dem man sitzen kann; fällt man allerdings von dem ebenfalls hinunter, fliegt man schlimmstenfalls am Kamelarsch vorbei und landet direkt auf seinem Dunghaufen.«

Nachdem ich diesen philosophischen Exkurs vernommen hatte, beschloss ich, den Gesprächen meiner Mitreisenden keine Beachtung mehr zu schenken und mich auf unsere Ankunft und auf meine eigenen Belange zu konzentrieren.

Schließlich tauchte rechterhand die Silhouette der Innenstadt auf – eine Ansammlung grauer, ein- bis zweigeschossiger Häuser, die allerdings durch einige mehrstöckige Rohbauten sowie Lagerhallen, Industriegebäude und vor allem jede Menge Kräne und Gerüste durchbrochen war. Auf den ersten Blick schien es, als gäbe es hier mehr Kräne als Häuser, mehr Bauhütten als Wohnungen und wahrscheinlich mehr Kontraktarbeiter aus der ganzen Union als Menschen, die immer schon hier gelebt hatten. Vor einigen Wochen hatte ich in einer Zeitung gelesen, dass sich die Einwohnerzahl von Pawlodar in nicht einmal zwei Jahren fast verdoppelt hätte. Einen richtigen Hafen hatte diese Stadt allerdings noch nicht, sondern nur eine lange Anlegestelle aus Holz, eine Ansammlung alter Boote und Kutter und dahinter etwas, das wie eine lange Baracke mit Anbauten aus Wellblech aussah – eine seltsame Konstruktion, wahrscheinlich eine Bauhütte, die einem Eisenbahnwaggon ohne Räder ähnelte, und ein Baugerüst, hinter dem sich nichts außer einem einzigen, hohen Betonpfeiler befand. Das alles wirkte irgendwie armselig, und einen noch armseligeren Eindruck machten die zahlreichen Menschen, die gleich neben diesem Hafen Wasser aus dem Fluss schöpften und in Fässern oder Krügen davontrugen. »Es kann doch nicht sein, dass es in einer sowjetischen Stadt wie Pawlodar immer noch irgendwo keine Wasserleitung gibt!«, flüsterte ich Greta ins Ohr. »Doch, natürlich kann das sein«, erwiderte Greta. »Glaubst du denn, es ist überall so wie in Leningrad oder in Moskau?« Das glaubte ich längst nicht mehr, und doch weigerte ich mich manchmal, das Offensichtliche anzunehmen, das ich hier oder anderswo zu sehen bekam.

Als unser Schiff endlich an der Anlegestelle vertäut war und wir mit all unserem Gepäck den Kahn sowie die Ankunftsbaracke verlassen und durch ein Tor in einem Holzzaun hinaus auf den Vorplatz gegangen waren, stellten wir fest, dass es hier weder Busse noch eine Straßenbahn, ja nicht einmal Taxis gab.

»Ach, oje«, schrie Witjka von der Schauspielertruppe, der sich zu uns gesellt hatte. »Aber ich habe das schon befürchtet.« Er zeigte mit dem Finger auf zwei große Leiterwagen am anderen Ende des Platzes, vor die jeweils zwei Pferde gespannt waren.

»Na, wenigstens das«, meinte Karla Adolfowna. »In früheren Zeiten gab es in Dreckslöchern wie diesen wenigstens noch Pferdedroschken, die man mieten konnte.«

»Wann denn?«, fragte ich. »Vor der Revolution?«

»1950.«

Greta begann zu lachen und stieß mich mit dem Ellbogen in die Seite.

»Hör auf mit diesem Blödsinn«, knurrte ich. Sie war offensichtlich noch übermüdeter und geistig abwesender als ich selbst.

»Kommt mit, Mädchen«, sagte Karla Adolfowna. »Wir müssen doch alle zum Bahnhof.«

Bald erfuhren wir, dass es in Pawlodar seit neuestem eine Buslinie, nämlich die Linie 2, gab. Allerdings fuhr der Bus weder zum Hafen noch zum Bahnhof, sondern verband die Lermontov-Straße, die sich etwa zwei Kilometer vom Hafen befand, mit dem Stalinplatz, der wiederum einen guten Kilometer vom Bahnhof entfernt war. Um die fehlenden Verbindungsstücke zu füllen, wurden Pferdefuhrwerke eingesetzt, weil Lastwagen zu knapp waren und die wenigen Taxis ausschließlich wichtigen Persönlichkeiten, die im Dienste wichtiger staatlicher Aufträge unterwegs waren, zur Verfügung standen. Die von Karla Adolfowna erwähnten Droschken verkehrten seit einigen Jahren nicht mehr, weil sie der Stadtverwaltung in den Fünfzigerjahren nicht mehr zeitgemäß erschienen. Pawlodar, hatten der Vorsitzende des Exekutivkomitees sowie der lokale Parteivorsitzende gemeint, sei eine aufstrebende Stadt und habe einen Ruf zu verlieren. Spätestens Anfang der Sechzigerjahre werde eine Straßenbahn in Betrieb genommen. Für das entsprechende Projekt sei schon eine Kommission eingerichtet und ein Leiter bestellt worden.

Das alles erzählte uns der Kutscher, ein jovialer, sehr agil wirkender älterer Mann, der wie viele Menschen in dieser Gegend Lagerhaft und Verbannung hinter sich hatte und nun, rehabilitiert und mit einer Arbeit versehen, seinem wohlverdienten Ruhestand entgegentrabte. *Traben* war allerdings zu viel gesagt. Die beiden Schindmähren sahen aus, als wären sie so alt wie das Jahrhundert. Sie schleppten sich im Schritttempo dahin. Wir hatten unser Gepäck auf den Wagen geladen, gingen aber selbst zu Fuß, um uns die Beine zu vertreten.

Warum der Bus nicht bis zum Bahnhof fuhr, und warum die einzige Buslinie die Nummer 2 trug, konnte uns der Kutscher nicht erklären. »Wenn ich mir über solche Dinge zu viele Gedanken gemacht hätte, wäre ich längst krepiert, wenn nicht im Lager, dann an der Front«, erklärte er uns. »Die Dienstzeit des Soldaten läuft auch dann weiter, wenn er schläft, nicht wahr? So ist es im Leben. Nimm die Dinge so, wie sie sind, früher oder später stellt die Zeit ohnehin alles an seinen richtigen Platz. Früher oder später wird es die Buslinien Nummer 1 und 3 geben. Wen, liebe Genossen, wird es dann noch interessieren, dass die Nummer 2 als Erste in Betrieb gegangen ist?«

Dieser Logik hätte ich einiges entgegenzusetzen gehabt, beschloss aber, dass es besser sei, zu schweigen.

»Als ich vor zwei Jahren hierherkam, gab es hier überhaupt nichts«, erzählte der Kutscher. »Keine Gehsteige, keine gepflasterten oder asphaltierten Straßen, keine Kanalisation, kaum Straßenbeleuchtung. Und die Bewohner? Ach!« Er machte eine wegwerfende Handbewegung. »Viel zu viele Kasachen. Heute gibt es auf der Straße des 1. Mai schon drei fünfstöckige Häuser, die fast fertig sind. Ein Kindergarten wird gebaut, ein zweistöckiges Kaufhaus, ein Kinotheater und so viele Fabriken wie Sterne am Himmel. Die meisten Einwohner sind heute Russen, Ukrainer, Weißrussen – Menschen eben. In manchen Teilen der Stadt gibt es sogar eine Wasserleitung, die immer einwandfrei funktioniert. Irgendwann, sehr bald, werden sogar alle Plumpsklos durch richtige Wasserklosetts ersetzt sein! Noch ist vieles schmutzig, schäbig, heruntergekommen, aber die Stadt ist herrlich schön und wird jeden Tag größer und schöner!«

Wenn man sich umsah, erkannte man rasch, dass die Realität bei weitem alles übertraf, was der Kutscher gerade erzählt hatte. Der Schmutz war schmutziger, als man es in Worte fassen konnte, die Unterkünfte schäbiger und die Baustellen riesengroß, besser gesagt, gigantisch. Gegen das, was hier offensichtlich aus dem Boden gestampft werden sollte, war die Industrialisierung des berühmten Fünfjahresplanes Anfang der Dreißigerjahre nichts weiter als ein müder Abklatsch des 19. Jahrhunderts. Und doch wirkte alles wie eine notdürftige, zu schnell errichtete Fassade, die jeden Augenblick einstürzen konnte.

Diese und ähnliche Gedanken gingen mir durch den Kopf, als wir an einer breiten, mehrspurigen, aber beinahe leeren

Straße in den Bus umstiegen. Die Fischgeschäfte in Leningrad fielen mir ein, in deren Auslagen statt Fischen Fotografien und Attrappen ausgestellt gewesen waren.

»Woran denkst du?«, fragte mich Greta.

»An deine Worte. Du hattest gesagt, ich solle mir keine Sorgen machen, du meintest, dass alles gut wird. Ich glaube dir.«

»Wirklich? Du machst mir Angst.«

Nicht alle Schiffspassagiere hatten Platz im Bus gefunden, zumal sich an der Endhaltestelle der Linie 2 schon vor der Ankunft der beiden Pferdefuhrwerke eine lange Warteschlange gebildet hatte. Greta und ich, aber auch Witjka und Karla Adolfowna sowie einige weitere Mitglieder der Schauspieltruppe hatten jedoch Glück: Wir konnten uns gerade noch mit all unserem Gepäck in den bereitstehenden Bus zwängen, während andere auf den nächsten warten mussten, der angeblich eine halbe Stunde später fahren sollte. Sie blieben nun an der Haltestelle – zwei Metallstangen, auf denen ein rostiges Wellblechdach ruhte – zurück.

Im Inneren des Fahrzeugs war es so eng, dass man stehen konnte, ohne sich anzuhalten, es war zwar unmöglich, sich die Nase zu putzen, man lief aber auch kaum Gefahr, in einer Kurve umzufallen. Ich hatte meine Säcke und Taschen unter einen Sitz geschoben, auf dem zwei Frauen mit jeweils zwei kleinen Kindern auf dem Schoß Platz genommen hatten. Einen Fahrkartenautomaten gab es nicht. Im hinteren Teil des Busses versuchte die Schaffnerin, die einen schwarzen Apparat – ein Fahrkartenausgabe- und Kassengerät mit einer Drehkurbel – an einem Gurt um die Schulter trug, vergeblich, Fahrscheine zu verkaufen. Sie kam nicht weiter und gab es bald auf. In Leningrader Bussen oder Straßenbahnen wurde in solchen Fällen das Fahrgeld von Fahrgast zu Fahrgast weitergereicht, bis es die Schaffnerin oder den Schaffner erreicht hatte. Der Fahrschein, gegebenenfalls auch das Wechselgeld, wanderten daraufhin – ebenfalls von Hand zu Hand – zurück zum Empfänger. Hier in Pawlodar war dies offenbar nicht üblich, oder aber es war sogar dafür zu eng, weil man die Arme kaum noch bewegen konnte.

An der nächsten Haltestelle wurde es noch enger, ich bekam kaum mehr Luft, spürte den Boden unter den Füßen nicht mehr, weil ich offenbar hochgehoben worden war, war dankbar, dass beide Schuhe weiterhin an meinen Füßen waren, und versuchte, mich im Geiste durch das Rezitieren von Gedichten von meiner Atemnot und Platzangst abzulenken.

Ich liebte Sie, vielleicht ist dieses Feuer in meiner Seele noch nicht ganz verglüht. Doch will ich Sie damit nicht länger stören, durch nichts betrüben will ich Ihr Gemüt. Ich liebte Sie, stumm, hoffnungslos und schmerzlich, mit all der Qual, die solche Liebe mit sich bringt. Ich liebte Sie so wahrhaft und so herzlich, Gott geb', dass Sie einmal ein anderer so liebt.

Ich wunderte mich, warum mir gerade in einem solchen Moment dieses Puschkin-Gedicht eingefallen war. Ich war noch nie in jemanden verliebt gewesen, nicht einmal in meinen Cousin Borja, den ich zwar attraktiv fand und den ich natürlich liebte, aber wie einen zweiten Bruder. Allein die Vorstellung, er könnte mir einen Kuss auf den Mund geben, löste Brechreiz bei mir aus. Dennoch gab es außer meinen Eltern und meinem Bruder niemanden, der mir so nahestand wie er. Vielleicht, dachte ich, sollte ich Greta, sobald wir wieder allein waren, die Geschichte von Borja bis zum Schluss erzählen. Die Tragik seines Schicksals belastete mich und würde mich wohl bis an mein Lebensende nicht loslassen. Ich hatte ein schlechtes Gewissen, denn dafür, wie sich sein Leben nach dem Krieg entwickelt hatte, machte ich meine Eltern und mich selbst mitverantwortlich. Was geschehen war, lastete auf meiner Seele und trübte mein Gemüt. Wenn ich an

Borja dachte, wurde mir warm ums Herz. Mit der Liebe, von der Puschkin spricht, hatte das allerdings wenig zu tun.

Lieben würde ich – davon war ich überzeugt – meine Kinder, wenn ich denn welche haben würde, was ich manchmal bezweifelte. Ich wollte Kinder, konnte mir aber nicht vorstellen, wer deren Vater sein sollte. Nachdem ich mir allerdings auch nicht vorstellen konnte, mich in irgendwen zu verlieben, konnte ihr Vater genauso gut irgendein beliebiger Mann sein, der mich begehrte, halbwegs anständig und für die ihm zugedachte Rolle geeignet war. Zweifellos könnte ich diesem Mann geben, was er brauchte, also Gefühle simulieren, die ich nicht hatte, nur dass mir bis dahin noch kein geeigneter potenzieller Partner über den Weg gelaufen war. Meine Eltern liebten einander, mein Bruder liebte seine Frau und sie ihn, doch ich kannte auch einige Paare, die einander schlichtweg gut ertrugen oder im besten Fall gut miteinander auskamen. Gewiss würde ich meine Rolle nicht schlechter spielen können als sie.

Ich wollte Kinder, am liebsten Mädchen, am besten gleich drei, doch wenn ich einmal einen Sohn haben sollte, würde er heißen wie mein erster Verehrer: Wowa, Wowka, Wolodja, Wladimir also. Im Leningrader Hungerwinter waren wir beide sechs Jahre alt gewesen. Schon als Vierjähriger hatte Wowa in der Sandkiste mit mir gespielt und meine Kübel mit Sand gefüllt, wenn ich ihn darum bat. Mit fünf Jahren brachte er mir Blumen, die er im Park gepflückt hatte, und versprach, mich zu heiraten, wenn er groß sein würde. Mit sechs Jahren brachte er mir winzige, mit Margarine bestrichene Scheiben Brot, die seine Mutter zusätzlich zu der Tagesration von 125 Gramm, die ihm als Kind zustanden, irgendwo für Wowa aufgetrieben hatte. Woher sie dieses zusätzliche Brot hatte, was sie dafür verkaufen oder tun musste, wusste niemand. Soweit ich mich erinnern kann, arbeitete sie in einer Fabrik, doch weiß ich nicht mehr, in welcher. Wowas Vater war wenige Wochen nach Kriegsbeginn gefallen.

Mein Freund brach die Margarinebrote entzwei und gab mir eine Hälfte. Wir achteten stets darauf, dass uns niemand sah, wenn wir das taten. Man hätte uns berauben, schlimmstenfalls sogar erschlagen können. Nur wenn wir allein waren und uns sicher fühlten, setzten wir uns im Stiegenhaus auf die Stufen oder suchten eine dunkle, einsame Ecke im Hof und aßen das Brot von Wowas Mutter. Kein Brot hat mir jemals besser geschmeckt als dieses: Ich schloss die Augen, zählte bis fünf, biss ein kleines Stück ab, kaute, kaute, kaute so lange, bis die Margarine und das zerkaute Brot meinen ganzen Mund ausfüllten, bis sich an meinen Mundwinkeln Bläschen bildeten und die Zunge das Fett aufgesogen hatte, bis ich mir vorstellen konnte, ich hätte den Mund voller Schokolade, Marmelade oder Zucker, bis ich das, was ich am liebsten gegessen hätte, schmecken und riechen konnte, bis meine Beine schwer wurden und sich ein wohliges Gefühl in meinem ganzen Körper ausbreitete, bis mir alles egal war außer diesem einen Gefühl der Glückseligkeit, und sollte ich demnächst durch eine Bombe in Stücke gerissen werden, sollte ich Arme und Beine verlieren, ermordet, von Kannibalen verspeist werden oder tot umfallen, würde mir das nichts ausmachen, gar nichts – ich hatte ja schon *gegessen*!

Rosa Borisowna fragte Wowa, ob er das Brot denn nicht allein essen wolle. Seine Mutter hatte es für ihn gebracht, und er war bis auf das Skelett abgemagert und konnte kaum noch gehen. Aber er schüttelte den Kopf. »Ich will, dass meine liebe Linotschka die Hälfte bekommt«, erklärte er mit der todernsten, durch nichts zu erschütternden Hingabe eines Kindes. Später fragte ich mich, ob ich ohne diese halben Brote den furchtbaren Dezember 1941 und den noch entsetzlicheren Jänner 1942 jemals überlebt hätte. Das ist schwer zu sagen.

Was ich auf jeden Fall mit Sicherheit behaupten kann, ist, dass ich Wowas erste große Liebe war. Vielleicht war er ja auch meine erste Liebe. Immerhin wollte ich meinen Sohn, der noch nicht einmal gezeugt war, nach ihm benennen.

Ich habe überlebt. Wowa auch. Er war dem Tode nahe gewesen, doch das Leben holte ihn zu sich zurück. Das erfuhr ich von seiner Mutter, als wir nach dem Krieg wieder nach Leningrad heimgekehrt waren. Doch ich hatte eine auch für mich selbst schwer erklärbare Scheu, ihn wieder aufzusuchen. Zwar hatte ich es mir fest vorgenommen, doch fand ich immer Ausreden oder hatte scheinbar wichtigere Verpflichtungen, um den Besuch zu verschieben. Wowa und ich hatten uns drei Jahre nicht gesehen – seit unsere Familie im Herbst 1942 aus der belagerten Stadt evakuiert worden war. Ich ließ ihm Grüße ausrichten, ich schrieb ihm einen Brief, auf den er nie geantwortet hat, doch sahen wir uns nie wieder. Später bereute ich das sehr.

Was ist Liebe?, fragte ich mich. Wenn ich nur wüsste, was Liebe wirklich bedeutet. Eine von Sinneseindrücken ausgelöste Hormonausschüttung? Eine chemische Reaktion, nichts weiter als ein physiologischer Prozess, oder doch ein Geschenk der Götter? Ein Ergebnis unseres Selbsterhaltungstriebs? Ich verspürte keinerlei Triebe und hatte kein Verlangen nach körperlicher Nähe. Wahrscheinlich war ich noch zu jung dafür. Jedenfalls war es das, was ich meinen Freundinnen erzählte, wenn sie etwas über meine Gefühle oder mein Liebesleben erfahren wollten. Sollte ich erleichtert sein, oder sollte ich mir Sorgen machen? Hatten Marx, Engels und Lenin etwas über die Liebe geschrieben? Oder Genosse Stalin? Solange Stalin lebte, war er angeblich die Liebe selbst, ähnlich der Sonne, die nicht einfach nur scheint und Licht spendet, sondern Licht und Wärme regelrecht verkörpert. Doch hatte ich nie etwas für Stalin empfunden, fand es aber schön, dass seine einbalsamierte Leiche im Mausoleum neben jener von Lenin lag.

»Was soll das denn?« Ein Aufschrei riss mich aus meinen Gedanken. Erst da bemerkte ich, dass der Bus angehalten, der Fahrer den Motor abgestellt und den Schlüssel abgezogen hatte und gerade dabei war, das Fahrzeug zu verlassen.

»He, wo gehst du hin?«, rief Witjka.

»Mittagessen«, brummte der Fahrer und öffnete mit einer kräftigen Handbewegung die vordere Falttür, die geklemmt und sich durch Betätigung des Schalters nicht hatte öffnen lassen.

»Was? Jetzt? Hier?« Witjka drehte den Kopf demonstrativ nach rechts, dann nach links. Der Bus war weiterhin so voll, dass man auf den Köpfen der Menschen hätte herumgehen können, ohne in einen Zwischenraum zu fallen.

»In fünfzehn, höchstens zwanzig Minuten bin ich zurück«, erklärte der Fahrer und ging. »Meine Frau hat schon gekocht. Das Essen steht auf dem Tisch.«

Ich schaute aus dem Fenster. Wir befanden uns in einer Seitengasse, die von einstöckigen Holzhäusern mit Gärten und Zäunen gesäumt war. Das Haus des Fahrers war eine weinrot gestrichene Hütte mit kleinen Fenstern, gelben Fensterläden und einer blauen Tür. Als er schnellen Schrittes den Garten durchquerte, sprang die Tür auf. Für einen Augenblick konnte ich die Silhouette einer Frau und die eines Kindes erkennen. Der Fahrer ging ins Haus. Dann schloss sich die Tür rasch wieder.

»Mahlzeit!«, schrie jemand.

»Rauchpause!«, schrie ein anderer und drückte die hintere Tür auf.

»Das kann doch nicht wahr sein!«, schimpfte Witjka. »Er ist der Fahrer eines Linienbusses, Genossen! Es gibt, wie ich vermute, einen Fahrplan.«

»Na und? Wenn er doch Hunger hat«, entgegnete jemand, offensichtlich ein Einheimischer. »Und mit Gavril sollte man sich nicht anlegen. Wer das tut, bekommt es mit seiner Frau zu tun, und die ist eine ganz Scharfe!«

»Wie ein deutscher Schäferhund!«, bemerkte die Schaffnerin, die sich endlich wieder bewegen konnte, nachdem ein paar Männer ausgestiegen waren, um zu rauchen oder an einen Laternenpfahl zu urinieren. »So, Leute, jetzt aber bitte ich euch um fünfzig Kopeken für die Fahrkarte. Fünfzig Kopeken pro Fahrt und Person. Kinder und Greise zahlen die Hälfte.«

»Wir versäumen unseren Zug«, stöhnte Witjka.

»Welchen denn?«

Das war eine gute Frage, die niemand beantworten konnte.

»Nur keine jüdische Hast«, brummte jemand. »Ihr kommt hier schon weg. Es gibt sogar einen Zug nach Moskau.«

»Wirklich?«, fragte ich voller Hoffnung.

»Ja, wirklich. Nur verkehrt er seit einer Woche nicht. Vorübergehend, heißt es. Heute fährt er jedenfalls nicht.«

»Wieso das denn?«

Gelächter. »Glauben Sie denn, junges Fräulein, dass uns jemand irgendetwas erklärt?«

»Nein. Wie konnte ich so etwas denn nur glauben!«

Wieder Gelächter – noch lauter als zuvor.

»Ihr kommt schon weg von hier, keine Sorge. Früher oder später. Unser Bahnhof wurde neulich renoviert, es gibt sogar einen neuen, zur Gänze asphaltierten Bahnsteig. Welcher Zug würde denn nicht gerne an einem so schönen Bahnsteig anhalten, um neue Passagiere aufzunehmen!«

Als der Fahrer nach etwa zwanzig Minuten wiederkam, machte er einen sichtlich zufriedeneren Eindruck. Seine Frau habe Bratkartoffeln mit Zwiebeln und Sauerrahm zubereitet gehabt – eines seiner Lieblingsessen –, erklärte er mit so viel Freude und Triumph in der Stimme, als würde er gerade den Sieg im Großen Vaterländischen Krieg verkünden. Ab da ging es zügig weiter. Der satte Fahrer erwies sich als so freundlich und zuvorkommend, dass er auf der Fahrt zum Stalinplatz einen Umweg nahm und einen Abstecher zum Bahnhof machte. So blieb uns eine weitere Fahrt mit einem Pferdefuhrwerk erspart.

Das Bahnhofsgebäude stammte wahrscheinlich aus den Zwanziger- oder Dreißigerjahren, wirkte aber in der Tat renoviert und modernisiert. Die Wände strahlten in frischem Weiß, der Boden aus Stuckmarmor war derart blitzblank, dass er ganz neu sein musste, der Bahnhofskiosk wirkte sauber, beinahe einladend, und hatte volle Regale, und in der Unterführung, die zu den Bahnsteigen führte, roch es nicht wie üblich nach Rattenkot, Alkohol, Urin und Erbrochenem, sondern nach Desinfektionsmittel und nach noch etwas, das ätzend und wahrscheinlich sehr giftig, aber auf jeden Fall keimfrei war. An den Fahrkartenschaltern saßen wohlgenährte Damen in neuen Uniformen, und was das Erstaunlichste war: Sie waren höflich und lächelten, wenn man sie ansprach. Derartiges hatte ich weder in Leningrad noch in Moskau jemals erlebt.

»Was ist hier nur los?«, zischte mir Karla Adolfowna ins Ohr. »Wird heute vielleicht Nikita Chruschtschow persönlich in Pawlodar erwartet oder gar das ganze Politbüro?«

Ich erkannte bald, dass sich tatsächlich verdächtig viele gut gekleidete Menschen in der Bahnhofshalle aufhielten. Einige Männer trugen Anzüge und Krawatten und schienen auf etwas oder jemanden zu warten. Andere unterhielten sich angeregt oder gaben Anweisungen weiter, auf deren Inhalt ich jedoch nicht achtete. In einer Ecke der Halle konnte ich sogar zwei oder drei Musiker mit Streichinstrumenten ausmachen, die Klappstühle und Notenständer aufstellten. Das Wort *Bahnhofskonzert* kam mir in den Sinn und gleich darauf: *Musik auf der Durchreise*. In jedem Fall war hier etwas im Gange, doch ich hatte andere Sorgen.

Wir mussten Fahrkarten besorgen, erfuhren am Schalter jedoch, dass der Zug nach Akmolinsk, wo wir umsteigen sollten, vor einer halben Stunde gefahren sei. Die Nachmittagszüge Richtung Westen waren aus unerfindlichen Gründen ausgefallen oder würden erst mit mehrstündiger Verspätung ankommen. Wir sollten bis zum späten Abend warten und den Nachtzug nehmen, der in den frühen Morgenstunden in Akmolinsk ankommen würde, hieß es. Fahrkarten für Liegeplätze im Großraumwagen erhielten wir erst, als ich von meinem »sterbenden Vater in Leningrad« erzählte, den ich unbedingt noch sehen wolle. Die freundliche Schalterbeamtin erbarmte sich meiner und »organisierte« schließlich für einen kleinen Aufpreis die erwähnten Plätze im längst ausverkauften Zug.

Die Theatergruppe hatte etwas mehr Glück. Der Zug Richtung Osten – in den Kusbass und weiter nach Irkutsk – würde demnächst abfahren. Nun hieß es Abschied nehmen. Wir kauften noch Brot, Käse und Wasser, Gläser mit eingelegten Gurken und Tomaten und ein paar weitere Kleinigkeiten im Kiosk ein, schüttelten einander die Hände, umarmten uns.

»Wirst du diesen Tolik, der dich mitten in der Steppe abgesetzt hat, eigentlich anzeigen?«, fragte mich Witjka. »Das solltest du.«

»Nein«, erwiderte ich. »Ich habe keine Zeit dafür, ich muss nach Hause. Was soll ich außerdem erzählen? Wir waren ganz allein unterwegs, kein anderer Mensch in einem Radius von fünfzig Kilometern. Er wird bestimmt nicht dieselbe Geschichte erzählen wie ich.«

Karla Adolfowna gab Greta einen Kuss und meinte: »Pass auf dich auf, Mädchen. Rauschan, oder wie immer du auch heißen magst, und wer immer du auch bist, sei vorsichtig. Das Leben liegt vor dir, und die Zukunft wird besser als die Vergangenheit sein. Was auch immer dir passiert sein mag, blick nach vorne.«

Witjka warf seiner Kollegin einen besorgten Blick zu. »Hör nicht auf sie, Rauschan«, sagte er zu Greta. »Sie ist ein überspanntes altes Weib und redet zu viel, wenn der Tag lang ist.«

»Ich habe doch nichts gesagt«, knurrte Karla Adolfowna. »Kein Wort!«

»Natürlich nicht«, sagte Greta leise. »Ich habe nichts gehört und nichts verstanden, aber ich danke Ihnen. Ihr Wort in Gottes Ohr! Ich werde Sie nie vergessen.«

Als der Zug Richtung Nordosten unseren Blicken entschwunden war, stand Greta immer noch auf dem Bahnsteig und winkte. Ich stand neben ihr, winkte nicht mehr, betrachtete ihre zarte Figur, bemerkte, dass ihr linker Arm, den sie schlaff hinunterhängen ließ, leicht zitterte, als habe sie ihr Handgelenk und ihre Finger nicht mehr unter Kontrolle, bemerkte außerdem, dass ihr Haar ungekämmt war und an einigen Stellen schütter wirkte, als wären ihr einige Büschel ausgefallen, und als sie sich zu mir drehte, hatte sie Tränen in den Augen.

»Was denn?«, fragte ich erstaunt. »Du hast sie doch kaum gekannt. Wenn wir uns in Moskau nach vier Tagen im Zug trennen, wirst du wahrscheinlich wie ein Schlosshund heulen.«

»Schon möglich.« Sie räusperte sich und wischte sich die Tränen weg.

»Vielleicht wirst du Karla Adolfowna und die anderen ja wiedersehen. Wie heißt die sibirische Stadt, aus der sie kommen?«

»Ich glaube nicht, dass ich sie jemals wiedersehen werde«, sagte sie und hastete so schnell zurück in die Bahnhofshalle, dass ich rennen musste, um sie nicht aus den Augen zu verlieren.

8

Als Erstes wollte ich ein Postamt suchen, um Rosa Borisowna in Leningrad anzurufen, obwohl ich ahnte, dass sie mir auch diesmal nicht verraten würde, ob Chaim Abramowitsch noch lebte oder nicht. Die Menschentraube in der Bahnhofshalle wurde immer größer. Offenbar erwartete man tatsächlich ein hohes Tier. Hoffentlich wirkt sich das nicht irgendwie negativ auf die Zugverbindungen aus, dachte ich. Irgendeine wichtige Persönlichkeit, die auf die absurde Idee gekommen ist, dieses Kaff zu besuchen, hatte mir gerade noch gefehlt.

Das Postamt befand sich glücklicherweise keine hundert Meter entfernt, und zwar direkt gegenüber. Es war in einer Holzbaracke untergebracht – ein neues, mehrstöckiges Postgebäude war gerade in Bau und das alte bereits abgerissen. Abgetragen und neu gebaut wurde an diesem Platz so ziemlich alles. Um ihn zu überqueren, mussten wir an unzähligen Gerüsten vorbei auf Holzbrücken über Baugruben gehen. Pawlodar – die Stadt der Zukunft. Es fiel mir auf, dass ich hier noch kein einziges Trampeltier gesehen hatte.

Ich ging, und Greta trottete hinter mir her. Es war offensichtlich, dass sie es ernst damit meinte, mich bis nach Moskau zu begleiten. Für mich hatte es geklungen, als sollte ich ihr Schutz sein. Aber weshalb? Und wovor? Warum war sie mit einem falschen Pass unterwegs? Vielleicht, weil sie eine Deutsche war, und alle Deutschen 1941 aus dem europäischen Teil Russlands deportiert worden waren? Aber soweit ich verstanden hatte, war sie keine Deportierte, sondern als Tochter von früher Deportierten bereits in Kasachstan geboren. Das alles sollte sie mir erzählen, und zwar so rasch wie möglich.

Ich musste wissen, wie groß die Gefahr war, in die sie mich mit ihrer Gegenwart brachte. Doch zuvor wollte ich zu Hause in Leningrad anrufen. Das war jetzt das Allerwichtigste.

Im Postamt von Pawlodar wiederholte sich dieselbe Prozedur wie einige Tage zuvor im Postamt der Sowchose, nur dass ich diesmal zwanzig Minuten in der Schlange stehen musste und, nachdem ich für den Anruf bezahlt hatte, auf eine Kabine mit einem Telefonapparat ohne Wählscheibe verwiesen wurde. Dort brauchte ich den Hörer nur mehr abzuheben. Greta wartete währenddessen mit meinem Gepäck draußen.

Ein scharfes »Ja!«. Ein nachgeschobenes, erwartungsvolles »Hallo?!«. Schon wieder Julia! Sie wurde älter, empfing weniger Besucher als früher, weil die Nachfrage nach ihren Diensten sank, ging dafür aber umso öfter ans Telefon, wenn jemand anrief, stets in der Hoffnung, dass jemand nach ihr verlangte.

»Julia, mein Schatz«, versuchte ich es so freundlich wie nur möglich mit einschmeichelnder Stimme, »könntest du bitte …«

»Oh, Linotschka, meine Liebe!«, quietschte sie los. »Wie schön, deine Stimme zu hören. Wie geht es dir? Bist du unterwegs. Usbekistan? Kirgisien? Oder fährst du über Turkmenien nach Hause?« Geografie war eindeutig in der Schule nicht Julias Lieblingsfach gewesen. »Rosa Borisowna ist gerade nicht zu Hause, sie ist …«

»Was ist mit Chaim Abramowitsch?«, unterbrach ich sie.

»Ach, Linotschka, weißt du, nun ja …« Sie stockte.

»Jetzt rede endlich!«, schrie ich. »Egal, was es ist, ich will es wissen. Was ist passiert? Lebt er noch?«

»Im Prinzip ja, aber …« Sie druckste herum. »Er hatte einen kleinen Infarkt. Also, eigentlich ein Infarktelchen. Ein winzig kleines Infarktelchen. Mach dir bitte keine Sorgen!«

»Er hatte einen Herzinfarkt?«

»Mhm.«

»Und jetzt ist er im Krankenhaus?«

»Aha.«

»In welchem?«

»Hä?«

»Warum hat mir Rosa Borisowna das nicht gleich selbst geschrieben?«

»Hm?«

»Weißt du, wann …«

»Linotschka, ich höre dich leider nicht mehr. Lina. Wo bist du überhaupt? Mittelasien ist ja so unglaublich weit. In der Mitte von Asien.«

»Fängst du jetzt auch mit diesem Blödsinn an, dass man mich nicht hört?«, schrie ich. »Ich höre dich ausgezeichnet. Wieso hörst du mich nicht?«

»Keine Ahnung. Aber ich höre dich nun einmal nicht«, sagte sie. »Auch wenn du schreist, kann ich dich nicht hören.«

»Ich bin gerade in Pawlodar, fahre heute Abend nach Akmolinsk und von dort weiter nach Moskau.«

»Ich höre dich nicht. Komm bitte rasch nach Hause. Rosa Borisowna braucht dich.« Nach diesen Worten legte sie auf.

»Dumme Schlampe«, murmelte ich, knallte verärgert den Hörer auf die Gabel und lief aus der Baracke hinaus.

»Beruhige dich.« Greta hielt mich am Ärmel fest. »Du kannst nichts ändern, was nicht zu ändern ist.«

»Verschone mich bitte mit solchen Banalitäten.«

»Ohne Banalitäten könnten wir nicht überleben.« Wollte sie sich über mich lustig machen?

»Das ist erst recht eine Banalität.«

»Vielleicht rufst du jemand anderen in Leningrad an, jemanden, der wirklich Bescheid weiß.«

»Was, bitteschön, ist ein *Infarktelchen*? Klingt wie ein kleiner Schnupfen oder ein Hüstelchen. Chaim Abramowitsch war ohnehin sein halbes Leben lang ein leibhaftiges Infarktelchen. Wenn ich dir seine Krankengeschichte erzählen wollte, würde ich heute beginnen und bei unserer Ankunft in Moskau immer noch nicht fertig sein. Kranksein war sein zweiter Vorname. Wegen eines Infarktelchens würde Rosa Borisowna kein Telegramm nach Kasachstan schicken und mich nach Hause beordern.«

»Aber er lebt. Nicht wahr? Er lebt! Oder glaubst du, dass deine Nachbarin dich schamlos belogen hat?«

»Julia ist von Natur aus eine schamlose Lügnerin.«

»Wen könntest du sonst anrufen?«

»Gute Frage.«

»Verwandte?«

»Die Sache mit den Verwandten ist kompliziert. Die weniger Komplizierten sind eher nicht in Leningrad.«

»Deine beste Freundin?«

»Olga ist hier in Kasachstan. Wir sind zusammen hierhergekommen. Sie weiß nicht mehr als ich.«

»Denk nach.«

»Borja!« Warum nur war ich nicht schon früher auf diese Idee gekommen?

»Er weiß Bescheid?«

»Er ist nicht nur ein Verwandter, sondern immer noch ein Freund der Familie und für mich wie ein zweiter Bruder, und er wohnt in Leningrad. Seit er aus dem Gefängnis entlassen wurde, ist der Kontakt wieder etwas enger geworden.«

»Er war im Gefängnis? Wieso das?«

»Das ist eine lange Geschichte. Ich erzähle sie dir später.«

»Gut.«

»Aber erst, nachdem ich deine Geschichte zu Ende gehört habe. Ich muss wissen, worauf ich mich einlasse, wenn ich tagelang mit dir unterwegs bin. Bis zur Abfahrt unseres Zuges haben wir viel Zeit.«

»Dieser Borja weiß also Bescheid, meinst du.«

»Sicher.«

»Worauf wartest du dann noch?«

Ich lief zurück in die Baracke und meldete ein weiteres Telefongespräch nach Leningrad an, doch als die Leitung endlich stand, war Borja nicht zu Hause. Seine Nachbarin sagte, er sei bestimmt bei »einem seiner dummen Weiber«. Leider kenne sie den Namen von Borjas aktueller Freundin nicht. »Sie ist potthässlich, dumm, vorlaut und ein bisschen ordinär, so wie alle Weiber, die er anschleppt«, meinte die Nachbarin. »Weiß der Kuckuck, wo er die auftreibt; das muss ihm erst einmal einer nachmachen. Ich warte nur darauf, dass er eine von ihnen schwängert – dann ist er in ernsten Schwierigkeiten. Dann ist Sense! Krieg und Gefängnis werden ihm wie die gute alte Zeit vorkommen.« Ich ärgerte mich über die Impertinenz und die Übergriffigkeit dieser Person, musste ihr insgeheim aber recht geben. Ich selbst hatte seit langem den Eindruck, dass Borja bei seiner Partnerinnenwahl genauso wechselhaft war wie das Leningrader Wetter, und so ungemütlich, kaltfeucht und unwirtlich wie unser Wetter waren leider auch die Damen, die er als junger Mann für sein Wohlbefinden benötigte. Ich wäre glücklicher gewesen, wenn er bei deren Auswahl einen besseren Geschmack und eine bessere Menschenkenntnis entwickelt hätte, doch das Leben meines Cousins stand seit seiner Entlassung aus der Armee unter keinem guten Stern. Wahrscheinlich hatte er seinen Anteil an Glück schon während der Blockade und als Kindersoldat an der Front verbraucht. Nun forderte das Schicksal von ihm seinen Tribut.

Nein, sie brauche ihm nichts auszurichten, erklärte ich der Nachbarin. Ich würde später oder morgen noch einmal anrufen. Dieser alten Hexe war nicht zu trauen. Je weniger sie wusste, desto besser.

Greta war gerne bereit, die Erzählung ihrer Lebensgeschichte fortzusetzen. Dafür brauchten wir allerdings einen ruhigen, abgeschiedenen Ort – wie das Deck des Flussdampfers, der uns nach Pawlodar befördert hatte. Der Bahnhofsvorplatz mit seinen Baustellen und dem ständigen Kommen und Gehen eignete sich denkbar schlecht dafür. Parkanlagen mit Sitzbänken gab es in der Nähe keine. An Imbissstuben oder andere Lokale war ebenfalls nicht zu denken – sie waren überfüllt und teuer. Wenn man das Glück hatte, dort einen Platz zu ergattern, konnte man sicher nicht stundenlang ungestört herumsitzen und reden. An der hinteren, der Stadt abgewandten Seite des Bahnhofs und der Trasse vermuteten wir ein ruhigeres Viertel – mit einer Wiese oder vielleicht einer unverbauten Fläche zwischen Häusern, Fabriken oder Lagerhallen. Das halbe Land bestand aus solchen Brachen, leeren, meist nicht asphaltierten Flächen, die bestenfalls als Parkplätze für Lastwagen Verwendung fanden. Meist aber wurde dort Müll abgeladen, manchmal übernachteten dort Straßenkinder, oder die von Unkraut überwucherten Stätten wurden für Picknicke, Besäufnisse oder zur Verrichtung der Notdurft genutzt. Eine solche Stätte brauchten wir als Rückzugsort, um in Ruhe reden zu können. Bis zur Abfahrt unseres Zuges würden ja noch Stunden vergehen. Vor allem mussten wir vor fremden Ohren geschützt sein.

Wir durchquerten also den Bahnhof, dieser jedoch war nicht nur feierlich hell beleuchtet, sondern so überfüllt, dass wir bald nicht mehr weiterkamen und in der Halle warten mussten, bis der Weg zur Unterführung frei sein würde. Offensichtlich fand gerade ein feierlicher Akt statt. Den Anfang hatten wir verpasst. Die Musiker, die wir vorhin gesehen hatten, spielten gerade ein Stück. Es klang wie eine Mischung aus Militärmarsch und Hymne mit orientalischen Anklängen – vielleicht die kasachische Landeshymne. Als sie fertig waren, applaudierten die Menschen. Jemand schrie: »Es lebe …«, und danach etwas, das ich nicht verstand, oder einen Namen, den ich nicht kannte. Der Applaus wurde stärker, und dann sah ich den Kopf eines älteren Mannes mit dicker Hornbrille, Glatze und grauen Schläfen über den Köpfen der anderen auftauchen. Offenbar war der Mann auf ein Podest oder schlichtweg einen Stuhl, einen Hocker oder eine Kiste gestiegen, die ich von dort, wo Greta und ich standen, nicht sehen konnte, aber ich sah seinen Kopf, einen Teil seines Oberkörpers, vor allem aber hörte ich seine kräftige Stimme, die den allgemeinen Lärm in dieser Vorhalle zu übertönen vermochte.

Der Mann erklärte, dass es ihm eine besondere Freude sei, die *Stellvertretende Ministerin für Entwicklung und Fortschritt der Kasachischen Sozialistischen Sowjetrepublik*, Genossin Maria Sergejewna Iwanowa, hier in Pawlodar begrüßen zu dürfen. Sie habe den weiten Weg von Alma-Ata hierher gemacht, um die erste moderne öffentliche Sanitäranlage mit fließendem Wasser und Kanalanbindung der aufstrebenden Stadt Pawlodar einzuweihen und der Öffentlichkeit zur Benutzung zu übergeben. Diese Anlage sei nicht nur die erste ihrer Art in Pawlodar, sondern auch in vielerlei Hinsicht einmalig in ganz Kasachstan, vielleicht sogar in ganz Mittelasien und Westsibirien, und somit von großer Symbolkraft. Doch darauf werde die geschätzte Genossin Iwanowa, der er nun das Wort übergeben werde, selbst eingehen.

Erst jetzt bemerkte ich, dass hinter dem Rücken des Mannes an der Wand ein rotes Band quer über zwei geschlossene Türen gespannt war, die es scheinbar in einen oberen und einen unteren Teil zerschnitt. Die Wand und die Türen waren frisch geweißelt, doch auf einer, der rechten Tür, war in Rot der Buchstabe *M* und auf der anderen, der linken, der Buchstabe *F* angebracht. Über den Türen befand sich ein Schild, auf dem in schwarzen Lettern das Wort *Toiletten* zu lesen war.

Ich staunte, dass eine Ministerin mehrere Hundert Kilometer gereist war, um ein neues Klo zu eröffnen, und noch mehr erstaunte es mich, dass so viele Menschen hierhergekommen waren, um dieser Zeremonie beizuwohnen.

Die kasachische Ministerin war eine korpulente Dame Mitte vierzig mit rötlichem, wahrscheinlich gefärbtem Haar, Hamsterbacken und blauen Augen. Sie hatte ein Doppelkinn und einen dicken Hals. Auffallend war zudem, dass sie im Singsang redete und ihr Akzent ihre Herkunft aus dem südlichen europäischen Russland oder der Ukraine verriet. Ich fragte mich, wo sie wirklich herkam und wie es sie hierher verschlagen hatte, doch das würde ich nicht erfahren. In ihrer Rede kam die Besucherin aus Alma-Ata nämlich sofort zur Sache: »Hygiene, Genossen! Hygiene! Wenn die Elektrifizierung, von der Wladimir Iljitsch Lenin so oft gesprochen hatte, der Schlüssel war, der uns die Tür zum Sozialismus geöffnet hat, so ist Hygiene diese Tür selbst. Ohne Achtung vor den Anforderungen der Hygiene gibt es kein Schmiermittel, welches das Öffnen der erwähnten Tür gewährleisten würde. Hygiene gibt uns Kraft und macht nicht nur unsere Körper, sondern auch unsere Seelen rein. Hygiene bedeutet nicht nur Achtung vor sich selbst, sondern vor allem Respekt vor den Mitmenschen. So lassen wir das Ungeziefer des Kapitalismus und die Schlangen des Faschismus weit hinter uns …«

Zumindest hatte sie eine schöne und auf seltsame Weise sauber klingende Stimme.

Ministerin Iwanowa dozierte in wohlgeformten Sätzen noch weiter über die Wichtigkeit der Hygiene bei der Krankheits- und Seuchenprävention und berichtete danach von einem »traurigen persönlichen Erlebnis« aus ihrer Jugend.

Damals, vor dem Krieg, habe sie »aus privaten Gründen« die Großstadt Saratow an der Wolga besucht und dabei unter anderem das Stadtmuseum besichtigt. Als sie eine der Museumswärterinnen fragte, wo die Toilette sei, wurde sie in den Hof verwiesen, wo sich ein Plumpsklo befand. Leider sei das Museum noch nicht an die Wasserleitung und die Kanalisation angeschlossen, hieß es. Im selben Hof, der unter anderem an einen Gemüsegarten und einen Kinderspielplatz grenze, befinde sich nicht nur das Klo, sondern auch der Brunnen, wurde ihr erklärt. Daraus könne sie Wasser schöpfen, um sich die Hände zu waschen.

Der Besuch dieser Toilette habe das Leben der damals noch jungen Bürgerin Iwanowa nachhaltig verändert.

Das Plumpsklo, so die Ministerin, sei ein länglicher Holzschuppen mit zwei Türen gewesen – eine für Männer, die andere für Frauen. Als sie eintrat, habe sie angenommen, dass die beiden Bereiche durch eine Wand getrennt wären, doch sei dies nicht mehr der Fall gewesen. Teile der morschen Trennwand seien offenbar von jemandem eingerissen worden. Durch ein Loch von gut einem halben Meter Durchmesser habe sie den Kopf eines älteren Mannes erblickt, der einen Hut trug. Der Mann grinste sie freundlich an, lüftete den Hut, entschuldigte sich für seine Gegenwart und versicherte, er würde ihr bei ihrem Geschäft nicht zuschauen und sich selbst so leise und unauffällig wie möglich verhalten. Die »*halbstarken Dreckswichser*« – das seien seine Worte gewesen – hätten wieder einmal die Wand ruiniert, habe er erklärt. Doch bestimmt werde die Miliz die Übeltäter erwischen und wegen Rowdytums anklagen. Wenn es nach ihm ginge, würde eine ordentliche Tracht Prügel für diese Mistkerle genau das Richtige sein. Die Ministerin erzählte weiter, dass sie in jenem Moment jegliches Schamgefühl und den Ekel, den sie empfand, verdrängen musste, weil das dringende körperliche

Bedürfnis stärker war. Allerdings war der Verschlag in einem Zustand, der es sehr mühsam und anstrengend machte, dem nötigen Geschäft nachzugehen, ohne sich selbst zu beschmutzen. Über den Gestank wolle sie gar nicht reden. Durch eine Öffnung unter der Decke gelangte außerdem genügend Tageslicht in den Raum, dass sie auch das zu sehen bekam, was sie lieber nicht gesehen hätte. Als sie in die Senkgrube hinabblickte, hatte sie den Eindruck, als würde sich dort etwas bewegen. Aus dem Eindruck wurde alsbald Gewissheit: Etwas schlängelte und wand sich und plätscherte an der Oberfläche und machte Anstalten, zu ihr heraufzukriechen. Noch nie zuvor, so die Ministerin, habe sie so geschrien, und als sie schreiend, stolpernd und schimpfend aus dem Schuppen und auf die Straße hinausgelaufen war, schwor sie, ihr Leben, ihren Beruf, ihre Hingabe und ihren ganzen Fleiß der Beseitigung solch ekelhafter Zustände in ihrem geliebten sozialistischen Heimatland zu widmen. »Was, liebe Bürger und Genossen«, rief sie mit leidenschaftlicher Empörung aus, »hätte wohl Lenin dazu gesagt?«

»Wahrscheinlich hätte er das dialektisch gesehen«, flüsterte mir Greta ins Ohr. »Auf dem Weg zur kommunistischen Gesellschaft sind Opfer zu bringen.«

Die hypermoderne Toilettenanlage im Bahnhofsgebäude der aufstrebenden Metropole Pawlodar (ja, die Ministerin sprach tatsächlich von einer »Metropole«!) sei von »unseren tschechoslowakischen Freunden« entworfen und ausgestattet worden: Ein Geschenk der Tschechen und Slowaken an das kasachische Brudervolk. »Unsere lieben Freunde«, Bauingenieur Václav Pospišil aus Prag und Architekt František Prohaska aus Brünn, hätten die Anlage geplant und gebaut. Leider könnten beide an dieser Eröffnungsfeier nicht teilnehmen, weil sie nach ihrem Aufenthalt in Pawlodar schwer erkrankt seien und ins Krankenhaus nach Omsk gebracht werden mussten.

»Wo zum Teufel ist die Tschechoslowakei?«, hörte ich jemanden fragen. »Und warum sind das unsere Freunde?«

»Weil wir sie befreit haben«, antwortete jemand.

»Von wem?«

»Spielt das eine Rolle?«

Die Toiletten verfügten über mehrere Wasserhähne und Waschbecken, berichtete die Ministerin euphorisch, Spiegel und Handtücher, die neuesten Klomuscheln mit Klobrillen aus dunklem Edelholz und Spülkästen mit Metallketten und Griffen aus Porzellan, es handelte sich um jeweils fünf von innen verschließbare Klokabinen, Neonlicht, einen Terrazzo-Boden, im Männerbereich gebe es eigens an der Wand befestigte Pissoire und ... Die Ministerin machte eine rhetorische Pause und verkündete dann feierlich: »In jeder Kabine, sowohl bei den Männern als auch bei den Frauen, hängt eine Rolle Toilettenpapier!«

Ein Raunen ging durch die Menge. Zweifellos hatte in Pawlodar noch niemand dieses legendäre Klopapier jemals zu Gesicht bekommen. Ich selbst kannte es nur aus Erzählungen ehemaliger Soldaten, die in Europa gewesen waren, von Bildern oder aus in Deutschland erbeuteten Filmen, die ich im Kino gesehen hatte.

»Das Toilettenpapier ist ebenfalls ein Geschenk unserer tschechoslowakischen Freunde. Der Vorrat ist begrenzt.«

Nun war die Menge kaum mehr zu halten. Männer, Frauen, Junge, Greise – alles drängte Richtung Toilettentüren. Ein Kordon aus mehreren uniformierten Milizionären hatte große Mühe, die Menschen im Zaum zu halten. »Gebt acht auf mein Kind!«, hörte ich eine sehr aufgeregte weibliche Stimme hinter meinem Rücken. »Ihr zertretet mein Kind. Passt bitte auf mein Kind auf!« Dieser Hilfeschrei zeitigte keine Wirkung. »Tiere!«, brüllte die Frau, offenbar die Mutter des Kindes. »Ihr seid Tiere!«

Die Tiere widersprachen nicht, doch ließen sie auch nicht locker, sondern drückten und keuchten und schimpften und drängten vorwärts, als ginge es um ihr Leben.

Greta hatte sich wohlweislich mit unserem Gepäck schon zuvor in eine Ecke der Halle, in der sie vor der Masse geschützt war, zurückziehen können. Ich aber war zwischen den Leibern eingekeilt und wurde langsam, aber stetig mit den anderen mitgeschoben.

Die Ministerin wollte noch etwas sagen, erkannte aber bald den Ernst der Lage. »Bürger! Bürger! Bürger! Genossen!«, kreischte sie. »Ich bitte um Ruhe. Wozu diese Hast? Einer nach dem anderen. Habt Respekt vor der Arbeit unserer tschechoslowakischen Freunde. Erweist euch als reife und würdige Bürger unseres sowjetischen Heimatlandes!« Bei dem Wort Respekt musste ich lachen. Meinte sie das wirklich ernst?

Der Mann an der Seite der Ministerin, offenbar ein lokaler Funktionär, reichte dem Ehrengast aus Alma-Ata eine große Schere. Die Ministerin zerschnitt damit das rote Band, Kameras blitzten, die Musiker spielten ein paar feierliche Takte, und dann suchten sowohl die Honoratioren als auch die Musiker und die Fotografen unter dem Schutz zahlreicher Uniformierter fluchtartig das Weite. Sogar die Sicherheitskräfte in Zivil – Männer in Ledermänteln mit roten Armbinden – und eine Militärpatrouille konnten gegen die Horde nichts ausrichten. Der Mob war schlichtweg nicht mehr zu halten oder zu lenken.

Als ich durch die offene Tür der Frauentoilette geschoben wurde, hatte ich schon seit längerem ein dringendes Bedürfnis verspürt, mich zu erleichtern, stellte aber alsbald fest, dass es mir nahezu unmöglich war, in eine der Kabinen zu gelangen. Dazu hätte ich größer und kräftiger sein und nicht nur meine Ellbogen, sondern meinen ganzen Körper ohne

Rücksicht auf andere einsetzen müssen. Ich aber konnte mich nicht einmal bewegen, ich wurde bewegt, sah nur Köpfe und Schultern, Zöpfe, Haarspangen und bunte Bänder und achtete darauf, dass mir die Schuhe nicht von den Füßen rutschten, denn ohne Schuhe wäre ich verloren gewesen.

Die Neonröhre über meinem Kopf flackerte, die Wasserhähne waren allesamt aufgedreht, das Wasser rauschte, die Spülung wurde immer wieder betätigt – ihr Lärm übertönte beinahe das Kreischen und Zetern der Frauen um mich herum. Eine Kabinentür sprang auf, und heraus kam eine Dame um die sechzig. Sie hatte kurz geschnittenes, weißes Haar – eine Art Bubikopf-Frisur –, eine Brille mit dünner, vergoldeter Fassung, ein blaues Kleid mit weißem Kragen und eine ebenfalls blaue Brosche über dem obersten Kragenknopf: Eine kultiviert aussehende Dame, die mich ein wenig an meine Großmutter erinnerte. Ihre rechte Hand umklammerte etwas Wertvolles, etwas, das sie erbeutet hatte – eine Rolle hellgraues Toilettenpapier, die sie in sicherer Entfernung vor dem begehrlichen Zugriff der anderen mit ausgestrecktem Arm weit über ihrem Kopf trug. Sofort jedoch reckten sich wie gierige Elefantenrüssel zahlreiche Arme nach der wertvollen Ware.

»Gib her«, riefen die anderen Frauen. »Diese Rolle ist nicht für dich allein.«

»Lasst mich in Ruhe!«, protestierte die ältere Dame. »Ich bin Stellvertretende Obfrau der *Aktivistinnengruppe für Städtische Sauberkeit und Stadtverschönerung*! Diese Klopapierrolle steht mir zu. Ich bin offiziell beauftragt worden, sie zu besorgen und auf ihre Tauglichkeit zu prüfen.«

»Ja, und ich bin Dschingis Khans jüngere Schwester.«

»Lass mich dieses Papier wenigstens berühren.«

»Und ich möchte daran riechen!«

»Es ist noch ungebraucht.«

»Lasst mich vorbei, ihr Damen!«, bat die ältere Dame. »Seid nicht so unkultiviert, und haltet bitte Abstand.«

»Wir sind keine Damen, und wir *sind* unkultiviert, du alte, modrige Fotze!«, ertönte eine heisere, rauchige Stimme. »Hör auf, Scheiße zu reden, und rück das Klopapier raus!«

»Das ist ja unerhört, ich verbitte mir …!« Der Rest ging im allgemeinen Geschrei unter.

Ich drehte mich um und berührte beinahe mit meiner Nasenspitze die Stirn einer kleinen, feisten Frau mit verschwitztem, rotem Gesicht und engstehenden, mandelförmigen Augen, die laut brüllte und dabei so heftig spuckte, dass mein Hals und mein Kinn ganz nass wurden. »Nehmt es ihr weg, dieser kleinbürgerlichen, spießigen Klassenfeindin!«, schrie sie. »Das Klopapier gehört uns allen, es ist Eigentum der werktätigen Massen!«

Das war der Augenblick, in dem ich verstand, dass ich mich so schnell wie möglich befreien sollte. Ich versuchte, mich zwischen den Leibern durchzuzwängen, rutschte dabei aus, fiel hin und verspürte eine panische Angst. Es wäre ein Leichtes gewesen, hier zertreten, auf jeden Fall aber ernsthaft verletzt zu werden. Ich glaubte, ersticken zu müssen, ich begann zu schreien und hörte meine Stimme nicht. Zudem fiel ich mit dem rechten Knie schmerzvoll auf etwas Hartes, das auf dem Boden lag. Ich griff danach, umklammerte es und verstand bald, was es war: Es war einer jener Griffe aus Porzellan, die an den Ketten der Spülkästen befestigt waren. Diesen Griff hatte wohl jemand abgerissen und auf den Boden geworfen. Nun hatte ich ihn und ließ ihn nicht mehr los, während ich mich auf allen vieren an Füßen und Beinen vorbei zum Ausgang der Toilette und von dort quer durch die Bahnhofshalle bewegte, bis ich in der Ecke ankam, in der Greta auf mich wartete. Wunderbarerweise war mir das gelungen, ohne ernsthaft verletzt zu werden.

Zwar hatte ich eine Beule am Kopf, mein Rücken und meine Beine schmerzten, und jemand war mir mit einem Schuhabsatz auf die linke Hand getreten, sodass ich hatte schreien müssen, ansonsten aber hatte ich keine Verletzungen davongetragen, doch blieb ich weiterhin auf allen vieren, schaute zu Greta hinauf und sagte beziehungsweise presste aus mir heraus: »Halt ja die Klappe!«

»Das tu ich doch«, antwortete sie. »Ich bin ganz still.«

»Sag ja kein Wort!«

»Willst du aufstehen oder weiterhin Hund spielen?«, fragte sie.

Ich stand auf und reichte ihr den Porzellangriff, den ich die ganze Zeit festgehalten hatte.

9

»Im Sommer 1941 wurde ich zur Deportierten, ohne jemals deportiert worden zu sein, zu einer Verbannten, ohne in meinem Leben je etwas anderes gesehen zu haben als den Verbannungsort, der meine Heimat war«, setzte Greta fort. Hinter dem Bahnhof hatten wir in der Tat eine Stätte gefunden, an der wir uns in Ruhe unterhalten konnten. Um dorthin zu gelangen, hatten wir nach der Unterführung allerdings noch fünf Abstellgleise überqueren müssen, auf denen lange Zuggarnituren ohne Lokomotiven standen, die als Wohnstätten genutzt wurden. Zwischen den Waggons waren Wäscheleinen gespannt. Kinder liefen herum, kreischten, rauften oder spielten Fangen. Frauen wuschen in großen Waschtrögen ihre Wäsche. Über offenem Feuer, in kleinen Öfen oder auf Kerosinheizern wurde Essen gekocht. Betrunkene kauerten neben Gleisen und Rädern und warfen leere Wodka- und Bierflaschen einfach unter die Waggons auf die Schwellen, wo sich schon viel Unrat angesammelt hatte. Vor einem Wasserhahn mit Handpumpe hatte sich eine lange Schlange gebildet – Menschen mit einem, zwei, manchmal auch drei Kübeln, die geduldig darauf warteten, bis sie an die Reihe kamen, um Wasser zu schöpfen. Da waren Straßenhunde, Katzen und Ratten, denen Kinder Steine nachwarfen. Glücklicherweise wehte gerade ein starker Wind und trug die meisten Ausdünstungen dieses Ortes davon. Anderenfalls wäre der Gang zwischen den Eisenbahnwaggons wohl schier unerträglich gewesen.

»Nach Hitlers Überfall auf die Sowjetunion«, erzählte Greta, »wurden alle Deutschen aus dem europäischen Teil

Russlands vertrieben und in den Osten gebracht – viele von ihnen in unsere Region und in unser Dorf. Meine Eltern und ich wurden ihnen im Wesentlichen gleichgestellt: Das heißt, unser ohnehin schon niedriger rechtlicher Status wurde jenem der Wolga- oder Ukraine-Deutschen nach unten angepasst. Einen wirklichen Unterschied machte das im praktischen Leben nicht aus. Davor durften wir den Ort nicht verlassen, weil wir Feinde des Volkes waren, nun durften wir ihn nicht verlassen, weil wir Deutsche waren, was nichts daran änderte, dass wir unsichere Elemente blieben, denen nicht zu trauen war. Lenin sagte einmal: *Unser Feind ist lernfähig. Er manipuliert uns, indem er unser Misstrauen ihm gegenüber als wesentlichen Faktor seines Handelns mit einkalkuliert und sich auf eine noch raffiniertere Weise verstellt, als wir unser Misstrauen zu verschleiern vermögen.* Lenin meinte den Klassenfeind, seine Nachfolger übertrugen das auf uns Deutsche. Ich persönlich hatte trotzdem eine schöne Kindheit – ich hatte liebende Eltern und Geschwister, die mich mochten, ich hatte Freunde und ein Zuhause mit intensiven Farben und Gerüchen, mit Tieren, die schöne, oftmals ausgefallene Namen trugen, und Dorfbewohnern aus der halben Welt – Deutsche, Russen, Ukrainer, Weißrussen, Kasachen, Usbeken, Koreaner, Georgier, Juden, Tschetschenen, Balten; 1945 kamen Ungarn und Rumänen, Moldawier, Siebenbürger Sachsen, Polen, Bulgaren, Japaner, Österreicher und noch viele andere dazu. Wo die Sowjetmacht sich etablierte, begann sie sofort, Leute zu deportieren. Und man schickte sie zu uns! Die Steppe hat Platz für alle. Wer es einmal geschafft hat, bei Schneesturm und minus vierzig Grad durch den Schnee zu stapfen, der weiß, was es bedeutet, am Leben zu sein. Meinst du nicht auch?

Im einzigen Geschäft des Dorfes gab es sowohl vor als auch während des Krieges kaum etwas zu kaufen. Wir hungerten, aber wir verhungerten nicht. Nicht mehr. Wie gesagt, alles in allem hatte ich eine schöne Kindheit, und es dauerte lange, bis ich verstand, dass ich anders war. Ich war ein freundliches Kind. Als ich klein war, strahlte ich alle Erwachsenen an, und István, in seinem früheren Leben Musiklehrer in Uschgorod, der als Horthy-Anhänger zu uns deportiert worden war und kaum noch gehen konnte, streichelte mir genauso über den Kopf, grinste gerührt und sagte etwas Nettes, Liebenswertes, wie der alte Kim, ein koreanischer Busfahrer aus Wladiwostok, dem man Sympathien für die japanischen Faschisten vorgeworfen hatte, oder Jankel, ehemals Rabbiner in Vilnius und deshalb angeblich Zionist und Kosmopolit. Ich schnappte einzelne Brocken der verschiedenen Sprachen auf und vermischte sie zu einem seltsamen Kauderwelsch, das nur meine Geschwister und ein paar andere Kinder verstanden.

Es war Igor, ein Junge in meinem Alter, der mir, als wir noch nicht zur Schule gingen, erklärte, Kurt sei nicht mein Vater, ich solle doch einmal in den Spiegel schauen. Ich sei anders, weil meine Mutter eine Hure sei, die *ihre Ehre für einen Sack Getreide verkauft* habe. Das erzählte ich den Eltern nicht, sondern nur meinem großen Bruder, der daraufhin meinte, ich dürfe mir so etwas nicht gefallen lassen und solle Igor verprügeln. ›Wenn du nicht willst, dass er und die anderen Kinder dich fertigmachen, dann schlag ihm die Nase blutig, damit er Respekt vor dir hat. Ist doch völlig egal, dass du ein Mädchen bist. Zeig's ihm!‹ Das versuchte ich, doch war er stärker als ich. Als ich mit blauen Flecken an Oberarmen und im Gesicht und einer blutenden Nase weinend zu meinem Bruder lief, rügte er mich für meine Schwäche, versprach aber, nun selbst die Sache in die Hand nehmen. Er nahm einen langen, dünnen Ast und schnitt ihn zurecht zu einer Rute. Damit lauerte er dem Übeltäter auf, wartete, bis wir am Rande des Dorfes zu dritt waren, schnappte Igor, hob ihn hoch, zog ihm die Hose hinunter und züchtigte ihn – nicht so fest, dass er blutete, aber fest genug, dass er jaulte, winselte, um Gnade bettelte und versprach, mich nie mehr anzurühren oder etwas Schlechtes über mich oder meine Eltern zu sagen. So war es dann auch: Igor hatte seine Lektion gelernt. Später wurde er sogar mein bester Freund. ›Du musst immer darauf achten, dass du in der Nahrungskette nicht ganz unten bist‹, erklärte mir mein Bruder. ›Sei die Katze, die die Maus jagt, und nicht die Maus, die von der Katze gejagt und gefressen wird. Wer du bist, wie du dich zeigst und wie die anderen dich wahrnehmen, hängt von dir ab.‹ Er hatte recht. Natürlich hatte er recht. Aber es ist so verdammt schwer, in dieser Welt keine Maus zu sein.«

»Manchmal ist es besser, eine Maus zu sein als eine Katze«, sagte ich. »Eine Katze muss jagen – das bedeutet Stress. Das Leben einer Straßenkatze ist viel schlimmer als das einer Maus. Eine Maus kann sich verstecken, still sein und abwarten, bis die Katze woanders hingeht. Die Maus kann sich in irgendein Erdloch verkriechen und in Ruhe fressen, während die Katze verhungert.«

Greta lachte und meinte: »Kann es sein, Lina, dass du in der Schule immer Vorzugsschülerin warst und wahrscheinlich auch Klassensprecherin?«

»Das tut nichts zur Sache!«, erwiderte ich gereizt. »Erzähl weiter, anstatt über Katz und Maus zu philosophieren! Oder haben wir jetzt Biologiestunde?«

»Hab ich's doch gewusst!«, rief sie triumphierend aus. »Und bestimmt hattest du noch niemals einen Freund«, bemerkte sie kichernd.

»Jetzt wirst du unverschämt.« Ich spürte, wie ich rot wurde. Was erlaubt sich denn diese Person?!, dachte ich. Vielleicht sollte ich sie in Akmolinsk irgendwie loswerden.

»O weh!«

»Wieso o weh? Ich habe nicht das Gefühl, dass mir etwas fehlt!«

»Schau dich doch um. Ja, ja, schau nach links und nach rechts und auch nach hinten. Wärst du hier und jetzt nicht auch lieber ein großer, fetter Kater als eine Maus?«

Ich schaute mich um, obwohl ich hier alles schon gesehen hatte. In dem Moment wäre ich am liebsten weder eine Maus noch eine Katze gewesen, sondern einfach nur weit weg.

Plötzlich sahen Greta und ich in diesem menschlichen und tierischen Durcheinander ein kleines Mädchen, das so gar nicht hierher passte: Es war sieben oder acht Jahre alt, trug eine blaue Schuluniform mit weißem Kragen, ein weißes Band in ihrem ordentlich gekämmten, dunkelbraunen Haar, weiße Kniestrümpfe, saubere, blaue Halbschuhe und eine beigefarbene Schultasche. Das Mädchen bewegte sich langsam und vorsichtig, aber offensichtlich nicht zum ersten Mal und deshalb sehr geübt über Pfützen, Müll, Hundekot und Glasscherben, ohne sich zu verletzen oder zu beschmutzen, und schenkte den Zurufen der anderen Kinder, aber auch der Erwachsenen keinerlei Beachtung. Die grünen Augen des Kindes waren groß, neugierig und strahlten eine Lebensfreude und Selbstzufriedenheit aus, die man von einer Bewohnerin dieser Abstellgleise nicht vermuten würde.

»Wie heißt du, Mädchen?«, fragte Greta.

»Irina.«

»Und du wohnst hier mit deinen Eltern?«

»Mit meinem Großvater. Er ist der Zugführer hier.«

»Der Zugführer?«

»Ja, der Hausmeister. Aber hier heißt er Zugführer, weil unsere Häuser Züge sind«, erklärte sie mit beinahe feierlicher Ernsthaftigkeit und zeigte mit dem Finger auf die Waggons rechts und links von uns. »Züge!«, sagte sie und nickte zweimal mit dem Kopf, wohl um ihre Worte noch zu unterstreichen.

Greta und ich lachten, wünschten dem Mädchen einen schönen Tag und wollten schon weitergehen, als Greta sich plötzlich umdrehte und Irina den Toilettengriff aus Porzellan reichte, den ich ihr vorhin gegeben hatte. »Ich möchte dir etwas schenken«, sagte sie.

»Was ist das?«, fragte Irina.

»Das ist eine magische Birne«, erklärte Greta. »Wenn du sie umklammerst und dir ganz fest etwas wünschst, geht dein Wunsch in Erfüllung. Aber du musst etwas dafür tun und darfst nicht enttäuscht sein, wenn die Erfüllung deines Wunsches einige oder sogar viel Zeit braucht.«

Ich konnte es nicht fassen. »Bist du bescheuert?«, flüsterte ich Greta ins Ohr. Doch meine neue Freundin ließ sich nicht beirren und drückte dem Mädchen den Porzellangriff in die Hand. »Das ist außerdem ein Talisman«, meinte sie. »Er wird dir Glück bringen.«

»Du spinnst!«, zischte ich sie an.

Das Mädchen betrachtete den Gegenstand nachdenklich, stieg von einem Fuß auf den anderen, machte dann einen Knicks und bedankte sich.

Wir waren schon dabei, um die letzte Zuggarnitur herumzugehen, um zur Straße auf der Hinterseite des Bahnhofs zu gelangen, als wir plötzlich eine Kinderstimme hinter unserem Rücken hörten: »Fräulein! Fräulein!«

Wir drehten uns um und sahen, dass uns Irina nachlief. Er war außer Puste, brauchte einige Augenblicke, um Luft zu holen, und sagte schließlich: »Bitte, ich brauche das nicht.« Sie streckte Greta den Porzellangriff entgegen.

»Wieso das denn?«, fragte Greta.

»Es gibt Kinder, die diese Zauberbirne viel dringender brauchen als ich«, erklärte sie uns in altklugem Tonfall. »Gib sie lieber einem Waisenkind oder einem Kind, das nichts zu essen hat oder das hinkt, taubstumm oder blind ist. Ich habe ja meinen Großvater und eine nette Lehrerin und eine sehr gute beste Freundin und eine neue Schultasche, und ich bin gesund und gar nicht hungrig. Ich hätte ein schlechtes Gewissen, mir noch mehr zu wünschen.«

»Warte …«

Aber sie hatte den Porzellangriff Greta schon zurückgegeben und lief schnell wieder davon.

Der Ort, an den wir nun kamen, war offenbar früher ein Fabrikgelände gewesen. Die Gebäude waren längst abgerissen, doch Reste einer zweieinhalb Meter hohen Ziegelmauer standen noch. An einem dieser Mauerreste hing ein Plakat, auf dem zu lesen war: *Hier entsteht im Auftrag des Exekutivkomitees der Stadt Pawlodar der Lazar-Kaganowitsch-Erholungspark.* Das Plakat sah aus, als hätte es schon mehr als nur einen Winter und einen Sommer überstanden. Auf der mit Ziegel- und Holzplatten verbogenen Metallstangen übersäten Stätte war von Bauarbeiten zur Errichtung einer Parkanlage nichts zu merken. Das störte uns aber nicht. Abends oder nachts hätten wir einen Ort wie diesen zweifellos gemieden, jetzt aber war er für uns ideal, auch wenn wir nicht allein waren. Wir blieben wachsam und stets nur wenige Meter von der Straße entfernt, jederzeit bereit zur Abwehr oder zur Flucht. Doch kam uns niemand nahe, keiner wollte etwas von uns oder versuchte, uns zu belauschen. Ich wusste zudem, dass Greta ein Messer bei sich hatte. Sie hatte mir glaubhaft versichert, dass sie einige Erfahrung in der Handhabung ihrer Waffe hatte.

»Als ich in die Schule kam, verdunkelte sich mein Leben. Die Lehrerin, eine Russin, die schon in den Zwanzigerjahren eine kurze Haftstrafe abgesessen hatte und nach Ende ihrer

Verbannung in Kasachstan geblieben war, nannte uns *Deutsche, die man vergessen hatte, zu erschlagen*. Für die anderen deutschen Kinder war ich genauso eine seltsame Mischung wie für kasachische Kinder, mit denen ich äußerlich eine Ähnlichkeit hatte, ohne jemals so sein zu können wie sie, und ich selbst wusste nur, dass ich nirgendwo ganz dazugehörte und deshalb ständig auf der Hut sein musste. Die Rolle der Grundschullehrerin, die mich schikanierte, übernahm ab der fünften Klasse unser Klassenvorstand – eine gestrenge Russischlehrerin, die alles hasste, was nicht russisch war. Ich verstand, dass ich nun immer eine Vorzugsschülerin sein musste.«

»Das klingt ja fast so, als wärst du eine Jüdin«, sagte ich. »Ich könnte dir ähnliche Geschichten über Juden erzählen, aber ich will deine hören.«

»Wer mich als Hurenkind bezeichnete oder mich verhöhnte, weil Kurt angeblich nicht mein richtiger Vater war, musste Schläge einstecken. Die Lehrerin rügte mich dafür, dass ich mich so unmädchenhaft benahm, ohrfeigte mich, zog mich an den Haaren und gab mir schlechte Noten, auch dann, wenn ich besser war als die anderen. Sie meinte, in mir verbinde sich die Brutalität und Unmenschlichkeit der Deutschen mit der Dummheit, Trägheit und Gleichgültigkeit der Asiaten. Natürlich sagte sie so etwas nicht, wenn Erwachsene in der Nähe waren. Schließlich leben wir in einem sozialistischen Land, in dem Gleichberechtigung und die Freundschaft der Völker großgeschrieben werden. Bei uns ist es bekanntermaßen anders als im rückständigen, verfaulenden Westen. Wir haben eine gerechte Gesellschaft aufgebaut! Haben Feuer mit Feuer bekämpft. Auf jedes Flackern antworten wir mit einer Feuersbrunst. Wer zu uns mit dem Schwert kam, würde durch das Schwert sterben. Wer nicht für uns war, war gegen uns, und alle, die gegen uns waren, haben wir aus dem Volkskörper herausgeschnitten und vernichtet wie Furunkel, Geschwüre oder Warzen. Wir sind kraftvoll, zukunftsfroh und rein wie Engel. In den kapitalistischen Ländern hingegen leben die Menschen im Elend, Frankreich führt einen Kolonialkrieg in Algerien, Westdeutschland, dieses Naziland, wird wieder aufgerüstet, und die britischen Konzerne sind wie ein weltumspannender Krake, der die Welt erdrückt. Trotzdem ist das Ende der kapitalistischen Welt nah. Wie heißt es doch so schön: Der Westen steht am Rande des Abgrunds, wir haben ihn längst überholt und hinter uns gelassen.«

Ich lachte und meinte: »Ich wusste gar nicht, dass du so viel weißt und politisch so gebildet bist. Hattest du nicht gesagt, dass du bis jetzt aus deinem Dorf niemals herausgekommen bist?«

»Als Jugendliche war ich einmal mit einem Sonderpassierschein in Semipalatinsk, weil dort eine Großtante von mir im Sterben lag. Zum ersten Mal in meinem Leben sah ich mehrstöckige Häuser, einen großen Bahnhof und eine riesige Brücke über den Fluss. Zu diesem Zeitpunkt hatte ich aber längst schon Sehnsucht nach der großen, weiten Welt. Das erste Mal hatte ich diese verspürt, als Kurt an Tuberkulose gestorben war. Mutter hatte uns an seinem Grab weinend prophezeit, dass unser Leben nun noch schwerer verlaufen würde, dass wir froh sein würden, wenn wir genug zu essen hätten, wenn man uns erlaubte, Kühe zu melken und Schweine zu füttern, die nicht einmal uns gehörten. Das war der Moment, in dem ich plötzlich ein deutliches *Nein!* vernahm, ein Nein, welches tief aus meinem Inneren kam, das aber nur ich allein hören konnte. Zu diesem Zeitpunkt hatte ich schon ein oder zwei Bücher aus dem geheimen blauen Koffer gelesen, von dem nur Igor, seine Eltern und ich wussten.

Den Koffer hatten Igors Eltern von Doktor Zuckerbrot geerbt – dem jüdischen Arzt aus Kiew, der kurz vor meiner

Geburt gestorben war. Warum Doktor Zuckerbrot den Koffer ausgerechnet dieser Familie überlassen hatte – weder Igors Eltern noch er selbst oder seine Geschwister waren besonders gebildet, interessierten sich für Kultur, Literatur oder grundsätzlich für Bücher –, kann ich nicht sagen. Bemerkenswert ist jedenfalls die Tatsache, dass die Familie den Koffer behielt, obwohl er verbotene Literatur enthielt, dass sie niemand deshalb behelligte, und dass ich mir Bücher zum Lesen aussuchen konnte, ja sogar schließlich den Koffer samt Inhalt als Geschenk erhielt. Dafür musste ich zwar Igor einen Kuss geben, ja er durfte sogar für einige Sekunden meine Brust berühren und meine Oberschenkel streicheln. Aber das war es mir wert, und weder seine Eltern noch meine Mutter erfuhren jemals etwas davon. Ich war damals dreizehn, Igor knapp vierzehn.

Im Koffer befanden sich Bücher und alte Zeitschriften, Erzählungen von Isaak Babel, Gedichte von Boris Pasternak und Anna Achmatowa, Romane von Michail Bulgakow, Ausführungen zum Thema Marxismus und Leninismus von Bucharin, Sinowjew, Radek, die noch nicht als Volksfeinde erkannt und hingerichtet waren, als Doktor Zuckerbrot starb, die Geschichte Russlands von Nikolai Karamsin in einer vorrevolutionären Ausgabe, ukrainische und polnische Literatur, einiges auf Jiddisch, Französisch und Deutsch. Ich konnte nicht alles lesen, aber was ich lesen konnte, verschlang ich. Der Koffer blieb im Haus von Igors Eltern versteckt, aber ich konnte mir jederzeit Bücher und Zeitschriften holen. Es war meine ganz persönliche Bibliothek. Ich musste nur darauf achten, dass weder meine Lehrer noch andere Kinder oder die Obrigkeit etwas davon erfuhren. Ich war vorsichtig. Ich wusste, wie ich mich zu verhalten hatte. Jedenfalls glaubte ich das. Wer in unserem Dorf lebte, war immer auf der Hut. Ich hatte viel zu verlieren, aber noch viel mehr zu gewinnen.«

Während ich Greta zuhörte, war ich, und das nicht zum ersten Mal, dankbar und froh, in Leningrad zu leben. Es war nicht selbstverständlich, in einer der schönsten Städte der Welt einen ständigen Wohnsitz haben zu dürfen, das Wertvollste zu besitzen, was unser Land einem einfachen Staatsbürger zu bieten hatte: einen Meldeschein und einen Ausweis, in die eine Adresse in Moskau oder Leningrad eingetragen war. Wer bereits in diesen Städten gelebt hatte, bevor das Recht auf eine freie Wahl des Wohnortes aufgehoben worden war, durfte bleiben. Für jemanden aus der Provinz war es hingegen kaum möglich, eine Aufenthaltsgenehmigung für eine der beiden Metropolen zu bekommen. Ich aber hatte dieses Privileg – zwar wohnte ich in einem dunklen Zimmer, das ich mit meinem Bruder und seiner Familie teilen musste, in einer Wohnung, in der außer unserer Familie und einigen anderen auch eine Prostituierte, eine Mörderin und ein Säufer zu Hause waren, doch wenn ich hinaus auf die Straße ging, glänzten die goldenen Kuppeln der Kirchen, leuchteten die klassizistischen Fassaden der Paläste im Sonnenlicht, glitzerte und brach sich das Licht im Wasser der Kanäle, grüßten mich die Marmorstatuen von Göttern, Nymphen und Heroen in den ausgedehnten Parkanlagen, entführten mich die Gemälde der *Ermitage* in eine andere, eine magische Welt. Wenn ich die großen Bibliotheken aufsuchte, standen mir Tausende und Abertausende Bücher zur Verfügung. Wenn ich ins Theater ging, lauschte ich beinahe atemlos den besten Schauspielern des Landes, hörte in den Opernhäusern die besten Orchester und die besten Sänger und fühlte mich in zahlreichen Kinosälen mitten im Geschehen, welches auf der Leinwand vor meinen Augen ausgebreitet wurde. Natürlich: Einst wäre ich in dieser Stadt beinahe verhungert, fast hätten die deutschen Bomben mich in Stücke gerissen, fast wäre ich mit allen anderen Juden deportiert worden. In den Straßenbahnen und

Trolleybussen grölten immer noch Betrunkene, Hitler habe recht gehabt, die Juden zu vergasen, die blutsaugende jüdische Brut gehöre endlich ausgerottet. Fast wären meine Eltern und ich wegen einer dummen Bemerkung, einem beiläufig erzählten Witz, verhaftet worden, und wenn ich in der Stadt unterwegs war, hatte ich jederzeit eine Stofftasche für spontane Einkäufe dabei. Wenn ich eine lange Menschenschlange vor einem Laden sah, stellte ich mich an. Was immer es auch war, was gerade »hinausgeworfen«, also verkauft wurde, man konnte es brauchen, und brauchte man es nicht, konnte man es gegen etwas Nützliches tauschen. Was heute zu kaufen war, würde es morgen gewiss nicht mehr geben. Fleisch war eine Defizitware, Fisch war eine Defizitware, Obst und Gemüse waren Defizitwaren, Haushaltsgegenstände waren Defizitwaren. Die Regale waren nicht so leer wie anderswo im Land, aber leer genug, um sich zu ärgern und um Stunden für das Schlangestehen zu vergeuden. Es war nie leicht. Aber was für Menschen gab es in Leningrad! Menschen, deren Bekanntschaft eine Ehre und eine Bereicherung und ein immerwährendes Erstaunen war – Künstler, Wissenschaftler, Lehrer, Ärzte, Ingenieure oder schlichtweg fantasievolle Narren, Originale, talentierte Sonderlinge und Absonderlinge, richtige Menschen jedenfalls und nicht nur Nummern, Rädchen oder Kieselsteine in einer gesichtslosen Masse. Gab es solche Leute in Murmansk, Cherson, Tjumen, Stalinabad oder Ulan-Ude? Wenn ja, dann waren sie gewiss viel schwerer zu finden als bei uns. Jeder Ort auf der Welt hatte seine besondere, oftmals verborgene Schönheit, aber Leningrad war Leningrad. Kein anderer Ort, nicht einmal Moskau, der Nabel der Welt, Zentrum des Geistes und der Kultur, oder das wunderschöne Kiew, Mutter aller russischen Städte, die unvergleichbare Perle unserer Sehnsüchte, kamen an Leningrad heran. Teergelb am blassen Horizont, schwindsüchtige

Seelenflüge, Schneehauben auf alten Kuppeln, die Wehmut grauer Fassaden, flackernde Kerzen auf feuchten Fensterbrettern, die Romantik alter Pflastersteine auf schmalen Brücken, die über vergessene Kanäle führen, Gedichte von Anna Achmatowa und Olga Bergholz, das Läuten von Glocken aus der fernen Vergangenheit, die hier stets am Verhungern ist, aber niemals vergeht.

10

»Bevor es einige Jahre nach dem Krieg in eine normale Kolchose integriert wurde, war unser Dorf eine *Spezialsiedlung für Verbannte mit besonderem Regime.* Es gab einen Kommandanten, der absolute Macht hatte, Leute vom Geheimdienst, die uns überwachten, und einige Kollaborateure, die der Obrigkeit zuarbeiteten. Alle anderen waren Schafe. Und ich war das schwarze Schaf. Trotzdem hatte ich eine schöne Kindheit und eine erträgliche Jugend, bis …« Greta stockte kurz, zündete sich aber diesmal keine Zigarette an, sondern kaute nur an ihren Fingernägeln. »Bis man herausfand, dass ich angeblich klug bin. So etwas ist nicht immer ein Vorteil.«

»Wem sagst du das«, murmelte ich.

»Ich selbst hielt mich nie für klug oder für etwas Besonderes. Ich wusste nur, dass ich besser sein musste als die anderen. Also entwickelte ich eine große Ausdauer. Jede Hausübung machte ich mindestens dreimal, ich wollte, dass sie perfekt wird.«

»Bei mir war das genauso. Als Jüdin musste ich besser sein als meine Mitschülerinnen, und auch heute versuche ich, besser zu sein als meine Kommilitonen. Bist du sicher, dass nicht einige deiner Vorfahren ebenfalls jüdisch waren?«, fragte ich augenzwinkernd. »Hattest du nicht erzählt, dass deine Mutter aus der Ukraine stammt?«

»Jüdisch? Nein. Es reicht mir schon, ein Halbblut, eine schlitzäugige Deutsche in Kasachstan zu sein; man muss ja nicht alles haben.«

»Da hast du sicher recht. Erzähl weiter.«

»Je mehr ich las, desto besser wurde ich in der Schule.

Vor allem mein Russisch verbesserte sich erheblich, und das innerhalb kurzer Zeit. Als Kind hatte ich eine Art Kauderwelsch gesprochen – einen deutschen Dialekt mit der Mutter, einen anderen deutschen Dialekt mit Kurt, ein seltsames Russisch mit allerlei Einsprengseln anderer Sprachen mit meinen Geschwistern, einen sprachlichen Eintopf auf russischer Basis mit allen anderen. Als ich in der siebenten Klasse war, wurden meine Aufsätze besser. Außerdem schrieb ich Gedichte, konnte einiges von Puschkin, Lermontow, Blok und Majakowski auswendig zitieren und half meinen Mitschülerinnen bei ihren Hausaufgaben. Dafür erhielt ich ein paar Kopeken, manchmal Butterbrote, hin und wieder ein Stück Schokolade.

Ich muss zugeben, dass mir meine Russischlehrerin, die mich ein Jahr zuvor noch als Faschistin bezeichnet und gemeint hatte, man hätte mich und meinesgleichen gleich nach der Geburt wie Kätzchen ertränken sollen, auf einmal gute Noten gab, mich zu noch besseren Leistungen ermutigte und überall herumposaunte, wenn jemand aus diesem Dorf die zehnklassige Mittelschule, die sich nicht bei uns, sondern im Hauptort des Bezirks befand, abschließen und danach studieren sollte, dann sei ich das. Ich sei zwar eine Deutsche, aber unser Land brauche kluge und gebildete Menschen, besonders nach einem so furchtbaren und verlustreichen Krieg. Ich solle aber deswegen nicht glauben, dass sie vergessen habe, wer ich wirklich bin, erklärte sie mir. Sie durchschaue mich voll und ganz. Mein Gesicht sei für sie wie ein offenes Buch, und wenn ich löge, würden meine Ohren dunkelrot.

Der Vorsitzende der Kolchose ließ mich zu sich kommen, ein Kasache, der hinkte und nur mit Mühe schreiben konnte, weil er als Soldat bei der Einnahme Berlins eine schwere Arm- und Beinverletzung davongetragen hatte. ›Soso, du bist also klug‹, sagte er und musterte mich spöttisch. ›Ansehen tut man dir das jedenfalls nicht. Haut und Knochen und ein armseliger

Hühnerkopf mit dem Blick eines frischgeschlüpften Kükens, das angestrengt versucht, verwegen dreinzuschauen. Manchmal verteilt das Schicksal seine Gunst an wahrhaft seltsame Geschöpfe.‹

›Es liegt alles im Auge des Betrachters‹, erwiderte ich. ›Sagen Sie mir bitte, ob ich gackern, piepsen oder mit den Flügeln schlagen soll.‹

›Gute Antwort.‹ Er reichte mir grinsend ein Blatt Papier, auf dem mit Kopierstift etwas geschrieben, mehrfach durchgestrichen, korrigiert und überschrieben war. Die Schrift war kaum leserlich, die Zeilen schief. ›Kannst du das so umformulieren, dass es ordentlich und korrekt ist und dann ins Reine schreiben?‹

Ich überflog den Text. Erstaunlicherweise konnte ich sofort alles entziffern. Es handelte sich um einen holprig formulierten Amtsbrief, einen Bericht und eine Anfrage an das Exekutivkomitee der Region. Den genauen Inhalt habe ich vergessen, er war banal und für mich uninteressant. ›Ich tu mein Bestes‹, sagte ich.

›Na dann!‹ Er wies mir einen Platz an einem Schreibtisch im Vorraum zu seinem Büro zu. ›Ksenija ist heute nicht da. Sie ist wieder einmal schwanger, fühlt sich nicht wohl, und so habe ich sie nach Hause geschickt. Dieses Kaninchen!‹ Es war allgemein bekannt, dass der Vorsitzende der Kolchose mit seiner Sekretärin nicht zufrieden war. Doch was ich ihm kurze Zeit später ablieferte, beeindruckte ihn offensichtlich sehr. Ab diesem Tag verbrachte ich nach der Schule immer zwei bis drei Stunden im Büro des Vorsitzenden und erhielt für meine Arbeit ein kleines Gehalt. Noch weit erfreulicher aber war, dass meine Familie nun eine höhere Lebensmittel- und Getreidezuteilung erhielt. So waren alle glücklicher als zuvor, nur ich nicht. Ich wollte lernen, ich wollte studieren, ich wollte weg. Aber man ließ mich nicht, vertröstete mich auf später. Ich hätte noch genügend Zeit für die Abendschule, für Fernkurse, für das Studium an einer Technischen Hochschule, meinte der Kolchosvorsitzende. Aber ich wollte keinen Ingenieurabschluss im Fernstudium erwerben, ich wollte an einer Universität Geschichte und Literatur studieren. Wenn schon nicht in Moskau oder Leningrad, wo ich als Deutsche nicht hinfahren durfte, dann zumindest in Alma-Ata oder Nowosibirsk. Ich wollte Latein lernen.«

»Latein? Wirklich?«, fragte ich erstaunt.

»Latein! Unbedingt!«

Im Augenwinkel sah ich eine Gruppe von jungen Männern, die von der Straße kommend in unsere Richtung steuerten. Es waren drei oder vier Männer (ich versuchte, sie nicht direkt anzuschauen). Sie gingen auf uns zu. Das hat uns gerade noch gefehlt, dachte ich. Wenn wir sofort aufbrechen, sind wir mit unserem Gepäck auf der Straße, bevor sie uns erreichen. Ich griff nach meiner Reisetasche.

»Hab keine Angst«, sagte Greta, »die sind harmlos. Das sehe und rieche ich. Kleine Wichser. Die schauen uns an, machen ein paar blöde Bemerkungen und holen sich in der Nacht einen runter, während sie an uns denken. Außerdem habe ich ein Messer: Im Zweifelsfall werde ich mit denen fertig.«

Ich erschrak. So hatte ich sie noch nie reden gehört. Niemand von meinen Freundinnen verwendete jemals solche Ausdrücke. *Wichser. Runterholen.* Solche Wörter in den Mund zu nehmen, wäre uns peinlich gewesen, auch wenn wir sie von Menschen, die nicht aus unserem Milieu stammten, tagtäglich zu hören bekamen. Für junge Mädchen und Frauen unserer Kreise war es aber ein ungeschriebenes Gesetz, so zu tun, als wäre man vom Schmutz dieser Welt unberührt. Eine meiner Kommilitoninnen hatte zwar schon zweimal abgetrieben – das erste Mal bei einer Engelmacherin, das zweite Mal nach der Legalisierung vor einem Jahr im Krankenhaus –, doch wenn sie Worte wie *Arsch*, *Drecksau* oder *Fotze* hörte, senkte sie den Blick und wurde rot.

Was sollte ich nur von Greta denken?

»Erzähl weiter«, flüsterte ich.

»Latein? An einer Universität? Mein Oberschwein – so nannte ich insgeheim den Genossen Vorsitzenden der Kolchose – lachte mich aus. Was ich mir einbilde. Ob ich vergessen hätte, wer ich sei? Ich sollte den Völkern der Sowjetunion auf den Knien danken, dass sie mir erlaubten, meinen Mittelschulabschluss zu machen. Ein Studium an der *Hochschule für Nähmaschinentechnik* in Barnaul würde für mich, wenn ich Riesenglück hätte, das Höchste der Gefühle sein. Geschichte und Latein?! Als ob wir noch Deutsche bräuchten, die uns Geschichte lehren, höhnte er. Wir hätten genug von ihnen gelernt, erklärte er.

Ich beschimpfte ihn, nannte ihn ein rassistisches Schwein. Er holte mit seinem gesunden, linken Arm aus und gab mir mit voller Wucht eine Ohrfeige, ich stolperte und fiel hin. Sei nicht so ungeschickt, schnauzte er mich an. Steh auf, wasch dir das Blut aus dem Gesicht, geh wieder an deinen Schreibtisch, schau dir die Zahlen an, die ich dir zusammengeschrieben habe, und mach eine lesbare Statistik daraus.«

Die vier jungen Männer blieben etwa drei Meter von uns entfernt stehen. Einer von ihnen griff sich in den Schritt, bewegte das Becken vor und zurück, streckte die Zunge raus, der zweite machte eine obszöne Geste, der dritte wieherte wie ein betrunkenes Pferd, der vierte warf die leere Bierflasche auf die Erde. Sie zerbrach in Dutzende von Splittern. Die anderen Menschen auf der Stätte und auf der Straße schauten nun in unsere Richtung. Greta holte ihr Messer heraus, sodass es alle im Umkreis sehen konnten. »Soll ich euch eure kleinen Eier abschneiden, ihr Flachwichser?«, fragte sie mit ruhiger, aber sehr fester Stimme. »Zieht eure Schwänze ein und verschwindet!« Die Männer hörten auf zu lachen und gingen schnell weiter. Gelächter und Applaus folgten nun von allen Seiten. »Die werden nicht wiederkommen«, meinte Greta. Diesmal war ich froh, sie an meiner Seite zu haben.

»Das Oberschwein gab mir keine Erlaubnis, die Kolchose zu verlassen. Kolchosbauern besitzen bekanntermaßen keine Ausweise und dürfen nur mit einer Spezialerlaubnis ihren Wohnort verlassen. Auch nachdem die Beschränkungen für Deutsche aufgehoben wurden, ließ mich Genosse Oberschwein nicht gehen. Mein Bruder durfte die Kolchose verlassen, er fand Arbeit in einer Fabrik in Omsk. Er erhielt ein Zimmer in der Stadt, wurde dort angemeldet und hatte bald einen Ausweis. Ihm machte das Oberschwein keine Schwierigkeit. Meine Schwester wurde Melkerin und heiratete einen ehemaligen moldawischen Weinbauern, der viel älter war als sie und Jahre in einem rumänischen Gefängnis und einem deutschen KZ verbracht hatte, bevor er von der Sowjetmacht enteignet und zu uns umgesiedelt worden war. Meine Schwester brachte ein Kind zur Welt und ein Jahr später das nächste. Sie war glücklich, denn sie wollte nicht mehr vom Leben. Ich schon.

Ich fragte meinen schweinischen Chef, warum er sich keine andere Frau als Hilfskraft suchte. Es gab durchaus gebildete Menschen, die in unsere Region verbannt worden waren und den administrativen Papierkram genauso gut erledigt hätten wie ich. Ehemalige Lehrerinnen. Ehemalige Journalistinnen. Eine Musikerin. Eine ehemalige Schauspielerin. Er lachte nur und meinte, ich würde ihm durch meine Gegenwart Freude bereiten. Die alten Schachteln hingegen mit ihren verpfuschten Biografien, zerbrochenen Träumen und nicht erfüllten Erwartungen machten ihn depressiv. Außerdem würde ich ihn an seine Tochter erinnern, die als Kind an Typhus gestorben war. Ich hätte denselben offenen, unschuldigen Blick wie sie.

Wenn ich ihn an seine Tochter erinnerte, dann müsste er mich gehen lassen, erklärte ich ihm. Seiner Tochter hätte er bestimmt alle Wege geebnet und eine gute Ausbildung ermöglicht. Da schlug er mich wieder und meinte, ich sollte seine Tochter nie mehr erwähnen. Ich würde nur ihr Andenken beschmutzen. Außerdem solle ich nie vergessen, wer ich bin und dass meine Mutter ebenfalls in dieser Kolchose zu Hause sei. Wenn ich mich nicht zu benehmen wüsste, würde es nicht mir allein schlecht gehen.«

»Hat er dich jemals …?«, fragte ich.

»Nein, niemals. Solche Begehrlichkeiten hatte er nicht, und seine Frau war eine resolute Person. Wenn sie im Büro auftauchte, wurde er ganz klein und stand vor ihr stramm, als sei sie der Genosse Stalin höchstpersönlich. Seine beiden Söhne studieren übrigens in Alma-Ata, einer von ihnen sogar russische Literatur, wenn ich mich nicht irre. Der andere möchte Arzt werden.

So vergingen die Jahre, trist, ereignislos und frustrierend. Wenigstens konnte ich meinen Schulabschluss durch das Ablegen von Prüfungen nachholen, und wenn ich keine Deutsche gewesen wäre, hätte ich bestimmt eine Goldmedaille bekommen. So aber sorgte man dafür, dass ich nicht in allen Abschlussfächern ein *Sehr gut* hatte.

Mit siebzehn hatte ich meinen ersten Freund, in den ich anfangs unsterblich verliebt war, der mir aber bald derart langweilig wurde, dass ich froh war, als er die Kolchose verließ und nach Taschkent umzog.«

»Igor?«, fragte ich.

»Nein. Igor hatte das Dorf längst verlassen. Heute lebt er in Charkow. Der Bücherkoffer liegt aber immer noch in einem geheimen Versteck im Hause seiner Eltern, obwohl die meisten Bücher, die ich im Geheimen las, heute wieder erlaubt sind. Isaak Babels *Geschichten aus Odessa* zum Beispiel.«

»Und wie hieß dein erster Freund?«

»Iwan. Er interessierte sich hauptsächlich für Motoren. Kennst du das, wenn ein Mann dir ausführlich die Funktionsweise eines Geräts, eines Apparats oder eines Motors erklärt, während du lächeln, nicken und ihn mit einem gelegentlichen *Jaja*, einem *Ach wirklich?*, einem *Oh!* oder einem *Interessant!* bestärken musst, auch wenn das, was er dir erzählt, tödlich langweilig ist?«

»Ich bin ein notorisch neugieriger Mensch«, sagte ich. »Mir kann man alles erzählen, aber von Traktoren habe ich keine Ahnung.«

»Ich schon. Das Oberschwein hat mich zu einer Ausbildung als Traktorfahrerin gezwungen, um aus mir eine ordentliche Kolchosbäuerin zu machen. Seitdem löst jedes knatternde Geräusch bei mir Brechreiz aus. Meine Schwester beneidete mich, sie hätte gerne mit mir getauscht. Ich aber stand abends vor dem Spiegel und weinte und schimpfte und haderte mit dem Schicksal und malte mir aus, wie ich die Sau, die mein Leben ruinierte, aufschlitzen, ausweiden, ausbluten, räuchern, braten oder verwursten würde.

Vielleicht hätte ich schon davonlaufen sollen, als meine Mutter noch lebte, aber ich hatte zu viel Angst, das Oberschwein würde seine Wut an ihr auslassen, wenn ich nicht mehr da wäre … Vor zwei Monaten aber ist meine Mutter gestorben.«

»Das tut mir sehr leid.« Ich überwand mich und legte ihr die Hand auf die Schulter, doch sie rückte von mir weg.

»Sollen wir eine Pause machen?« Sie nickte, holte ein Stück Brot aus ihrem Rucksack und begann es zu essen, ohne mich anzuschauen.

Wenn ich mit Chaim Abramowitsch nur einmal noch reden könnte, ein einziges Mal in meinem ganzen Leben!, dachte ich. Zehn Jahre meines Lebens würde ich dafür hergeben, dass er nicht einfach verschwinden würde, ohne dass ich mich verabschieden könnte. Doch ahnte ich, dass es wohl genau so und nicht mehr zu ändern war. Er war tot, und ich wusste nicht einmal mehr, was vor meiner Abreise nach Kasachstan das Letzte gewesen war, das er mir oder ich ihm gesagt hatte. In meiner Erinnerung erstanden unzählige Momente, die ich mit ihm erlebt hatte, aber nicht jener Augenblick, als ich ihn auf dem Moskauer Bahnhof in Leningrad das letzte Mal angeschaut hatte. Hatte er sich umgedreht, noch bevor ich mich umgedreht hatte? Hatte er mir zugewunken? Gelächelt? Hatte er Rosa Borisownas Hand gehalten oder ihr den Arm um die Schultern gelegt? Wie konnte ich das nur vergessen?

»Hast du dich von ihr verabschieden können?«, fragte ich.

»Sie hatte Krebs. Sie litt, sie wollte nicht mehr leben, und wir warteten auf ihren Tod«, erzählte Greta. »Eines Tages schlief sie am späten Nachmittag ein, und als ich sie am Morgen des nächsten Tages wecken wollte, war sie tot. Das war alles.« Sie schluckte das restliche Brot hinunter, zündete sich eine Zigarette an, machte aber nur zwei Züge und warf sie wieder weg.

Auf der Straße gingen wenige Meter von uns entfernt ein paar junge Leute vorbei. Sie scherzten, grölten, schubsten oder stießen einander an und klopften einander scherzhaft auf die Schulter. Einer von ihnen sang ein bekanntes Lied aus der Bürgerkriegszeit, das ich von meiner Großmutter kannte: *»Ein Brathuhn hatte keinen Pass, doch ohne Pass, das ist kein*

Spaß. Man fragte es nach den Papieren, um seinen Duft zu kontrollieren, doch es krakelte voller Schreck – meine Papiere, die sind weg! Gackernd riss es den Schnabel auf, doch war's zu spät, man aß es auf.«

»Meine Mutter hatte eine ältere Schwester namens Martha, die schon in den Zwanzigerjahren nach Moskau gezogen war, dort als Ingenieurin gearbeitet hatte und seltsamerweise sowohl die großen Säuberungen als auch die Deportation der Deutschen am Anfang des Krieges unbeschadet überstanden hatte. Vielleicht hatte sie gute Beziehungen. Vielleicht galt sie laut Ausweis nicht als Deutsche. Vielleicht war sie einfach eine wichtige Fachkraft und wurde deshalb geschont. Mutter wusste es nicht, jedenfalls nichts Konkretes, denn vor mehr als zwanzig Jahren hatte sie den Kontakt zu ihrer Schwester abgebrochen – nicht, weil sie sich gestritten hatten, sondern um sie nicht zu gefährden.«

»Woher wusste sie dann, was mit ihr war und ob sie überhaupt noch lebte?«, unterbrach ich Greta.

»Durch einen gemeinsamen entfernten Verwandten, er ist Dreiviertelrusse und gilt offiziell als Russe, er war niemals in Haft, wurde nie deportiert und hielt uns gelegentlich über die Verwandtschaft auf dem Laufenden. Genaueres wusste aber auch er nicht. Ihre Adresse hat er uns aber gegeben; ich hoffe, sie hat sich in den letzten Jahren nicht geändert.«

»Ich verstehe.«

»Meine Tante hatte das Privileg, in Moskau zu leben, wir hingegen waren Deportierte, Volksfeinde, ehemals reiche Bauern, Deutsche. Mutter hat ihre Schwester nie mehr wiedergesehen. Sie hat nie mit ihr telefoniert oder ihr über Dritte etwas ausrichten lassen. Stattdessen schrieb sie ihr Briefe – jedes Jahr zwei oder drei. Es waren Briefe, die sie niemals abschickte, sondern datierte, stets akkurat zusammenfaltete und in eine Schublade legte. Irgendwann, als sie schon unheilbar krank war, äußerte sie den Wunsch, meine Tante sollte diese Briefe irgendwann einmal lesen. Nach jedem Brief, den sie schrieb, stellte sie sich vor, wie Martha ihn erhalten, öffnen und lesen und was sie ihr zurückschreiben würde. Das gehörte zu jenen schönen Tagträumen, von denen sie mir manchmal erzählte. Seltsamerweise wusste nur ich von der Existenz dieser Briefe. Meine Schwester und mein Bruder hatten keine Ahnung.«

»Warum?«, fragte ich.

»Zu mir hatte Mutter ein besonderes Vertrauen. Wenn sie einen Rat brauchte, kam sie zu mir und nicht zu meiner Schwester oder gar zu meinem Bruder (außer Kurt gab es keinen Mann, dem sie jemals vertraute oder etwas zutraute), und sie betonte oft, ich sei die Intelligenteste von uns dreien. Sie schätzte mich sehr, aber sie mochte mich nicht besonders. Ich spürte immer eine gewisse Distanz. Sie hat mich selten umarmt, kaum jemals gelobt, aber auch selten gerügt oder geschlagen. Einmal, als ich schon erwachsen war, fragte ich sie, ob ich sie denn sehr – viel zu sehr – an meinen Erzeuger, den Kirgisen, erinnere. Sie gab mir keine Antwort, sondern warf mir einen so traurigen und vorwurfsvollen Blick zu, dass mir sofort alles klar war … Für Mutter wäre es bestimmt besser gewesen, wenn sie, mich abgetrieben hätte.«

Ich schluckte, wollte widersprechen, doch die Worte blieben mir im Halse stecken. Was sollte ich denn sagen? Sie hatte recht. »Was hast du nach ihrem Tod mit den Briefen an deine Tante gemacht?«, fragte ich sie.

»Ich habe sie in meine Jacke und in einen meiner Röcke eingenäht. Damit bin ich nun auf dem Weg zu meiner Tante. Du kannst dir denken, dass weder das Oberschwein noch sonst jemand etwas davon weiß.«

Das hatte ich vermutet. »Hast du sie gelesen?«, fragte ich.

»Nein. Sie sind auf Deutsch verfasst, und das in einer Schrift, die ich nicht lesen kann. Ich würde sie aber ohnehin auf keinen Fall lesen, auch wenn ich es könnte. Es sind Mutters Briefe an ihre Schwester, nicht an mich.«

»Glaubst du denn, dass deine Tante sie lesen wird? Will sie das wirklich? Was glaubst du, wie sie reagiert, wenn du plötzlich vor ihrer Tür stehst und sagst: *Hallo, Tante Martha, ich bin deine Nichte aus Kasachstan. Ich bin aus der Kolchose abgehauen und bin unter falschem Namen gereist, um dir die Briefe meiner verstorbenen Mutter zu bringen. Versteckst du mich? Hilfst du mir weiter? Du kennst mich zwar überhaupt nicht, aber ich bin deine Nichte.*«

»Du verstehst gar nichts!«, schnauzte mich Greta an. »Du hast sicher noch nie etwas Verrücktes, Irrationales gemacht, du kluge Mathematikerin, du hast noch nie aus einem Gefühl heraus reagiert. Was glaubst du überhaupt, wer du bist!?«

»Niemand«, erwiderte ich trocken. »Eine flüchtige Bekanntschaft. Ich bin belanglos. Ich gehe.« Ich stand auf und begann, etwas zu demonstrativ vielleicht, Staub und Schmutz von meinem Kleid zu klopfen und mein Gepäck aufzuheben.

»Bleib hier, sei nicht albern!« Greta hielt mich am Ärmel fest. »Du hast versprochen, mich bis nach Moskau zu begleiten. Bitte! Bleib! Ohne dich bin ich ganz verloren. Schließlich hast du mir schon einmal das Leben gerettet. Außer dir habe ich niemanden.« Genau das machte mir Angst. Aber ich wusste längst, dass ich mich nicht einfach aus dem Staub machen konnte.

»Du hast also deine Mutter begraben, die Briefe an deine Tante in Kleidungsstücke eingenäht und bist aus der Kolchose geflüchtet. Was hast du dir dabei gedacht, und wie ist der Ausweis dieser Rauschan bei dir gelandet?«

Sie lächelte bitter. »Was ich mir gedacht hatte?«, fragte sie. »Keine Ahnung. Wahrscheinlich, dass ich untertauchen und mich irgendwie durchschlagen würde. Zuvor aber wollte ich nach Ust-Kamenogorsk fahren, um meinen Erzeuger zu treffen.«

»Um ihn umzubringen?«

»Um ihn kennenzulernen und mit ihm zu reden.«

»Du bist völlig wahnsinnig!«, rief ich aus.

»Wäre ich das nicht, wäre ich sicher schon tot.«

»Und Rauschans Ausweis?«

»Das erzähle ich dir später. Lass uns zum Bahnhof zurückkehren.«

Als wir die Brache, an der wir uns aufgehalten hatten, verließen und Richtung Bahnhof gingen, bemerkte ich, dass Greta immer noch den Porzellangriff aus der Bahnhofstoilette in der Hand hielt.

11

Seit einiger Zeit schon hatte ich geahnt, dass ich es mit einer Wahnsinnigen zu tun hatte, doch diese Verrücktheit, von der ich eben erfahren hatte, übertraf meine schlimmsten Befürchtungen. Es war mir klar, dass ich sie vor sich selbst schützen musste. Ich wusste nur noch nicht, wie ich das anstellen sollte. Vorerst hieß es aber, aus Pawlodar weg- und in Akmolinsk einigermaßen heil anzukommen und sich dort Fahrkarten bis Moskau – in meinem Fall gleich bis Leningrad – zu besorgen. Hier in Pawlodar war das nicht möglich.

In der Unterführung waren viele Leute, aber nicht mehr so viele wie vor ein paar Stunden, als die feierliche Eröffnung der Toilettenanlage stattfand. Nun waren jene zurückgekehrt, die vor dem Eintreffen der Honoratioren von der Miliz vertrieben worden waren: bettelnde Frauen mit Kindern, zwielichtige, versiffte Figuren, denen ihre kriminelle Vergangenheit und Gegenwart ins Gesicht geschrieben war, fliegende Händler, die Menschen halblaut ansprachen, wenn die Miliz nicht in der Nähe war. Soweit ich mitbekam, verkauften sie Spirituosen und billigen Tabak, aber auch irgendwelche kleinen Elektrowaren und andere Alltagsgegenstände, wahrscheinlich gestohlen, Spielkarten, Hefte mit pornografischen Darstellungen und wohl auch irgendwelche Drogen, von denen ich keine Ahnung hatte.

Ich ließ Greta in einer einigermaßen geschützten Ecke der Halle mit unserem Gepäck zurück und ging auf die Toilette. Kaum hatte ich die Toilette betreten, erkannte ich, dass sich die hypermoderne tschechoslowakische Anlage in nur wenigen Stunden voll und ganz den sowjetischen

Gegebenheiten angepasst hatte. Die Eingangstür war verzogen und schleifte am Boden, das Licht flackerte, von vier Wasserhähnen funktionierten zwei nicht mehr, ein Waschbecken hatte einen Sprung, ein weiteres war kurz davor, sich aus der Verankerung zu lösen und auf den Boden zu fallen. Die Türen zu den Kabinen ließen sich von innen nicht mehr abschließen, weil sämtliche Schiebeschlösser herausgerissen oder verbogen waren. An den Wänden prangten schon die üblichen Sprüche wie: *Katja liebt Wanja!* oder *Mein Hengst hat mich heute richtig durchgefickt* – mit einschlägiger Zeichnung –, *Schlagt die Juden tot, rettet Russland!*, *Genosse Stalin, komm zurück!*, *Stellt sie alle an die Wand!* (wer mit »sie« gemeint war, blieb offen), und dass Unrat und Erbrochenes den Boden zierten, versteht sich von selbst. Die Klobrillen wackelten und waren so schmutzig, dass es selbstmörderisch gewesen wäre, sich daraufzusetzen. Und natürlich waren sämtliche Klopapierrollen verschwunden. Stattdessen lagen auf dem Boden nun – wie überall im Land – die üblichen, in handliche Vierecke geschnittenen alten Zeitungen. Es wäre ja auch anmaßend zu glauben, es stünde uns mehr zu als dieser schäbige Dreck, dachte ich. Wer sind wir denn? Tschechen oder gar Franzosen? Amerikaner oder Schweden? Menschen mit zarten Seelen und zarten Hintern? Wir sind nicht einmal Rumänen oder Jugoslawen. Ich fragte mich, ob sich das in den nächsten fünfzig, siebzig oder hundert Jahren ändern würde.

Die Fahrt mit dem Nachtzug von Pawlodar nach Akmolinsk verlief ruhig und weitgehend ereignislos. Zwar war das Einsteigen in den überfüllten Großraumliegewagen eher ungemütlich, weil so viele zu den Türen drängten, dass es kaum ein Durchkommen gab und manche Koffer durch die Fenster ins Innere des Wagens gehoben werden mussten, zwar nahm mir die stickige Luft den Atem und das Grölen der Betrunkenen und die Ausrufe Karten spielender Männer raubten mir den Schlaf, alles in allem aber verbrachte ich eine angenehme Nacht im Stockbett, und Greta war eingeschlafen, kaum dass sie sich hingelegt hatte.

Die Stadt Akmolinsk erinnerte an Pawlodar, nur dass sie um einiges größer war: Es handelte sich im Wesentlichen um eine gigantische Baustelle. Es wurde gemunkelt, hier entstehe das Zentrum der Neulandgewinnung, eine Metropole in der geografischen Mitte Euroasiens mit Prachtboulevards, Hochhäusern und Monumenten, die den Sieg der sozialistischen Gesellschaft und des Kommunismus versinnbildlichten. Von alledem war noch nicht viel zu sehen. Der zweistöckige Bahnhof aus der Vorkriegszeit war für diese Stadt, besser gesagt für das, was sie einmal werden sollte, eindeutig zu klein, und wir waren nicht die Einzigen, die hier umstiegen und nach Moskau weiterfahren wollten. Demzufolge war es nicht leicht, Fahrkarten zu bekommen. Diesmal halfen kein Betteln, keine schönen Augen und keine Schmiergeldzahlungen. Freie Plätze gab es nur noch im Zug, der spätabends fuhr, und auch hier nur im teuren Viererabteil mit weichen Liegen statt im offenen Großraumliegewagen. Glücklicherweise hatten Greta und ich noch ausreichend Bargeld mit.

Beim Spaziergang durch Akmolinsk stellten wir fest, dass einige Straßen zwar schon angelegt, asphaltiert und mit Namen versehen waren, aber noch keinerlei Bebauung aufwiesen. Hier wurde eindeutig für eine große Zukunft geplant. In einem Kiosk kauften wir Ansichtskarten, die sich als Schwindel erwiesen, denn sie zeigten die Stadt nicht, wie sie jetzt war, sondern wie sie vielleicht in zehn Jahren aussehen würde: mit Hochhäusern, Parkanlagen, repräsentativen Prachtbauten und einem großen Lenin-Denkmal aus Marmor, das in der realen Stadt der Gegenwart nirgendwo zu sehen war.

Unweit des Bahnhofs fanden wir den Ort, nach dem ich dringend Ausschau gehalten hatte – ein Postamt. Hier gelang es mir nach langer Wartezeit, wieder einige Gespräche nach Leningrad anzumelden, doch Borja war auch diesmal nicht zu Hause, und seine Nachbarin wusste nicht, »bei welcher Schlampe er sich diesmal« aufhalte. Nachdem ich zu Hause angerufen hatte und seltsamerweise niemand ans Telefon ging, beschloss ich, Chaim Abramowitschs jüngere Schwester Krejna zu kontaktieren, die ebenfalls in Leningrad wohnte, zu der er aber keinen engen Kontakt mehr hatte. Sollte er schwer krank oder gar tot sein, würde sie das trotzdem wissen, dachte ich. Krejnas Tochter, meine Cousine Maja, war am Apparat. Als sie meine Stimme hörte, gab sie einen seltsamen Laut von sich, eine Mischung aus spitzem Schrei und irritiertem Stöhnen, und sagte sogleich, sie würde ihre Mutter holen. Als ich Krejnas »Hallo« vernahm, fragte ich sie, mittlerweile gehetzt, wütend und ungeduldig, nach Chaim Abramowitsch. »Kann mir irgendwer, verdammt noch einmal, sagen, was mit ihm los ist?«

»Linotschka, meine Liebe, ich kann dich so schlecht hören!« Schon wieder!

»Tante Krejna, hör bitte auf mit diesem Blödsinn und sag mir, was los ist!«

»Vielleicht rufst du etwas später an oder, besser noch, kommst einfach so schnell wie möglich nach Leningrad zurück«, meinte die Tante.

»Krejna!« Aber sie hatte schon aufgelegt.

»Nicht erfolgreich?«, fragte mich Greta, als ich das Postamt wieder verlassen hatte. Ich schüttelte den Kopf. »Hast du dir etwas anderes erwartet?«, fragte sie. Abermals schüttelte ich den Kopf. Es hatte keinen Sinn mehr anzurufen.

»Erzähl mir deine Geschichte fertig«, bat ich sie niedergeschlagen. »Wenigstens eine, die mich hört und mit mir redet.«

»Lass uns etwas essen, und dann suchen wir einen Ort, wo wir in Ruhe reden können.«

Nachdem wir kreuz und quer durch die Stadt gegangen waren und vergeblich nach etwas gesucht hatten, was als Innenstadt erkennbar gewesen wäre, fanden wir eine Imbissstube, in der wir Suppe und Buchweizenbrei essen und Tee trinken konnten. Danach gingen wir zu einer jener Straßen, die noch nicht verbaut und weitgehend menschenleer waren, und fanden schließlich eine Bank, auf der wir uns niederlassen konnten. Dann endlich erzählte Greta ihre Geschichte ohne Unterbrechung zu Ende.

12

»Meine Flucht musste gut vorbereitet werden. Mein Vorhaben sollte nicht allzu offensichtlich sein, deshalb wartete ich nach dem Tod der Mutter noch eineinhalb Monate, bevor ich verschwand. Dem Oberschwein erzählte ich, dass ich Kurts Cousine in Semipalatinsk besuchen wollte. Nach dem Tod meiner Mutter, der mich sehr mitgenommen habe, brauche ich Trost und familiären Anschluss, erklärte ich meinem Peiniger. Hatte ich jemals zuvor um einen längeren Urlaub gebeten? Zuerst zierte er sich – im Büro war viel Arbeit zu erledigen –, doch dann gewährte er mir einen Urlaub von einer Woche und stellte mir einen Passierschein aus. Ich packte einen Rucksack und den kleinen Koffer meiner Mutter, fuhr aber nicht nach Semipalatinsk, sondern nach Ust-Kamenogorsk, das etwa genauso weit von unserem Dorf entfernt ist. Ein Lastwagen nahm mich am Morgen mit. Nach langer Wartezeit stieg ich in einen Bus um. Am Abend war ich in der Stadt.

Ust-Kamenogorsk machte auf mich den Eindruck einer improvisierten, düsteren Erhabenheit. Besonders beeindruckend war das gut sichtbare Altai-Gebirge im Hintergrund. Für einen Steppenmenschen wie mich war der Blick darauf überwältigend. Meine Russischlehrerin hatte Ust-Kamenogorsk als ›zusammengewürfelte Schönheit von morgen‹ bezeichnet. Jetzt verstand ich, was sie meinte. Die Chausseen wirkten gigantisch, die Grünflächen waren gerade erst angelegt worden, die Bäume nichts als zarte Sträucher, die Sträucher niedriges Gestrüpp; die Bebauung hingegen war eine wilde Stilmischung aus alten, ein- bis zweigeschossigen Holzhäusern, Zäunen und Schuppen, behäbigen, ebenfalls schon etwas in die Jahre gekommenen Ziegelbauten und neuen Wohnblöcken. In einem dieser neueren Gebäude wohnte mein Erzeuger. Seine Adresse hatte ich über eine Freundin in Erfahrung gebracht, die einen Bekannten bei der Miliz hatte.

Das Haus stand in einer Nebengasse und war mit seinen sechs oder sieben Stockwerken das mit Abstand größte im ganzen Viertel. Ein imposantes Nachkriegsbauwerk: Eine Mischung aus Palast, Festung und Fabrikgebäude. Über der schweren, braunen Metalleingangstür war ein Vordach aus Beton angebracht, auf dem die Statuen muskulöser Proletarier zu sehen waren – ein junger Arbeiter mit großem Vorschlaghammer und nacktem Oberkörper, eine junge Frau mit einer Sichel in der Hand und noch irgendeine symbolische Darstellung, die ich inzwischen vergessen habe. Wenn ich mich nicht irre, stellte es ein glückliches Kind dar. Dahinter war mit verschnörkelter Schrift ein Spruch auf Kasachisch in die Wand eingelassen. Dieser lautete sinngemäß, wenn auch etwas blumiger und pathetischer umschrieben: *Wer nicht arbeitet, soll auch nicht essen!* Als ich das las, begann ich innerlich zu fluchen. Wie ich das alles satthatte!

Ich ging die breite Treppe hinauf. In den Zwischengeschossen gab es große Fenster, die bis zur Decke reichten, und Deckenlampen – fast so stark wie Scheinwerfer. Hier war es hell, sauber und es roch nach Putz-, Desinfektions- und Insektenvertilgungsmittel. Die Wände waren blau gestrichen, die Treppenstufen und die Decke strahlend weiß, das Geländer rostbraun. In einem solchen Haus hätte ich auch gerne eine Wohnung. Als ich im vierten Stock vor der Wohnung meines Erzeugers stand und schon den Finger zum roten Knopf der Türglocke ausgestreckt hatte, zögerte ich. Es war Abend, ich war müde und er vielleicht auch. Sollte ich nicht bis morgen oder bis übermorgen, Sonntag, warten, um in Ruhe mit ihm zu reden? Doch ich wusste, dass ich keine Zeit verlieren durfte. Je weiter weg ich am Ende der Woche, die mir zur Verfügung stand, bevor mein Fernbleiben entdeckt werden musste, wäre, desto leichter wäre es für mich, unauffällig zu sein oder gar unterzutauchen. Aber meine Ängste, mein Zögern, meine Unsicherheit und vor allem meine Gefühle waren stärker. Ich brachte es schlichtweg nicht fertig, an diesem Abend mit ihm zu sprechen, war aber auch nicht bereit, auf das Treffen ganz zu verzichten. Also ging ich wieder die Treppe hinunter und aus dem Haus, stellte meinen Koffer vor dem Eingang ab und begann nachzudenken, was ich tun sollte. Ich war müde, verzweifelt und hatte Angst. Es war das erste Mal, dass ich allein mein Dorf verlassen hatte, und ich fühlte mich nun in einer Weise ohnmächtig und einsam wie noch nie zuvor. Wie froh wäre ich gewesen, wenn ich jemanden an meiner Seite gehabt hätte. Wenn ich jemanden gehabt hätte, der immer auf meiner Seite gewesen wäre.

›Suchen Sie eine Bleibe für die Nacht, Fräulein?‹ Eine korpulente Frau in mittleren Jahren, die ein graues Kopftuch und einen blauen Overall trug, zupfte mich am Ärmel.

›Ja‹, sagte ich. ›Wüssten Sie denn, wo ich übernachten könnte?‹ Sie hatte einen deutschen Akzent, und so fügte ich auf Deutsch hinzu: ›Ich komme aus einer der Siedlungen hier in der Region. Ich bleibe nicht lange. In spätestens zwei Tagen bin ich fort.‹

Sie war sichtlich neugierig, die Fragen, die sie mir stellen wollte, lagen ihr auf der Zunge, das sah ich ihr an, aber sie hielt sich zurück.

›Ich bin Hausmeisterin hier‹, erklärte sie. ›Wenn Sie nur bis Sonntag bleiben, können Sie bei uns unten im Luftschutzkeller übernachten. Ich habe dort ein paar Betten überzogen. Decken und Kissen gibt es auch. Ein Mädchen ist schon unten. Seit gestern. Es bleibt bis Montag. Ich habe einen Kübel mit Wasser und einen Kübel zum Pinkeln hingestellt. Für das große Geschäft oder wenn Sie sich ordentlicher waschen wollen, können Sie zu mir in die Wohnung im Erdgeschoss kommen. Aber bitte nur, wenn es nicht anders geht.‹

Ich war einverstanden. Über den Preis für die Übernachtung waren wir uns bald einig. Dass die Frau diese Betten ›schwarz‹ vermietete, war klar. Nichts Besseres konnte mir passieren.

Der Luftschutzkeller war modrig, fensterlos, etwas gespenstisch, aber geräumig. Wenn nötig, würde er dreißig Personen oder sogar mehr Platz bieten. Es gab eine elektrische Deckenbeleuchtung, aber keinen Wasseranschluss und keine Toilette. Neben den zahlreichen Betten gab es einen Tisch, ein paar Stühle, einige Regale und zwei lange Sitzbänke an der Wand. Zwischen den Betten war ein Durchgang. Das zweite Mädchen, das hier übernachtete, lag in einem Bett mir gegenüber. Es war etwa so alt wie ich, hieß Rauschan und war eine Kasachin aus Akmolinsk. Wir waren uns sofort sympathisch, und sie erwies sich als eine äußerst angenehme Zimmergenossin, denn sie erzählte wenig, stellte keine Fragen und versuchte nicht, mich in ein belangloses Gespräch zu verwickeln. Ich war mit meinen eigenen Gedanken ausreichend beschäftigt, und sie offensichtlich mit ihren. Das Einzige, was sie sagte, war, dass sie nach Ust-Kamenogorsk gekommen war, um etwas Persönliches zu erledigen. ›Gleichfalls‹, sagte ich. ›Spätestens am Sonntag fahre ich weiter.‹ Sie fragte mich nicht, wohin.

Vor dem Schlafengehen aß ich ein Butterbrot, etwas Käse, Gurken und Tomaten, bot ihr ebenfalls etwas an. Ein winziges Stück Brot mit Käse nahm sie dankend an. Nachdem sie es gegessen hatte, meinte sie, sie habe keinen Hunger mehr. Stattdessen breitete sie zwischen den Betten einen kleinen Teppich aus und begann zu beten.

›Richte Allah bitte einen schönen Gruß von mir aus‹, bat ich, gähnte und schloss die Augen.

›Mach ich‹, sagte sie ernst. ›Allahu Akbar! Subḥāna rabbiya l-aẓīm …‹

Während sie betete, schlief ich ein, und im Schlaf träumte ich von meinem Erzeuger, der in meinem Traum wie ein junger, attraktiver Mann aussah. In einer Hand trug er einen leeren Kübel, in der anderen eine Wurst. Er sah aus wie ein Bauer, und plötzlich erkannte ich, dass wir uns in einem Stall befanden und von lauter Schafen umgeben waren. Der Mann näherte sich einem Schaf, legte die Wurst weg, stellte den Kübel unter das Euter des Schafes und begann es zu melken. Dabei sprach er das *Namaz*, das rituelle Gebet im Islam. Das Schaf schaute ihn an und betete leise mit. Nach einiger Zeit hob er den Kübel voller Milch auf, machte ein paar Schlucke daraus, drehte den Kopf zu mir, grinste, zwinkerte mir zu und schüttete dann die ganze Milch über den Rücken und den Hintern des Schafes aus. ›Lang lebe der Genosse Stalin!‹, verkündete das Schaf, während die Milch von seinem Schwanz und seinem Fell tropfte. ›Amen!‹, sagte mein Erzeuger feierlich. Dann schauten beide – der Mann und das Schaf – mich an, ihre Augen wurden dabei immer größer und größer, sie gingen langsam auf mich zu, ich bekam es mit der Angst zu tun und wachte auf.

›Allahu Akbar!‹ Rauschan hatte gerade ihr Morgengebet beendet.

›Wie spät ist es?‹, stöhnte ich.

›Kurz nach sechs.‹

›Gute Nacht‹, murmelte ich.

›Am Ende der Straße ist ein kleiner Laden. Ich mache einen kurzen Morgenspaziergang, dann gehe ich und kaufe Brot, Margarine, etwas Gemüse und einen halben Liter Milch. Soll ich für dich etwas mitnehmen?‹

›Brot und Margarine, aber keine Milch bitte. Und eine Wurst.‹

Sie starrte mich verblüfft an.

›Keine Angst, ich scherze doch nur‹, sagte ich. ›Dein Gesicht hättest du sehen sollen.‹ Nun begann auch sie zu grinsen. ›Na, du bist mir eine.‹ Sie kicherte. ›Eine Wurst will sie haben. Was glaubst du, wo wir sind? In Moskau? Träum weiter!‹

Ich drehte mich auf die andere Seite und schlief wieder ein.

Ich wachte auf, als ich ein lautes Rumpeln hörte. Rauschan war über den Kübel mit Wasser gestolpert und hatte ihn umgeworfen. Sie ging langsam, besser gesagt, schwankte zu ihrem Bett.

›Was ist los?‹, fragte ich.

›Mir ist übel. Ich denke, ich lege mich für eine Viertelstunde hin.‹ Die Tasche mit den Einkäufen rutschte ihr aus der Hand und fiel auf den nassen Boden.

›Soll ich einen Arzt holen?‹, fragte ich besorgt. ›Du siehst gar nicht gut aus.‹

›Nicht nötig. Es ist nur der Kreislauf. Ich kenne das. Fast jeden Monat dasselbe. In spätestens einer halben Stunde geht es mir besser.‹

Das beruhigte mich. Ich sammelte die Lebensmittel, die Rauschan heruntergefallen waren, wieder ein, legte sie auf den Tisch, stellte den Kübel auf (glücklicherweise hatte sie nicht den Urinkübel umgeworfen), fluchte, weil meine Schuhe nass geworden waren, verließ den Luftschutzkeller und stieg über eine enge Treppe in das Erdgeschoss hinauf.

Ich merkte sofort, dass etwas nicht in Ordnung war. Menschen liefen hektisch an mir vorbei – darunter Milizionäre, Männer und Frauen in weißen Kitteln, offenbar Ärzte, Schwestern und Pfleger. Die Hausmeisterin stand im

Korridor, gestikulierte und erklärte etwas. Ein alter Mann und ein Kind gingen an mir vorbei. Beiden schien es sehr schlecht zu gehen. Kurz vor der Haustür blieb das Kind stehen, stützte sich mit der linken Hand an der Wand ab, beugte sich vor und erbrach etwas Rosafarbenes und Gelbliches auf den Boden. ›Aus dem Weg!‹, tönte es hinter meinem Rücken. Ich wich zur Seite und sah, wie zwei Pfleger mit jemanden auf einer Trage an mir vorgingen. Der Körper dieser Person war zur Gänze mit einem weißen Leintuch bedeckt. ›Um Gottes willen!‹, rief ich aus, machte einige Schritte zur Tür und sah draußen drei Krankenwagen und zwei Milizautos stehen.

Die Hausmeisterin fasste mich am Ärmel und zog mich in den Vorraum ihrer Wohnung. ›Was stehst du hier so blöd herum?!‹, schnauzte sie mich an. ›Du dürftest gar nicht hier sein.‹ Plötzlich war sie mit mir per Du. Die Zeit der Freundlichkeiten war vorbei.

›Was ist los? Wer war das?‹, fragte ich.

›Die Leiche? Der KGB-Agent aus dem vierten Stock.‹

›Was?‹, rief ich erschrocken. ›Wer?‹

›Ich mochte ihn nie. Ein ziemlich widerlicher Kirgise. Aber seine Frau ist nett. Sie wurde gerade ins Krankenhaus gefahren. Die kleine Tochter, sie ist zehn, ist in der Schule. Sie tut mir am meisten leid. Hoffentlich ist sie einigermaßen gesund.‹

›Was ist denn passiert?‹ Ich spürte, wie meine Beine versagten. Das Blut pochte nicht nur in meinen Schläfen, sondern seltsamerweise sogar in meinen Lippen. Demnächst, so kam es mir jedenfalls vor, würden sie platzen und das Blut würde herausschießen.

›Du warst heute in der Nacht und am Morgen, also bis jetzt die ganze Zeit unten im Keller?‹

›Ja.‹

›Sei froh.‹

›Wieso?‹

›Der KGB-Agent ist in der Früh, nachdem seine Tochter zur Schule aufgebrochen war, vor die Haustür gegangen, um eine Zigarette zu rauchen. Zu Hause rauchte er nie – wegen seinem Kind und seiner Frau, die das nicht ausstehen konnten. Seine Frau war gerade unten im Flur, als das Unglück passierte. Plötzlich wurde ihm schwindlig, schlecht, er fiel um, verlor das Bewusstsein und ist kurz danach gestorben. Seine Frau lief zu ihm hinaus und wurde kurz darauf ebenfalls ohnmächtig – so wie die meisten Leute, die draußen auf unserer Straße oder in der Nähe waren oder die ihre Fenster offen hatten. Was weiß ich. Es hat einige im Haus erwischt, aber nicht alle. Die meisten leben noch, aber man bringt sie angeblich auf eine Sonderstation, wo man sie isoliert. Wohin? Keine Ahnung. Es heißt nur, dass alle den Mund halten sollen. Höchste Geheimhaltungsstufe! Ich selbst war Gott sei Dank in der Wohnung, alle Fenster und Türen waren zu.‹

›Ein Chemieunfall?‹, mutmaßte ich. ›Eine Havarie in einer Fabrik?‹

Die Hausmeisterin schaute sich um, presste den Zeigefinger der rechten Hand gegen die Lippen, öffnete ihre Wohnungstür um einen Spalt, schloss sie wieder und drehte den Schlüssel um. Danach machte sie mir ein Zeichen, ich sollte ihr folgen. In der Küche zog sie die Vorhänge zu, öffnete den Wasserhahn und flüsterte mir so leise ins Ohr, dass das Rauschen des Wassers ihre Worte fast übertönte. ›Du weißt, dass das Atomwaffentestgelände von Semipalatinsk nur dreihundert Kilometer von hier entfernt ist. Oder?‹

Nun verstand ich, was passiert war.

›Vor drei Jahren hat man einige Dörfer komplett evakuieren müssen‹, sagte ich. ›Alle wissen, was man auf diesem Testgelände macht, aber niemand spricht darüber. Menschen werden krank und sterben, seit einigen Jahren kommen in der Region immer öfter behinderte Kinder zu Welt – jedenfalls mehr als früher –, die Landschaft wird zerstört, und jede Bombe, die man ausprobiert, ist größer als ihre Vorgängerin. Ein Mann hat einmal darüber gesprochen und ein paar Details erzählt. Am nächsten Tag war er verschwunden.‹

›Heute war es noch viel schlimmer als vor drei Jahren. Keine Ahnung, wie groß das Ding war, das sie heute früh getestet haben, aber es war auf jeden Fall zu groß, und der Wind hat offenbar in die falsche Richtung geweht. Jedenfalls ist eine verseuchte Wolke über die Stadt gezogen, nicht über die ganze Stadt, sagt man, aber leider unmittelbar über unser Haus, wie es scheint.‹

›Scheiße!‹, schimpfte ich und spürte plötzlich, dass ich dringend auf die Toilette musste, aber ich ignorierte mein Verlangen. ›Und woher wissen Sie das alles?‹

Die Hausmeisterin drehte das Wasser noch weiter auf, schaute mich wütend an und zischte: ›Was stellst du für idiotische Fragen? Wo bist du denn aufgewachsen? Hast du nicht gelernt, dass man niemanden fragt, woher er etwas weiß? Ich weiß es eben. Glaub mir: Ich habe meine Kanäle. Ich bin Hausmeisterin!‹

›Wie viele Menschen sind denn …?‹, flüsterte ich zaghaft.

›Was weiß ich!‹ Sie drückte mich hinunter auf einen Hocker, beugte sich nun über mich und keuchte mir ins Ohr, sodass meine Wange feucht wurde. ›Hunderte. Tausende. Offiziell ist natürlich nichts passiert. Niemand darf je etwas von der Sache erfahren. Man wird ein paar Dörfer und Kleinstädte evakuieren und die ganze Region absperren. Selbstverständlich nicht offiziell. Es wird keine Verlautbarungen geben, keine Anweisungen, keine Warnungen. Es soll nichts nach außen dringen. Nicht in andere Teile des Landes und schon gar nicht ins Ausland! Deshalb wird eine Zeitlang niemand die Region verlassen dürfen. Wenn du also weg von hier willst, dann beeil dich; vielleicht fahren ja noch Züge oder Busse. Und sag das dem Mädchen, das mit dir zusammen unten wohnt!‹

Rauschan! Ich hatte gar nicht mehr an sie gedacht. Ich musste schauen, wie es ihr ging, einen Arzt holen. Der Hausmeisterin sagte ich aber nichts (vielleicht war es ja doch nur der Kreislauf!), sondern meinte, ich würde sofort aufbrechen. ›Das Geld bekomme ich von dir aber für beide Nächte‹, insistierte sie. ›Egal, ob ich in den nächsten Tagen krepiere oder nicht, reingelegt will ich nicht werden. Ausgemacht ist ausgemacht. Dich sehe ich bestimmt nicht wieder.‹ Ich gab ihr das Geld und lief hinunter in den Keller.

Rauschan lag immer noch mit geschlossenen Augen im Bett, und zwar genau in derselben Position, in der ich sie zurückgelassen hatte, als ich hinaufgegangen war.

›Rauschan!‹, rief ich. ›Rauschan! Steh auf. Wir müssen fort.‹ Sie rührte sich nicht. Ich rüttelte sie an den Schultern, zog sie an den Händen. Ihr Kopf fiel leblos auf die Seite. Ihr Mund war halb geöffnet, die Wangen eingefallen. Ich holte einen Handspiegel aus meinem Rucksack und hielt Rauschan diesen vor Nase und Mund. Ich wartete zwei, drei, vier, fünf, zehn Sekunden. Der Spiegel blieb trocken und klar. Rauschan atmete nicht mehr, sie rührte sich nicht, sie würde sich nie mehr rühren. Ich konnte es immer noch nicht glauben, zog und zerrte weiterhin an ihr. Das Haar fiel ihr ins Gesicht, ein Bein rutschte aus dem Bett, bis der Fuß mit den Zehen den Boden berührte.

Schließlich konnte ich nicht mehr leugnen, was los war, ich ließ Rauschan liegen, raste zum Urinkübel, zog den Rock hoch und die Unterhose hinunter, ließ mich auf den Kübel fallen und begann zu weinen, während ich urinierte. Ich heulte und schrie und schimpfte, wie ich heute glaube, mein ganzes beschissenes Leben aus mir heraus, war wütend auf mich, auf Rauschan, auf die Hausmeisterin, auf die Idioten mit ihren

Atombombentests, auf die Strahlenkrankheit, an der ich vielleicht ebenfalls krepieren würde, und auf meinen Erzeuger, der mir vor der Nase weggestorben war, ohne dass ich die Gelegenheit gehabt hatte, mit ihm zu reden, ihn mit meinen Vorwürfen und meiner Wut zu konfrontieren, ihm von meiner Mutter, von ihrem Tod und von meinem Leben zu erzählen. Was mir am meisten wehtat, war, dass er eine Frau und eine Tochter hatte, um die er sich offenbar gekümmert hatte, ein Mädchen, das zur Schule ging und ihn *Papa* genannt hatte. Ich versuchte, mir ihr Gesicht vorzustellen, wenn sie vom Tod ihres Vaters erfahren würde, doch empfand ich bei diesem Gedanken keine Schadenfreude, nur noch mehr Trauer, und wenn ich daran dachte, dass das Mädchen vielleicht ebenfalls etwas von dieser verseuchten Wolke abbekommen hatte und sterben würde, musste ich heulen. Wie gerne hätte ich sie kennengelernt, sie gefragt, wie ihr Leben bis jetzt verlaufen war, was ihre Sehnsüchte und Pläne waren, was sie mit ihrem Vater erlebt, was er ihr erzählt, welche Scherze er gemacht und welche Spiele er mit ihr gespielt hatte. Aber ich musste weg, und das so rasch wie möglich, damit ich in dieser giftigen Stadt nicht bleiben und womöglich sterben müsste, oder mich die Miliz noch vorher verhaftete. Ins Dorf zurück konnte und wollte ich natürlich nicht. Wer weiß, wann diese Sperrzone, die es offiziell gar nicht gab, aufgehoben werden würde.

Ich packte meine Sachen und war schon unterwegs zur Tür, als ich plötzlich eine Idee hatte. Zuerst zögerte ich. Das war verwegen, gefährlich und unmoralisch. Dann aber dachte ich, dass das Schicksal mir ohnehin übel mitgespielt hatte, sodass ich die Gelegenheit nutzen sollte, wenn sie sich ergab. Ein bisschen Glück im großen Unglück! Natürlich taten mir Rauschans Angehörige leid. Sie würden wohl noch länger warten müssen, bevor sie erfuhren, was mit dem Mädchen passiert war. Aber Rauschan war tot, und ich lebte.

Ich durchwühlte Rauschans Sachen. In ihrem Ausweis waren ihr vollständiger Name, ihre Wohnadresse und ihre Nationalität eingetragen. Was dort nicht stand, musste ich erfinden und mir einprägen – für den Fall, dass ich kontrolliert würde. Das Foto im Ausweis sah mir überhaupt nicht ähnlich, doch zur Not könnte ich mich herausreden. In ihrer Geldbörse war Geld – das nahm ich an mich, das meiste, aber nicht alles. Es sollte nicht sofort auffallen, dass sie bestohlen worden war. Viel war es ohnehin nicht, was die junge Frau bei sich gehabt hatte, aber immerhin ein Betrag, den ich in dieser Höhe noch nie besessen hatte – wohl etwa der halbe Monatslohn eines durchschnittlichen Sowjetbürgers.

Mit der falschen Identität, einem offiziellen Wohnsitz außerhalb dieser Sperrzone, einer Nationalität, die nicht deutsch war, und vor allem im Besitz eines Ausweises (ich selbst hatte noch nie einen besessen) würde ich es sicher viel leichter haben, aus Kasachstan wegzukommen und unterzutauchen. Ich müsste nur irgendwie aus dieser Region gelangen, und zwar noch bevor die Sperrzone Realität werden würde.

Ich packte das Wichtigste in meinen Rucksack und ließ den Koffer zurück. Er würde mich auf meiner Flucht nur behindern.

›Haben Sie dem Mädchen gesagt, dass es schnell verschwinden soll?‹, fragte mich die Hausmeisterin, als ich auf dem Weg hinaus war.

›Aber sicher doch.‹

›Wie heißt die Kleine doch gleich? Irgendetwas mit R.‹

›Keine Ahnung. Wir haben kaum miteinander geredet. Sie wird gleich heraufkommen.‹

›Gut. Sie schuldet mir nämlich noch die Miete für die letzte Nacht. Dir wünsche ich viel Glück. Pass auf dich auf und bleib gesund.‹

»Danke. Ich werde mich bemühen, soweit das überhaupt noch möglich ist.«

»Sei nicht dumm. Wenn Gott Böses mit dir vorhat, wirst du seinem Zorn ohnehin nicht entkommen, doch solange du das nicht weißt, solltest du optimistisch bleiben.«

Ich blieb optimistisch und ging zum Bahnhof. Dort war zwar die Hölle los, doch es fuhren keine Züge mehr. Warum, wurde nicht bekanntgegeben. Fahrkarten und Reservierungen wurden weder refundiert noch umgetauscht. Das machte die Menschen wütend. Sicherheitskräfte in Zivil schützten die Schalterbeamten vor Übergriffen. Ich sah, wie einige Leute in Handschellen abgeführt und andere mit Schlagstöcken verprügelt wurden. Der Busbahnhof war abgesperrt, Taxis und Lastwagen waren ebenfalls nicht in Sicht. Viele waren verzweifelt. Irgendwer erklärte hinter vorgehaltener Hand, dass wir ohnehin alle unter furchtbaren Qualen sterben würden. Die Strahlenkrankheit sei wie Syphilis. Oftmals schlage sie erst Jahre später zu. Nur Augenblicke später wurde der Mann festgenommen und weggebracht.

Glücklicherweise habe ich einen Riecher für Menschen, und wenn ich sie nicht riechen kann, kann ich zumindest in ihren Gesichtern lesen. Nun gibt es diese typischen unverschämten, brutalen Fratzen, diese Visagen, die um einen Schlag mit einem Ziegelstein bitten, Figuren, denen man am besten im Dunkeln nicht begegnen sollte, schon gar nicht als Frau. Ein solches Individuum sah ich vor dem Bahnhof herumlungern. Er schaute mich an, ich schaute ihn an, und wir verstanden uns sofort.

›Wie viel?‹, fragte ich.

›Sechshundert Rubel‹, sagte er.

›So viel habe ich nicht.‹

›Wie viel kannst du mir denn geben?‹

Bei einer anderen Gelegenheit hätte er mich bestimmt

vergewaltigt, doch diesmal wollte er in erster Linie Geschäfte machen.

›Zweihundert.‹

›Das ist ein Scherz!‹

Wir einigten uns auf dreihundertfünfzig. Das war sehr viel, aber ich hatte keine andere Wahl.

Ich war nicht allein. Eine Familie mit zwei Kindern, zwei junge Männer und eine junge Frau begleiteten mich. Wir fuhren in einem Pferdefuhrwerk unter einer Plane versteckt. Dann schliefen wir in der Nacht unter dem Gefährt, warteten bis zum Morgengrauen, bevor wir noch etwa eine halbe Stunde weiterfuhren. Dann blieben wir auf einem Feldweg stehen. ›Hier entlang!‹, sagte der Mann und wies uns querfeldein den Weg. ›Immer geradeaus. Hier kontrolliert niemand. Hinter dem Hügel ist eine Kleinstadt mit einer Bahnstation. In einer Stunde seid ihr dort. Die Züge fahren dort noch, glaube ich.‹

Wir brauchten mehr als eine Stunde, doch der Schlepper sollte recht behalten. Wir wurden nicht kontrolliert. Auf dem kleinen Bahnhof warteten schon einige Menschen, wahrscheinlich waren es mehr, als dort üblicherweise einstiegen. Im Laufe des Tages werde ein Zug vorbeikommen, hieß es. Er fahre zum Irtysch. Mehr konnte oder wollte man uns nicht sagen. Irgendwann traf dieser Zug tatsächlich ein, und ich stieg in den Waggon, in dem wir beide uns einige Stunden später kennenlernen würden.«

Nachdem Greta ihre Erzählung beendet hatte, schwiegen wir beide betreten. Ohne zu sprechen, gingen wir über die leere Straße zum Bahnhof zurück, durchquerten ihn und warteten immer noch schweigend auf dem überfüllten Bahnsteig bis zum späten Abend auf den Zug. Der rationale, mathematisch denkende Mensch in mir wusste, wie gefährlich, unvernünftig, ja aberwitzig es war, mit dieser jungen Frau gemeinsam zu reisen. Sie war bestimmt schon zur Fahndung ausgeschrieben. Nicht nur, dass sie illegal die Kolchose verlassen hatte, Identitätsdiebstahl begangen und sich gleichermaßen illegal aus einer Sperrzone hinausgeschlichen hatte, als Deutsche war sie zudem doppelt verdächtig und als Tochter von enteigneten und deportierten reichen Bauern immer noch ein potenzieller Klassenfeind. Daran änderte die Entstalinisierung nicht viel. Menschen, die als sogenannte Kulaken enteignet worden und Repressionen ausgesetzt waren, wurden nicht rehabilitiert. Man dachte ja nicht daran, die Kollektivierung der Landwirtschaft rückgängig zu machen.

Sollte Greta von einer Patrouille im Zug festgenommen werden und würde herauskommen, wie lange ich bereits mit ihr unterwegs war und dass ich ihr geholfen hatte, würde ich mich in mehrfacher Hinsicht strafbar machen. Als Jüdin gehörte zudem auch ich keineswegs zu den Privilegierten in diesem Land. Niemals würde ich vergessen, wie unsere Nachbarinnen im Februar 1953 über die Aufteilung der beiden Zimmer unserer Familie gestritten hatten, weil wir ja »leider ohnehin bald deportiert werden«. Sie sprachen darüber, wer von ihnen welches unserer beiden Zimmer bekommen würde, wenn wir einmal weg sein würden. Sie waren sich ihrer Sache so sicher und gleichzeitig so unverschämt, dass sie sich in der Küche sogar in meiner Gegenwart darüber unterhielten, als hätte man mich längst kassiert und erledigt, als wäre ich schon nicht mehr da oder längst gestorben. Für sie war ich ein Gespenst, meine Gefühle zählten nicht mehr. Angeblich standen damals die Güterzüge schon bereit, mit denen alle Juden nach Sibirien, Kasachstan, in den hohen Norden und fernen Osten deportiert werden sollten. Stalins Tod am 5. März 1953 ersparte uns dieses Schicksal, die Angst jedoch und der Schock begleiteten mich fortan. Ich verstand, dass ich der Welt nie mehr würde trauen können – weder den Machthabern noch dem Schicksal, Gott oder gar anderen Menschen, die an einem Tag nett und hilfsbereit, einfühlsam und zuvorkommend und am nächsten Tag schon gleichgültig, brutal und zynisch sein konnten. Durfte ich es mir denn erlauben, mich selbst in Gefahr zu bringen, um gut zu anderen Menschen zu sein? Zum wiederholten Male fragte ich mich, ob mir Greta denn überhaupt die Wahrheit erzählt hatte, oder ob sie vielleicht eine Provokateurin war, eine KGB-Agentin, die mich in kriminelle Machenschaften verwickeln wollte, eine professionelle Diebin oder gar eine Mörderin? Arbeitete sie vielleicht mit einer Bande von Menschenhändlern zusammen und wollte mich irgendwo in eine einsame, finstere Ecke locken, wo ihre Komplizen mich packen, fesseln, knebeln und an einen geheimen Ort in ein finsteres Bordell bringen und zur Prostitution zwingen würden?

Sollte ich nicht einfach mein Gepäck nehmen und verschwinden, Greta auf dem Bahnsteig zurücklassen, zur nächsten Milizdienststelle gehen und berichten, dass ich eine junge Frau kennengelernt hatte, die illegal und mit falscher Identität Richtung Moskau unterwegs war? Genauso schnell, wie mir dieser Gedanke gekommen war, verwarf ich ihn auch wieder. Natürlich würde ich niemals so etwas tun. Wie könnte ich mich danach noch in den Spiegel schauen? So hatte mich Rosa Borisowna nicht erzogen und Chaim Abramowitsch schon gar nicht.

Während das Pfeifen und Dampfen der Lokomotive zu hören war und dunkler, rußiger Dampf mir die Sicht und den Atem nahm, wusste ich längst, dass meine Erziehung stärker war als meine Angst und mein Misstrauen. Letztlich hatte ich keine andere Wahl, als zu hoffen, dass alles sich zum Besten wenden würde.

Als der Zug anhielt, herrschte auf dem Bahnsteig ein noch viel größeres Gedränge als in Pawlodar. Die Menschen schoben, zogen und schubsten einander an den Eingängen, fluchten und stießen Drohungen aus. Es kam mir vor, als herrschte wieder Krieg, als stünde der Feind vor den Toren der Stadt und müsste jeden Augenblick einmarschieren und die Bevölkerung massakrieren. Diesmal wurden nicht nur Koffer, Säcke und Pakete durch die Fenster ins Innere der Waggons gereicht, sondern auch Kleinkinder und Babys, lebende Hühner in Käfigen, ein Hund (durfte er überhaupt mitfahren?) und ein Sack, in dem sich etwas bewegte (ich wollte lieber nicht wissen, was es war!).

Gut, dass wir luxuriös in einem Viererabteil unterwegs sein würden. In einem offenen Liegewagen wäre die Dreieinhalbtagesfahrt nach Moskau mühsam geworden. Es dauerte allerdings lange, bis wir unser Abteil erreichten. Über mir nahm ein Mann um die vierzig Platz, der müde aussah, schwielige Hände hatte und eine verschlissene, wattierte Jacke trug, die mir für die Jahreszeit zu warm erschien. Sein Gesicht erinnerte an das einer Mumie, die wieder zum Leben erweckt und mit wässrig blauen und trüben Augen in die Welt schaute. Er trat unmittebar nach uns ein, warf seinen Koffer mit einer heftigen Bewegung auf die Ablage über seinem Bett, die bei manchen Fahrten als zusätzlicher Schlafplatz genutzt wurde, grüßte mürrisch, kroch hinauf, erklärte, er sei hundemüde, und bat uns, ihn auf keinen Fall zu wecken, egal, wie lange er schlafen sollte. Auf dem Bett über dem von Greta nahm eine kräftige Frau um die dreißig Platz. Auf den ersten Blick hatte ich sie für einen jungen Mann gehalten, denn sie trug eine graue Latzhose, hatte kurz geschnittenes, blondes Haar, vor allem aber so muskulöse Oberarme, dass ich dachte, sie müsste Holzfällerin oder Sackträgerin in einer Lagerhalle sein. Vor allem aber fielen mir ihre Füße auf: Sie waren groß, um nicht zu sagen gigantisch. Ich tippte auf Schuhgröße vierundvierzig.

»Mascha!«, stellte sich die Frau vor.

»Lina«, sagte ich.

»Rauschan«, sagte Greta.

»Gute Nacht«, sagte der Mann über mir.

Damit war das Gespräch vorerst beendet.

Als wir losfuhren, schloss ich die Tür. Solange die Lichter des Bahnhofs und der Stadt langsam an uns vorbeizogen, schaute ich schweigend aus dem Fenster. Danach zog ich meine Schuhe aus, legte mich auf den Rücken, schloss die Augen und ließ mich von den rhythmischen Bewegungen des fahrenden Zuges einlullen. Das war angenehm, aber schlafen konnte und wollte ich noch nicht.

Ich dachte an Greta. Dann machte ich die Augen auf und schaute sie an. Sie hatte sich, ohne sich auszuziehen, auf den Bauch gelegt und schlief. Wieder erstaunte es mich, wie schnell sie einschlafen konnte. Bald würde die Schaffnerin, die unsere Fahrkarten beim Einsteigen in den Waggon nicht kontrolliert hatte, vorbeikommen und sie wecken. Vielleicht aber gar nicht so bald … Ich betrachtete Greta – das dunkle Haar, das ihr Gesicht bedeckte, die regelmäßigen Atembewegungen des Brustkorbes, die schmale linke Hand, die über den Bettrand ragte und schlaff herabhing, ein leichtes Zucken in Armen und Beinen. Ein Zittern. Könnte es sein, dass ihr kalt war?

Ich betrachtete sie mit einer Mischung aus Rührung, Zuneigung und Traurigkeit, und je länger ich an sie und an ihre Lebensgeschichte dachte, desto trauriger wurde ich. Chaim Abramowitsch fiel mir ein, dann mein Bruder, Borja, Olga und die Studentinnen, die in der Steppe zurückgeblieben waren, und plötzlich musste ich an Natan denken, einen Cousin von Rosa Borisowna, der fast den ganzen Krieg lang an der Front gewesen war und uns am 10. Mai 1945 aus der fernen, märchenhaften Stadt Olmütz in der Tschechoslowakei eine Karte geschickt hatte, die eine gute Woche später bei uns ankam.

Liebe Grüße aus Olmütz!, schrieb Natan. *In der Nähe dieser wunderschönen Stadt haben meine Kameraden und ich den Krieg siegreich beendet. Jetzt heißt es, in die Zukunft zu schauen und die Welt als einen besseren Ort neu aufzubauen. Nun, meine Lieben, wird alles anders! Ihr werdet es sehen. Vor allem unsere Kinder werden ein friedliches, gutes, ein wirklich glückliches Leben haben! Die Kinder sind unsere Zukunft, unsere Freude und unser Stolz. Sie waren es, für die wir gekämpft, Opfer gebracht und diesen Krieg gewonnen haben. […]*

Ich rollte die dünne Decke auf, die neben Gretas Füßen lag, und deckte sie damit zu. Dann zog ich ihr ganz vorsichtig, um sie ja nicht zu wecken, die Schuhe aus und stellte sie leise unter ihrem Bett ab.

Dritter Teil

1

Als ich vierzehn Jahre alt war, verbrachte ich mit meinen Eltern und meinem Bruder den Sommerurlaub in Duderhof südlich von Leningrad. Offiziell hatte das Dorf seinen deutsch klingenden, wenn auch ursprünglich schwedischen Namen längst verloren, wurde aber von allen weiterhin *Duderhof* genannt. Von einem Sommer konnte allerdings kaum die Rede sein, denn die Temperatur stieg in jenem Juli selten über fünfzehn Grad, meist lag sie darunter, hin und wieder sogar unter zehn Grad, und es gab keinen Tag, an dem es nicht wenigstens kurz geregnet hätte. An einem Leningrader Sommertag, sagte Chaim Abramowitsch, kommen alle Jahreszeiten vor – außer dem Sommer. Die Landschaft rund um Duderhof war allerdings wunderschön – sie bestand aus Wiesen und Wäldern, die zum Spazierengehen einluden und an einigen Stellen bis fast an das Ufer eines kleinen Sees heranreichten. Wir hatten ein Zimmer in einem rot gestrichenen Holzhaus mit Veranda und einem Zugang zum See gemietet, in dem außer uns noch einige weitere Familien untergebracht waren. Der See war nur etwas mehr als einen Kilometer lang, siebenhundert Meter breit und, wie mir erzählt wurde, ziemlich seicht. Trotzdem betrug die Wassertemperatur in diesem Monat nur etwa acht

Grad, weswegen ich anfangs auf ein Badevergnügen verzichtete, stattdessen Jacke und Regenmantel anzog, mehrere Bücher in meine Tasche packte und ausgedehnte Spaziergänge machte. Wenn es trocken genug war, saß ich stundenlang am Ufer und las, kämpfte mit Don Quixote gegen Windmühlen, schürfte unter Jack Londons Anleitung Gold in Alaska, litt mit Oliver Twist in den Londoner Slums des 19. Jahrhunderts oder schlenderte mit Stefan Zweig durch das mondäne Wien der Jahrhundertwende. Danach kam ich mit rotem Kopf und von Mücken zerstochen heim, wurde gescholten und mit einer Essigtinktur eingerieben, die mehr Schaden verursachte als die blutrünstigen Insekten.

Das Haus stammte noch aus vorrevolutionärer Zeit und strahlte eine entsprechend melancholische Atmosphäre aus. Die Jahre der Sowjetmacht und der deutschen Besatzung hatten dem Gebäude zwar einiges abverlangt, doch mit einiger Fantasie konnte man erahnen, wie es einst ausgesehen und wie es sich hier gelebt hatte. Wenn ich Texte von Tschechow oder Turgenjew las oder mir vorstellte, wie es wäre, mit Tolstoi oder Gorki, mit Repin, Glinka oder Mussorgski oder meinem Lieblingsmaler Kuindschi eine gepflegte Konversation zu führen, dann dachte ich fortan an dieses Haus. Wir wussten nicht, wem es früher einmal gehört hatte, seit Kriegsende wohnten hier jedenfalls Familien, die Zimmer oder auch nur Zimmerecken an Urlauber vermieteten.

Über so manches in der Vergangenheit von Duderhof wurde der Mantel des Schweigens gebreitet. Von der finnischen Bevölkerung, die vor dem Krieg Minderheitenschutz genossen hatte, sprach man nicht mehr, und die lange deutsche Besatzung war zur Opfer- und Heldensaga verklärt worden. Berühmt war der Ort für die Duderhofer Höhen, eine Hügelkette, von deren höchstem Gipfel, dem einhundertsechsundsiebzig Meter hohen Krähenberg, die deutsche

Wehrmacht von September 1941 bis Jänner 1944 die belagerte Stadt Leningrad mit Artillerie beschossen hatte, und der von der Roten Armee in einer blutigen Schlacht zurückerobert werden musste. Als ich im Sommer 1950 erstmals diesen Hügel bestieg, erkannte ich seinen strategischen Wert. Die Stadt lag wie auf dem Präsentierteller vor mir – die goldenen Kuppeln der Paläste erstrahlten im Sonnenlicht, auf der Newa und im Hafen sah ich Schiffe vor Anker liegen, ich erkannte alle wichtigen Boulevards, Prachtstraßen, Kanäle und Brücken, und wenn ich durch mein Fernglas guckte, das mir Onkel Natan als Trophäe aus Deutschland mitgebracht hatte, konnte ich sogar Busse und Straßenbahnen und winzig kleine, bewegliche Punkte erkennen – Menschen, die auf dem Weg irgendwohin waren, so nah und doch so fern. Ich verstand die Frustration der Faschisten, die zweieinhalb Jahre in den Vororten der Metropole ausharren mussten, ohne jemals die Befriedigung zu erhalten, sie einzunehmen und vollständig zu zerstören, wie es ihnen befohlen worden war. Sie hatten vorgehabt, uns auszuhungern, zu warten, bis alle gestorben waren, um danach gemütlich in die Stadt hineinzuspazieren. Die Stadt hungerte, aber sie überlebte. Auf jeden unserer Toten kam mindestens ein Überlebender, der evakuiert wurde oder sich über die Befreiung freuen konnte, während die Faschisten Richtung Westen davonliefen und ihre Toten in Massengräbern zurückließen, die wir bald nach der Befreiung dem Erdboden gleichmachten.

Nachdem wir etwa eine Woche in Duderhof gewesen waren, kam Borja zu Besuch. Für mich war das ein besonderes Geschenk. Es war wie ein Feiertag. Es gab keinen Menschen, in dessen Gegenwart ich mich so frei und ungezwungen fühlte wie mit Borja. Er kam und eroberte das Dorf im Sturm, er hatte nach zwei Tagen schon drei Dorfschönheiten kennengelernt, mit denen er an einem Tanzabend im örtlichen Kulturclub flirtete. Das war der Dorfjugend nicht recht, und bald schon prügelte sich Borja mit einigen »Kavalieren«, jungen Männern, die den erwähnten Schönheiten schon seit langer Zeit schmachtend nachgelaufen waren und nicht ertragen konnten, dass ihre Angebeteten nun wie reife Früchte einem Juden aus der Stadt in den Schoß fielen. Borja wurde von der Miliz abgeholt, wegen Störung der öffentlichen Ordnung angezeigt, wieder freigelassen. Danach ging er mit mir in der Nacht schwimmen.

Die Nächte waren besonders kalt, aber sie waren hell. Anfang Juli wird es in unseren Breitengraden nicht dunkel, sodass ich manchmal um zwei Uhr morgens auf der Terrasse sitzen und lesen konnte. In der Nacht, als mich Borja überredete, mit ihm schwimmen zu gehen, lag ein Nebelschleier über dem See. Das Gras unter meinen Füßen war nass und kalt wie Schnee und die Bäume am Rande des Waldes am anderen Ufer machten den Eindruck einer undurchdringlichen, dunkelgrünen Wand. Ich zögerte. »Ach was!«, meinte Borja. »Sei nicht so langweilig! Wenn du schon hier auf Urlaub bist, musst du wenigstens einmal ins Wasser gehen, und sei es nur ganz kurz.« Ich zögerte immer noch. Meine Zähne begannen zu klappern, wenn ich die glatte Wasseroberfläche des Sees nur anschaute. Unter der Oberfläche war eisige Finsternis, die mich hinabzuziehen drohte. »Komm schon!«, schrie Borja, sprang wie ein junger Geißbock zuerst einmal und dann ein weiteres Mal in die Höhe, jauchzte vor Übermut, stellte sich in seiner ganzen Größe breitbeinig vor mir auf, trommelte sich mit beiden Fäusten wie ein Gorilla gegen die Brust und gab einen triumphierenden, röhrenden Laut von sich. »Pschscht!«, zischte ich ihn an. »Spinnst du? Du weckst ja alle auf!« Er lachte nur, zog sich aus und raunte: »Wenn du nicht jetzt sofort mit mir ins Wasser gehst, packe ich dich und werfe dich eigenhändig hinein.« Diesem Zwang konnte ich nur die Freiwilligkeit entgegensetzen.

Als ich zwei Tage später mit hohem Fieber im Bett lag, bemerkte Rosa Borisowna bitter: »Ich dachte, du seist klüger! Borja ist ein Trottel. Das ist allgemein bekannt. Aber du!? Was hast du dir denn dabei gedacht?« Darauf konnte ich ihr keine Antwort geben.

Einen Tag später war das Fieber noch höher, doch Rosa Borisowna musste in die Stadt zurück, warum genau, habe ich vergessen, mein Bruder war ebenfalls unterwegs, Borja war längst weg, und so war ich einen halben Tag und eine Nacht mit Chaim Abramowitsch allein. Urlaub zu haben, war für ihn ungewohnt. Der Krieg war seit fünf Jahren zu Ende, aber es war das erste Mal, dass er länger als eine Woche am Stück von seinem Büro wegblieb, sich keine Arbeit mitgenommen hatte und telefonisch nicht erreichbar war. Ich spürte förmlich, wie er nichts mit sich anzufangen wusste, zumal Rosa Borisowna nicht da war. Hinausgehen konnte er nicht, da er sich verpflichtet fühlte, in meiner unmittelbaren Nähe zu bleiben und sich um mich zu kümmern. Ein großer Leser war er nicht, auch wenn man ihn keineswegs als ungebildet bezeichnen konnte, andere Freizeitaktivitäten interessierten ihn nicht, Brett- und Kartenspiele eingeschlossen, und so blieb ihm schließlich, nachdem er im ganzen Haus gekehrt und aufgeräumt und Essen zubereitet hatte, nichts anderes übrig, als mit mir zu reden. Das heißt: Ich konnte kaum sprechen, denn zu meinem Fieber gesellten sich Schnupfen, Husten und Halsweh. An diesem Tag hatte ich außerdem die Stimme verloren, sodass ich mich nur mehr durch Flüstern mitteilen konnte. So kam es, dass Chaim Abramowitsch das erste Mal in seinem Leben gezwungen war, mir eine lange Geschichte zu erzählen, nachdem ich ihn krächzend gebeten hatte, mir mehr über seine Kindheit zu berichten, von der ich bis dahin nur eine vage Vorstellung gehabt hatte.

Chaim Abramowitschs Familie war bitterarm. Von den elf Kindern seiner Mutter war er das jüngste und musste schon mit sechs Jahren arbeiten. Zuerst half er seinem Vater beim Verkauf von Altkleidern und allerlei Gerümpel, bei Gelegenheitsarbeiten als Taglöhner, mit denen der Vater notdürftig dafür sorgte, dass die Familie nicht verhungerte. Etwas später, als er sieben Jahre alt war, wurde er selbst zum Taglöhner im Flusshafen von Mosyr. Er half beim Beladen und Entladen von Schiffen und Lastkähnen, brachte den Männern ihr Werkzeug, füllte und entleerte Säcke, machte sauber, entsorgte den Müll, war »Mädchen für alles«, bis er für groß und stark genug erachtet wurde, Säcke und Kisten zu schleppen. Als dies der Fall war, erhielt er eine feste Anstellung und einen etwas höheren Lohn, der allerdings trotzdem kaum zum Überleben reichte.

Chaim Abramowitsch wurde 1906 geboren. Seine Kindheit und Jugend waren von mehreren Umbrüchen begleitet. Die bis dahin bekannte Welt, die einst unverrückbar erschienen war, brach auseinander und wurde durch eine völlig neue ersetzt. Der Erste Weltkrieg brachte unermessliches Leid über die Menschen. Drei von Chaim Abramowitschs älteren Brüdern verloren als Soldaten an der Front ihr Leben – einer in Galizien, ein anderer in Rumänien, der dritte irgendwo an der türkischen Front. Auf den Sturz des Zaren folgte die kurzlebige Russische Republik und dann die Herrschaft der Sowjets. Anfang 1918 marschierten die Deutschen in Mosyr ein, wurden Ende des Jahres von Bolschewiken, 1920 von Polen, den weißrussischen Nationalisten, allerlei Banden, die raubten, mordeten und Judenpogrome veranstalteten, und schließlich wieder von den Bolschewiken abgelöst. Im Hafen allerdings änderte sich wenig, auch wenn seine ursprünglichen Besitzer enteignet und irgendwann neben dem Eingangstor zu eben diesem Hafen an die Wand gestellt wurden. Von wem, das wusste Chaim Abramowitsch nachträglich nicht mehr. Tatsache war, dass alle Machthaber dieser Zeit irgendwann irgendjemanden an eben diese Wand stellten und exekutierten. Die Militärverwaltung beanspruchte den Hafen für sich – zuerst die russische, dann die deutsche, die polnische, die weißrussische und schließlich die sowjetische. Als 1921 endlich Frieden einkehrte, wurde der Hafen ein »volkseigener Betrieb«. Für Chaim Abramowitsch änderte sich jedoch in all den Jahren, außer der Tatsache, dass er heranwuchs und das Geld immer weniger wert war, kaum etwas. Sogar der Vorarbeiter blieb derselbe – ein Ukrainer mit dem Namen Jazenjuk, Stefantschuk, Karasjuk oder Krjuk. Chaim Abramowitsch konnte sich an seinen richtigen Namen nicht mehr erinnern, denn seit er denken konnte, nannten alle den korpulenten Arbeiter aus Tschernigow Chrjuk, was ungefähr so viel wie »das grunzende Schweinchen« bedeutet. Manche bezeichneten ihn sogar als »Chrjak«, *Eber*, aber Chrjuk war der gängigere Spitzname.

Chrjuk hatte Chaim Abramowitsch gern. Als dieser noch klein war, verteidigte er ihn gegen die größeren Kinder und Halbwüchsigen, die ihn hänselten und schlugen, und als er größer wurde, erkannte Chrjuk, was für ein aufgeweckter Jugendlicher »der kleine Jude« war, und übertrug ihm verantwortungsvollere Aufgaben. Irgendwann kam die Zeit, als Chaimele, wie ihn alle nannten, keine Getreidesäcke mehr schleppen musste, sondern Lieferscheine ausfüllte, Lagerplätze zuteilte sowie Stunden- und Arbeitspläne für die einzelnen Brigaden erstellte. Er wurde zu Chrjuks rechter Hand. Das erleichterte ihm das Leben, sodass sein Rücken nicht mehr schmerzte und der Bluthusten, unter dem er gelitten hatte, aufhörte, das machte ihn aber auch zum Ziel von Neid und Missgunst.

Chrjuk nahm jedes Jahr um zwei bis drei Kilo zu. Packte er in den ersten Jahren, die Chaimele ihn kannte, noch mit an, saß er später nur mehr in der Lagerhalle oder nahe der Anlegestelle und gab den anderen Anweisungen, was sie tun sollten. Irgendwann war er so dick geworden, dass sein Bauch auf ein Brett gelegt und von zwei jungen Arbeitern getragen werden musste …

Hier stutzte ich, denn ich wusste, dass Chaim Abramowitsch einen Hang zum Schabernack hatte und mich hin und wieder auf die Schaufel nahm. Die Geschichte mit dem Bauch auf dem Brett glaubte ich ihm nicht, doch er schwor mir hoch und heilig, dass alles, was er sagte, der Wahrheit entsprach.

Eines Tages, Chaimele war schon siebzehn, wurde er von einem anderen Arbeiter gepiesackt. Der rothaarige Arsenij, von seinen Kumpels Rotfuchs-Senjka genannt, war zehn Jahre älter als Chaimele und hatte sich ursprünglich selbst Hoffnungen gemacht, statt zu schleppen zu Chrjuks Stellvertreter aufzusteigen, denn so wie Chaimele konnte er lesen und schreiben, war ehrgeizig und erkannte rasch, wenn es etwas zu erledigen gab. Nun konnte er es schwer verwinden, dass der »kleine Drecksjude« ihm vorgezogen worden war. An einem heißen Sommertag war er besonders schlecht aufgelegt und ließ seine Frustration an Chaimele aus. Dieser war in der Mittagspause in einer Ecke gesessen und hatte Brei gegessen, als Rotfuchs-Senjka ihm den Blechnapf aus der Hand schlug. »Schau mich nicht so blöd an!«, brüllte er ihn an. Und zu den anderen gewandt: »Der Drecksjude hat mich blöd angeschaut. Ich lasse mich nicht so anschauen.« Die anderen sagten nichts, senkten die Blicke, taten so, als ginge sie das alles nichts an. Mindestens ein Viertel von ihnen waren Juden. Mosyr war ein »Schtetl« – Juden, Weißrussen, Ukrainer, Polen, Russen, Tataren, Zigeuner, Deutsche und auch Angehörige weiterer Völkerschaften und Religionen wohnten und arbeiteten hier zusammen. Wenn Rotfuchs-Senjka antisemitische Sprüche klopfte, machte er sich nicht beliebt, aber er war einen halben Kopf größer als die meisten anderen, und das Hemd spannte sich über seinen breiten Schultern.

»Was willst du von ihm?«, krächzte Chrjuk, der auf einem Strohsack lag und beim Atmen wie eine Lokomotive keuchte.

»Soll er doch zeigen, was er kann, der zwiebelstinkende Hurenbock«, schrie Senjka. »Soll er doch beweisen, dass er ein richtiger Arbeiter ist! Einer wie wir. Was glaubt er, wer er ist?! Die Zeiten haben sich geändert. Wir leben in einem Arbeiter- und Bauernstaat. Die Macht gehört uns!«

»Ich bin genauso ein Proletarier wie du, meine Eltern haben ihr Leben lang geschuftet und gehungert. Ich bin dir nichts schuldig«, sagte Chaimele. »Verschwinde in den Schweinestall, wo du hingehörst.«

Rotfuchs holte aus, um Chaimele zu schlagen, doch Chrjuk schrie: »Nein! Wage es ja nicht, ihn anzurühren!« Und Chrjuk war jemand, dem man nicht widersprach, ganz egal, ob gerade Russen, Deutsche oder Polen, Reaktionäre oder Bolschewiken an der Macht waren.

»Dann beweis doch, Bürschchen, dass du der größere Prolet von uns beiden bist«, höhnte Rotfuchs. »Wenn du allein zwei volle Getreidesäcke von hier bis zur Leo-Trotzki-Anlegestelle ohne Schubkarre auf deinen Schultern zu tragen imstande bist, ohne auch nur einmal abzusetzen und zu rasten, dann werde ich, dann wird …«

»Ja, was dann?«, fragte Chaimele provokant. »Wirst du dich dann endlich in Luft auflösen?«

»Dann lass ich dich für immer in Ruhe und nenne dich nie mehr Saujude.«

»Das ist mir zu wenig«, erklärte Chaimele. »Wenn ich beide Säcke auf meinen Schultern unversehrt bis zur Leo-Trotzki-Anlegestelle tragen kann, lässt du mich für immer in Ruhe, und ich bekomme von dir deinen Lohn der ganzen Woche und deine Uhr.«

»Kommt nicht in Frage!«, schrie Rotfuchs empört. »Alles, nur nicht die Uhr!« Die goldene Taschenuhr mit persönlicher Widmung für eine Gräfin hatte er einem polnischen Ulanen abgenommen, den er als Rotarmist im Sommer 1920 getötet hatte. Sie war sein wertvollster Besitz.

»Doch!«, verkündete Chrjuk. »Entweder so oder gar nicht. Der Einsatz muss sich lohnen. Ende der Diskussion!«

»Und wenn er es nicht schafft?«, fragte Rotfuchs.

»Dann bekommst du meinen Job«, erklärte Chaimele, »und ich werde fortan wieder als einfacher Arbeiter Säcke schleppen.«

»Bist du sicher?«, fragte Chrjuk und schüttelte den Kopf, sodass sein Dreifachkinn so heftig waberte wie selten zuvor.

»Absolut!«

»Na, dann los!«

Ein Getreidesack wog etwa vierzig Kilo. Es gab auch größere Säcke, die nur von zwei oder mehr Personen hochgehoben werden konnten, doch stand es außer Frage, dass mit den beiden Säcken, die Chaimele schleppen sollte, die kleineren gemeint waren – einen auf jeder Schulter. Damit musste er ein Gewicht tragen, das sein eigenes überstieg, und dies vom Getreidesilo bis zur Leo-Trotzki-Anlegestelle – das waren gute zweihundertfünfzig Meter–, über harte Bretter und über einen morschen, wackeligen Steg, der bald ersetzt werden sollte.

»Nun denn!«, meinte Chaimele keuchend, nachdem die anderen Arbeiter ihm die Säcke aufgeladen hatten. »Jetzt werden wir gleich sehen, wer wen!« Nach diesen Worten ging er los.

2

»Unglaublich. Habe gar nicht gleich bemerkt, dass du eine ganze Geschichte zusammengeschustert hast«, ruft Mascha, unsere kräftige Mitreisende, aus. »Warum hast du aufgehört? Erzähl uns, wie es weitergeht!« Seit sie aufgewacht ist, strahlt sie über das ganze Gesicht. Ihre betont gute Laune geht mir auf die Nerven.

»Ich habe nichts zusammengeschustert«, erwidere ich gereizt. »Das ist eine wahre Geschichte. Genau so habe ich sie von meinem Vater gehört. Jetzt brauche ich aber eine Pause und etwas zu essen.« Ich bin gekränkt. Was bildet sich diese impertinente Person ein?! Eigentlich ist es ja Greta gewesen, die am Morgen mehr über Chaim Abramowitsch hatte erfahren wollen, und ich hatte leise zu erzählen begonnen, weil ich annahm, dass unsere beiden Mitreisenden im Abteil noch schliefen. Ich hatte mich geirrt. Offenbar hatten sie von Anfang an zugehört und alles mitbekommen. Der Mann erwies sich allerdings als schweigsam. Er sah mich an, doch wenn ich seinem Blick begegnete, schaute er weg und sprach kein Wort.

Heute bereue ich, dass ich Chaim Abramowitsch damals in Duderhof, als ich krank im Bett lag, keine weiteren Fragen gestellt habe, dass ich nicht hatte wissen wollen, wie seine Familie auf seinen Konflikt mit Rotfuchs-Senjka reagiert hatte, wie viele Freunde er außerhalb der Arbeit hatte, was seine Sehnsüchte und Träume gewesen waren, ob er jemals religiös gewesen war. Gerne hätte ich auch mehr über seine Liebesabenteuer erfahren. Von seiner ersten Freundin kannte ich nur den Namen, seine zweite Freundin erwähnte er beiläufig, als er mir ein Gruppenfoto zeigte, auf dem sie neben ihm steht.

Rosa Borisowna hatte mir als Kind jiddische Volkslieder vorgesungen. Wenn Chaim Abramowitsch sang, was äußerst selten vorkam, dann waren es satirische Vierzeiler, die er irgendwann im Bürgerkrieg aufgeschnappt hatte, doch niemals etwas auf Jiddisch. Wie viel würde ich dafür geben, um noch ein paar Stunden mit ihm verbringen zu können, in denen er mir aus seinem Leben erzählen würde. Stattdessen habe ich noch Tausende Kilometer zu überwinden, bevor ich bei ihm sein kann. Ich sitze in einem Zug und erzähle fremden Menschen Geschichten aus seinem Leben. Ist das meine Form des Abschieds oder schlichtweg eine Art Flucht aus der Realität?

Ich hoffe, dass mir Chaim Abramowitsch etwas von der physischen und moralischen Kraft, die er als junger Mann gehabt hatte, vererbt hat. Ich selbst habe ihn als humorvollen, intelligenten, vernünftigen, aber nie als kräftigen, gesunden Menschen erlebt. Meine Schwägerin sagt allerdings, er besitze ein Herz, das immer in Flammen steht. Ich selbst komme mir mit meiner lauwarmen Herzlichkeit und meinem arithmetischen Blick auf die Welt dagegen eher langweilig vor.

Es ist längst hell geworden. Die Schaffnerin hat uns Tee gebracht. Wir haben uns angekleidet, haben die lange Schlange vor der Waggontoilette, Katzenwäsche und Zähneputzen hinter uns gebracht und sitzen nun bequem in unserem Abteil, als wäre es unsere persönliche Postkutsche. Auf jeden Fall reisen wir privilegiert. Im Großraumwagen nebenan, so erfahren wir von der Schaffnerin, ist jemand in der Nacht auf Erbrochenem ausgerutscht und hat sich das Bein gebrochen. In den frühen Morgenstunden sei es dort außerdem zu einer Rauferei gekommen. Weswegen und wer damit begonnen hatte, weiß niemand mehr.

Mascha ist Arbeiterin, die im ganzen Land auf Werkvertragsbasis von Baustelle zu Baustelle unterwegs ist. »Ich kann alles!«, erklärt sie stolz. »Schwellen legen, Rohre verlegen, Mauern aufziehen, Gräben ausheben, Senkgruben leeren, Bäume fällen, Traktormotoren reparieren, Kanäle reinigen, Abpumpen, Anfüllen, Trockenlegen. Für eine richtige Ausbildung und einen Abschluss hat es bei mir zwar nirgends gereicht, warum, ist eine lange Geschichte, aber ich kann mehr als so manche Fachkräfte. Das wissen die Direktoren, Baustellenleiter, Vorarbeiter, alle wissen, dass man sich auf Mascha verlassen kann, und so kann ich über Aufträgen nicht klagen.«

Mascha ist in Chabarowsk zu Hause, verbringt dort aber kaum mehr als ein paar Tage hintereinander. Nach der Erledigung eines Auftrags in Akmolinsk muss sie zur nächsten Baustelle nach Riga. Das ist ein langer Weg, wir werden bis Moskau miteinander unterwegs sein, und Mascha fährt diese Strecke nicht das erste Mal. Sie kennt sich aus. In der Stadt Petropawlowsk, wo wir bald ankommen, gebe es einen wunderbaren Kiosk, wo man Brot, Obst, Gemüse, hart gekochte Eier, eingelegte Gurken, Aufstriche, Limonade, manchmal auch Süßigkeiten, in seltenen Fällen sogar Fleisch und allerlei weitere Waren kaufen könne, die anderswo schwer zu bekommen seien. Dies sei der mit Abstand beste Laden in der ganzen Region, sagt Mascha. Die Aufstriche seien fett, würzig, in jeglicher Hinsicht einmalig und zweifellos die besten zwischen Irkutsk und Swerdlowsk. Sie kenne die Verkäuferin, diese lege für sie einiges beiseite – sogar frischen Schafskäse, der eine weiße Farbe habe und nicht wie sonst schimmlig grün oder grau mit schwarzen Punkten sei. »Ihr müsst wissen, dass Schafskäse eigentlich niemals grün sein darf«, erklärt sie uns. Der Zug halte in Petropawlowsk für genau sieben Minuten. Wenn wir ihr Geld gäben und sie sich beeile, könnte sie für uns alle einkaufen, und wir wären bestimmt für den ganzen Tag und wohl auch für den nächsten versorgt.

So wird es dann auch gemacht. Greta, ich und der schweigsame Mann geben Mascha Geld. Kaum ist der Zug in den Bahnhof eingefahren, stürmt sie hinaus und kommt genau in dem Moment mit einer vollen Einkaufstasche ins Abteil zurück, als draußen das Pfeifsignal zur Abfahrt ertönt.

Mascha hat Bier gekauft. Ich trinke es nicht, weil ich Alkohol schlecht vertrage und mir Bier nicht schmeckt. Doch der Mann in unserem Abteil gießt etwas Bier in eine weiße Blechtasse mit blauem Rand, die er mit sich führt, trinkt es und wird gesprächiger, wenn auch nur ein bisschen. »Danke!«, sagt er. »Ein paar Schlucke, um ein wenig zu vergessen. Ein Schluck für jedes Jahr. Manchmal kann das durchaus hilfreich sein.« Dann schweigt er wieder.

Eigentlich, erfahren wir, fährt der Zug von Akmolinsk nach Moskau normalerweise über eine andere Strecke – über Tscheljabinsk oder Orenburg und Kujbyschew, doch in letzter Zeit seien die Fahrpläne durcheinandergekommen. Niemand wisse so recht, warum, außer dass irgendwo irgendetwas passiert sei (Greta und ich wissen, was los ist, erzählen aber natürlich niemandem etwas davon). Züge fallen aus, oder Garnituren werden zusammengehängt und fahren dann gemeinsam weiter, so wie unser Zug und einer, der aus Irkutsk gekommen ist.

Die Landschaft, durch die wir fahren, wird abwechslungsreicher. Die Steppe macht ausgedehnten Weizenfeldern Platz. Immer öfter sieht man Straßen und Dörfer, Waldstücke, Teiche und Seen, und in der Ferne tauchen bunte Kirchtürme auf, die langsam näher kommen. Die Eintönigkeit der Steppe hatte etwas Großartiges, aber auch etwas Einschüchterndes, das einen so unbedeutend machte wie ein kleines Stück Holz in einem weiten Ozean. Nun habe ich das Gefühl, die Demut vor der unendlichen Langeweile der Natur, die im Zentrum der gewaltigen asiatischen Landmasse so eintönig ist wie der eifersüchtige Gott der Juden, ablegen und wieder mehr ich selbst sein zu dürfen. Petropawlowsk war die letzte Stadt in Kasachstan. Inzwischen dürften wir die Grenze zu Russland – nach Sibirien – wohl schon überquert haben, denke ich und muss sofort über diesen Gedanken schmunzeln. Welche Bedeutung haben Republikgrenzen denn schon in der riesengroßen Kommunalwohnung unseres sozialistischen Heimatlandes, in der ohnehin alle in derselben Küche sitzen, um dieselben Dinge streiten und dieselben aberwitzigen Pläne wälzen?

Vier Zwiebeltürme – rot, himmelblau, gelb und grün – glänzen im Sonnenlicht. Es sind nicht nur Kirchen, sondern ein ganzes Ensemble aus mehreren Gebäuden am Ufer eines kleinen Sees, wahrscheinlich ein Kloster. Greta presst Stirn und Nase gegen die Fensterscheibe, betrachtet die Bauwerke staunend mit offenem Mund. So etwas hat sie noch nie gesehen. Dies wird so offensichtlich, dass wir zu lächeln beginnen.

»Viel gereist und gesehen hast du ja noch nicht«, mutmaßt Mascha.

»Nein«, sagt Greta trocken. Sie bemüht sich, so wenig wie möglich zu reden, um kein Misstrauen zu wecken. Die »Version ihrer selbst«, die sie anderen präsentiert hat, ist eine spontan erfundene Rauschan-Geschichte vom Besuch einer Tante in Moskau und der ersten längeren Reise in ihrem Leben. Beides ist nicht einmal gelogen, auch wenn die auf Maschas Frage hin nur in wenigen Sätzen angedeutete Geschichte mehr verschleiert als preisgibt. Eines ist sicher: Es ist immer leichter, mit einer Lüge so nahe wie möglich an der Wahrheit zu bleiben, oder gar die Wahrheit so zu arrangieren, dass sie zu einer Lüge wird, selbst wenn man überhaupt nicht gelogen hat.

Je näher wir in einer langen Rechtskurve, die unsere Fahrt verlangsamt, dem Kloster kommen, desto mehr berührt mich der Anblick der alten Mauern, als strahlten sie etwas Heimatliches aus. Natürlich weiß ich, dass es sich um eine Illusion handelt. Soweit ich mich erinnern kann, ist das einzige Kloster, das ich bis jetzt besucht habe, jenes Höhlenkloster in Kiew, in dem ich von einem Mönch belästigt wurde – ein Erlebnis, an das ich ungern zurückdenke. In der Schule hatte ich gelernt, Religion sei Opium für das Volk. Alle meine Vorfahren waren Juden und hatten von Christen weitgehend nur Schlechtes erlebt.

Aber ich erinnere mich an einen Kirchenbesuch in meiner vorletzten Schulklasse. Wir hatten im Geschichtsunterricht gerade über Religion gesprochen, als eine meiner Mitschülerinnen mit hörbarer Verachtung in der Stimme erklärte, in Kirchen sei es schummrig und schmutzig, die Popen seien schmuddelige Männchen, die unsinnige Rituale vollführten, gierig, abergläubisch und verschlagen seien und unter den Gläubigen Angst und Schrecken verbreiteten. »Gut«, meinte die Lehrerin, »dann machen wir doch übermorgen einen Schulausflug in eine Kirche.«

Die Lehrerin für Geschichte und politische Bildung war eine unscheinbare Person, die schmächtig, höchstens einen Meter sechzig groß war und stets ein graues Kostüm trug. Als Lehrerin in diesem Fach musste sie Parteimitglied und politisch über jeden Zweifel erhaben sein. Ihr Unterricht war so trocken wie linientreu, und die meisten Schülerinnen vergaßen sie sofort, nachdem sie den Unterricht hinter sich gebracht hatten. Bei Klassentreffen ehemaliger Schülerinnen sei es oft so, wurde uns berichtet, dass man nostalgisch, wehmütig oder erleichtert, manchmal sogar hasserfüllt an alle Lehrerinnen und Lehrer zurückdachte und sich am Ende fragte, ob man über alle geredet, alle gelobt oder ausgerichtet oder jemanden vergessen habe. Ach ja! Man hatte … Umso überraschender war der Vorschlag gerade dieser Lehrerin, mit der ganzen Klasse in eine Kirche zu gehen. Niemand widersprach, und am übernächsten Tag fand sich die gesamte Klasse mit Ausnahme der Tochter eines lokalen Parteisekretärs und einer Schülerin, die gerade mit schwerer Erkältung im Bett lag, am Eingang zu einer kleinen Kirche auf der *Petrograder Seite* ein.

Die Kirche war klein, unscheinbar, befand sich in einer ebenso unscheinbaren Gasse weit abseits des Zentrums und der bekannten Durchzugsstraßen und Boulevards. Deshalb wohl wurde das Gebäude immer noch als Kirche genutzt und war nicht in ein Museum für Atheismus, eine Turnhalle oder eine Produktionsstätte für Schrauben und Muttern umgewandelt worden. Das Refektorium war allerdings annähernd leer. Hier verkaufte eine alte Frau für einen Rubel dünne Kerzen aus körnigem, brüchigem Wachs, winzige Kreuze aus Holz für drei und kleine Ikonenreproduktionen für fünfundzwanzig Rubel. Niemand kaufte etwas außer mir. Ich aber hatte das Gefühl, der alten Frau eine Freude machen zu müssen. Es erschien mir ungehörig, dass von mehr als zwanzig Mädchen, die gleichzeitig diesen Vorraum durchquerten, nicht einmal eine Einzige etwas kaufen würde. Also kaufte ich eine Kerze, zündete sie jedoch nicht an, sondern wickelte sie in Zeitungspapier und legte sie in meine Schultasche.

Im Gemeinderaum standen alte, dunkelbraune Bänke, die zu der pompösen Ausgestaltung und den grellen Farben der Ikonostase – der mit Ikonen geschmückten Trennwand zum Altarraum – einen deutlichen Kontrast bildeten.

»Nun, meine Lieben, könnt ihr hier etwas Schmutziges, Abstoßendes oder Schmuddeliges erkennen?«, fragte uns die Lehrerin.

Wir sahen uns um. Die Atmosphäre war düster, die paar älteren Menschen, die sich im Raum befanden und beteten, machten einen ärmlichen, aber keineswegs ungepflegten Eindruck. Ich selbst verspürte eine Strenge und Feierlichkeit wie kaum je an einem anderen Ort bis dahin.

»Man muss nicht religiös sein, um Gläubige zu respektieren«, sagte die Lehrerin. »Vergesst nicht, dass in unserem Land Religionsfreiheit herrscht.«

»Und wo sind die Popen?«, ertönte eine neugierige Stimme aus unserer Mitte.

»Die Popen haben sich in den Altarraum geflüchtet. So viel geballte Weiblichkeit auf einmal ist wohl zu viel für sie«, scherzte die Lehrerin, doch niemandem von uns war zum Lachen zumute.

Wir nahmen auf den Bänken Platz, und die Lehrerin hielt uns einen Vortrag. So hatten wir unsere Schulstunde also in diese Kirche verlegt, erfuhren hier aber einiges, was nicht auf unserem Lehrplan stand. So zum Beispiel, dass es sich bei dieser Kirche um ein Gotteshaus der Altgläubigen handelte, wenn auch erst seit wenigen Jahrzehnten. Davor seien Altgläubige ausgegrenzt, entrechtet, zeitweise auch regelrecht verfolgt worden. Wer von uns denn wüsste, wer diese Menschen seien, fragte die Lehrerin. Einige zeigten auf, die meisten jedoch, mich eingeschlossen, hatten keine Ahnung.

Sie selbst sei Tochter eines Popen, der der Altorthodoxie angehört habe, berichtete uns die Lehrerin und erzählte vom Zaren Alexej Michailowitsch, der Mitte des 17. Jahrhunderts regiert hatte und sehr gläubig, um nicht zu sagen bigott gewesen war und dem Einfluss des Moskauer Patriarchen Nikon verfallen war, dessen erklärtes Ziel es war, den Ritus der russisch-orthodoxen Kirche zu reformieren, um ihn den byzantinisch-griechischen Ursprüngen anzupassen. Die Reform war eigentlich als Rückkehr zu den Wurzeln gedacht, entwickelte sich in der Folge aber zur Keimzelle einer Säkularisierung und Stärkung des Zentralismus und der Macht des Staates.

Die Reformen selbst würden den heutigen, modernen Menschen unbedeutend erscheinen, meinte die Lehrerin: Einige Änderungen im Gottesdienst bildeten den Kern; die Texte von Gebeten wurden leicht modifiziert, purifiziert und in den Übersetzungen den griechischen Ursprüngen angepasst; das rituelle Bekreuzigen sollte mit drei statt mit zwei Fingern der rechten Hand vollführt werden; die Kreuzprozessionen sollten in die umgekehrte Richtung erfolgen, also der Sonne entgegen statt mit der Sonne im Rücken, wie es bis dahin Brauch gewesen war; und am Ende der Gebete zu Ehren der Heiligen Dreieinigkeit sollte der Ausruf »Halleluja!« dreimal statt wie bisher nur zweimal erfolgen. Gegen alle Reformen regte sich jedoch heftiger Widerstand in der Bevölkerung. Besonders das vorgeschriebene Bekreuzigen mit drei Fingern statt mit zwei und die Richtungsumkehrung bei den Kreuzprozessionen, die vielerorts seit Jahrhunderten auf bestimmten Pfaden, zu bestimmten Zeiten und in eine althergebrachte Richtung durch eine vertraute Landschaft erfolgt waren, empfanden viele Menschen als unerträglich. Die Kirche und der Staat setzten die Reformen allerdings mit Gewalt durch. Der Zar und sein Patriarch überzogen das Land mit Terror, ließen Zehntausende, vielleicht sogar Hunderttausende altgläubige Abweichler, darunter Gelehrte und angesehene Kirchenmänner, hinrichten, verbannen oder deportieren. Viele flüchteten ins Ausland oder in entlegene Regionen des Landes, wo sie fortan fern der Zivilisation in eigenen Gemeinschaften lebten. Wer zurückblieb, wurde meist endgültig zum Leibeigenen und verlor die wenigen Rechte und Freiheiten, die er bis dahin noch gehabt hatte. Von 1653 bis 1905 dauerte die Verfolgung. Erst durch ein Toleranzedikt Anfang des 20. Jahrhunderts erhielten Altgläubige die vollen Bürgerrechte. Wie gebannt hörten wir zu. So spannend, plastisch und leidenschaftlich hatte diese Lehrerin noch nie zu uns gesprochen. Nicht nur ihre Augen strahlten, ihr ganzes Gesicht schien zu leuchten, und auf einmal wirkte sie um zehn Jahre jünger.

Mit den Reformen, so unsere Lehrerin, setzte die Modernisierung in Russland ein. Das alles sei natürlich positiv zu bewerten. Staatliche Strukturen wurden gestärkt, Handel und Gewerbe der neuen Zeit angepasst, das Denken und Handeln vereinheitlicht, diszipliniert und die Bevölkerung auf Linie gebracht. Bald schon sollten auf dieser Grundlage die Reformen Peters des Großen erfolgen, ohne die das heutige Russland nicht existieren würde. Unter ihm wurde das Land zu einer Mischung von gut funktionierender Fabrik und Kasernenhof – im positiven Sinne …

Je länger der Vortrag unserer Lehrerin dauerte, desto mehr gewann ich den Eindruck, dass sie längst nicht mehr über das 17. oder 18. Jahrhundert sprach. Allzu offensichtlich waren die Anspielungen und Parallelen, die nur jene überhören konnten, die bewusst nicht hinhören wollten.

»Es ist gut, dass wir den religiösen Aberglauben überwunden haben und uns heute stolz zum Atheismus bekennen«, bemerkte die Lehrerin. »Aber man sollte die eigene Geschichte mit all ihren Facetten kennen und verstehen. Wir sind moderne Menschen, aber tief in uns drinnen glimmen immer noch die verstreuten Überreste früherer Zeiten. Wenn wir klug sind, können wir daraus viel Kraft schöpfen. Nicht alles in der Vergangenheit war schlecht.«

Ich sah meine Mitschülerinnen an. Die meisten schienen dasselbe zu denken wie ich, verbargen ihre Gesichter und wussten nicht, wie sie reagieren sollten. War es nicht infam von der Lehrerin, sich selbst und vor allem uns in eine solche Lage gebracht zu haben? Noch Jahrzehnte später würde es Dossiers geben, in denen stünde, dass ich an diesem Schulausflug teilgenommen hätte. Im besten Fall würde ich ab nun in meinem Leben noch etwas mehr Angst haben müssen, im schlimmeren Fall von der Schule fliegen und nicht studieren dürfen. Außerdem war ich Jüdin – als ob das Leben nicht schon schwer genug wäre. Und Rosa Borisowna? Meine arme Mutter war Grundschullehrerin und als solche in einer besonders gefährdeten Position.

Nach dem Ausflug sagte keine von uns ein Wort. Wir gingen schnell auseinander. Niemand erwähnte diesen Kirchenbesuch jemals wieder. Glücklicherweise blieb dieses Ereignis folgenlos. Offenbar hat uns niemand denunziert, oder aber eine gute Seele in verantwortlicher Position hatte beschlossen, uns keine Schwierigkeiten zu machen. Die Lehrerin allerdings kam im nächsten Schuljahr nicht wieder. Niemand sagte uns, was mit ihr war, ob sie versetzt, verhaftet oder schlichtweg in Pension gegangen war, und keine von uns wagte, danach zu fragen.

Das war die Geschichte, an die ich denken musste, als wir an dem alten Kloster, das einen verwahrlosten Eindruck machte, vorbeifuhren. Neben dem Gebäude sah man Reste von Zäunen, einen rostigen, an einigen Stellen eingerissenen Stacheldrahtverhau und einen Hochstand aus Holz, der sich zur Seite neigte wie der Turm von Pisa.

»Bis vor zwei Jahren war hier ein Straflager«, sagte Mascha. »Jetzt heißt es, dass hier bald wieder Nonnen einziehen werden. Ich hoffe, sie werden keine Albträume haben. Frage nicht, wie viele Gespenster in und rund um dieses Gebäude herumspuken!«

»Es war kein schlimmes Lager«, bemerkte plötzlich der Mann vom Bett oberhalb des meinen. »Natürlich – ein Sanatorium war es nicht, aber die Krankenstation war gut genug, sodass nicht alle, die dorthin gebracht wurden, krepiert sind.« Er grinst über das ganze Gesicht. Erst jetzt sehe ich, dass ihm die oberen Schneidezähne fehlen und die unteren gelbbraun verfärbt sind. Diesem Mann will ich nicht näher kommen, als es unbedingt sein muss. Der Geruch seines Atems würde mir nicht guttun.

»Waren Sie denn auf dieser Krankenstation?«, frage ich.

»Ja«, antwortet er lapidar.

»Und …«

»Und!«, unterbricht er mich. »Und jetzt erzählst du uns die Geschichte deines Vaters zu Ende. Hat er die Wette gegen Rotfuchs-Senjka gewonnen?«

3

Die ersten hundert Meter bereiteten Chaimele keine großen Schwierigkeiten. Zwar war er aus der Übung, aber er war zäh, vor allem aber war er jung, und er hatte Wut im Bauch. Nach hundertfünfzig Metern allerdings wurde jeder Schritt zur Qual. Die schweren Getreidesäcke schienen ihn in die Bretter des Holzsteges, auf dem er sich mühsam bewegte, regelrecht hineinzudrücken, sodass es ihm vorkam, er sei bis zu den Knien in das morsche Holz eingesunken und müsse nicht nur das zu tragende Gewicht, sondern auch den Widerstand des Bodens überwinden. Fünfzig Meter weiter hatte er das Gefühl, nicht mehr atmen zu können. Seine Lunge war zu klein, um die benötigte Sauerstoffmenge aufnehmen zu können, und sie schien von Augenblick zu Augenblick weiter zu schrumpfen. Er sog Luft ein, aber es schien ihm, als wäre sie aus Zement und würde sich in seinem Rachen verhärten, die Bronchien verkleben und aus der Lunge einen schweren, lästigen Klumpen machen. Die Schultern schmerzten, als müssten die Knochen jeden Augenblick brechen, Knie, Arme und Beine brannten, die Welt begann zu flimmern, zu verschwimmen, bis sie sich rot färbte und von den Äderchen in seinen Augen, die Chaimele nun selbst deutlich sehen konnte, wie ein kubistisches Gemälde zerlegt und wieder neu zusammengesetzt wurde. Irgendwann wusste er nicht mehr, wo oben und unten war, er hatte das Gefühl für Zeit und Raum verloren, und nur ein einziges Wort trieb ihn an: *Vorwärts, vorwärts, vorwärts!* »Mir sejnen do!«, flüsterte er auf Jiddisch, auch wenn ihm nicht ganz klar war, wen er mit »Wir« meinte.

Die Konturen der Welt verwischten sich, die Farben vermischten sich, das Wasser des Flusses wurde grau, dann grün und schließlich rosarot. Das Schiff, das mit Getreide beladen werden sollte und an dem nach Leo Trotzki benannten Pier angelegt hatte, erhob sich plötzlich in die Lüfte, schwebte über dem Wasser, kippte auf die Seite und begann zu stürzen, bis es Chaimele unter sich begrub. Dabei wurde er unter Wasser gedrückt, das alsbald in seine Lungen strömte, und er sah seine verstorbenen Großeltern, die seltsamerweise sehr lebendig waren und zudem Kiemen und Fischschwänze hatten. »Stell dich nicht so an!«, sagte die Großmutter auf Jiddisch. »Reiß dich zusammen!«, sagte der Großvater auf Weißrussisch. »Sei ein Mann!«, sagte ein vorbeischwimmender Fisch auf Deutsch und spuckte einen Angelhaken aus. »Willst du heute Gefilte Fisch zum Abendessen?«, fragte die Großmutter und schwamm davon.

Chaimele zuckte verzweifelt mit Armen und Beinen und betete im Geiste das *Schema Israel.* Wie die meisten Menschen, die im Hafen arbeiteten, konnte er nicht schwimmen, doch gelang es ihm, die rettende Wasseroberfläche zu erreichen. Er spuckte Wasser, atmete gierig ein, öffnete die Augen, sah den Himmel und ein halbes Dutzend Möwen, die über ihm kreisten, merkte, dass er völlig nass war und mit ausgebreiteten Armen und Beinen auf den Brettern des Stegs lag und sich die Seele aus dem Leib hustete.

»Du hast es geschafft!«, rief Jankel, ein Arbeitskollege, mit dem er seit Jahren befreundet war. »Chaimele! Hörst du? Du hast den Pier erreicht. Die zwei letzten Schritte, bevor du zusammengebrochen bist, waren entscheidend! Du warst mit dem ganzen Körper und beiden Säcken auf dem Pier angelangt. Du hast die Grenze überschritten. Ich gratuliere!«

»Gefilte Fisch?«, murmelte Chaimele.

»Was?«, fragte Jankel und lachte. »Bist du etwa hungrig?«

»Wir sind alle hungrig«, meinte jemand, und diesmal lachten auch die anderen. Erst jetzt bemerkte Chaimele, dass die Arbeiter einen Kreis um ihn gebildet hatten und auf ihn herabschauten. Er sah ihre Hälse, Kinnpartien und Nasenlöcher und konnte ihren Schweiß riechen. Neben ihm lag ein leerer Kübel. Offenbar hatte ihn jemand mit Wasser übergossen, als er das Bewusstsein verloren hatte.

»Und die Säcke?«, presste Chaimele heiser aus sich heraus. Er hatte kaum Kraft zum Reden.

»Haben wir schon auf das Schiff gebracht!«, sagte jemand.

»Du hast gewonnen, also kassiere nun deinen Gewinn!« Das war Chrjuks Stimme. Während Chaimele sich langsam erhob und noch etwas wackelig auf den Beinen war, sah er, dass Chrjuk den anderen gefolgt oder hergetragen worden war. Sein Bauch wurde von zwei Arbeitern gehalten – einer davon war Rotfuchs-Senjka. Dieser machte ein finsteres Gesicht und schaute Chaimele hasserfüllt an. Aber er hatte keine andere Wahl, als Chaimele sowohl die Uhr als auch seinen Wochenlohn auszuhändigen. Spiel- und Wettschulden waren Ehrenschulden. Wer sie nicht beglich, vor dem verlor man jeglichen Respekt. Zudem war Chrjuks Wort im Hafen Gesetz.

Damit war die Geschichte jedoch keineswegs zu Ende, denn Rotfuchs-Senjka war nicht der Mann, der sich ohne weiteres mit einer Niederlage abfand. Seine Wutanfälle waren allseits bekannt und gefürchtet, und wer sich mit ihm anlegte, musste früher oder später den Kürzeren ziehen. Nun sann er auf Rache und nahm sich dafür Zeit.

Das begann damit, dass er Chaimeles Autorität als Hilfsvorarbeiter in Frage stellte. Wenn ihn dieser zum Beispiel bat, sich bei der Beladung eines Schiffes zu beeilen, um den Zeitplan einzuhalten, wurde er bewusst und auf provokante Weise langsamer. Fragte Chaimele bei ihm nach, wie viel Platz noch im Laderaum oder in einem bestimmten Schuppen vorhanden war, erhielt er eine falsche Antwort – mit nachträglicher Entschuldigung, es habe sich um einen Irrtum gehandelt.

Wenn es um die Arbeit ging, bemühte sich Senjka, den Bogen nicht zu überspannen. Schlimmer waren die Geschichten, die er über Chaimele erfand. So behauptete er, Freunde von Freunden, die es von Bekannten erfahren hatten, hätten ihm erzählt, Chaimele habe Geld gestohlen; schon sein Vater sei ein Dieb gewesen und würde außerdem die Sowjetmacht ablehnen. Stellten ihn Chaimele oder Chrjuk darob zur Rede, meinte er nur, er gebe Gerüchte wieder, er wisse ja nicht, ob sie stimmten, und entschuldige sich in aller Form, wenn er etwas Unwahres weitergegeben habe. Bei diesen Worten grinste er immer wie ein Affe.

Senjkas Erfindungen und böswillige Unterstellungen waren zwar an den Haaren herbeigezogen, und es gab kaum jemanden, der ihm glaubte, doch sickerten die Geschichten in die Köpfe und Seelen der anderen Arbeiter ein. Diese erzählten sie weiter. Ihre Frauen und Kinder, ihre Cousins, Freunde, Schwager und Tanten tratschten, und so verbreiteten sich die Gerüchte in Windeseile im ganzen Ort und darüber hinaus. Kein Rauch ohne Feuer, hieß es gemeinhin. Die abstruseste Geschichte könnte einen wahren Kern haben, und auch wenn etwas unbewiesen war, hieß das noch lange nicht, dass das Gegenteil bewiesen wäre. Das Verhalten der anderen Chaimele gegenüber änderte sich, subtil zwar, aber doch merklich. Zusehends wandten sie sich von ihm ab, begegneten ihm mit Vorsicht und mit dem nötigen Misstrauen, das man jenen entgegenbringt, bei denen man nicht weiß, woran man ist.

Als Senjka eines Tages behauptete, jemand habe Chaimele in einer Scheune gesehen, wo er sich mit einem anderen Mann »widernatürlichen, zutiefst perversen Praktiken hingegeben« habe, platzte dem jungen Mann der Kragen. Er stellte Senjka zur Rede, drohte mit einer Klage wegen Ehrenbeleidigung und mit der Entlassung.

»Was? Du drohst mir, einem Veteranen des Bürgerkriegs, einem Parteimitglied und bekannten Aktivisten, mit der Entlassung? Was glaubst du, wer du bist, du kleines, beschnittenes Hündchen?!« Senjka lachte, schüttelte sein dichtes, fuchsrotes Haar, drehte sich um, um zu gehen, und da verlor Chaimele die Kontrolle. Zuerst hielt er Senjka an seiner Jacke fest, und als dieser ihn wegstieß, prügelte er auf ihn ein. Genau darauf hatte Rotfuchs-Senjka nur gewartet. Er schlug zurück – so fest, dass Chaimele rücklings auf die Bretter fiel.

Sie befanden sich auf einem Steg, der weit vom Verwaltungsgebäude und den Lagerräumen des Hafens entfernt war. Chrjuk war nicht hier, und die anderen Arbeiter, die gerade anwesend waren, griffen nicht ein. Senjka wartete grinsend, bis Chaimele aufgestanden war, und schlug ihn wieder – so hart, dass er abermals zu Boden fiel.

Am Boden Liegende schlägt man nicht. Das war zu jener Zeit noch ein ehernes Gesetz. An dieses hielt sich Senjka. Schließlich hatte er einen Ruf zu verlieren. Umso härter schlug er Chaimele, wenn dieser wieder auf den Beinen war. Beide Arme zu Fäusten geballt, versuchte auch Chaimele, seinen Kontrahenten zu treffen, doch bevor ihm dies gelang, lag er selbst wieder auf dem Boden. Sein Gesicht schwoll an, die Brust tat weh, in den Ohren sauste es, und der Steg bewegte sich, als sei es das Deck eines Schiffes bei starkem Seegang.

»Hast du jetzt genug, du beschnittener Sohn eines geilen Rüden und einer läufigen Hündin?«, fragte Senjka. »Oder soll ich Hackfleisch aus dir machen?«

Doch Chaimele gab nicht so leicht auf. Die anderen Arbeiter feuerten ihn an. »Los, Chaimele! Zeig's ihm, Chaimele!« Mit großer Mühe gelang es ihm, aufzustehen. Er schwankte auf seinen Gegner zu. Dieser lachte, wich seinen Schlägen aus, neckte ihn, holte selbst aus, und als er glaubte, sich lange genug über ihn lustig gemacht zu haben, wippte er mit dem Arm und visierte sein Ziel an. »So, jetzt knipse ich dir das Licht aus!«, verkündete er, kam dabei aber Chaimele offenbar etwas näher, als er vorgehabt hatte. Senjka war, wenn auch nur für einen Augenblick, unaufmerksam. Mit allerletzter Kraft versetzte ihm Chaimele einen Faustschlag mit seiner Rechten, und dieser saß. Er saß sogar sehr gut. Rotfuchs-Senjka torkelte, und dann fiel er. Die Arbeiter johlten, klatschten in die Hände und beglückwünschten Chaimele zu seinem Sieg. »Chaimele, Chaimele, David – Melech Israel!«, verkündete Jankel euphorisch. Für einen kurzen Moment des Triumphes wurde Chaimele zu David, der Goliath besiegt hatte – ein Held und der neue König von Israel.

Nun sollte Senjka wieder aufstehen, doch er stand nicht auf. Man rüttelte an seinen Schultern, versuchte, ihn aufzusetzen. Sein Körper rutschte schlaff wieder auf den Boden zurück, die Augen waren halb geöffnet, wirkten gläsern, leblos. »Ich glaube, er atmet nicht mehr!«, schrie jemand. »Was sollen wir nur tun?«, schrie ein anderer. Jemand schöpfte Wasser und leerte es über Senjka aus. Jemand schlug ihm auf Brust und Rücken, versuchte es mit Mund-zu-Mund-Beatmung. Plötzlich zuckten Senjkas Arme und Beine, er begann zu stöhnen, lallte etwas Unverständliches, keuchte, stieß Flüche aus, winselte. Man trug ihn ins Hafengebäude und holte einen Arzt.

»Ich werde diesen kurzen Moment, als ich glaubte, ich hätte Rotfuchs-Senjka umgebracht, nie vergessen«, erzählte mir Chaim Abramowitsch damals in Duderhof, als ich krank im Bett lag. »Weißt du, was ich mir damals gedacht habe?«

Ich schüttelte den Kopf.

»Ich dachte mir: Herr im Himmel, lass ihn leben! Wenn du ihn am Leben lässt, werde ich ein guter Mensch sein und ein gutes Leben führen.«

»Aber du warst doch vorher schon ein guter Mensch«, flüsterte ich. »Und du hättest in jedem Fall ein gutes Leben geführt.«

»Wer weiß«, meinte er und zuckte die Schultern. »Wer weiß das schon. Ich habe mich bemüht. Mehr nicht.«

»Was passierte dann mit diesem Rotfuchs?«, fragte ich leise. »Hat er sich von diesem Schlag erholt?«

»Gewiss. Er war schnell wieder auf den Beinen, doch Chrjuk hat ihn entlassen. Er meinte, er bringe zu viel Unruhe in den Betrieb. Vor rothaarigen Menschen, so Chrjuk, solle man sich hüten, vor allem vor Frauen, aber natürlich auch vor Männern. Ich hingegen durfte bleiben. Aber für mich war nichts mehr so wie früher.«

4

»Ich hätte gerne einen Vater«, sagt Mascha. »Eine Mutter zu haben, wäre auch schön. Erst recht Geschwister! Geschwister wären großartig. Als Kind habe ich immer von einem älteren Bruder geträumt, der mich beschützt, und von einer jüngeren Schwester, um die ich mich hätte kümmern können.«

»Deine Eltern sind tot?«, frage ich.

»Wahrscheinlich. Ich bin im Kinderheim aufgewachsen. Angeblich hat man mich auf der Straße aufgegabelt – verdreckt und halb verhungert. Ich selbst kann mich an nichts mehr erinnern. Es ist manchmal frustrierend, wenn man gar nicht weiß, wo man herkommt. Aber im Kinderheim war damals, in Zeiten der Kollektivierung, die Hälfte der Kinder so wie ich. Die eine Hälfte wusste nichts über die eigene Herkunft, und die andere Hälfte hätte lieber nicht gewusst, wo sie herkommt, oder sie hätte das bis dahin Erlebte am liebsten vergessen.«

»Dann kannst du dich selbst ganz neu erschaffen, wie es dir beliebt«, murmelt der Mann plötzlich. »Erfinde dich selbst!«

»Zumindest weiß ich genau, wo ich hinwill!«

»Ja, nach Riga«, scherzt der Mann.

Mascha hat die graue Latzhose ausgezogen. Sie trägt nun Shorts und ein knopfloses Baumwollhemd mit V-Ausschnitt, das ihr eindeutig zu eng ist. So kommt ihre muskulöse, stämmige Figur noch deutlicher zur Geltung. Ich frage mich, ob es Männer gibt, denen ein solches Mannweib gefällt. Greta denkt wahrscheinlich dasselbe, denn auch sie beobachtet Mascha mit sichtlicher Neugierde, aber auch mit leichtem Widerwillen, wie mir scheint, während der Blick des Mannes mit Gleichgültigkeit an uns vorbeigleitet und sich in der Weite der Landschaft hinter dem Fenster verliert. Diese Landschaft wird von Stunde zu Stunde russischer und somit vertrauter: endlose Wälder, hin und wieder unterbrochen durch Seen oder Teiche, seltener durch ärmlich aussehende Dörfer, verfallene Häuser und Felder, noch seltener durch Hügel und Flüsse. Eine Brücke, ein Bahnhof, ein Lastwagen, ein Pferdefuhrwerk oder eine Fabrik, an der wir vorbeifahren, sind ein Ereignis.

Greta holt eine Zigarette heraus, steckt sie sich in den Mund.

»Das ist ein Nichtraucherabteil«, sagt der Mann. »Ich bin froh, dass ich mir nicht einmal in der Armee das unnötige Laster des Rauchens angewöhnt habe.«

»Wirklich?«, fragt Greta erstaunt. »Nichtraucherabteile? Gibt es denn so etwas?«

»Aus welchem hintersten Winkel unseres Landes kommst du denn?« Mascha lacht und schüttelt den Kopf.

»Aus dem allerhintersten«, sagt Greta. »Ich bin ein Landei der übelsten Sorte.«

»Ich auch«, sagt der Mann. »Das Dorf, in dem ich geboren wurde, liegt sechshundert Kilometer nordöstlich von Moskau. Keine Bahn im Umkreis von zweihundert Kilometern, keine asphaltierten Straßen, keine Busse, keine Elektrizität, eine geschlossene Schneedecke von Oktober bis April, Menschen, die jede Woche genau zwei Sätze miteinander reden, aber natürlich eine Kolchose, eine Sowchose und die Bauruine einer Fabrik, die niemals in Betrieb gegangen ist. Meine Mutter starb bei der Geburt ihres achten Kindes. Das war das Jahr, in dem ich zur Armee eingezogen wurde.«

»Das klingt, als würden Sie die Region beschreiben, aus der ich stamme«, bemerkt Greta. »Eine Ansammlung von Käffern.«

»Ich dachte, du kommst aus Akmolinsk«, sagt der Mann. »Das ist zwar auch ein Kaff, aber zumindest eine Stadt im Werden.«

»Ähm …« Greta stockt, schaut mich hilfesuchend an. Mist!, denke ich. Wie konnte sie sich derart verreden und einen so dummen Fehler machen!

»In den letzten Jahren haben meine Mutter und ich in Akmolinsk gelebt«, stammelt Greta, aber es klingt sehr unsicher und keineswegs überzeugend. »Aber davor …«

»Schon gut!«, unterbricht sie der Mann schnell. »Das ist egal. Wen interessieren denn solche Details! Das Land ist groß, und Unglück lauert überall, ob in der Stadt oder auf dem Land. Ich bin Iwan.«

»Sehr erfreut«, murmelt Greta, »ich bin Rauschan. Es freut mich Ihre Bekanntschaft zu machen.«

»Sei doch nicht so förmlich, Mädchen!« Er lacht. »Für Mascha dort drüben bin ich einfach nur Wanja. Aber für euch beide, ihr ganz jungen Mädchen, bin ich ab sofort Onkel Wanja.« Er zwinkert mir zu. »Und natürlich sind wir alle per Du. Einverstanden?«

»Ja«, sage ich.

Je länger die Reise dauert, desto freundlicher und zugänglicher wird unser Mitreisender. Sein Wunsch, sich mitzuteilen, ist offenbar stärker als sein anfängliches Misstrauen. Das Bier löst schließlich seine Zunge …

Bis Onkel Wanja im Frühjahr 1941 zur Armee eingezogen wurde, war er aus seinem Dorf kaum jemals herausgekommen. Wenige Wochen nach seiner Einberufung begann der Krieg. Anfangs war Wanja einfacher Soldat, ein Jahr später Unteroffizier und ein weiteres Jahr später Leutnant. In der Zwischenzeit starb sein Vater. Einige seiner älteren Geschwister fielen an der Front. Der Krieg war praktisch schon gewonnen, als seine Einheit in Polen in deutsche Kriegsgefangenschaft geriet. Im deutschen Lager starben fast alle seine Kameraden. Als ihn die Rote Armee im April 1945 befreite, konnte er vor Entkräftung kaum noch stehen. Aber er wollte kämpfen. Er bestand darauf. Schließlich gab man ihm eine neue Uniform und eine Waffe. Dass er in der Schlacht um Berlin mitgekämpft hatte, mache ihn heute noch stolz, erzählt er uns.

Der Krieg war zu Ende, doch Wanja konnte den Frieden nicht lange genießen. Noch in Deutschland wurde er festgenommen, der Spionage und der Kollaboration mit den Nazis angeklagt und nach einem Schnellverfahren zu fünfundzwanzig Jahren Lagerhaft verurteilt. Dieses Schicksal teilte er mit den meisten anderen ehemaligen Kriegsgefangenen. Wer in deutscher Gefangenschaft gewesen war, galt als Volksfeind. Der sowjetische Staat hatte erwartet, dass seine Kämpfer Selbstmord begehen, bevor sie sich dem Feind ergeben. »*Die letzte Kugel ist für einen selbst*«, hieß es. Und: »*Ein Rotarmist kämpft bis zum letzten Atemzug.*« Wanja hatte sich nicht erschossen. Er hatte schon lange, bevor er gefangen genommen wurde, keine Munition mehr gehabt.

In elf Jahren Haft hatte Wanja einen großen Teil der sowjetischen Lagerwelt bereist: Von Moskau bis Magadan lernte er die schlimmen und weniger schlimmen Orte des Grauens kennen. Die kasachische Steppe war seine Endstation. Zuletzt hatte er in einer Tischlerei gearbeitet. Das nötige Wissen und die Fertigkeiten hatte er in diversen anderen Lagern erworben. Nun war er als gelernter Handwerker ein privilegierter Häftling. Eines Tages wurde er in die Lagerverwaltung gerufen, wo man ihm seinen Rehabilitierungs- und seinen Entlassungsschein aushändigte. Das Verfahren gegen ihn sei eingestellt worden, weil keine strafbare Handlung von seiner Seite festgestellt werden konnte, teilte man ihm mit. Man bedauere den

Fehler, meinte der Lagerleiter, schüttelte ihm zum Abschied die Hand und wünschte ihm alles Gute. Derselbe Lagerleiter hatte ihn einst als Stück Dreck bezeichnet, welches man bald wie ein Exkrement entsorgen würde.

»Und so, Mädchen, sitze ich nun hier und fahre nach Moskau, wo ein Bruder und zwei Schwestern von mir leben; ich habe ihnen telegrafiert, dass ich komme«, beendete Wanja seinen Bericht, der eher nüchtern und knapp ausgefallen war. »Zuerst wollte ich nicht darüber reden. Wie ihr euch denken könnt, bin ich vorsichtig und traue grundsätzlich niemandem. Aber dann dachte ich mir: Scheiß drauf, das halbe Land ist auf dem Weg aus den Lagern irgendwohin – nach Hause oder umgekehrt, weit weg, wo uns niemand kennt. Unser ›großer Führer und Lehrer‹ ist zum Teufel gegangen und wird nun hoffentlich in der Hölle am Spieß gebraten. Die Zeiten haben sich geändert! Und wenn nicht, so habe ich keine Lust und keine Kraft mehr, mich zu fürchten. Es kommt, wie's kommt. Ihr macht auf mich einen netten Eindruck. Hätte ich mir vor ein paar Monaten träumen lassen, hier mit euch zu sitzen und zu plaudern? Drei Grazien, eine schöner als die andere!« Er zeigt uns stolz seinen Fahrschein, ein kleines Rechteck aus Karton. »Für diesen Gegenstand habe ich einen großen Teil meines Geldes ausgegeben. Aber ich wollte lieber mehr bezahlen und in der Luxusklasse fahren, im Viererabteil, als tagelang im versifften, verrauchten, überfüllten Großraumwagen auf harten Liegen durchgerüttelt werden. Ich habe lange genug auf verlausten, dreckigen Stockbetten geschlafen.«

Nachdem Onkel Wanja seine Lebensgeschichte preisgegeben hat, wird die Stimmung gelöster, wenige Stunden später ist sie beinahe ausgelassen. Man scherzt, erzählt einander Anekdoten, nach einiger Zeit beginnt Mascha, den anderen etwas vorzusingen, und etwas später kommen die Fahrgäste aus den Nachbarabteilen zu Besuch. Sogar die Schaffnerin schaut kurz vorbei und setzt sich zu uns. Man bringt Wodka und Bier, saure Gurken und Heringe mit. Das hebt die Stimmung zusätzlich. Greta, die spürbar verkrampft und nervös gewesen ist, taut ein wenig auf, aber ich spüre, dass etwas mit ihr nicht in Ordnung ist.

Ich selbst bin froh, dass die Zeit vergeht. Wie gerne wäre ich schon zu Hause in Leningrad bei meiner Familie! Wenn ich vernünftig, rational nachdenke, weiß ich längst, dass Chaim Abramowitsch gestorben ist. Dennoch will ich die Hoffnung nicht aufgeben. Es bleibt die kleine Wahrscheinlichkeit, die man korrekterweise Unwahrscheinlichkeit nennen sollte, bestehen, dass er mich erwarten und freudig begrüßen wird, wenn ich heimkomme, dass ich seine lachenden Augen, seine sonore Stimme, seine ausgebreiteten Arme und sein freundliches Gesicht wiedersehen werde. *Ich hatte einen winzig kleinen Infarkt, doch inzwischen geht es mir wieder gut*, wird er mir sagen. *Die Tage im Krankenhaus waren wie ein Kurzurlaub,* wird er behaupten und lachen. *Deine Mutter und dein Bruder haben sich mehr Sorgen gemacht als ich selbst. Du hättest gar nicht vorzeitig in Kasachstan aufbrechen müssen, aber ich freue mich natürlich, dass du jetzt da bist …*

Von einem Augenblick auf den anderen habe ich das Gefühl, meine Seele würde sich vor Schmerz und Ungeduld auflösen, mein Herz würde zerspringen und ich würde in einem Meer voller Tränen davonschwimmen, doch dann bringt mich der Ordnungsruf meines Geistes zurück in die Welt der Logik. Durch meine Ungeduld wird der Zug nicht schneller, sage ich mir. Meine Unruhe ist sinnlos und kostet unnötig Energie. Ich muss mich schonen; ich werde noch Kraft brauchen auf dieser Reise. Ich muss … Ich zwinge mich, vernünftig zu sein.

Mascha redet währenddessen ohne Punkt und Beistrich, ein nicht abreißender Wasserfall aus Worten, den die anderen bereitwillig über sich ergießen lassen. Sie erzählt Geschichten aus ihrem Leben, die alles andere als erbaulich sind, schildert diese aber auf eine Art und Weise und in einem Tonfall, als handle es sich um die selbstverständlichsten Anekdoten auf der Welt.

In ihrer Kindheit, erzählt Mascha, seien sie und andere Mädchen im Kinderheim von ihren Erziehern an die Heizkörper gekettet und geschlagen worden. Manchmal hätten sie stundenlang ohne Essen und Trinken zubringen und sich direkt auf den Boden erleichtern müssen. »Aber einige andere Mädchen waren schlimmer dran als ich, sie wurden nicht nur angekettet und geschlagen, sondern noch viel mehr als das; ich nicht; ich habe gebissen und gekratzt; ich war schon als Kind groß und kräftig. Später, als ich erwachsen war, traf ich einen dieser Erzieher zufällig abends in einer engen Gasse. Diese Begegnung wird er niemals vergessen, der alte Drecksack. Im Krankenhaus hat er am nächsten Tag angegeben, von Unbekannten überfallen worden zu sein. Er wusste schon, warum er die Klappe hielt.«

Mascha ist anstrengend, und doch fühle ich mich in ihrer Gegenwart wohl. Sie strahlt etwas Heiteres, Kindliches aus, verhält sich manchmal wie ein kleines Mädchen oder eine geistig zurückgebliebene Person, obwohl sie beides nicht ist. »Schaut doch, was für ein liebes Pferdchen!«, schreit sie, als der Zug an einer Schindmähre vorbeifährt, die einen Leiterwagen zieht. Greta und ich schauen einander fassungslos an und zucken mit den Schultern. Es erstaunt uns gleichermaßen, dass sie einen weißen Plüschhund mit sich führt, den sie seit der zweiten Nacht im Zug zu sich ins Bett holt, wenn sie schlafen geht. Aber nicht nur das. Auch tagsüber zeigt sie das Stofftier herum und erklärt, dass sie ohne ihr »Hündchen«

nicht einschlafen könne. Das Spielzeug ist mehr als achtzig Zentimeter lang, es hat Schlappohren, angenähte Knopfaugen und eine schwarze Nase, einen kurzen, dicken Schwanz und ein Halsband aus dünnem, rotem Stoff. Ich frage mich, wie die anderen Arbeiterinnen und Arbeiter reagieren, wenn sie mit diesem Stoffding unter dem Arm auf einer Baustelle oder in einem Arbeiterwohnheim auftaucht.

Ob denn der Hund einen Namen habe, fragt jemand.

»Ja. Mascha.«

»Was? Der Hund hat denselben Namen wie du?«, rufe ich erstaunt aus.

»Ja«, antwortet sie mit entwaffnender Selbstverständlichkeit. »Irgendwann werde ich mir einen richtigen Hund zulegen, und wenn es ein Weibchen ist, wird es auch Mascha heißen.«

»Wie alt bist du?«, frage ich sie.

»In einem Monat werde ich dreißig.«

Mascha ist verheiratet. Ihren Mann, der als Koch in einer großen Kantine arbeitet, nennt sie *Mein kleiner Sperling.* Darüber muss ich schmunzeln, vor allem, als ich erfahre, dass der kleine Sperling einen Meter neunundachtzig groß ist. »Ich liebe mein Vögelchen sehr«, erklärt Mascha. »Er ist der netteste und gutmütigste Mensch, den man sich vorstellen kann. Er hat mich nie geschlagen, während ich ihn schon zweimal verdroschen habe. Wenn er Wutanfälle hat, zerschlägt er Geschirr, aber er rührt weder mich noch die Kinder an. Manchmal hilft er mir sogar ein bisschen im Haushalt, und besoffen ist er nur an den Wochenenden.«

Mascha hat einen sieben Jahre alten Sohn und eine neun Jahre alte Tochter, um die sich in erster Linie die Schwiegermutter kümmert, wenn Mascha unterwegs ist. »Die alte Giftspritze kann mich nicht leiden«, erzählt Mascha. »Aber welche Frau mag schon ihre Schwiegertochter … Zu den Kindern ist sie allerdings sehr nett!«

Außerdem hat Mascha drei Abtreibungen hinter sich – zwei bei einer Engelmacherin in der Zeit, als Abtreibungen noch verboten waren, und eine dritte schon ganz legal im Krankenhaus. »Diese widerwärtigen Weiber in der Klinik, die Ärztin und die Schwester, haben mich ohne Narkose ausgeweidet, als wäre ich eine geschlachtete Kuh.« Sie lacht bitter, greift nach ihrem Plüschhund, drückt ihn an sich. »Als ich vor Schmerz gebrüllt habe, haben sie gemeint, ich solle mich zusammenreißen. Wer die Beine breit mache, solle auch etwas aushalten können. *Sprechen Sie aus eigener Erfahrung, Frau Doktor?*, habe ich gefragt. Danach hat es noch mehr wehgetan.«

Es sei, so Mascha, sinnvoll, sich auf die Zählmethode zu verlassen, statt sowjetischen Präservativen zu vertrauen. All die Marken mit den klingenden Namen kämen ohnehin aus derselben Fabrik, in der minderwertige Ware hergestellt werde. Sogar die teuerste Marke – *Heiße Träume* – tendiere dazu, zu reißen. »Die heißen Träume platzen, und dann gibt es eine dicke Überraschung«, scherzt Mascha. Die ganze Runde lacht und macht zotige Bemerkungen, die immer derber und anzüglicher werden. Mir allerdings ist das Gespräch äußerst unangenehm. Ich senke den Blick und beiße mir auf die Lippen. Ich war erst vierzehn, als mir Rosa Borisowna erklärt hatte, sie würde es entsetzlich finden, wenn ich eines Tages als unverheiratetes junges Mädchen schwanger nach Hause käme. Aber sie würde mir das verzeihen und mich und das Kind unterstützen. Unverzeihlich allerdings fände sie, wenn ich das Kind abtreiben oder weggeben würde. In einem solchen Fall würde sie mich verfluchen und nichts mehr mit mir zu tun haben wollen. Bis jetzt bin ich aber nicht einmal in die Nähe einer Möglichkeit gekommen, schwanger zu werden.

»Seht euch die Kleine an. Die wird ja richtig rot!«, sagt die Schaffnerin, und plötzlich schauen mich alle an.

»Gar nicht wahr«, murmle ich und spüre selbst, wie meine Wangen und meine Stirn zu glühen beginnen.

»Lasst sie doch in Ruhe!«, schnauzt Greta die anderen an, wohl eine Spur zu laut, was sogleich die gegenteilige Wirkung hat. Alle beginnen zu lachen. »Sie ist eben ein anständiges Mädchen, naiv, rein und unerfahren«, meint jemand. Jetzt würde ich am liebsten im Boden versinken. Ich presse die Arme gegen den Oberkörper und ziehe die Schultern hoch. »Ihr seid Trottel«, murmle ich. »Blöde Trottel!«

Ich selbst halte mich keineswegs für anständig, naiv oder rein. Dafür habe ich in meinem Leben zu viel gesehen und erlebt. Ich muss an Natascha denken, die jüngere Schwester unserer Nachbarin Julia. Im Unterschied zu dieser ist sie zwar nicht im horizontalen Gewerbe tätig, aber sie ist das, was man gemeinhin ein »leichtes Mädchen« nennt. Auf leeren Baustellen, in Kriegsruinen oder unverbauten Stätten zwischen den Häusern, wo allerlei Gerümpel herumlag oder Sträucher wuchsen, traf sie sich mit jungen Männern, um sich zu vergnügen. Als »Sicherheitsbegleiterin« nahm sie dabei mich mit – ich war elf oder zwölf, sie selbst siebzehn oder achtzehn Jahre alt. Die Männer brachten Bier, Wein, Wodka, Zigaretten und Essen mit. Wenn die Kavaliere Natascha bedrängten, diese aber nicht in Stimmung war, um ihnen in entsprechender Weise gefällig zu sein, zeigte sie auf mich und schrie: »Hör auf! Pfoten weg! Das Kind! Was soll sich das Kind denken, du Schmutzfink?!« Wenn ihr jedoch die Annäherungsversuche ihrer Freunde gerade genehm waren, sagte sie einfach: »Lina, dreh dich bitte um, wir brauchen fünf Minuten für Erwachsene!« Was dann geschah, konnte ich gut hören, und manchmal war ich trotzig und verwegen genug, um den Kopf für einen kurzen Augenblick nach hinten zu drehen und einen Blick auf das zu erhaschen, was mich zutiefst abstieß und dennoch eine seltsame Faszination auf mich ausübte.

»Ich kannte einmal ein Mädchen«, erzählt die Schaffnerin, »die Tochter einer Nachbarin. Ein sehr braves und anständiges Mädchen. Mit achtzehn war sie auf einem Tanzfest und lernte dort einen jungen Mann kennen, der ihr sympathisch war. Nach dem Fest begleitete er sie bis zur Eingangstür ihres Hauses. Sie küssten sich. Er fragte, ob er mit zu ihr hinaufkommen dürfe. Sie sagte: *Ja*. Sie gingen in den dritten Stock und in ihre Wohnung, blieben mitten im Zimmer stehen, schauten einander an. *Gut, dann zieh dich jetzt aus!*, sagte er. *Dreh dich um*, sagte sie. Er drehte sich um. Sie öffnete das Fenster und sprang.«

»Was? Wieso?«, schreit Mascha. »Hat er sie bedroht? Wollte er sie vergewaltigen?«

»Nein«, sagt die Schaffnerin. »Als die Miliz die Schwerverletzte im Krankenhaus befragte, meinte sie, sie sei aus Empörung gesprungen. Sie war über das Ansinnen des jungen Mannes, allein über seine Vorstellung, seine Erwartung, dass sie am ersten Abend ihrer Bekanntschaft schon mit ihm schlafen würde, so empört, dass ihr nichts anderes übrigblieb, als aus dem Fenster zu springen.«

»Jaaa, diese anständigen Mädchen«, lallt eine stark betrunkene Dame, die kürzlich aus dem Nachbarabteil zu uns gekommen und Platz genommen hat. »Ich kannte einmal ein besonders anständiges Mädchen, eine Turnerin. Vor fünf oder sechs Jahren war sie achtzehn und durfte mit anderen Turnerinnen am 1. Mai über den Roten Platz marschieren. In Turnschuhen, schwarzen Shorts und weißem Leibchen. Stalin und das gesamte Politbüro standen auf dem Lenin-Mausoleum und applaudierten, und dann hatte unser anständiges Mädchen plötzlich den Eindruck, Stalin habe sie angeschaut. Sie ganz persönlich! Er habe sie angeschaut und ihr zugelächelt. Das hat sie in eine solche Euphorie versetzt, hat ihr ein solch unglaubliches Glücksgefühl gegeben, dass sie plötzlich den Eindruck hatte, sie würde fliegen. Etwas Angenehmes, Außergewöhnliches, bislang Unbekanntes habe ihren Körper durchströmt, erzählte sie mir später. Für ein paar Momente hatte sie so schwache Knie, dass sie fürchtete, nicht weitergehen zu können. Statt eines *Hurra!*, das alle anderen geschrien haben, als sie an Stalin vorbeimarschierten, kam ein Stöhnen aus ihrem Mund. Sie erzählte mir das, ohne zu verstehen, was mit ihr geschehen war, und was sie am meisten wunderte, war, dass sie in jenem Augenblick nass zwischen den Beinen wurde, und das, wie sie mir versicherte, an einem kühlen Tag, an dem sie sonst nirgendwo geschwitzt habe.« Es folgt wieherndes Gelächter, das nicht aufhören will, bis Onkel Wanja das Thema wechselt: »Ich schätze, dass die junge Frau, die aus dem Fenster gesprungen ist, ihre Entscheidung später im Krankenhaus sehr bereut hat«, meint er. »Nicht wahr?«

Ich warte die Antwort nicht ab, sondern springe auf und laufe aus dem Abteil. »Lina!«, höre ich Gretas Stimme hinter meinem Rücken. Ich gehe weiter durch den Gang, ohne mich umzudrehen, und bleibe erst in der Schlange zur Toilette stehen. Es sind noch fünf Leute vor mir.

»Lass dich nicht von diesen Idioten beleidigen«, flüstert mir Greta, die sich hinter mir angestellt hat, ins Ohr.

»Ich bin nicht beleidigt. Warum sollte ich denn beleidigt sein? Wer sich zum Affen macht, erntet die Häme und den Spott, den er verdient.«

»Diese Mascha ist eine dumme Kuh, und die Schaffnerin ist betrunken. Genauso wie der Penner und erst recht die Nutte aus dem Nebenabteil. Die sind sogar sternhagelvoll. Hast du das nicht gemerkt?«

»Ich finde Mascha nett, vor allem den Plüschhund. Auf die anderen Leute habe ich gar nicht geachtet. Menschen, die nach Alkohol stinken, versuche ich zu ignorieren und sofort zu vergessen.«

»Ich muss mit dir reden«, sagt sie. »Es geht mir nicht gut.«

»Was ist los?« Ich drehe mich zu ihr um. Vor mir sind noch vier Leute, hinter Greta haben sich schon zwei weitere Passagiere angestellt. Sie schaut sich um und flüstert mir noch leiser ins Ohr als zuvor: »Nicht hier! Hier kann ich nicht offen reden. Wir gehen gemeinsam in die Klokabine. Das ist der einzige Ort, an dem wir ungestört sind. Hier sind zu viele Leute, die Abteile sind voll, in den Gängen ist ständig jemand unterwegs, und in den Übergängen zwischen den Waggons ist es zu laut – dort hört man sein eigenes Wort nicht.«

»Zu zweit in diese Kabine? Bist du verrückt?«, frage ich sie. Aber sie meint es ernst. Als ich an der Reihe bin, schiebt sie mich in die Kabine und folgt mir sogleich nach. »He!«, schreit der alte Mann, der hinter ihr in der Schlange gestanden ist. »Ihr könnt nicht zu zweit aufs Klo gehen. Das ist doch kein Zimmer. Und ich muss dringend auf die Toilette. Was immer ihr miteinander vorhabt, macht es woanders!«

»Hast du irgendwelche Probleme, alter Mann?«, schreit Greta zurück. »Kümmere dich um deinen eigenen Dreck; ich bin sicher, er ist so groß wie eine Müllhalde, so alt, wie du bist. Der Mist eines ganzen Lebens. Mach dir keine Sorgen, wir brauchen nicht lange.«

Der alte Mann drängt trotzdem nach, hat seinen Fuß in der Tür, krallt sich an Gretas Ärmel fest.

»Wenn du nicht sofort loslässt, hast du mein Knie dort, wo du es am wenigsten haben willst!«, schnauzt ihn Greta an. »Geh in einen anderen Waggon oder piss in eine Flasche, wenn du dich gar nicht mehr beherrschen kannst.« Mit diesen Worten stößt sie ihn mit aller Kraft von sich. Er lässt los, und sie knallt schnell die Tür zu.

»Bist du völlig übergeschnappt?«, frage ich sie. »So aggressiv kenne ich dich gar nicht.«

»Ich bin die Tochter eines Vergewaltigers«, sagt sie mit

bitterer Stimme. »Was erwartest du von mir? Der Apfel fällt nicht weit vom Stamm. Ich bin schlecht. Früher oder später bekomme ich das, was ich verdiene.«

»Hör auf! Ich hasse dich, wenn du so redest. Hör auf mit diesem Blödsinn!«, schreie ich. »Der Apfel fällt nicht weit vom Stamm? Wenn es nach dem ginge, bestünde die halbe Welt längst aus faulem Obst und aus Schwerverbrechern.«

»Ist das denn nicht so?«, fragt sie. »Schau dich doch um!«

»Vielleicht ist es gut, dass du deinen Vater nie kennengelernt hast.«

»Du hast ja keine Ahnung, du verstehst überhaupt nichts, du Töchterchen aus gutem Hause! Du ...«

»Mag sein«, unterbreche ich sie. »Aber jetzt erklär mir bitte, was los ist. Du bist mit einem falschen Pass unterwegs und führst dich auf, als wärst du die Königin der Transsibirischen Eisenbahn. Willst du, dass man dich festnimmt und zurückschickt?«

»Tut mir leid, aber ich glaube, ich sterbe«, sagt sie und zündet sich eine Zigarette an.

»Was?« Vor Schreck mache ich einen Schritt zurück und lasse mich auf die Klobrille fallen. »Was redest du denn für einen Unsinn?«

»Ich war in Ust-Kamenogorsk im Keller, von der radioaktiven Strahlung habe ich aber offenbar trotzdem einiges abbekommen. Mir ist die ganze Zeit übel, das Essen schmeckt mir nicht mehr, ich habe Kopf-, Glieder- und Bauchschmerzen, und die Haare fallen mir aus.«

»Es wäre mir nicht aufgefallen, dass du weniger Haare hast.« Ich huste. Der Zigarettenrauch reizt meinen Hals und treibt mir die Tränen in die Augen. Ich öffne das Fenster. »Die Haare fallen dir nicht aus. Das würde ich sehen.«

»Doch!« Sie zerrt an ihrem Haar, reißt ein Haarbüschel aus und hält es mir entgegen.

»Das beweist nichts«, versuche ich zu beschwichtigen, spüre aber, wie ich unruhig werde. »Über Radioaktivität und Strahlenkrankheit weiß man noch zu wenig; es gibt dazu unterschiedliche Meinungen von Fachleuten …« Ich nehme ihr das Haarbüschel aus der Hand und stecke es aus mir selbst unerfindlichen Gründen in meine Hosentasche.

»Menschen sind vor meinen Augen gestorben! Die Strahlung ist tödlich, und die Strahlenkrankheit ist gefährlich. Glaub mir das.«

»Aber du warst im Luftschutzkeller. Mach dich nicht verrückt. Hätte es dich erwischt, wärst du längst tot oder schwer krank. Dann stündest du nicht rauchend hier herum. Ich denke, du bist schlichtweg übermüdet oder hast eine Magenverstimmung, vielleicht auch nur eine Erkältung oder eine leichte Grippe. Hast du das Gefühl, dass deine Temperatur erhöht ist? Willst du Fieber messen? Ich habe ein Thermometer in meinem Waschbeutel.«

»Die Symptome sind genauso wie bei einer Strahlenkrankheit. Ich habe darüber gelesen.«

»Wo hast du das gelesen?«

»In einer Zeitung war vor einem Jahr ein Artikel.«

»In welcher?«

»In den *Semipalatinsker Nachrichten.*«

Ich beginne zu lachen.

»Ich weiß, was ich weiß!«, schreit sie beleidigt.

»Du bist keine Ärztin«, entgegne ich.

»Ich will nicht sterben«, sagt sie.

»Du wirst nicht sterben. Nicht jetzt. Vertraue mir«, sage ich.

»Warum soll ich dir vertrauen?«

»Weil du zurzeit niemand anderen hast, dem du vertrauen könntest.« Von draußen wird immer lauter gegen die Tür gehämmert – es handelt sich eindeutig um mehr als nur um zwei Fäuste, die hier am Werk sind – und an der Türklinke gerüttelt. »Warten wir doch ab, was in den nächsten Tagen passiert. Iss etwas, trink einen Tee, schlaf gut, und morgen wird es dir bestimmt besser gehen!« Jemand ruft uns etwas zu, das durch die geschlossene Tür dumpf klingt. Es ist ein wütendes Geheul, das immer aufgeregter und insistierender wird. Nun scheint es, als hätten sich sämtliche Passagiere des Zuges vor dieser Toilette versammelt.

»Lass uns hinausgehen, sonst treten sie die Tür ein«, sage ich.

»Ich hoffe nur, dass sie uns nicht sofort erschlagen, wenn wir durch diese Tür gehen«, meint sie, wirft den Zigarettenstummel ins Klo und ballt die Fäuste.

Als wir wieder im Abteil sind, erzählt Mascha immer noch Geschichten aus ihrem Leben. Die Schaffnerin hat glänzende Augen. Im Dienst zu trinken, ist ein Entlassungsgrund, aber sie macht das offensichtlich nicht zum ersten Mal, weiß, wann und wo sie sich so etwas erlauben darf, und kennt ihre Grenzen. Onkel Wanja wirkt völlig nüchtern, während das Pärchen aus dem Nachbarabteil nicht mehr viel mitbekommt. Die Bank, auf der sie sitzen – in der Nacht Gretas Bett, tagsüber als Sitzbank genutzt –, bietet ein bizarres Bild: Der Mann aus dem anderen Abteil ist eingeschlafen. Er röchelt leise, hat den Kopf auf die Schulter seiner Nachbarin gelegt, den Mund weit geöffnet. Der Frau fällt es sichtlich schwer, gerade zu sitzen, sie hat ihre Augen auf Halbmast, kämpft aber standhaft gegen den Schlaf. Links von ihr sitzt der Plüschhund: Er wirkt fast so groß wie ein Mensch, dominiert die Sitzbank, und für einen Augenblick habe ich den Eindruck, er würde mir zuzwinkern und lächeln. Und links davon, zwischen Hund und Fenster, sitzt Mascha und redet, wobei sie niemanden anschaut, sondern die Wand gegenüber fixiert. Sie erzählt, weil sie erzählen muss, und wenn außer ihr und dem Hund niemand im Abteil wäre, würde sie wahrscheinlich trotzdem weiterreden.

»Ich hatte einen Vertrag für eine Baustelle in Moskau unterschrieben. Moskau!, dachte ich. Wie toll! Ich wollte immer schon nach Moskau, aber ich war nur zweimal kurz dort gewesen.« Sie macht eine kurze Pause, hustet ein paar Mal und spricht weiter. »Wir waren drei Dutzend Männer und Frauen. Man hat uns auf zwei Lastwagen geladen und gesagt, man bringe uns damit direkt zur Baustelle in Moskau. Neben der Baustelle befänden sich unsere Wohnbaracken. Aber wir fuhren lange, viel zu lange. Statt nach Moskau brachte man uns mitten in einen Wald. Dort blieben die Lastwagen stehen, und die Vorarbeiter sagten uns: *Los, absteigen, wir sind da!* Wir daraufhin: *Was? Wie? Man hat uns Moskau versprochen. Was sollen wir hier?* Die Mistkerle lachen uns aus und meinen: *Ihr habt das Kleingedruckte in eurem Vertrag nicht gelesen. Hier, hinter diesem Wald, ist eure Baustelle, und Moskau gibt's für euch im nächsten Leben. Also, Abmarsch!* Doch wir sind klug, wir bleiben sitzen. Kurz darauf kommen aus dem Wald ein paar Arbeiter und sagen uns: *Ah, ihr seid also unsere Ablöse.* Wir darauf: *Man hat versprochen, uns nach Moskau zu bringen.* Die antworten: *Moskau? Baustelle? Hier ist ein Bergwerk. Fragt lieber nicht, was hier abgebaut wird. Wir haben notdürftig einige Hütten gebaut, um in diesem Urwald mit Bären und Wölfen überleben zu können. Als man uns hergebracht hat, war hier überhaupt nichts. Es ist kalt, nass, die Bedingungen sind schlecht. Bleibt am besten auf euren Lastwagen und lasst euch nichts gefallen.* Die Arbeiter, die wir ablösen sollten, erwiesen sich als sehr anständige Menschen. Sie haben uns die Wahrheit gesagt und nicht versucht, uns reinzulegen, um selbst von dort wegzukommen. Wir haben daraufhin verkündet, wir würden nicht von unseren Lastwagen heruntersteigen. Man soll uns wieder zurückfahren. Wir lassen uns nicht verarschen! Die Vorarbeiter haben geschrien, geflucht und Drohungen ausgestoßen. Die Chauffeure der

Wagen haben gemeint, sie würden die Außenborte lösen und herunterklappen und dann mit den Lastwagen ein bisschen vor und zurückfahren, anfahren und dann schnell bremsen oder beschleunigen und dann scharf in die Kurve fahren, damit wir von selbst herausfallen. Daraufhin sind einige unserer kräftigsten Männer heruntergesprungen, sind zu den Fahrern hingegangen und haben gesagt: *Wer von euch auch nur versucht, diese Schweinerei in die Tat umzusetzen, dem reißen wir die Eier ab und dann den Kopf. Davor ziehen wir ihm aber noch die Haut vom Gesicht ab.*

Einem der Vorarbeiter haben sie einen Finger und einem anderen die Nase gebrochen, um zu zeigen, dass wir es ernst meinen. Schließlich hat man uns wieder in das Städtchen zurückgebracht, wo wir losgefahren waren. Dort haben wir dann …«

Ich höre nicht mehr hin. Ich beobachte Greta, die traurig und in sich gekehrt zusammengesunken in einer Ecke sitzt. Ich weiß nicht, was ich tun soll. Wie kann ich ihr helfen? Was soll ich ihr sagen, wenn sie das nächste Mal allein mit mir reden möchte? Ich vermisse Chaim Abramowitsch und Rosa Borisowna, meinen Bruder, Borja, Olga und meine anderen Freundinnen und Verwandten. Hier gibt es niemanden, mit dem ich offen reden, mit dem ich mich beraten kann. Ich überlege mir, was mir Olga sagen würde, wenn ich sie um Rat fragen würde, aber auch wenn ich mich in Olgas Denken und in ihre Seele hineinfantasiere, fällt mir kein passender Ratschlag ein.

5

In der Nacht träume ich von Borja. Ich träume, dass ich ihn wieder im Leningrader Zuchthaus besuche, in dem er wegen Korruption und Unterschlagung zwei Jahre eingesperrt war. So wie damals sitzt er mir auch diesmal gegenüber: zwischen uns ein breiter Tisch, rechts von mir seine Mutter, meine Tante, die wenig sagt und stattdessen uns beide reden lässt. Wie bei allen Besuchen drückt ihr Gesicht jene Mischung aus Trotz und schutzloser Verzweiflung aus, die bei mir nicht Mitleid, sondern Widerwillen auslöst. Allmählich beginne ich zu verstehen, warum Borja nach seiner Demobilisierung zu meinen Eltern und Großeltern, nicht aber zu seiner Mutter ziehen wollte. Schon auf dem Weg zum Zuchthaus, nach den gemeinsamen Fahrten mit Straßenbahn und Trolleybus, hatte ich jedes Mal genug von Borjas Mutter und ihrer gleichermaßen aufdringlichen und wehleidigen Art.

Zwei Strafvollzugsbeamte beobachten uns. Wir dürfen einander auf keinen Fall berühren, und wenn wir etwas sagen, was den Beamten verdächtig vorkommt, ist der Besuch sofort beendet. Als Borja ins Zimmer geführt wird, trägt er Handschellen, die ihm erst abgenommen werden, nachdem er auf dem Stuhl mir gegenüber Platz genommen hat. Er begrüßt uns, wirft seiner Mutter ein bemühtes Lächeln zu und strahlt über das ganze Gesicht, wenn er mit mir spricht. Die Gefängnisbesuche sind die einzigen Momente in meinem Leben, in denen ich einen anderen Menschen berühren möchte. Ich würde gerne Borjas Hand nehmen, sie halten und ihre Wärme spüren. Aber das darf ich nicht, und später, nach dem Ende seiner Haftstrafe, wird mein Wunsch, ihn an der Hand zu nehmen, sofort verschwunden sein.

Ins Gefängnis war Borja in erster Linie aufgrund seiner eigenen Naivität und Dummheit geraten. Kurz nach Kriegsende war er nach Leningrad zu seiner Mutter zurückgekehrt und hatte Arbeit in einer Möbelfabrik gefunden. Schwer arbeiten musste er dort nicht. Als Kriegsheld und ehemaliger Kindersoldat erhielt er eine gute Stelle in der Verwaltung, wo er neben anderen Bürotätigkeiten sowie »Kleinkram«, den andere für ihn erledigten, Lieferscheine und Rechnungen unterschreiben, Einstellungs- und Entlassungspapiere ausstellen und die interne Korrespondenz archivieren und in Ordnern ablegen musste. Im Sommer 1945 war in der *Leningrader Prawda* ein euphorischer Artikel über ihn mit dem Titel *Der Knabe mit Feldtasche und Komsomol-Ausweis* erschienen. Darin wurde er als junger Held beschrieben, der schon mit vierzehn mit der Waffe in der Hand gegen die Faschisten gekämpft und bei jedem Sturmangriff stets seinen Mitgliedsausweis der kommunistischen Jugendorganisation *Komsomol* bei sich getragen und an den Sieg, an die kommunistische Zukunft der Menschheit und an den Genossen Stalin gedacht hatte. Als er schwer verletzt im Lazarett lag, sei er froh gewesen, für eine gerechte Sache gekämpft zu haben. »Wenn ich heute sterbe, ist mein kurzes Leben nicht umsonst gewesen«, habe er den behandelnden Ärzten gesagt. Als ich Borja einige Jahre später auf diesen Artikel ansprach, lachte er und zeigte mir ein Bild – eine zerknitterte, alte, nachkolorierte Fotografie einer nackten jungen Frau, die auf einem roten Sofa lag. Dieses Foto und nicht seinen Komsomol-Ausweis habe er bei jeder Attacke in seiner Uniformtasche gehabt. An Stalin, Hitler, Gott, Karl Marx, seinen Kommandeur oder sonstige Autoritäten habe er niemals gedacht, wenn ihm die Kugeln, Geschosse, Granatsplitter und die abgerissenen Gliedmaßen seiner Kameraden um die Ohren flogen, sondern nur daran, wie schön es sein würde, nach der Schlacht ein einsames Plätzchen zu finden, wo er das Bild der nackten Schönheit anschauen und dabei in aller Ruhe wichsen könnte. Vorausgesetzt natürlich, er würde die nächsten Sekunden, Minuten oder Stunden überleben. In der Schlacht sei jede Sekunde, die man am Leben blieb, so wertvoll gewesen wie ein ganzes Leben. Wer denkt in solchen Augenblicken denn schon an den *Komsomol* oder die Weltrevolution!

Mich berührten Borjas Ausführungen unangenehm. Dass man in einer Schlacht nicht an Stalin oder an den Sieg des Kommunismus denkt, konnte ich nachvollziehen. Das Bild der nackten Frau schockierte mich nicht, zumal die mollige Blondine wirklich hübsch aussah. Doch das Wort »wichsen« trieb mir die Schamesröte ins Gesicht. Ich wusste, dass Männer so etwas tun, ich wusste, dass ihr Trieb meist stärker war als ihr Verstand oder gar ihr Anstand, aber ich wusste auch, dass die mit dem schlimmen Wort umschriebene lustvolle Selbstberührung für sie äußerst schädlich war und in letzter Konsequenz zu Gehirnerweichung und Wahnsinn führte. Genauso schlimm aber war es, darüber zu reden. Doch Borja war Borja, und Borja verzieh ich alles – sogar die Ungeheuerlichkeit, über das Unsagbare zu sprechen.

Dieser Zeitungsartikel brachte Borja in eine privilegierte Position. Der Kriegsheld konnte sich in der Arbeit so ziemlich alles erlauben, was anderen verboten war – unentschuldigt wegbleiben, seine Aufgaben vernachlässigen, in der Arbeitszeit Gedichte schreiben und diese der Belegschaft in der Mittagspause in der Kantine vortragen. Obwohl er keine abgeschlossene Schulbildung hatte, war Borjas Sprache plastisch, ausdrucksstark und gehoben. Manchmal konnte er zwar derb sein, Schimpfwörter oder unanständige Ausdrücke benützte er aber nur selten. Neben Russisch sprach er ein wenig Jiddisch und ein paar Brocken Französisch, das er noch als Schüler vor dem Krieg gelernt hatte. Er schrieb fehlerfrei und war ein eifriger Leser. Nach außen hin allerdings pflegte er das Image des simplen, ungehobelten ehemaligen Kindersoldaten. Innerhalb kürzester Zeit wurde er zum beliebtesten Mitarbeiter des Betriebs. Früher, als wir noch in der Nähe von Joschkar-Ola gelebt hatten, hatte er in der Schule, die auch ich besuchte, einen militärischen Vorbereitungsunterricht geleitet und eine Kinder- und Jugendgruppe ins Leben gerufen, die im Ort herummarschiert war, Lagerfeuer gemacht und Zelte aufgeschlagen, alten Leuten geholfen, Unkraut gejätet, Unwetterschäden beseitigt oder aber schlichtweg Schabernack getrieben hatte. Er nannte sie *Timur-Truppe* – nach der Hauptfigur in einem bekannten Kinderbuch von Arkadij Gaidar. Jetzt gründete er im Betrieb einen *Friedrich-Schiller-Literatur- und Debattierclub*, dem so ziemlich alle in der Fabrik beitraten, vor allem die weibliche Belegschaft. Dabei war es egal, dass Literatur bei den Aktivitäten dieses Clubs kaum eine Rolle spielte, und dass es bei den regelmäßigen Treffen und Ausflügen »ins Grüne« offensichtlich um etwas ganz anderes als um schöngeistige Gespräche ging.

Alles änderte sich für Borja, als der Direktor der Fabrik mit Korruptionsvorwürfen konfrontiert wurde. Nun stellte sich heraus, dass Borja ungeprüft, ja meistens ohne sie anzusehen, Papiere unterschrieben hatte, die ihm der Direktor, sein Stellvertreter und andere Führungskräfte vorgelegt hatten. Sie genau durchzulesen, kam ihm selten in den Sinn. Unter den gefälschten Lieferscheinen, dubiosen Überweisungen und gefälschten Produktionszahlen war ausschließlich seine Unterschrift zu sehen. Der Direktor und seine Kumpane konnten nun die ganze Schuld auf ihn allein abwälzen.

Über Borjas Gerichtsverfahren erschien ebenfalls ein Artikel in der *Leningrader Prawda*. Diesmal musste der ehemalige Kriegsheld viel Häme und Spott einstecken. Er wurde als liederlich, habgierig, rücksichtslos, verschlagen, unmoralisch und psychisch krank dargestellt. Außerdem wurde diesmal seine jüdische Herkunft thematisiert, die im ersten Artikel, der 1945 über ihn erschienen war, gänzlich unerwähnt geblieben war. Dass er sich nach dem Krieg neue Dokumente hatte ausstellen lassen, in denen er sich offiziell als *Weißrusse* bezeichnete und seine jüdische Herkunft verschwieg, wurde als Betrug enttarnt.

Während des Prozesses hatte Borja Halluzinationen, redete oft unzusammenhängend und verworren, vergaß, wo er sich befand, griff mit den Händen ins Leere, fühlte sich bedrängt und verfolgt, erwähnte Teufel und Hexen, die darauf aus waren, seine Seele zu klauen. In einem Zeitungsartikel wurde er als *Fliegenfänger* bezeichnet, der nicht nur einige Fliegen gefangen, sondern auch gegessen hätte. Das war gelogen, genauso wie die Behauptung, bei seinem Verfolgungswahn und seinen Nervenzusammenbrüchen handle es sich um eine Show. Der junge Mann sei nichts weiter als ein Krimineller, ein Simulant, der auf einen Freispruch wegen Zeichnungsunfähigkeit spekuliere, hieß es. Der Artikel schloss mit dem süffisanten Satz, der *angeklagte Weißrusse* lege durchaus eine *alttestamentarische Gerissenheit* an den Tag.

Borja wurde verurteilt, während der ehemalige Direktor der Fabrik, sein Stellvertreter und andere Komplizen überhaupt nicht belangt wurden. Sie alle waren gut vernetzt, hatten Freunde in einflussreichen Positionen, und was noch wichtiger war: Sie waren keine Juden.

Wenigstens durfte Borja seine Haftstrafe in Leningrad absitzen und kam nicht in ein Lager irgendwo am Polarkreis. Jetzt, in meinem Traum, sitzt er mir wieder im Gefängnis gegenüber, obwohl er in Wirklichkeit längst entlassen worden ist. Nach seiner Fronterfahrung konnte ihn nichts mehr erschrecken und schon gar nicht brechen, am wenigsten ein

Zuchthaus. Zumindest behauptete er das. Doch in seiner Haft war er blass geworden, abgemagert, hatte einige Zähne verloren und stets Schrammen und blaue Flecken im Gesicht, die er damit erklärte, dass er aus dem Stockbett gefallen oder gegen eine Gittertür gerannt wäre.

Auch im Traum ist mir bewusst, dass Borjas Gefängnisaufenthalt längst zu Ende ist. Ich frage ihn, was er in diesem schäbigen Besucherraum verloren habe und warum ich hier sei. Er lacht und erklärt mir, dass Leute wie er sowieso lebenslang einsitzen würden. »Wenn du einmal eingesperrt wirst, kommst du nie mehr raus.« Er zeigt mit dem Zeigefinger auf seinen Kopf. »Hier drin bleibst du immer hinter Gittern.«

»Das ganze Land ist ein Gefängnis«, sage ich.

»Gewiss«, sagt er. »Warum wunderst du dich also?«

»Ich wundere mich nicht. Ich frage nur. Was möchtest du mir mit diesem seltsamen Auftritt im Traum eigentlich mitteilen?«

»Ich soll dir schöne Grüße von deinem Vater ausrichten. Chaim Abramowitsch vermisst dich.«

»Wie geht es ihm?«, frage ich aufgeregt. »Lebt er noch?«

»Das darf ich dir nicht sagen. Das musst du schon im wirklichen Leben herausfinden, nicht im Traum. Es wäre ja noch schöner, wenn wir uns in unseren Träumen verplaudern würden.«

»Sagt der größte Dampfplauderer von allen«, murmle ich. »Im wirklichen Leben bist du ja nicht erreichbar. Da geht ständig nur deine Nachbarin ans Telefon und behauptet, dass du dich mit irgendwelchen Weibern vergnügst.«

»Ich habe geheiratet«, sagt er.

»Wann?«

»Vor einer Woche. Du wirst sie früh genug kennenlernen. Sie ist das liebste Wesen, das man sich überhaupt vorstellen kann!«

»Gratuliere!«, sage ich leise und verspüre plötzlich ein seltsames Gefühl von Traurigkeit und Wehmut, obwohl ich mich freuen sollte. »Ich freue mich für dich!«, sage ich und verpasse meiner Stimme eine betont fröhliche Note.

»Chaim Abramowitsch lässt dir sagen, dass er dich liebt, dass du das Beste bist, was ihm jemals passiert ist, vor allem aber, dass du das Leben etwas leichter nehmen sollst. Du schleppst dich durch dein Leben wie ein schweres Arbeitspferd. Es ist gut, fleißig zu sein, aber man muss als Pferd nicht unbedingt allein drei Pferdetramway-Wagen ziehen, besonders dann nicht, wenn die elektrische Straßenbahn längst erfunden worden ist. Dein Körper ist kein Motor. Dein Körper ist deine Seele. Hör auf sie.«

»Das sagt ausgerechnet er! Er? Er ist kein Pferd, sondern eine Mischung aus Maultier und Ochse. Seine Seele klebt an den rostigen Nägeln seiner Hufeisen.«

»Wenn er sein Leben noch einmal leben könnte, würde er einiges anders machen. Er würde sich nicht halb zu Tode schuften, sondern sich mehr Zeit für die wesentlichen Dinge nehmen.«

»Und die wären?«, frage ich.

»Als ob du das nicht wüsstest.«

»Die Besuchszeit ist zu Ende«, sagt der Justizwachebeamte, und ehe ich mich versehen kann, verschwindet der Tisch, hinter dem Borja gesessen hat, und gleich darauf auch er selbst, und bevor ich das unwirtliche Gebäude des Zuchthauses verlassen kann, führen mich zwei Beamte ab, zerren mich durch einen engen Gang, der aus dem Gebäude auf einen Bahnsteig hinausführt, jagen mich an einem Zug vorbei, der so endlos lang ist wie jener, mit dem ich vor ein paar Wochen nach Kasachstan gefahren bin: Ein Güterwaggon reiht sich an den nächsten, und irgendwo ganz weit vorne sehe ich zwei Dampflokomotiven, die zur Abfahrt bereit sind. Zwei

Waggons noch, und ich bin dort, wo man mich hinbringt. Ich könnte fliehen, aber das schaffe ich nicht.

Ich sitze mit meinen Kommilitoninnen wieder im Viehwaggon. Mein Platz ist hier. In letzter Konsequenz wird mein Platz im Leben immer in einem Viehwaggon sein. Irgendwer transportiert mich irgendwohin, und ich habe keine Wahl. Wir fahren nach Kasachstan, vier Tage liegen hinter uns, fünf Tage liegen noch vor uns. Ich strecke den Kopf aus dem Fenster und sehe, dass sich jemand in einem der hinteren Wagen ebenfalls aus dem Fenster hinausstreckt und eine rote Fahne schwenkt. Dies bedeutet einen akuten medizinischen Notfall. Eine zweite rote Fahne, direkt vor uns, wird geschwenkt, eine weitere im vorderen Teil des Zuges. So wird das Signal von hinten nach vorne zu den Lokomotiven weitergeleitet. Schließlich bremst der Zug und bleibt einige hundert Meter weiter stehen. Aus dem Krankenwaggon im Kopf des Zuges rasen zwei Sanitäter mit einer Trage an den Gleisen entlang nach hinten. Wahrscheinlich hat wieder einer unserer älteren Professoren oder Assistenten einen Herzinfarkt oder schlichtweg einen Schwächeanfall wegen Übermüdung, Dehydrierung oder dem Fehlen notwendiger Medikamente erlitten. Es sind einige chronisch Kranke mit dabei. »Macht nichts, früher oder später fahren wir alle in den Tod«, höre ich die Stimme eines Mädchens hinter meinem Rücken. »Dort werden wir ankommen – eher früher als später.« Ich drehe mich um, doch der Waggon ist plötzlich leer. Ich bin völlig allein, und auf einmal wird es dunkel, so dunkel, als wäre ich blind.

»Aaah!«, schreie ich, richte mich so schnell auf, dass ich mir den Kopf an der Liege über mir anschlage.

»Ach, Kleines, du hast wieder einmal schlecht geträumt«, sagt Mascha. In der Dunkelheit des Abteils kann ich ihre Silhouette erkennen, nicht aber ihr Gesicht. Der Zug kreischt sich gerade durch eine langgezogene Rechtskurve. Man muss schreien, um das unangenehme Geräusch zu übertönen. »Träum weiter, aber bitte was Schönes«, ruft mir Mascha zu. Sie klingt müde. »Träum von einem netten Jungen.« Sie gähnt.

»Nenn mich nicht Kleines!«, schnauze ich sie an, schaue mich um und frage: »Wo ist Rauschan?«

»Ist nach draußen gegangen, um zu rauchen«, höre ich eine verschlafene männliche Stimme über mir.

Ich ziehe die dünne Hose, die ich im Zug trage, und meine Schuhe an und schwanke hinaus, stolpere durch den engen Gang zwischen Abteilen und Waggonwand. Die Räder laufen unruhig. Es fühlt sich an, als bewegten wir uns im Kreis. Ich werde hin und her geschleudert und kann mich kaum noch auf den Beinen halten. Offenbar fahren wir auf Gleisen, die so alt wie die Transsibirische Eisenbahn selbst sind. Die letzte Wartung der Strecke erfolgte wohl noch vor der Revolution. Das Rattern der Räder klingt, als würde mit einem Vorschlaghammer gegen rostiges Blech geschlagen. Draußen sehe ich Lichter, die sich langsam, wie im Schneckentempo, fortbewegen. Offensichtlich sind sie sehr weit weg. In der Nähe des Zuges bewegen sich nur die Wipfel von Bäumen im Mondlicht – schwarze, lange Finger und Klauen auf dunkelgrauem Hintergrund. Wir fahren durch einen verwunschenen Wald, der so dicht und dunkel ist wie in einem bösen Märchen.

Ich finde Greta mit einer Zigarette im Vorraum zwischen Toilette, Waggontüren und Übergang zum nächsten Wagen mit dem Rücken gegen die Wand gelehnt, auf dem Boden sitzend. Es ist drei Uhr morgens. Aus dem Großraumschlafwagen nebenan dringt trotzdem Geschrei zu uns. Greta schaut zu mir auf, und ich sehe, dass ihre Augen verweint sind. Sie müht sich ein Lächeln ab, zeigt mit dem Finger in Richtung des anderen Waggons und sagt: »Es ist unglaublich! Die einen quatschen, die anderen kotzen. Einen großen Unterschied gibt es zwischen dem einen und dem anderen nicht. Das Kotzen ist allerdings ehrlicher.«

»Danke für deine aufmunternden Worte«, sage ich.

»Willst du aufs Klo?«, fragt sie.

»Nein.«

»Das solltest du aber! Ausnahmsweise ist keine Warteschlange vor der Kabine. Wann sonst hast du in einem sowjetischen Zug die Gelegenheit, aufs Klo zu gehen, ohne dich dafür anstellen zu müssen?«

Ich muss ihr recht geben und gehe auf die Toilette. In unserem Land tut man nicht das, was man gerade will oder muss. Vielmehr tut man, was man kann, weil es gerade möglich ist. Als ich fertig bin und wieder aus der Kabine komme, sitzt Greta immer noch auf dem Boden, aber sie hat die Zigarette fertig geraucht, hat Tränen in den Augen und hält ein großes Haarbüschel in der Hand. »Schau her!«, sagt sie mit einem Vorwurf in der Stimme und hält mir das Haarbüschel entgegen. »Du hast behauptet, ich bilde mir das alles nur ein, und dabei fühle ich mich von Stunde zu Stunde schlechter.« Sie wirft die ausgerissenen Haare auf den Boden, greift mit beiden Händen in ihr Haar, krallt sich fest, rüttelt und zerrt.

»Halt!«, schreie ich, falle neben ihr auf die Knie und halte sie an den Ellbogen fest. »Wenn du so weitermachst, ist es kein Wunder, dass du dir die Haare büschelweise ausreißt. Mit einer Strahlenkrankheit hat das nichts zu tun.«

»Du weißt nicht, wie fest meine Haare bis jetzt immer waren! Ich bin zur Hälfte Kirgisin. Schon vergessen?« Tatsächlich hat sie so festes, glattes Haar wie viele Mittel- und Ostasiaten.

»Du solltest dich untersuchen lassen«, sage ich.

»Wo denn? Von wem denn?«, höhnt sie. »Was sollte ich einem Arzt erzählen? Ich habe in Kasachstan einen Atomunfall erlebt, der offiziell nie stattgefunden hat, bin aus einer Quarantäne-Zone geflüchtet, die es offiziell nicht gibt, habe einen falschen Namen und den Pass einer Toten. Aber ich hoffe, das macht nichts und Sie helfen mir, Herr Doktor!«

Sie hat recht. Ich weiß nicht, wie ich sie trösten kann, und schweige. Das erste Mal, seit ich Borja im Zuchthaus besucht habe, spüre ich den Wunsch, jemanden zu umarmen. Sie zu umarmen! Das freut und erschreckt mich zugleich. Ich strecke die Arme nach ihr aus, berühre sie aber noch nicht. Ich rücke dicht an sie heran, so dicht, dass ich an meiner Wange ihren Atem spüre, schlinge die Arme um ihren Oberkörper, achte dabei aber darauf, nur so zu tun, als ob. Ich verschränke meine Hände hinter ihrem Rücken, doch meine Arme berühren sie nicht.

»Willst du mich umarmen, oder willst du gymnastische Übungen machen?«, fragt sie mich. Ich atme aus, gebe nach, lasse los und spüre sogleich mit meiner ganzen Haut und weit unter der Haut die Wärme ihres Körpers – eine ständige Bewegung, ein stetes Pulsieren, bedrohlich lebendig, abstoßend, beängstigend und anziehend zugleich.

»Es ist alles Sense«, flüstert sie.

»Du warst doch immer die Optimistischere von uns beiden!«, flüstere ich. »Bitte enttäusch mich nicht.«

»Was ist mir denn anderes übriggeblieben?«, flüstert sie bitter. »Ich habe im Leben immer die Arschkarte gezogen. In der Schule waren die anderen hinter mir her, haben mich geprügelt, verhöhnt oder geschnitten, weil ich eine Deutsche bin, weil ich keine richtige Deutsche bin, weil ich keine richtige Kasachin bin, weil meine Mutter ihren Mann betrogen hat, weil mein Vater ein Verbrecher war, weil mein Stiefvater ein gehörnter Schlappschwanz war, weil ich begabter war als die anderen, weil ich Bücher las und mein Wissen nicht verbarg, weil …«

»Hör auf!«, sage ich. »Ich weiß das alles schon. Was glaubst du, wie es mir als Jüdin ergangen ist.«

»Du bist wenigstens Jüdin«, meint sie. »Du weißt das, und alle anderen wissen es auch. Was aber bin ich?«

»Du bist ein lieber Mensch«, sage ich.

»Was?«

»Du bist ein lieber Mensch; das genügt mir.« Sie beginnt zu lachen, streichelt mein Haar, wischt sich dann mit einem Stofftaschentuch die Tränen aus den Augen und meint: »Seit wann bist du plötzlich so gefühlvoll? Und so kitschig!«

»Ich bin nicht gefühlvoll und schon gar nicht kitschig, ich denke logisch«, erwidere ich gereizt. »In unserem Land sind alle Menschen gleich, zumindest theoretisch. Wir sind nicht in Amerika. Wir sind nicht in Südafrika, nicht in Nazideutschland oder in Westdeutschland, wo die alten Nazis fett werden wie die Maden im Speck. Es sollte völlig egal sein, wo du herkommst, was deine Wurzeln sind, wie du aussiehst. Unsere neue Bekannte Mascha weiß überhaupt nicht, wer ihre Eltern sind. Aber spielt das eine Rolle?«

»Klingt wie ein schöner Schulaufsatz«, bemerkt sie bitter. »Ich fürchte, du wirst einmal eine wirklich ordentliche Lehrerin.«

»Jeder Mensch hat sein Schicksal«, sage ich und empfinde sogleich Verdruss, Scham und ein immer stärker werdendes Gefühl von Ohnmacht. Warum kann ich nicht einfach die Klappe halten?

Sie befreit sich aus meiner Umarmung, springt auf und schreit: »Ich will aber noch nicht sterben! Mit einundzwanzig. Auch wenn das mein Schicksal ist. Nach so einem beschissenen, dämlichen Atomwaffentest, und das auch noch, wo ich gerade dabei bin, mich von der Erbärmlichkeit meines bisherigen Lebens zu befreien. Ich pfeife auf mein Schicksal. Ich habe noch so viel vor! Ich hätte, ich hatte noch so viel vor! Ein ganzes Leben.«

»Pschscht! Du weckst den ganzen Waggon auf! Die Schaffnerin kommt gleich.«

»Das wäre natürlich eine Tragödie«, höhnt sie.

»Was wünschst du dir denn am meisten?«, frage ich und seufze.

»Alles! Eine Ausbildung. Einen guten Beruf, der wichtig ist und mir Freude bereitet. Einen Mann, der mich liebt. Kinder. Eine Heimat. Freundinnen. Respekt. Ich will endlich wissen, wer ich wirklich bin. Wer bin ich? Ich möchte ich sein. Ich möchte nach Wolhynien fahren. Aber ich fürchte, ich krepiere, bevor ich es dorthin schaffe.«

»Die Region, aus der deine Mutter als Kleinkind deportiert wurde?«

»Ja.«

»Warum willst du dorthin?«

»Wohin soll ich denn sonst wollen? Nach Kirgisien?« Sie kichert, aber es wirkt gekünstelt.

»Ich dachte, du willst zu deiner Tante nach Moskau.«

»Natürlich. Aber wenn ich mein Leben in Ordnung gebracht habe, fahre ich nach Wolhynien, wenn ich bis dahin nicht schon längst gestorben bin. Das habe ich mir immer gewünscht. Ich fahre zurück in die Fantasien meiner Mutter, in die Erinnerungen meiner Großmutter. Meine Mutter ist in der Verbannung aufgewachsen. Ihre Heimat waren ihre Familiengeschichten. Was meine Großmutter ihr erzählt hatte, erzählte sie mir und meinen Geschwistern weiter. Meine Geschwister haben die alten Geschichten nicht sonderlich interessiert. Für mich aber waren diese Familienlegenden und Erinnerungen immer wichtiger als die triste Realität in der Kolchose.«

»Wahrscheinlich eine Idylle, die es niemals gab.«

»Wahrscheinlich!«, stimmt sie mir bereitwillig zu. »Aber sie gehört mir. Die deutschen Dörfer, von denen meine Mutter erzählt hat, die reichen Höfe, die Felder, Wälder und Hügel, die hilfsbereiten Menschen mit ihren Marotten, Anekdoten, Stammtischen, Bibelstunden, Musikvereinen und Gedichten. Die Schulen, Kindergärten, die Jahrmärkte, Zirkusattraktionen, Weihnachtsbäume, die sich biegenden Tische an Feiertagen, das Bier, die Würste, die Spanferkel am Spieß, die sauberen Straßen und frisch gestrichenen Zäune, so adrett, als befände sich das Dorf nicht in der Ukraine, sondern in Deutschland oder in der Schweiz.«

»Ein Kindermärchen«, sage ich.

»Gut möglich.«

»Dann behalte es doch! Lass das Märchen weiterhin ein Märchen sein und erzähl irgendwann deinen Kindern davon. Das ist deine wahre Heimat, genauso wie der alte Bücherkoffer, der dir die Welt geöffnet hat. Was willst du denn im echten Wolhynien? Du wirst dort nichts finden außer verbrannte Erde, Armut und Leid. Eine zerstörte Region, die untergegangen ist im Blut.«

»Woher weißt du das? Warst du jemals dort?«

»Nein. Aber meine Schwägerin, die Frau meines Bruders, kommt aus der Ukraine, aus einem Dorf zwischen Rowno und Korez. Das liegt in Wolhynien.«

»Ja und?«

»Meine Schwägerin ist Jüdin. 1941 ist sie als Kind mit ihren Eltern vor den Deutschen geflüchtet. Sie konnten entkommen, aber ihr Großvater und ihr Onkel sind zu Hause geblieben. Sie würden die Deutschen noch aus der Zeit des Ersten Weltkriegs kennen und hätten gute Erinnerungen an die Besatzungszeit, hatten sie gemeint …«

»Worauf willst du hinaus?«, unterbricht sie mich.

»Die Deutschen brachten den Großvater meiner Schwägerin nicht um. Das taten die ukrainischen Nachbarn. Sie trieben alle Juden des Dorfes zusammen, ließen sie eine Grube ausheben, schossen auf sie, stießen sie in die Grube und schaufelten sie zu. Aber es waren noch nicht alle Juden tot. Die Erde über der Grube begann sich zu bewegen und färbte sich rot. Ein Stöhnen drang aus dem Inneren der Erde, und plötzlich sah man Arme und Hände, die aus der Erde ragten. Die Ukrainer riefen die Deutschen zu Hilfe. Diese kamen mit einem Panzer, der sich an der Stelle, wo die Menschen eingegraben waren, so lange um die eigene Achse drehte, bis niemand mehr stöhnte oder sich bewegte.«

»Warum erzählst du mir das?«, fragt sie mich.

»1941 starb außerdem die sieben Jahre alte Cousine meiner Schwägerin. Sie wurde von den Mitschülern ihres älteren Bruders mit Gewehrkolben erschlagen. Alle vier Kinder meines Onkels wurden ermordet und noch viele andere Verwandte – die einen von Ukrainern, die anderen von Deutschen, manche auch von ihren polnischen Nachbarn.«

»Warum …?«

»Dann gingen sie aufeinander los. Die Deutschen brachten Juden, Polen und Ukrainer um, die Ukrainer massakrierten die Polen, die Polen rächten sich an den Ukrainern, und dann kam die Rote Armee und brachte alle um, die sie für ihre Feinde hielt. Heute ist das Land ein großer Friedhof.«

»Ich will trotzdem einmal im Leben dort gewesen sein.«

»Wozu? Zweitausend Jahre lang haben Juden ein Gebet gesprochen, in dem es heißt: *Nächstes Jahr in Jerusalem.* Chaim Abramowitsch hat mir einmal gesagt, dass es für gläubige Juden in Wirklichkeit ein großes Glück gewesen sei, von Jerusalem nur zu träumen, ohne jemals das orientalische Drecksloch gesehen zu haben, das die Stadt in den letzten zweitausend Jahren die meiste Zeit gewesen war. Heute ist

Jerusalem geteilt und es herrscht Krieg. Manchmal ist es besser, Träume niemals Wirklichkeit werden zu lassen.«

»Ich hätte Wolhynien trotzdem gerne gesehen, bevor ich sterbe. Sogar, wenn es nur mehr ein Minenfeld ist, eine Mondlandschaft oder eine Kloake. Manchmal ist es gut, aus dem Märchentraum in den Schmutz zu fallen, um aufzuwachen und weiterleben zu können. Ich will keine Träume Wirklichkeit werden lassen. Ich will leben! Leben. Und doch sterbe ich wegen einer sinnlosen Atomexplosion, die es angeblich nie gegeben hat. Ein Märchentraum?«

»Du stirbst nicht.«

»Woher willst du das denn wissen, du Neunmalkluge?«

»Ich weiß es. Während der Blockade habe ich immer gewusst, wann jemand bald tot zusammenbricht. Ich sah den Tod in den Gesichtern der Menschen.«

»Unsinn!«

»Doch!«, sage ich. »Ich ging hinaus auf die Straße und sah ein schwankendes, abgemagertes Skelett und gleich hinter ihm ein weiteres Skelett, das scheinbar genauso aussah wie das erste, und doch wusste ich, wer von den beiden demnächst zusammenbrechen und sterben und wer noch eine Zeitlang weiterleben würde.«

»Aha. Unsere Mathematikerin hat also den sechsten Sinn. Gratuliere!«

»Mit dem sechsten Sinn hat das nichts zu tun. Ich bin keine Esoterikerin, keine Hexe, keine Wahrsagerin. Weder kann ich in die Zukunft schauen noch habe ich übernatürliche Fähigkeiten. Ich habe schlichtweg ein geübtes Auge. So wie gute Verkehrsmilizionäre die Geschwindigkeit eines Autos abschätzen können oder Vermessungstechniker die Höhe und Breite eines Hauses mit dem Daumen abmessen, sehe ich den nahenden Tod in den Gesichtern der Menschen. Das ist eine Frage der Erfahrung. Du stirbst nicht. Noch nicht.

Jedenfalls nicht jetzt und nicht bald.«

»Du bindest mir einen Bären auf, nicht wahr?«, fragt sie, aber ihre Stimme ist diesmal milder, und eine leise Hoffnung schwingt darin mit.

»Nein!«, sage ich und versuche, so seriös und glaubhaft wie nur möglich zu klingen. »Ich meine es todernst.«

In Wirklichkeit binde ich ihr sehr wohl einen Bären auf. Während der Blockade hatte ich zwar tatsächlich ein geübtes Auge, um zu erahnen, wessen Zeit gekommen war, aber immer konnte ich es nicht erkennen. Ich irrte mich selten, aber manchmal irrte ich mich doch. »Du wirst das Ende dieses Jahrhunderts erleben, glaub mir das«, sage ich.

Sie greift nach meiner Hand. »Was soll ich tun?«, fragt sie.

»Das weiß ich nicht. Du bist doch die Einfallsreiche, die Verwegene, ich denke, du bist die Klügere von uns beiden. Fahr zu deiner Tante und gib ihr die Briefe deiner Mutter. Das bist du deiner Mutter schuldig. Was du auf keinen Fall tun solltest, ist in Panik zu geraten. Du stirbst nicht. Nicht jetzt. Früher oder später wirst du sogar Wolhynien besuchen, wenn dir das so wichtig ist. Dann kannst du die ukrainischen Bauern fragen, ob sie sich noch an die Deutschen erinnern, die in der Zarenzeit dort gelebt hatten und von all den Völkern offenbar die Ersten waren, die man in unserem Jahrhundert von dort vertrieben hat.«

6

Ich habe die Orientierung verloren, doch eines weiß ich mit Sicherheit: In wenigen Stunden sind wir in Moskau. Sind nach der Aussprache mit Greta zwei Tage und Nächte vergangen oder waren es drei? Längst sind wir im europäischen Teil Russlands unterwegs, haben so viele Städte passiert, dass ich sie durcheinanderbringe, nähern uns dem Ziel unserer Reise – Moskau, dem größten Sehnsuchtsort des ganzen Landes und angeblich der gesamten fortschrittlichen Menschheit. Ich selbst halte Leningrad für die viel schönere Stadt als Moskau. In der gesamten Sowjetunion gibt es keine so großartige Prachtstraße wie den Newski Prospekt, so viele imposante Kanäle und Brücken, melancholische Ecken oder Museen. Vor allem gibt es nirgendwo so viele kultivierte Menschen wie bei uns.

Nun ist es früher Morgen. Ich bin froh, einen großen Teil dieser langen Reise verschlafen zu dürfen. An und für sich sind lange Fahrten nichts Ungewöhnliches für mich. Sobald ich in einen Zug einsteige, stelle ich mich mit einer Mischung aus Gleichmut und Hingabe an das Unvermeidliche auf eine Zwischenwelt im Zeit- und Raumkontinuum ein. Stunden werden zu Tagen, Tage zu Wochen. Jede lange Zugfahrt erlebe ich wie eine Lebensphase, die mehr ist als nur ein Übergang oder ein Bindeglied. Diesmal ist meine Ungeduld jedoch so groß, dass ich den Eindruck habe, der Zug würde absichtlich durch die Landschaft kriechen, um mich so lange wie möglich von meinem Vater fernzuhalten.

Am Nachmittag würden wir in Moskau ankommen, sagt die Schaffnerin. Wir grüßen einander inzwischen wie alte

Freunde, dabei kenne ich nicht einmal ihren Namen. Üblicherweise werden Schaffnerinnen in den Langstreckenzügen alle paar Tage, oft sogar nach vierundzwanzig Stunden ausgetauscht. Aus unerfindlichen Gründen sind aber diese Schaffnerin und ihr Kollege seit Akmolinsk in unserem Waggon im Einsatz. Sie sind im Unterschied zu den Schaffnern in anderen Waggons in Swerdlowsk nicht abgelöst worden. Warum, wissen sie selbst nicht. Jedenfalls hat es so etwas noch nie gegeben, doch in letzter Zeit gebe es auf mehreren Strecken der Bahn seltsame, unerklärliche Vorfälle, heißt es. Der Vorsteher des Bahnhofs in Swerdlowsk, wo wir einen längeren Aufenthalt hatten, hat die beiden angewiesen, im Zug zu bleiben.

In Moskau heißt es dann, von Greta Abschied zu nehmen. Ich bezweifle, dass ich sie jemals wiedersehen werde. Am liebsten würde ich sie nach Leningrad mitnehmen, doch verstehe ich, dass dies nicht möglich ist. Gretas Gesundheitszustand scheint stabil zu sein. Sie leidet weiterhin an Übelkeit und Schwindelanfällen, doch habe ich nicht den Eindruck, als würden ihr die Haare ausfallen. Ich hoffe sehr, dass ihre Krankheit falscher Alarm gewesen ist, dass ihre Symptome nur ihrer Nervosität, der Übermüdung und der schlimmen Erlebnisse und Aufregungen der letzten Wochen geschuldet sind. Das zumindest versuche ich, mir einzureden. Doch ich komme gegen meine eigene Angst und Unsicherheit nicht an. Nach außen bleibe ich natürlich ruhig wie immer. Wie so oft, hält man mich für phlegmatisch. Währenddessen tobt in meinem Inneren ein Sturm.

Mascha ist schweigsamer geworden. Ich schätze, sie hat alle wichtigen Geschichten erzählt und dabei wahrscheinlich die für sie allerwichtigste ausgelassen, weil sie nicht darüber reden kann. Das ist immer so: Je geschwätziger die Menschen sind, desto krampfhafter versuchen sie, etwas zu verbergen. Jedenfalls ist uns Mascha weiterhin eine große Hilfe, weil sie jeden großen Bahnhof kennt und weiß, wo es etwas zu kaufen gibt. So sind wir wohlgenährt unterwegs. Auf eine genaue Abrechnung wird nicht geachtet. Wir legen unser Geld zusammen, Mascha kauft ein und jeder isst so viel, wie er will oder kann. Nach einer Schlemmerorgie, die wir nach dem Aufenthalt in Perm veranstaltet haben, brauchen wir bis Moskau ohnehin nicht mehr viel. Ich bin so satt wie schon seit langem nicht mehr, aber ich habe immer noch Durst.

Wenn ich aus dem Fenster schaue, sehe ich dasselbe wie gestern oder wie vor drei Tagen: Wälder, Wälder, Wälder, hin und wieder ein See, ein Teich, ein Fluss, eine Brücke, eine Straße, ein Lastwagen, ein Fuhrwerk, alte Häuser, heruntergekommene Dörfer, graue, schmutzige Fabrikruinen, deren Schlote aber rauchen, und dann wieder Wälder – die Melancholie der eurasischen Weite, deren Großartigkeit in den zahlreichen Sümpfen versinkt und verschwindet. Vor sehr langer Zeit soll irgendwo in dieser Gegend eine ganze Armee im Wald verschwunden sein – ohne Feindeinwirkung. Tausende Männer gingen in einen Wald und kamen nie mehr heraus. Jahrelang hat man nach ihnen gesucht und fand buchstäblich nichts.

Wenn ich an Greta denke, erkenne ich erst, wie viel Glück ich bis jetzt in meinem Leben gehabt habe. Im Unterschied zu Greta habe ich liebende Eltern, einen netten Bruder, zu dem ich stets eine enge Beziehung hatte, obwohl er wegen seiner Krankheiten von Rosa Borisowna – zu Recht! – immer mehr Aufmerksamkeit erhielt als ich, ich habe Cousins und Cousinen, Tanten und Onkel, Schwägerinnen und Schwager, eine lästige, weil ständig schreiende, aber wunderschöne Baby-Nichte, einen Onkel in Kiew, einige sehr gute Freundinnen und Freunde … Viele Verwandte von mir sind im

Krieg umgekommen oder wurden von den Nazis ermordet, andere wurden Opfer des Personenkults, wurden verhaftet und kamen in den Lagern um. Aber welche Familie in unserem großartigen sozialistischen Vaterland kann etwas anderes von sich behaupten? Wer ist denn schon von den großen Katastrophen des Jahrhunderts unberührt geblieben? Gewiss: Ich habe Unangenehmes, sogar Furchtbares erlebt – Hunger, Bombardierungen, Flucht, Verfolgung, Angst. Aber auch das hielt sich im Rahmen des damals Üblichen und musste folglich einfach ertragen werden.

Als ich ein Kleinkind war, fanden die großen Säuberungen statt. Ich sog die Angst im wahrsten Sinne des Wortes mit der Muttermilch ein, auch wenn ich noch nicht verstand, was vor sich ging. Ein Onkel von mir wurde 1937 als vermeintlicher »polnischer Spion« hingerichtet. Meine Eltern rechneten als Angehörige eines »Volksfeindes« tagtäglich mit ihrer eigenen Verhaftung. In den Nächten warteten sie darauf, abgeholt zu werden, blieben stundenlang wach und lauschten den Schritten draußen vor der Tür. Für den Fall der Fälle standen immer zwei gepackte Koffer im Vorraum. So wie ihnen erging es aber Millionen anderen auch.

Wir hatten Glück. Meine Eltern wurden nicht verhaftet, sie wurden nicht aus Leningrad ausgesiedelt, ja sie verloren nicht einmal ihre Arbeit. Ich kann, nein, ich darf mich nicht beschweren!

Die Tatsache, Jüdin zu sein, macht mir das Leben natürlich schwerer als anderen, aber sie zwingt mich zu einer Disziplin, die ich sonst wohl kaum aufgebracht hätte, und sie gibt mir das Gefühl, etwas Einmaliges und Besonderes zu sein. Das jüdische Volk ist wie Sand: Man kann es treten, man kann darauf herumtrampeln, man kann es beschmutzen, aber nicht zerstören, und wer es zerquetschen will, dem rieselt es nur zwischen den Fingern durch.

Wenn es mit rechten Dingen zugegangen wäre, hätte ich ein Reifezeugnis mit Auszeichnung bekommen sollen. In den letzten drei Schuljahren war ich immer Klassenbeste und außerdem Klassensprecherin gewesen. Mein Klassenvorstand und die Direktorin wollten mir eine Goldmedaille geben, weil ich in allen Fächern bei den Abschlussprüfungen ein *Sehr gut* hatte. Mit einer solchen Medaille hätte man mich ohne Aufnahmeprüfungen für jedes Studium und an jeder Hochschule oder Universität des Landes aufnehmen müssen – ein großes Privileg. Leider wurde meine Goldmedaille von der Stadtschulbehörde, die den Antrag hätte absegnen sollen, nicht bestätigt. In meinem Russischaufsatz wurde in dem von mir verwendeten Zitat aus einem Majakowski-Gedicht ein Beistrichfehler gefunden, und in meiner völlig korrekt abgeschlossenen Mathematikarbeit sei in der Reinschrift der Rechengang nicht präzise genug erklärt, hieß es. Wäre mein Arbeitsblatt die Reinschrift gewesen, wäre »ein *Sehr gut* drin gewesen«. Zwei Notenabzüge bedeuteten überhaupt keine Medaille, nicht einmal eine aus Silber, die man für nur einen Notenabzug bekommt.

In einer Parallelklasse hatte ein anderes jüdisches Mädchen bereits vor mir eine Goldmedaille bestätigt bekommen. Zwei Jüdinnen aus derselben Schule im selben Jahr mit Goldmedaillen konnten die Machthaber nicht akzeptieren, erfuhr ich von meiner Direktorin inoffiziell.

Ich konnte trotzdem mein Lieblingsfach an der Pädagogischen Hochschule, die ich mir selbst ausgesucht hatte, studieren, weil ich bei den Aufnahmeprüfungen eine der Besten war und das Land Mathematiklehrerinnen brauchte. Andere Juden und Jüdinnen haben weniger Glück. Wer sich anmaßt, Geschichte, Philologie, Literatur oder eine Fremdsprache an der Universität zu studieren, hat als Jude wenig Chancen, aufgenommen zu werden. Es ist generell so, dass Juden Fachhochschulen, aber nur selten Universitäten offenstehen. Nein, ich darf mich nicht beschweren. Zweifellos geht es mir gut!

Es gab Leute, die vermuteten, man habe mir schreckliche Dinge angetan, weil ich mich von niemandem berühren lasse und noch nie richtig verliebt gewesen bin. Ich habe darüber nachgedacht und in meinen Erinnerungen gestöbert, ich habe alles von unten nach oben gekehrt, ausgebreitet, nichts gefunden und alles in die Niederungen des Gedächtnisses zurückgestopft. Niemand hat mir jemals etwas Böses getan, außer natürlich die Nazis, die mich umbringen wollten, die üblichen Denunzianten, die Lügen über mich verbreiteten, und die geilen Männer, die mich begrapschten, anzügliche Bemerkungen machten oder Schlimmeres mit mir vorhatten. Doch dieses Schicksal teile ich mit allen Mädchen, sogar mit jenen, die man gemeinhin als hässlich bezeichnet, und es ist mir gelungen, das Allerschlimmste abzuwenden. Irgendwann wird die Welt eine bessere sein. Meine Töchter und Enkelinnen werden es bestimmt leichter haben als ich. Vor allem, und davon bin ich überzeugt, werden ihnen Kriege erspart bleiben. So dumm können die Menschen nicht sein, dass sie wieder einen großen Krieg beginnen. Und ich? Ich bin einfach so, wie ich bin. Die Vergangenheit kann ich nicht ändern, niemand ist mir etwas schuldig, aber ich freue mich auf die Zukunft. Es steht mir einiges bevor, und es liegt an mir, was ich daraus mache und wie ich damit umgehe. Was ich mir im Augenblick wirklich wünsche, ist Chaim Abramowitsch noch einmal wiederzusehen! Wenigstens einmal, und sei es nur ganz kurz! Bitte, Schicksal, sei gnädig zu mir! Vielleicht sollte ich nicht zu viel über mich selbst nachdenken.

Und doch denke ich über mich selbst nach, ich kann es nicht lassen, sosehr ich diese selbstsüchtigen Gedanken auch wegzuschieben versuche. Bin ich eitel oder undankbar? Fehlt mir immer noch die nötige Härte, jene Disziplin und

Askese des Geistes, und beneide andere immer noch darum? Als Kind las ich die Lederstrumpf-Romane von James Fenimore Cooper und bewunderte die Kaltblütigkeit und Selbstdisziplin der Indianer, die der Autor beschrieb, ihre Fähigkeit, Angst, Aufregung und andere Emotionen zu verbergen und keinen Schmerz zu zeigen. Ich wollte so sein wie sie, stark und erhaben, schweigsam, hintergründig und geheimnisvoll wie eine edle Rothaut in der Wildnis, doch gelang mir das nie. Ich wollte respektiert und bewundert werden und blieb doch nichts weiter als ein ganz gewöhnliches Mädchen. Ich schwieg oft, aber ich war nie erhaben, geheimnisvoll oder gar hintergründig. Das ärgert mich bis heute. Manchmal frage ich mich, ob ich überhaupt schon erwachsen bin …

Vor meinem geistigen Auge sehe ich einige Szenen und Bilder, doch leider keine, in denen Chaim Abramowitsch vorkommt. Die Erinnerung erweist sich als launische Freundin. Sie neckt mich, indem sie mich auf falsche Fährten lockt und danach alle Wegweiser verschiebt.

Ich bin in der sechsten Klasse und muss in einem Schulaufsatz darüber berichten, wie ich den *Tag des Sieges*, den 9. Mai 1945, erlebt habe. Ich schreibe, dass ich damals mit meiner Familie in Joschkar-Ola war – in der Stadt selbst und nicht mehr im sechzig Kilometer entfernten Dorf, in dem wir als Evakuierte zwei Jahre verbracht hatten. Ein paar Monate zuvor hatte Chaim Abramowitsch eine Stelle als Buchhalter in einer Rüstungsfabrik angenommen. Ein halbes Jahr später würden wir nach Leningrad zurückkehren.

Der Sieg wurde seit einigen Tagen erwartet, und als er endlich verkündet wurde, wurden sämtliche Häuser der Stadt mit roten Fahnen beflaggt. Joschkar-Ola war immer mindestens tausend Kilometer von der Front entfernt gewesen, doch gab es keine Familie, die nicht zumindest einen Gefallenen zu beklagen hatte. Die Menschen jubelten über den Sieg, vor allem aber weinten sie. In den Schmerz mischten sich Erleichterung und Wehmut, und wer es sich leisten konnte, betrank sich. Aus dem Fenster eines eingeschossigen Gebäudes allerdings, so erinnerte ich mich und beschrieb es in meinem Aufsatz, hing keine rote Fahne, sondern eine rote Pluderhose an einer Stange. Den ganzen Tag lang flatterte sie im Wind, ohne dass das jemanden störte. Die Besitzer hatten wohl gemeint, eine rote Hose reiche aus, um ihre Freude über den Sieg kundzutun. Sie hatten sich nicht rechtzeitig um den Kauf einer richtigen Fahne gekümmert. Deshalb werde in unserer Familie der *Tag des Sieges* manchmal scherzhaft als »*Tag der Pluderhose*« bezeichnet, schrieb ich, und immer, wenn ich eine Pluderhose sehe, denke ich mit Stolz daran, dass wir Nazideutschland besiegt haben.

Meine Russischlehrerin hieß mich nach der Stunde, als alle anderen Schülerinnen gegangen waren, im Klassenzimmer zu bleiben. Dann zerriss sie vor meinen Augen den Aufsatz und ermahnte mich, niemandem davon zu erzählen. »Du hast diesen Text niemals geschrieben«, erklärte sie mir. »Es hat ihn nie gegeben.«

Natürlich verstand ich, wie blöd ich gewesen war.

In meinen Erinnerungen suche ich zum wiederholten Male nach dem Gesicht von Chaim Abramowitsch, sehne mich nach seinem verschmitzten Lächeln, sehe ihn schließlich im Zwielicht des Korridors unserer Wohnung, weiß genau, wie er die Schuhe abstreift, wie er rasch seine Handschuhe auszieht und in seine Manteltaschen stopft, wie er den Hut oder die Mütze lüftet und grüßt, wenn er jemandem im Korridor begegnet. Sein Gruß wird nur selten erwidert. Er ist nicht alt, wirkt aber durch seine übertriebene Korrektheit und Höflichkeit, seine Zuvorkommenheit und seine Pedanterie altbacken, skurril, ein bisschen lächerlich, wie aus der Zeit gefallen. Aber jetzt kann ich seine Stimme nicht hören, sein Gesicht nicht sehen, ich kann in Gedanken nur seine Silhouette zeichnen. Er bleibt ein Schatten im Halbdunkel. Umso deutlicher erkenne ich die Gesichter der Nachbarn, ich sehe Julia und ihre Stammkunden, Julias Mutter, von der man behauptet, sie sei während der Blockade eine Diebin und Mörderin gewesen, Julias Schwester, das kleine Flittchen, die sich die Treppe hinuntergestürzt hatte, um ihre Leibesfrucht loszuwerden, dann aber trotzdem Mutter geworden ist. Ich sehe den greisen Anton Konstantinowitsch, den einstigen Besitzer der gesamten Wohnung, dem man nach dem Tod seiner Frau und der Verhaftung seiner beiden Söhne nur mehr die frühere Kleiderkammer und ein Bett übriggelassen hat. Sein Wohnraum wurde »verdichtet«, wie es hieß. Die »Expropriation der Expropriateure« wurde das damals genannt oder, einfacher ausgedrückt: *Raub das Geraubte!*

Ich sehe das vor ein paar Jahren verstorbene Ehepaar Murawjow. Als dessen Kinder erwachsen wurden, geheiratet hatten und weggezogen waren, hatten uns die beiden ein Jahr nach dem Krieg zwei ihrer drei Zimmer »freiwillig« abgetreten. Die Freiwilligkeit wurde natürlich durch eine illegale Ablösesumme versüßt. Die Hausverwalterin hatte ebenfalls ihren Anteil erhalten und uns nach einer gewissen Zeit gegen eine weitere Zahlung für die Beamten in der Wohnung offiziell registrieren lassen. Es lief alles wie geschmiert, und so kamen wir zu zwei schönen Zimmern in einem noblen alten Haus in bester Lage. Davor hatten wir zusammen mit mehreren anderen Leuten sowie mit Ratten und Küchenschaben in einem feuchten Kellerloch an einem Kanal gehaust. Um die Ratten zu fangen, wurden Fallen aufgestellt. Danach tötete man sie, indem man sie mit kochendem Wasser übergoss. Das Quietschen der Ratten habe ich bis heute im Ohr.

Die Nachbarn kann man sich nicht aussuchen. Eine Kommunalwohnung ist besser als ein Gefängnis, aber sie ist kein

Sanatorium. Man lebt nicht zum Vergnügen, man lebt, um zu überleben. Ich sehe Klawka – Klawdija –, die mit ihrem Mann und den zwei Kindern ins Zimmer der Murawjows eingezogen war, nachdem diese verstorben waren. Klawka sitzt in der Küche und weint. Ein Topf mit Kartoffeln steht auf dem Herd. Das Wasser darin kocht, Dampf steigt auf. Außer nach Kartoffeln riecht es nach kaltem Schweiß, Zigarettenrauch, Alkohol und nassen, alten Kleidern. Auf dem Tisch stehen eine Wodka-Flasche und ein halbvolles Glas.

»Was ist los?«, frage ich.

»Wie werden wir nur weiterleben ohne ihn?«, schluchzt sie. »Was wird jetzt sein? Wer soll über unser Schicksal bestimmen? Wer wird über uns wachen?«

Es ist der 5. März 1953. Vor wenigen Stunden wurde Stalins Tod offiziell verlautbart. Durch die Trauermusik im Radio hatte sich das Ereignis in den letzten Tagen allerdings schon angekündigt. Als der Tod des »größten Führers und Lehrers aller Zeiten und Völker« bekanntgegeben wurde, war überall auf der Straße ein kollektives Schluchzen zu hören. Die Männer nahmen ihre Mützen ab, Frauen und Kinder heulten. Die »gesamte fortschrittliche Menschheit« trauerte, nur ich empfand – nichts. Weder Trauer noch Erleichterung, weder Wehmut noch Freude. Ende Februar hatte Rosa Borisowna ihre Arbeit verloren, Chaim Abramowitsch stand kurz vor der Entlassung, die Massendeportation aller Juden war nur mehr eine Frage der Zeit gewesen. Das Schicksal der sowjetischen Juden war besiegelt. Die Gerüchte darüber waren so konkret, dass niemand mehr an ihnen zweifelte. Würde Stalins Tod etwas daran ändern?

In jenen Tagen kam ich mir wie eine Wissenschaftlerin vor. Wie eine Verhaltensforscherin beobachtete ich sachlich und distanziert meine Mitmenschen und mich selbst, als würde ich das Verhalten eines Insekts studieren. Fast war ich dort angekommen, wo ich schon seit langem hinwollte – bei der Kaltblütigkeit und Unnahbarkeit von Coopers Indianern, die nichts aus der Ruhe bringen konnte.

Ich betrachtete das leichte Zucken von Klawkas Schultern, ihre Finger, die ständig in Bewegung waren und die Tischfläche abtasteten, als würden sie etwas suchen, die Tränen in ihren Augen, auf den Wangen und am Kinn, den Rotz, der aus ihrer Nase tropfte. Ihre Trauer war nicht gespielt. Warum sollte sie denn auch allein in der Küche sitzen und weinen, wenn es sich nur um eine Show handeln würde?

Klawdijas Vater sitzt seit mehreren Jahren als »Faschist« im Gefängnis. Das weiß ich, weil Julia das von einem ihrer Freier, einem Beamten des Sicherheitsapparats, erfahren und alsbald »völlig vertraulich« allen anderen Nachbarn erzählt hat. Nun wissen es alle, aber niemand spricht offen darüber. Außerdem weiß ich, dass Klawka regelmäßig von ihrem Mann verprügelt wird, dass sie ihre Kinder prügelt und einen Liebhaber hat. Ich weiß noch viel mehr, weil in dieser Wohnung, ja im ganzen Haus, alle alles wissen, aber so tun, als wüssten sie nichts. Man schweigt. Jeder hat jeden in der Hand, was dazu führt, dass die tagtäglichen Gemeinheiten, Eifersüchteleien und Intrigen, aus denen das Zusammenleben von Menschen auf engem Raum besteht, nicht ausufern. An diesem Tag jedoch, nur an diesem einen und nur dieses eine Mal, durchbreche ich die eiserne Disziplin des Verschweigens.

»Vielleicht sollten Sie nicht weinen, Klawdija Gawrilowna«, sage ich. »Vielleicht ändert sich bald alles, und Ihr Vater kommt nach Hause. Vielleicht wird jetzt alles besser!«

Sie starrt mich erschrocken an, greift nach dem Glas, trinkt den restlichen Wodka hastig aus, stellt es mit einem lauten Knall zurück auf den Tisch, springt auf und beginnt zu schreien: »Halt ja den Mund, du blöde Göre! Willst du mich umbringen? Glaubst du denn, dass Wände keine Ohren haben?«

Sofort erkenne ich meinen Fehler, senke den Blick und murmle: »Ich habe gar nichts gesagt. Es tut mir leid. Ich weiß nichts.«

»Verschwinde hier!«, schreit sie. »Was willst du hier überhaupt? Deine Familie wird sowieso bald deportiert. Willst du uns alle mit dir und deiner Mischpoche ins Verderben stürzen?«

»Das war nicht meine Absicht«, erkläre ich leise, aber mit fester Stimme. »Ich habe nur laut nachgedacht. Es wird nicht wieder vorkommen.« Gut, dass Klawkas Mann in der Arbeit und die Kinder noch im Kindergarten sind, denke ich, und während ich spreche und nachdenke, beobachte ich, mache mir im Geiste Notizen, so als würde ich tatsächlich Feldforschung betreiben, sehe, wie Klawkas dicker Hals zu schwitzen beginnt, wie ihre runden Wangen rot anlaufen, wie ihr schwerer Busen auf ihren runden Bauch hinuntergleitet. Plötzlich habe ich den Eindruck, als wäre ihr Bauch ein runder Kopf, der unter dem Stoff ihres Kleides in seinen Konturen erkennbare Bauchnabel ein Mund und der Busen ein spitzer Hut. Ihr Kleid ist hellbraun. Für mich hat es die Farbe von flüssigem Kot oder Karamell. Alles hängt vom Auge des Betrachters ab, denke ich. Klawkas Beine sind knorrig wie die Stämme dicker Eichen, und dass sie die Fußspitzen wie Charlie Chaplin nach außen dreht, wirkt unnatürlich und grotesk. Ich schaue Klawka an und denke an die Strichmännchen, die ich als Kleinkind gezeichnet hatte: der Kopf – ein Kreis, ein dreieckiger Hut; Füße – wie ein richtiges und ein umgedrehtes L. Klawka steht mitten in der Küche und schimpft. Ihr ganzer Körper bewegt sich, und plötzlich habe ich den Eindruck, ihre Stimme käme aus dem Inneren ihres Bauches. Das finde ich komisch, so komisch, dass ich zu lachen beginne. Ich lache und kann nicht aufhören, und je krampfhafter ich mich bemühe, aufzuhören, desto lauter und fröhlicher lache ich.

»Warum lachst du?«, schnauzt mich Klawka an. »Hör sofort auf! Du bringst uns beide und andere in Gefahr. Ist dir nicht klar, was das bedeutet?«

Doch, das ist mir klar, und ich kann Klawka verstehen. Sie fürchtet, andere Bewohner, vor allem jene in den Nachbarwohnungen, würden mein Lachen hören und es falsch deuten. Wer lacht an dem Tag, da unser großer Führer und Lehrer gestorben ist?

»Hör sofort auf zu lachen, du saudumme Judenschlampe!«, brüllt mich Klawka an. »Vertilgen sollte man euch und euresgleichen wie Ungeziefer!« Aber ich lache weiter, ich lache und lache, lache die Lederstrumpf-Indianer in ihre Bücher zurück, lache meine Angst weg und meine unbeschreiblich große Freude aus der Tiefe meiner Seele an die Oberfläche. Ich lache und kann nicht aufhören. Ich hatte nie gedacht, dass ich so viel Freude empfinden könnte, und das, ohne irgendetwas dafür tun zu müssen, außer zu lachen. »Halt die Klappe, halt die Klappe, halt die Klappe!«, schreit Klawka und stampft mit den Füßen, was sie noch komischer aussehen lässt. Ich denke an Charlie Chaplin in seinen frühen Slapstick-Filmen. »Halt die Klappe, sonst stopfe ich sie dir.«

Ich presse die Lippen zu einem stummen Grinsen zusammen, schlucke das Lachen hinunter und haste hinaus aus der Küche.

Das und vieles andere mehr geht mir durch den Kopf, als ich Greta beobachte, die vor einer halben Stunde aufgestanden, sich angekleidet und gewaschen hat, nun aber neben dem Fenster an die Wand gelehnt schläft. Ich schaue auf die Uhr. Es ist viertel nach sieben. Ich frage mich, warum wir alle so früh aufgestanden sind. Onkel Wanja blättert in seinem Buch, dem einzigen, das er mithat. Es ist ein Prosatext, der auf den Erinnerungen der beiden Autoren beruht und deren Erlebnisse in einem Heim für schwererziehbare Kinder im Leningrad der beginnenden Zwanzigerjahre erzählt. Ich selbst habe dieses Buch als Schülerin vier- oder fünfmal gelesen. Onkel Wanja findet das Buch »inspirierend«. Er will unbedingt eine Frau finden, die ihn liebt, er will heiraten und Kinder haben, und wenn ihn keine Frau haben will, möchte er ein Kind adoptieren. Ich bezweifele allerdings, dass man einem alleinstehenden, ehemaligen Sträfling im fortgeschrittenen Alter ein Kind anvertrauen wird.

Mascha schaut so konzentriert aus dem Fenster, als würde sie nach etwas Bestimmtem suchen. Aber man sieht nur das Übliche: vor allem Wald.

Ich schließe die Augen und sehe ebenfalls Wald. Es riecht nach feuchtem Herbstlaub und Pilzen, nach Moos und dem ersten Schnee, der erst in einigen Wochen kommen wird, dessen Geruch sich aber jetzt schon ankündigt. Ich stapfe durch den Wald und sinke bald bis zu den Knien im Morast ein, bis jemand geräuschvoll die Abteiltür öffnet.

»Leute, passt auf!«, höre ich eine bekannte Stimme und mache die Augen auf. Die Schaffnerin steht in der Tür und sieht uns besorgt an. »Soeben habe ich von der Kollegin im Nachbarwaggon erfahren, dass sechs Milizionäre im Zug unterwegs sind. Sie suchen angeblich nach einer jungen Kasachin, Anfang zwanzig, die zur Fahndung ausgeschrieben wurde, keine Ahnung, warum. Jedenfalls sind die Kerle ziemlich dämlich, scheinen eher gutmütige Trottel zu sein und machen alles falsch, aber trotzdem … In fünf Minuten sind zwei von ihnen hier. Ich wollte es nur gesagt haben.« Sie mustert Greta mitleidig. Diese starrt sie entsetzt an und schweigt. »Und ich bin nicht hier gewesen und habe nichts gesagt.«

»Natürlich nicht«, meint Onkel Wanja.

»Wann und wo ist die nächste Station?«, frage ich schnell.

»In einer Stunde sind wir in Wjasniki.«

»Danke.«

»Wir halten nur eineinhalb Minuten, aber vielleicht steigen die Milizionäre dort schon aus.« Nach diesen Worten dreht sie sich um und schließt die Tür hinter sich zu.

Wir schauen einander wortlos an. Dann schauen wir alle Greta an. Sie braucht nichts zu erklären. Ihr Gesichtsausdruck sagt mehr als tausend Worte. Ich spüre, wie mir der Atem stockt, ich spüre plötzlich meine Beine nicht mehr und bringe kein Wort heraus. So vergehen endlos lange Sekunden der Schockstarre. Dann bückt sich Mascha und holt zuerst ihr Plüschtier hervor, das unter dem Bett, welches nun eine Sitzbank ist, gelegen ist, und nach dem Plüschtier einen großen Gepäcksack, schaut Greta an, zeigt mit dem Finger unter das Bett und sagt: »Los!« Das lässt sich Greta kein zweites Mal sagen. Sie kriecht unter das Bett, und Mascha schiebt den Sack und das Plüschtier gleich wieder an ihren alten Platz zurück. So entsteht ein passables Versteck, solange niemand genau hinschaut. Ich lasse unterdessen Gretas Rucksack unter dem anderen Bett verschwinden, dort, wo schon Säcke von mir und Maschas Werkzeugkasten liegen.

»Also«, sage ich zaghaft. »Also, ich glaube …«

»Pschscht!«, zischt mich Onkel Wanja an. »Nicht reden! Abwarten! Genau hinhören, nachdenken, und nur wenn es sein muss, etwas sagen.«

Wir müssen nicht lange warten. Draußen hört man Stimmen. Im Nachbarabteil schreit jemand. Irgendwer schimpft, irgendwer droht jemandem anderen, dessen Mutter zu ficken, und dann wird unsere Abteiltür geöffnet, und herein kommen zwei Milizionäre in Uniform – ein dicker, blonder Mittdreißiger mit gutmütigen Katzenaugen und ein dürres Bürschchen, kaum so alt wie ich, welches ständig zu Boden schaut und verlegen von einem Fuß auf den anderen steigt.

Der korpulente Milizionär mustert uns und den Raum misstrauisch, doch als er Mascha sieht, beginnt er zu grinsen, öffnet die Arme und schreit mit sonorer Stimme: »Maaaschaaa! Du?«

»Oh!«, ruft Mascha aus, springt auf und schreit: »Paascha! Pascha? Du, hier? Wie klein die Welt in unserem so großen Land doch ist!«

»Ja, wie das Leben so spielt«, sagt er, und dann fallen sich beide in die Arme.

»Unglaublich«, murmle ich.

»Fantastisch«, murmelt Onkel Wanja.

»Leute!«, schreit Mascha, vielleicht ein bisschen zu aufgesetzt und betont fröhlich: »Das ist Pascha! Der beste Freund meines Ex-Schwagers. Er war auf meiner Hochzeit und auch später ein gern gesehener Gast bei uns, bis … Aber egal …«

»Der beste Freund des Ex? Was?«, fragt Onkel Wanja.

»Mein Mann hat eine Schwester«, erklärt Mascha, »und diese Schwester war verheiratet, inzwischen geschieden, und ihr Ex-Mann hatte einen besten Freund – Pascha, den Milizionär. Hier ist er!«

»Hier bin ich«, sagt Pascha und lässt seinen massigen Körper auf die Bank fallen, unter der Greta liegt. Ich habe Angst, dass er sie zerdrückt, oder dass sie eingeklemmt wird und keine Luft mehr bekommt.

»Wie bist du denn hier gelandet?«, fragt Mascha. »Du warst doch in Chabarowsk, und jetzt bist du wo?«

»In Gorkij. Das ist eine sehr lange Geschichte.«

»Für die wir jetzt leider keine Zeit haben«, fällt ihm sein jüngerer Kollege ins Wort. »Pawel Petrowitsch, wir müssen!«

»Ach ja, der Dienst ruft«, sagt Pascha, richtet sich aber auf der Sitzbank noch etwas bequemer ein, rutscht mit seinem Körper weiter nach hinten, sodass die Bank weiter einsinkt und zu quietschen beginnt. Nun beginne ich mir ernsthaft

Sorgen um Greta zu machen. Ich sitze dem Milizionär Pascha schräg gegenüber und versuche krampfhaft, nicht nach unten zu schielen, um die Aufmerksamkeit des Mannes nicht versehentlich dorthin zu lenken, wo sie nicht hingehört, und doch gleitet mein Blick automatisch immer wieder nach unten, von wo die Knopfaugen des Plüschhundes mich frontal anstarren, während sich sein Kopf und der Rumpf kaum merkbar bewegen. Offenbar verschafft sich Greta gerade etwas Raum, um zu atmen, oder versucht, einen eingeklemmten Fuß oder eine eingezwickte Hand freizubekommen.

»Wir sind auf der Suche nach einem kasachischen Mädchen«, erklärt Pascha. »Klein, normale Statur, dunkle, glatte Haare, einundzwanzig Jahre alt.«

»Also, hier ist sie nicht«, sagt Mascha.

»Wir sind zu dritt«, meint Onkel Wanja.

»Ihr seid wahrscheinlich im falschen Waggon«, sage ich.

»Das glaube ich nicht«, bemerkt der jüngere Milizionär, der immer noch in der Tür steht. »Laut Passagierliste sollten in diesem Abteil vier Personen sein, und einige Leute, die wir schon befragt haben, gaben an, hier, am Gang und in der Schlange vor der Toilette eine junge Frau mit Schlitzaugen gesehen zu haben.«

»Ein Kollege von uns spricht gerade mit dem Schaffner und mit der Schaffnerin«, erklärt Pascha.

»Es war bis vor kurzem eindeutig noch eine vierte Person hier im Abteil«, meint der jüngere Milizionär.

»Ach so, die!«, ruft Onkel Wanja aus und zwingt sich ein Lächeln ab. »Die ist ausgestiegen. Aber das war keine Kasachin.«

»Auf den ersten Blick könnte man meinen, sie habe Schlitzaugen, aber sie sah eher orientalisch aus«, erkläre ich.

»Eine Armenierin aus Baku«, sagt Mascha. »Das hat sie uns erzählt.«

»Eine Georgierin aus Baku«, sage ich und denke sogleich: O Gott, was für einen Schwachsinn rede ich denn plötzlich daher? Wozu? Was zum Teufel ist denn in mich gefahren?

»Eine Georgierin?«, fragt Onkel Wanja entgeistert, schaut mich erstaunt an und hebt die Augenbrauen.

»Ninó«, erkläre ich. »Sie heißt Ninó. Das ist ein georgischer Name.«

»Ah, du hast natürlich recht, und jetzt weiß ich's wieder!«, ruft Mascha aus. »Ninós Vater ist Georgier, die Mutter ist Armenierin, aufgewachsen ist sie in Aserbaidschan, ist von dort aber weggezogen, und eine Tante von ihr ist Griechin. Das hat sie uns erzählt.« Scheiße, jetzt übertreibt sie!, denke ich.

»Hm, Griechin mit Schlitzaugen«, murmelt der jüngere Milizionär und mustert uns misstrauisch. »Mir scheint …«

»Vergesst ihre Nationalität und Herkunft«, unterbricht ihn Pascha. »Wo ist sie denn ausgestiegen?«

»In Gorkij«, sagt Mascha.

»In Gorkij?«, fragt der jüngere Milizionär. »Wir sind in Gorkij zugestiegen. Wenn sie dort ausgestiegen wäre, hätten wir oder unsere Kollegen sie wahrscheinlich gesehen. Das haben wir aber nicht.«

»Weil sie nicht in Gorkij ausgestiegen ist«, erklärt Onkel Wanja mit ruhiger Stimme. »Sondern schon in Uren, wenn ich mich nicht irre. Jedenfalls noch vor Gorkij.«

»Seltsam, dass dieser Schnellzug in einem Kaff wie Uren stehen geblieben ist«, murmelt der junge Milizionär und kratzt sich am Kinn.

»Ach ja, stimmt«, beeilt sich Mascha, Onkel Wanja recht zu geben. »Ich war noch nicht ganz wach, als wir uns verabschiedet haben. Mag sein, dass es Uren war. Oder auch ein anderer Bahnhof.«

»Und ich habe die ganze Nacht durchgeschlafen«, sage

ich, höre plötzlich ein Husten, das von unter der Bank zu mir dringt, und beginne sofort, stark zu husten.

»Rauchen Sie, Fräulein?«, fragt mich Pascha.

»Nein.«

»Klingt wie ein Raucherhusten.«

»Der Gang und die Klos sind furchtbar verraucht ... Warum sucht ihr eigentlich dieses kasachische Mädchen?«

Ich habe mich nicht zurückhalten können und musste fragen.

»Darüber dürfen wir nicht reden«, bemerkt der jüngere Milizionär mit ernster Stimme. »Außerdem wundere ich mich, warum diese armenische Georgierin aus Aserbaidschan in Uren ausgestiegen ist, wenn sie die Fahrkarte bis Moskau gelöst hat.«

»Ach komm, Gleb, du denkst viel zu viel nach!« Pascha lacht, richtet seinen Gürtel und beugt sich vor, sodass die Sitzbank wieder quietscht. »Entspann dich. Das hier ist doch Mascha, eine ganz liebe Freundin! Wir müssen nicht immer alles streng nach Vorschrift machen. Also: Die junge Frau, die wir suchen, heißt Rauschan Dschabajewa. Sie war Mitglied einer Diebesbande in Kasachstan, die man dort kürzlich zerschlagen hat. Außerdem steht die junge Dame im Verdacht, mit dem Tod einer anderen jungen Frau in Ust-Kamenogorsk etwas zu tun zu haben. Man hat die Leiche der Frau in einem Keller gefunden. Hier gibt es allerdings noch viele Unklarheiten, weswegen die Miliz das junge Ding unbedingt bald verhören müsste.«

»Wir kennen keine Rauschan Dschabajewa, Genosse Milizionär«, sagt Onkel Wanja leise. »Würden wir sie kennen, dann würden wir es Ihnen sagen. Wir sind gute Staatsbürger.«

»Ich frage mich, wo sie jetzt wohl ist«, sinniert Pascha, kratzt sich das Kinn, löst den Gürtel über seinem imposanten Bauch, lässt den Bauch nach vorne und den Rest seines

Körpers wieder nach hinten fallen, sodass die Sitzbank unter seinem Gesäß um weitere zehn Zentimeter einsinkt.

»Schon seltsam, Pascha, dass ein Mädchen aus Kasachstan hier zwischen Gorkij und Moskau im Zug gesucht wird«, bemerkt Mascha.

Pascha beginnt zu lachen. »Du unterschätzt die wunderbare Koordination und Kooperation sämtlicher Behörden in unserem wunderbaren, sozialistischen Heimatland, liebe Mascha. Unsere Behörden arbeiten zusammen wie ein eingespieltes Uhrwerk. Da könnten die Amerikaner, Franzosen und Briten noch einiges von uns lernen.« Er lacht lauter als zuvor und so lange, bis ihm die Tränen kommen, und wir lachen mit. Nur der junge Milizionär bleibt ernst. »Jemand hat die junge Frau auf einem Dampfer auf dem Irtysch kontrolliert und erkannt, aber unsere großartigen Sicherheitskräfte haben sie laufen lassen. Das nennt man Taktik!« Er lacht wieder. »Man sah sie in Pawlodar. Man hat sie in Akmolinsk in den Zug einsteigen gesehen, und dann hat man tagelang gewartet, bevor man uns informiert hat. Aber immerhin. Glaubt mir, hinter alldem steht eine geheime Strategie. Sie ist so geheim, dass nicht einmal die Strategen selbst sie durchschauen.« Er grinst. »Ein blondes, russisches Mädchen war angeblich mit ihr unterwegs. Ich wäre wirklich sehr neugierig zu erfahren, wer das ist. Aber wir fahnden nur nach Rauschan Dschabajewa. Alles muss seine Ordnung haben. Es gibt kein schöneres, kein freieres und kein großartigeres Land als das unsere, nicht wahr?«

»Das kann ich zu hundert Prozent bestätigen«, sagt Onkel Wanja. »Ich war in unserem Land immer glücklich und habe hier nur gute Erfahrungen gemacht.«

»Darauf würde ich gerne trinken!«, meint Pascha. »Aber im Dienst darf ich leider keinen Alkohol zu mir nehmen, es sei denn natürlich, ich bin ohnehin schon betrunken.«

»Raucht jemand von euch?«, fragt Paschas jüngerer Kollege plötzlich.

»Ich habe vor drei Jahren aufgehört«, sagt Mascha.

»Nein«, sage ich. »Ich habe nie geraucht.«

»Hatte nie ein Interesse an diesem Unsinn«, brummt Onkel Wanja.

»Das ist ein Nichtraucherabteil. Warum riecht es hier nach Tabak?« Der junge Milizionär schaut sich um und beginnt plötzlich zu schnüffeln. Das heißt: Er zieht nicht nur die Luft ein, sondern er bewegt seine Nase sogar und gibt dabei Geräusche von sich, die große Ähnlichkeit mit dem Geschnüffel eines Spürhunds haben.

»Ich rieche nichts«, sage ich.

»Von dort unten riecht es nach Tabak«, entgegnet der junge Milizionär, bückt sich und schaut unter die Bank.

Es ist aus!, denke ich. Jetzt ist alles verloren. In wenigen Augenblicken wird Greta festgenommen, weil sie angeblich eine Banditin ist und als Rauschan unter Verdacht steht, sich selbst, also Greta, umgebracht zu haben, und wir drei wandern wegen Mitwisserschaft und Fluchthilfe für eine gefährliche Verbrecherin ins Gefängnis.

Ich frage mich, warum Mascha und Onkel Wanja für Greta ein solches Risiko eingehen. Was mich selbst betrifft, so habe ich bereits aufgegeben, mir diese Fragen zu stellen. Onkel Wanja jedoch hat elf Jahre im Lager verbracht. Wenn ich an seiner Stelle wäre, würde ich Vater und Mutter verraten, nur um nicht wieder eingesperrt zu werden.

»Raucht dieser Plüschhund?«, fragt der junge Milizionär und lacht.

»Ach, Gleb, jetzt lass es doch gut sein«, stöhnt Pascha. »Ich bin müde, und außerdem habe ich Sodbrennen.«

»Ninó hat geraucht!«, sagt Onkel Wanja rasch. »Sie hat ständig nach Tabak gestunken.«

»Und deshalb riecht es von dort unten nach Tabak, und das mehrere Stunden, nachdem sie ausgestiegen ist?«, wundert sich der Milizionär und streckt seinen Arm nach dem Hund aus, um ihn herauszuziehen.

Onkel Wanjas Augen werden tellergroß, Mascha reißt den Mund auf, bringt aber kein Wort heraus. Ich schließe die Augen, bereue das erste Mal in meinem Leben, dass ich das *Schema Israel* nie gelernt habe, und flüstere stattdessen: »La commedia è finita.!«

»Wir haben sie!« Ich reiße die Augen wieder auf. Ein dritter Milizionär steht in der Tür und schreit: »Wir haben sie! Wir haben sie! Wir haben die Göre!«

»Was? Wo?« Der junge Milizionär lässt das Stofftier dort liegen, wo es ist, und richtet sich wieder auf.

»Kommt schnell mit«, sagt der neu hinzugekommene Milizionär. »Zwei Wagen weiter hinten haben wir eine junge Kasachin festgehalten. Die Beschreibung passt haargenau. Ihr Ausweis ist wahrscheinlich gefälscht, aber sie leugnet natürlich alles. Behauptet felsenfest, es handle sich um eine Verwechslung. Die Kollegen sind sich aber sicher, dass sie die Richtige ist, und ich glaube das auch.«

»Ja dann!« Pascha steht keuchend auf und macht seinen Gürtel zu. »Leute, ich muss weiter. Mascha. Es hat mich gefreut. Und deiner Familie geht's gut?«

»Ausgezeichnet.«

»Freut mich. Richte bitte deinem Mann und den Kindern schöne Grüße von mir aus. Wohin geht deine Reise diesmal überhaupt? Nach Moskau?«

»Zu einer Baustelle in Riga.«

»Oh! Zu den Balten also. Sie sind so langweilig und humorlos wie die Deutschen und so geizig und verschlagen wie die Juden. Ein widerwärtiger Menschenschlag, die Letten ganz besonders. Die Esten sind dumpf, aber im Vergleich zu den Letten harmlos, und die Litauer wären nette, freundliche Leute, wenn sie nicht so katholisch wären. Aber die Straßen sind sauber, bunt und schön, und alles funktioniert so gut, als wäre das nicht die Sowjetunion, sondern Schweden, Finnland oder Amerika. Genieß es!«

»Das werde ich.«

Nach diesen Worten eilen die Milizionäre davon.

Mascha schließt die Tür, schiebt den Riegel vor, atmet tief durch und murmelt: »Das war knapp. Ich hätte mich fast angepisst vor Aufregung.«

»Hoffentlich hat die arme Rauschan sich nicht angepisst«, flüstert Onkel Wanja, zieht die Vorhänge am Fenster zu und schaltet die Deckenbeleuchtung ein.

7

Greta hat sich nicht in die Hose gemacht, sie wirkt erstaunlich ruhig und gefasst, und sie ist unverletzt geblieben. Aber sie atmet schwer und ist bleich wie ein Leichentuch. Als sie unter dem Bett hervorkriecht, müssen wir sie stützen. »Ich danke euch«, sagt sie mit schwacher Stimme. »Vielen, vielen Dank! Ich glaube, ich bin euch eine Erklärung schuldig. Mein Name ist nicht Rauschan …«

»Das wollen wir nicht wissen!«, unterbricht sie Onkel Wanja. »Bitte keine Namen! Je weniger wir erfahren, desto besser. Du bist uns nichts schuldig. Was wir für dich tun, tun wir nicht nur für dich allein. Sag uns nur eins: Bist du wirklich eine Diebin und eine Mörderin? Aber sprich bitte leise!«

»Ich habe niemanden ermordet«, flüstert Greta. »Ich bin keine Verbrecherin. Ich habe nur den Ausweis von Rauschan Dschabajewa an mich genommen und etwas Geld aus ihrer Geldbörse. Ich hatte keine andere Wahl, ich war in einer misslichen Lage, und ihr tut das nicht mehr weh. Als ich sie bestohlen habe, war sie schon tot, aber mit ihrem Tod habe ich nichts zu tun. Wir waren in Ust-Kamenogorsk zusammen in einem Keller …«

»Das reicht! Kein Wort mehr!«, schnauzt sie Onkel Wanja an. »Hatte ich dir nicht gesagt, dass wir das nicht wissen wollen, mein Fräulein?! Trink etwas Wasser, iss einen Bissen Brot und kriech wieder unter den Sitz. Es soll dich in diesem Zug niemand mehr sehen, schon gar nicht, solange diese Milizionäre noch im Zug sind. In Wjasniki steigen sie hoffentlich aus.«

»Wer ist das arme Mädchen, das sie festgenommen haben?«, frage ich.

»Sie werden sie wieder laufen lassen, sobald sie herausfinden, dass ihr Ausweis nicht gefälscht ist«, meint Onkel Wanja. »Außer natürlich, er ist wirklich gefälscht, aber das wäre nicht mehr unser Problem, und wir bräuchten kein schlechtes Gewissen zu haben.«

»Ich habe trotzdem ein schlechtes Gewissen«, sagt Greta.

»Dann behalte es für dich, aber kriech bitte rasch wieder unter den Sitz. Sonst stürzt du uns alle ins Verderben.«

»Ich muss aufs Klo«, sagt Greta.

»Das geht nicht«, brummt Onkel Wanja.

»Ich gebe dir einen Behälter«, sagt Mascha. »Wenn es bei uns im Abteil nach Tabak riecht, kann es genauso gut auch nach Pisse riechen. Vielleicht neutralisiert der eine Geruch ja den anderen.«

»Warum helft ihr mir eigentlich?«, fragt Greta und schaut abwechselnd Mascha und Onkel Wanja an.

»Warum sollte ich nicht dir, sondern der Obrigkeit helfen, die mich ohne Grund für elf Jahre in Lager gesteckt hat, nur weil ich davor ein halbes Jahr in einem Nazi-Konzentrationslager gelitten habe und fast gestorben wäre?«, erklärt Onkel Wanja. »Ich kenne dich nicht, aber du hast mir nichts Böses getan. Warum sollte ich dir also nicht helfen?«

»Kriech unter den Sitz und stell keine dummen Fragen«, meint Mascha. »Sonst überlege ich es mir noch anders.« Sie gibt Greta einen bauchigen Behälter aus Ton mit einem breiten, drehbaren Verschluss. »Nimm das mit nach unten, und sei vorsichtig, wenn du es benützt«, sagt sie. »Ich verwende das auf langen Lastwagenfahrten oder in Innenräumen von Baustellen, wenn es mir nicht möglich ist, nach draußen zu gehen. War gar nicht leicht, ein passendes Gefäß zu finden. Männer haben es leichter als wir.«

»Ihr steigt am besten eine Station vor Moskau aus und nehmt den Vorortzug in die Stadt«, sagt Onkel Wanja. »Auf dem Bahnhof in Moskau warten sicher schon die Miliz und Beamte in Zivil auf diesen Zug und überprüfen alle verdächtigen Passagiere. Vielleicht wissen sie bis dahin sogar schon, dass sie im Zug die Falsche festgenommen haben.«

»Wir beide sollen aussteigen?«, frage ich.

»Natürlich! Glaubt ihr, ich bin naiv und habe keine Augen im Kopf? Ich habe doch gleich bemerkt, dass ihr euch nicht erst in diesem Zug kennengelernt habt und dass etwas mit euch beiden nicht stimmt. Du bist das russische Mädchen, von dem dieser Pascha gesprochen hat.«

»Ich bin Jüdin.«

»Gut, dass du das Pascha nicht gesagt hast, sonst hätte er dich gefilzt und bestimmt irgendetwas gefunden.«

Eine Stunde später sitzen wir schweigend in unserem Abteil. Greta liegt wieder unter der Sitzbank. Wir haben die Vorhänge wieder geöffnet und starren aus dem Fenster. Die Schaffnerin und ihr Kollege haben kurz vorbeigeschaut. Sie haben uns gegrüßt, gefragt, ob wir etwas brauchen, sonst aber nichts gesagt. Wir reden nicht viel. Unseren beiden Begleitern ist die Anspannung ins Gesicht geschrieben, und die arme Mascha hat nun nicht einmal mehr die Möglichkeit, zum Trost ihren Plüschhund zu umarmen.

Manchmal schauen Leute aus den Nachbarabteilen bei uns vorbei, wobei das Wort »schauen« am ehesten dem gerecht wird, was sie tun. Sie öffnen die Tür, sehen sich um, grüßen, stellen völlig belanglose Fragen, zum Beispiel, wie spät es ist, oder bieten uns Speisen oder Getränke an, und gehen danach schnell weiter. Sie wissen alles. Wir wissen das, und sie wissen, dass wir das wissen. Wahrscheinlich ahnen sie, wo sich Greta befindet. Wahrscheinlich haben einige von ihnen den Milizionären gesagt, dass sie in unserem Abteil ein Mädchen mit Schlitzaugen gesehen hatten. Doch die Milizionäre sind in Wjasniki ausgestiegen, und jetzt verhalten sich alle so, als wäre nichts geschehen und als hätte es Greta nie gegeben. Vielleicht werden einige von ihnen uns trotzdem noch rechtzeitig an der »richtigen« Stelle denunzieren und damit ins Verderben stürzen.

»Diese Leute gehen mir auf die Nerven«, flüstert Mascha. »Können sie uns nicht einfach in Ruhe lassen?«

»Die Menschen sind durch stählerne Zeiten gegangen und sind stahlhart geworden«, bemerkt Onkel Wanja.

»Ja, Onkel Wanja«, sage ich. »So hart, dass sie leicht brechen.« Ich will nicht reden. Ich sitze wie auf Nadeln. Ich zähle die Minuten, bis diese Reise zu Ende ist. Am liebsten würde ich mich zu Greta unter die Bank legen. Schaue ich aus dem Fenster, sehe ich die übliche Landschaft, nur dass es, je näher wir der Hauptstadt kommen, immer mehr Dörfer, Kleinstädte, Industrieanlagen und Straßen gibt, armselige Felder statt Wälder, Eisenbahnerhütten, vor allem aber Masten, Leitungen und Drähte, die sich wie gigantische Spinnweben über die Landschaft spannen. Schaue ich in die andere Richtung, sehe ich den großen Spiegel, der an der Innenseite der Tür unseres Abteils hängt, und in diesem Spiegel sehe ich das Fenster und wiederum die von drahtigen Spinnweben durchzogene Landschaft dahinter.

»Jene, die leicht brechen, liegen schon längst unter der Erde.«

»Ja, Onkel Wanja.«

»Kannst du dich an die Hügel vor Swerdlowsk erinnern, die dir so gut gefallen haben?«, fragt Wanja.

»Lass sie in Ruhe«, bittet ihn Mascha. »Siehst du nicht, in welchem Zustand sie ist?«

Wanja ignoriert ihre Worte. »Ich meine die Hügel eine Stunde vor Swerdlowsk, die so eng beieinanderstehen und dichter bewaldet sind als alle anderen. Weißt du noch?

Dreißig, vierzig Meter hohe Hügel, so viele neben- und hintereinander, dass man das Ende nicht sehen kann.«

»Ich erinnere mich«, sage ich.

»Das sind keine normalen Hügel. Das sind Gräber. Ende der Dreißigerjahre hat man dort Menschen exekutiert und verscharrt, aber es waren so viele, dass man sie schließlich übereinandergestapelt und Erde darauf geschüttet hat. Dann trieb man weitere Menschen auf die Hügel hinauf und erschoss sie dort. So entstand eine Hügellandschaft. Ich wette, sie ist heute ein nettes Ausflugsziel für Familien, die dort picknicken, Lagerfeuer machen, Kartoffeln braten, Pilze sammeln. Bestimmt wachsen dort die schönsten und fettesten Pilze, die man sich vorstellen kann.«

»Jetzt halt endlich die Klappe!«, schreit Mascha. »Warum sprichst du über diese Dinge? Die Zeiten haben sich geändert. Wir werden vergessen, nach vorne schauen und weiterleben. Ich möchte fröhlich sein.«

»Glaubst du wirklich, dass sich die Zeiten geändert haben?«, fragt Wanja. »Oder dass sie sich jemals ändern werden? Ein Professor für Geschichte, den ich im Lager getroffen habe, ein hochgebildeter Mensch, erzählte mir, in der Zarenzeit hätten Kinder aus der Unterschicht nicht ins Gymnasium gehen dürfen, weil Zar Alexander der Dritte gemeint hatte, nicht jede Wäscherin oder Putzfrau müsse ihren Sohn unbedingt studieren lassen, und jetzt, in der Sowjetzeit, sind die Direktoren, Parteisekretäre sowie ihre Söhne und Töchter die besseren Menschen. Sie fahren ins Ausland, leben in tollen Datschas und Hotels, zu denen wir, einfache Sterbliche, keinen Zutritt haben, können in Spezialgeschäften für Devisen Sachen kaufen, von denen wir nicht einmal träumen, weil wir nicht wissen, dass es sie überhaupt gibt. Während des Krieges hatten ihre Söhne wichtige Arbeiten an Schreibtischen oder im Diplomatischen Dienst zu erledigen, während wir an der Front krepieren durften. Glaubst du, das wird sich jemals ändern? Sogar in Zeiten des Hungers erhielten die Chefs bessere Lebensmittelzuteilungen als die einfachen Arbeiter oder mehr zu essen in den Kantinen. Die obersten Chefs mehr als die mittleren Chefs, diese mehr als die Vorarbeiter, und diese mehr als das einfache Fußvolk. Das nennt man Diktatur des Proletariats.«

»Das weiß ich doch alles!«, brummt Mascha. »Glaubst du, ich lebe auf dem Mond?«

»Ja und?«

»Ich habe Kinder. Ich muss daran glauben, dass alles besser wird. Wenn nicht für meine Kinder, dann auf jeden Fall für meine Enkelkinder.«

»Ach ja? Du argumentierst wie dein Plüschhund.«

»Du bist frei. Wie viele Jahre hättest du noch absitzen müssen, wenn der stahlharte Georgier nicht rechtzeitig abgekratzt wäre? Bist du nicht dankbar? Sei dankbar! Sei dankbar und schweig!«

»Leute, könnt ihr über etwas Fröhlicheres reden?«

Wir schauen einander erstaunt an. Wer hat das gesagt? Und dann zischen wir wie auf Kommando alle zusammen: »Pschscht!!!«

»Bist du wahnsinnig!?«, schreie ich. »Sei froh, dass außer uns niemand im Abteil ist.«

»Wenn noch jemand außer euch dreien im Abteil wäre, würdet ihr nicht so reden«, höre ich Gretas Stimme.

»Halt trotzdem die Klappe.«

»Ja, schon gut.«

Ein trüber, aber, wie es scheint, regenfreier Spätsommertag kündigt sich an. Es ist schön, wieder in Europa zu sein, die gewohnten Farben zu sehen, die gewohnten Gerüche wahrzunehmen, zu wissen, dass man bald zu Hause ist. Ich hasse die Steppe, denke ich. Ich hasse sie! Mit jedem zusätzlichen

Kilometer werde ich ungeduldiger und spüre erst jetzt so richtig meine Müdigkeit, meine Anspannung und Niedergeschlagenheit und eine fast unerträgliche Traurigkeit, die mich ausfüllt und aufzulösen droht. Plötzlich freue ich mich auf mein Bett in der Leningrader Wohnung. Wie habe ich mein gutes, altes Bett in den letzten Wochen vermisst!

Laut Onkel Wanja werden Greta und ich die Herausforderungen der kommenden Stunden samt dem damit verbundenen kalkulierbaren Risiko bewältigen. Wir sollten in der Stadt Wladimir den Zug verlassen, meint er. Das ist die letzte größere Stadt vor Moskau. Bestimmt werden an diesem Ort viele Menschen ein- und aussteigen. Auf dem Hauptbahnhof von Wladimir fallen wir demzufolge wahrscheinlich am wenigsten auf, es sei denn, man erwartet uns genau dort, weil die Miliz klug genug ist, vorherzusehen, was wir denken und wie wir uns verhalten werden. Man weiß nie, wer trickreicher ist oder die Tricks der anderen früher durchschaut. »Wir gehen das kalkulierbare Risiko ein«, sage ich, obwohl ich, die angehende Mathematikerin, nicht weiß, wie man ein solches Risiko überhaupt kalkulieren und was es ändern würde, wenn man es tatsächlich berechnen könnte. Wanjas Vorsicht halte ich aber ohnehin für übertrieben und bin keineswegs froh darüber, dass sich meine Heimreise weiter verzögert. In Wladimir, einer Stadt etwa hundertachtzig Kilometer östlich von Moskau, gibt es Vorortzüge, die nach Moskau fahren. Der Regionalverkehr der Hauptstadt reicht bis hierher, doch dauert die Fahrt bestimmt einige Stunden. Wir werden erst am späteren Nachmittag in Moskau ankommen, sodass ich den Nachtzug nach Leningrad werde nehmen müssen. Aber ich wage nicht, Onkel Wanja zu widersprechen. Ich warte und schweige. Der Schock sitzt mir wie ein Kloß im Hals. Ich könnte etwas sagen, doch bringe ich keinen Ton heraus.

Wenigstens habe ich einen klaren Gedanken, nämlich den, dass ich im Moment weder nachdenken kann noch will.

Zwei Stunden später sind Greta und ich tatsächlich im Vorortzug, der uns in gemächlichem Tempo Richtung Metropole trägt. In der Kleinstadt Petuschki haben wir einen längeren Aufenthalt. Ich sitze am Fenster, Greta mir gegenüber, unser Gepäck haben wir notdürftig unter den Sitzen verstaut. Wir schweigen und beobachten eine Gruppe von Obdachlosen und Alkoholikern draußen auf dem Bahnsteig, die irgendeinen Fusel aus einer Flasche trinken. Jeder von ihnen macht einen Schluck und reicht die Flasche weiter. Einer schaut in unsere Richtung, bemerkt uns, schneidet Grimassen und macht anzügliche Gesten. Ein anderer geht zur Außenmauer des Bahnhofsgebäudes, lässt die Hose hinunter und beginnt zu urinieren. Sofort ertönt eine Trillerpfeife. Ich sehe zwei Milizionäre auf die Penner-Gruppe zurasen, höre wütendes Geschrei und wende mich angewidert ab.

Der Zug wird immer voller. Die meisten Fahrgäste haben graue, traurige Gesichter. Der Mann neben mir hustet so laut und so hartnäckig, dass ich mich damit abzufinden beginne, mit Tuberkulose oder zumindest mit einer schweren Grippe in Leningrad anzukommen. Trotz der Enge schaffen es manche, in Zeitungen zu blättern oder Bücher aufzuschlagen und zu lesen. Ich sehe Rentnerinnen in alten, mehrmals geflickten Kleidern, mit Schuhen, die nur mehr durch Stricke und Drähte zusammengehalten werden, weil sich die Sohlen sonst ablösen würden; Schülerinnen und Schüler in ihren blauweißen Uniformen mit roten Halstüchern; Soldaten auf dem Weg irgendwohin mit einem uns unbekannten Marschbefehl und eine dicke Frau, die in einem Käfig ein gackerndes Huhn transportiert. Es ist stickig, doch aus unerfindlichen Gründen lassen sich die Fenster nicht öffnen. Als der Zug endlich weiterfährt, steht ein großgewachsener, schlanker Mann mit zerknittertem Gesicht auf, klettert auf seinen Sitz und beginnt, Gitarre zu spielen und zu singen. Das hat uns gerade noch gefehlt!, denke ich.

»*So ist es nun einmal Brauch in unserer Zeit*«, singt der Mann. »*Auf jegliche Flut kommt die Ebbe. Auf jeden, der gescheit ist, kommt ein Dummkopf, damit es Gerechtigkeit gebe.*«

»Wie passend«, flüstert Greta, gerade einmal so laut, dass ich sie hören kann.

Wir hatten kaum Zeit gehabt, um uns von Mascha und Onkel Wanja zu verabschieden. »Los! Geht! Passt auf euch auf! Haltet die Ohren steif! Lasst euch nicht unterkriegen!« Die üblichen Floskeln. Bevor wir das Abteil verlassen haben, sagte Wanja allerdings noch: »Vergesst nicht – sie sind stärker als ihr, aber ihr seid schlauer und wertvoller und besser als sie. Es lohnt, an sich selbst zu glauben!«

»*Damit jeder auf Erden gezeichnet sei und nicht nur der Dummkopf erröte, gab man den Klugen nun, einerlei, zum Spott eine Etikette.*«

Die Leute in unserem Vorortzug klatschen. Es ist unglaublich. Der Mann hat keine schöne Stimme, die Melodie besteht aus einer Abfolge von drei Akkorden. Aber er hat eine starke Ausstrahlung, die Menschen unterbrechen ihre Gespräche, schauen von Zeitungen und Büchern auf und hören ihm zu.

»*Schon längst sind seitdem Etiketten im Schwang, für ein paar Rubel das Kilo zu kaufen. Man verhöhnt die Klugen und lässt die Dummköpfe laufen.*«

Im Wladimir hatten wir beschlossen, nicht bis zum Bahnhof in Moskau, wo es von Milizionären und Sicherheitsleuten nur so wimmelt, zu fahren, sondern an einer früheren Stadtbahnhaltestelle auszusteigen – dort, wo die Bebauung sich verdichtet, ohne dass es sich schon erkennbar um das Zentrum der Stadt handelt. Wir entscheiden uns beide spontan für eine Station mitten in einem Neubauviertel, das aus mehrstöckigen modernen Wohnblöcken, großzügig angelegten Grünflächen und einer breiten Chaussee besteht, auf der Trolleybusse und Straßenbahnen fahren. Als wir diese sehen, nicken wir einander zu und steigen aus dem Zug. Mit Straßenbahnen und Trolleybussen kommen wir auf jeden Fall von hier weg: Greta zu ihrer Tante im westlichen Teil der Stadt und ich zum *Leningrader Bahnhof*, von dem es für mich endgültig nach Hause gehen soll.

Vom Bahnsteig steigen wir eine Treppe hinunter in eine Unterführung und von dort direkt auf eine unbebaute Straße, von wo ein Pfad quer über eine Grünfläche zur Straßenbahnhaltestelle verläuft. Auf der anderen Seite der Chaussee stehen riesige Wohnblöcke quer zur Straße, so groß und so hoch, dass in jedem Haus ein ganzes Dorf Platz hätte. Auf dem Pfad sind wir zu dieser Uhrzeit trotzdem allein. Der abendliche Berufsverkehr hat noch nicht begonnen oder ist schon vorbei. In den letzten Stunden habe ich jegliches Zeitgefühl verloren. Es freut mich, dass wir allein sind, weil ich außer Greta gerade niemanden ertragen kann. Mitten auf dieser Grünfläche ist ein einsamer Baum, an dem der Pfad vorbeiführt. Unter diesem Baum mache ich halt und stelle mein Gepäck ab.

»Weißt du, wie du zu deiner Tante kommst?«, frage ich Greta, die neben mir stehen geblieben ist, ohne mich anzuschauen.

»Ich frage mich durch«, antwortet sie leise. »Wenn ich bis hierher gekommen bin, werde ich es auch ans andere Ende der Stadt schaffen. Ich bin schon ein großes Mädchen.«

»Wie fühlst du dich? Fallen dir die Haare immer noch aus?«

»Ich weiß es nicht. In den letzten Stunden habe ich nicht darüber nachgedacht, wie es mir geht. Mir ist immer noch übel, aber vielleicht kommt das schlichtweg von der Angst.«

»Vielleicht bist du ja schwanger«, scherze ich.

»Ja, vom Heiligen Geist.« Sie lacht bitter. »Ich hatte bis jetzt nur einen einzigen Freund, mit dem ich geschlafen habe – genau zweimal. Das ist sehr lange her, und beide Male war es eher ein Krampf.«

»Ich dachte, du hättest viel mehr Erfahrung, was diese Dinge betrifft.«

Sie grinst und sagt plötzlich mit entwaffnender, gutmütiger Fröhlichkeit: »Ach, Lina, hast du denn nicht bemerkt, was für eine Angeberin ich bin?«

»Doch«, sage ich und muss auch lachen.

»Du wirst mir schreiben, nicht wahr?«, fragt sie.

Unsere Adressen haben wir längst ausgetauscht.

»Sobald du mir geschrieben oder mich angerufen hast und gesagt hast, dass ich dich durch meine Briefe nicht in Gefahr bringe«, antworte ich. Meine Intuition sagt mir allerdings, dass sie mir nicht schreiben und mich schon gar nicht anrufen wird, dass sie nicht so bald aus der Gefahrenzone herauskommen wird, und sollte ihr dies tatsächlich gelingen, wird sie sehr viele andere Sorgen haben. Das macht mich so unglaublich traurig und wütend und hilflos, ich fühle mich so klein und nichtig, wertlos und verloren und habe einen Kloß im Hals, würde gerne losheulen wie ein Kleinkind, aber nicht ich, sondern Greta beginnt zu weinen.

»He, nicht doch!«, sage ich mit sanfter Stimme. »Nein, bitte nicht, es wird alles gut. Glaub mir, alles wird gut.« Ich umarme sie, und diesmal denke ich nicht darüber nach, ob es mir angenehm ist, sie zu berühren, oder nicht, und während ich sie an mich drücke, weint sie immer lauter, und dann kann ich meine Tränen ebenfalls nicht mehr zurückhalten und fühle mich auf einmal befreit, leicht und auf eine unerklärliche Weise glücklich und eins mit mir selbst wie schon lange nicht mehr. Sie küsst mich auf die rechte und die linke Wange und dann auf die Stirn. Durch meine Tränen sehe ich ihr Gesicht verschwommen, und dann zerfällt es zu einem Puzzle mitten in einem hellen Regenbogen. »Es wird dir alles gelingen. Alles, was du dir wünschst: Ausbildung, Beruf, Familie, Freunde, das Leben. Du wirst nach Wolhynien fahren und die Erinnerungen deiner Großeltern wiederfinden.«

»Psst«, flüstert sie und hält mir mit der rechten Hand den Mund zu. Dann umarmt sie mich noch fester als zuvor, lässt mich los und sagt: »Ich danke dir! Ich danke dir für alles. Aber du musst jetzt gehen.«

»Und du?«

»Ich warte hier. Ich warte, bis du weggefahren bist. Wir sollten nicht dieselbe Straßenbahn nehmen. Sonst müssten wir uns mitten in der Stadt noch einmal umarmen, wo uns alle zuschauen und blöde Bemerkungen machen.«

»Du hast recht«, sage ich. »Leb wohl, Greta.« Ich nehme mein Gepäck und gehe, ich spüre Gretas Blick hinter meinem Rücken, bleibe noch einmal stehen, schaue zurück. Sie steht da, verschränkt die Arme auf der Brust, schaut mir nach. Ich lächle ihr zu, schlucke meine Tränen hinunter, drehe mich wieder um und laufe so schnell ich kann zur Straßenbahnhaltestelle.

8

Ich kaufe eine Fahrkarte für den Nachtzug nach Leningrad – diesmal bin ich wieder im Großraumwagen unterwegs. Vor der Abfahrt suche ich das nächste Postamt auf und schicke ein Telegramm an Rosa Borisowna, in dem ich ihr mitteile, wann ich am nächsten Morgen auf dem *Moskauer Bahnhof* in Leningrad ankommen werde. In der Nacht kann ich nicht schlafen. Ich habe eine der oberen Liegen direkt neben dem Gang. Zwar bleibt es während der gesamten Fahrt ruhig, weder gibt es grölende Betrunkene noch Raufereien, keine Männer, die mich belästigen, begrapschen oder anzügliche Bemerkungen machen, und keine geschwätzigen Fahrgäste, die sich unbedingt mit mir unterhalten wollen. Es wird nur wenig geraucht, gefurzt oder gerülpst, und der Zug ist pünktlich. Aber es geht mir so viel durch den Kopf, dass ich mich spätestens gegen Mitternacht damit abfinde, nicht einschlafen zu können. Ich bin jung, eine schlaflose Nacht mehr oder weniger wird für mich keinen großen Unterschied machen, denke ich.

Als wir in den frühen Morgenstunden in Leningrad ankommen, warte ich, bis alle anderen Fahrgäste ausgestiegen sind. Ich zögere, mein Herz schlägt wie wild, und ich habe Angst, keine Luft mehr zu bekommen. Aber es hilft nichts. »Also dann!«, flüstere ich und steige aus dem Zug.

Ich schaue mich um und entdecke Rosa Borisowna am anderen Ende des Bahnsteigs. Sie sieht mich sofort und geht schnell auf mich zu. Es kommt mir vor, als sei sie in den wenigen Wochen, die wir einander nicht gesehen haben, um zehn Jahre gealtert. Sie wirkt kleiner, gedrungener, ihr Haar, das bis vor kurzem grau meliert gewesen war, hat weiße Strähnen, ihre Wangen sind eingefallen, sie hat dunkle Ringe um ihre einst sehr schönen, dunkelgrünen Augen. Ich schaue sie an und kenne die Antwort, bevor ich überhaupt die Frage gestellt habe.

»Ist er tot?«, frage ich.

»Ja, Lina.«

»Seit wann?«

»An dem Tag, bevor ich dir das Telegramm geschickt habe, ist er gestorben.«

»Das Telegramm, in dem du geschrieben hattest, er sei schwer krank, und ich solle rasch nach Hause kommen. Als du es weggeschickt hast, war er schon tot?«

»Ja.«

»Aber warum hast du mir nicht gleich die Wahrheit mitgeteilt?«

»Ich hatte Angst, dass du dann nicht nach Hause fahren würdest«, erklärt Rosa Borisowna. »Ich hatte befürchtet, du würdest dir denken: *Bis ich zu Hause bin, ist er längst begraben. Es hat also keinen Sinn, sich zu beeilen. Ich bleibe bis zum Ende meines Einsatzes in Kasachstan.* Aber wir brauchen dich hier. Besonders dein Bruder braucht dich jetzt.«

»So schätzt du mich ein?«, frage ich entgeistert. »Glaubst du, ich bin ein derart herzloser Mensch?«

»Herzlos? Nein. Aber du bist sehr pragmatisch, immer rational und pflichtbewusst. Eigentlich bist du ganz wie er. Du bist wie dein Vater. Niemand hat eine so große Ähnlichkeit mit ihm wie du, nicht dein Bruder und auch nicht seine Geschwister.«

Fassungslos schüttle ich den Kopf. Wie konnte sie nur auf die Idee kommen, dass ich nicht sofort losgefahren wäre, um bei ihr, bei meinem Bruder, bei der ganzen Familie zu sein?

»Ich habe bei dir, bei Borja und bei meiner Tante angerufen«, erzähle ich. »Niemand wollte mir etwas sagen.«

»Ich habe alle angewiesen, dir nichts zu erzählen. Wir taten so, als würden wir dich nicht hören.«

»Du hast mich belogen! Ihr habt mich alle belogen.«

»Bitte verzeih mir«, sagt sie, reißt mir einen Koffer aus der Hand und geht Richtung Ausgang. Ich folge ihr mit meinem restlichen Gepäck. »Du hast jeden Grund, böse auf mich zu sein«, meint sie. In ihrem Tonfall kann ich allerdings kein Bedauern ausmachen.

Während wir mit dem Trolleybus nach Hause unterwegs sind, erzählt sie mir, wie Chaim Abramowitsch gestorben ist. Er sei morgens aufgewacht, habe sich im Bett aufgerichtet, gesagt, dass ihm etwas Kaltes über den Rücken läuft. Dann sei er wieder ins Bett zurückgefallen und reglos liegen geblieben. Seine Augen waren offen, er hat nicht mehr geatmet.

Die Notärztin meinte, er sei sofort tot gewesen – ein Herzinfarkt, der innerhalb von Sekunden zum Tod geführt hätte. Er habe nicht gelitten. »Wissen Sie«, habe die Notärztin gesagt, »bei diesem heißen Wetter sterben die Herzkranken wie die Fliegen. Heute ist das schon mein fünfter Exitus dieser Art.« Nach diesen Worten sei sie schnell wieder gegangen.

»Er ist längst begraben, nicht wahr?«, frage ich.

»Natürlich. Auf dem Jüdischen Friedhof. So wie er es sich gewünscht hatte. Mit *Minjan, Kantor* und *Kaddisch*: Die zehn erwachsenen jüdischen Männer haben wir zusammengetrommelt. Der Kantor hat wunderschön, fast wie ein himmlisches Vögelchen gesungen, und Sascha hat das Kaddisch gelesen. Chaim war kein gläubiger Mensch, aber er wollte wie ein gläubiger Jude begraben werden.«

»Ich möchte sein Grab sehen«, sage ich.

»Gewiss doch. Komm nach Hause, mach dich frisch, und dann fahren wir auf den Friedhof. Sascha und Borja kommen mit uns.«

»Gut.«

»Wie war deine Rückreise? Du hast lange gebraucht.«

»Oh, mühsam, aber im Wesentlichen ereignislos. Das Übliche. Ich kam lange nicht aus der Sowchose heraus, unter anderem, weil das Wetter schlecht war, die Wege waren unpassierbar, ich fuhr mit einem Zug, von dem ich nicht wusste, wohin er unterwegs war, Hauptsache, ich kam überhaupt weiter. Unterwegs traf ich ein nettes Mädchen, das auf der Flucht war. Wir sind Freundinnen geworden. Aber sonst ist nicht viel passiert.«

»Schade, dass du Chaim nicht mehr davon erzählen kannst«, sagt Rosa Borisowna mit schwacher Stimme. »Weißt du, am Tag, an dem er starb, ist dein letzter Brief aus Kasachstan angekommen. Bevor dein Vater abgeholt und ins Leichenschauhaus gebracht wurde, lag er noch stundenlang tot in seinem Bett, und so hielt ich an seiner Seite Wache und las ihm deinen Brief vor, der ja an uns beide adressiert war. Du schreibst ihm, er solle nicht so viel arbeiten und auf seine Gesundheit achten. Also lese ich ihm das vor und sage ihm: *Hörst du, Chaim, sie sagt auch, du sollst auf deine Gesundheit achten. Warum nur hast du nicht auf sie gehört? Du hast eine kluge Tochter.*«

Rosa Borisowna wirkt gefasst, spricht klar und ruhig. Ich sehe keine Tränen in ihren Augen. Vielleicht hat sie in den letzten Tagen und Wochen schon zu viel geweint, oder sie hält sich zurück, weil wir im Bus sind. Sie weiß immer, was sich gehört, wann man sich gehen lassen darf, und wann man sein Gesicht wahren muss. In der Öffentlichkeit zeigt sie selten ihre Gefühle. In unserer Familie duldet man so etwas nicht. Nur meine Schwägerin ist anders. Wenn ihr danach ist, lässt sie sich gehen.

Ich weiß, dass das alles Fassade ist, dass es nur wenige Menschen gibt, die so emotional, so voller Leidenschaft sind wie Rosa Borisowna. Vor anderen Menschen ist sie manchmal bereit, diese Seite ihres Wesens zu offenbaren. Meinem Bruder und mir gegenüber hingegen bleibt sie stets die souveräne, beschützende Mutter, die alles unter Kontrolle hat. Leidenschaften und Ängste, Wut und Verzweiflung gehören nicht zu diesem Repertoire. Als wir Kinder waren, war sie der ruhende Pol in schweren Zeiten, und soweit ich mich erinnern kann, waren die Zeiten immer schwer. Ich frage mich jedoch, wann sie endlich begreift, dass wir erwachsen sind.

In unserer Wohnung drücken mir sämtliche Nachbarn überschwänglich ihr Beileid aus. Ich bedanke mich, höre kaum hin, möchte sie so schnell wie möglich loswerden. Vor einem Monat haben sie sich mit uns wegen irgendwelcher Nichtigkeiten in der Küche gestritten, haben uns als »Drecksjuden« bezeichnet und einigen von uns den Tod gewünscht. Eine unserer netten Nachbarinnen hatte von einem Butterbrot, das Chaim Abramowitsch sich in der Küche geschmiert hatte, die Butter heruntergeschleckt, als er es kurz weggelegt und nicht darauf geachtet hat. Pech für die Nachbarin, dass ich sehen konnte, was sie tat … Jetzt haben die Nachbarn Tränen in den Augen, lamentieren und beteuern, eine außergewöhnliche Persönlichkeit wie meinen Vater gebe es kein zweites Mal.

In unserem Zimmer schiele ich sofort auf das Bett, in dem Chaim Abramowitsch gestorben ist. Ich wundere mich, dass ich nichts empfinde, wenn ich es anschaue, weder Wehmut noch Schaudern noch Widerwillen, mich dem Bett zu nähern oder mich daraufzusetzen. Der Verstorbene ist nicht mehr hier, sondern längst gegangen, er ist weit weg und doch stets bei mir und tief in meinem Inneren. In diesem Zimmer ist er jedenfalls nicht.

Mein Bruder und Borja warten hier auf mich. Sie machen einen traurigen und ernsten Eindruck und reden nicht viel. Die Schwägerin hält meine Baby-Nichte in den Armen, schaukelt sie und beginnt sofort, zu weinen und zu lamentieren, als sie mich sieht. »Es gab keinen besseren Menschen auf der Welt als Chaim Abramowitsch«, verkündet sie und schluchzt. »Er war eine Seele von einem Menschen, ein Heiliger, makellos, immer hilfsbereit, immer lächelnd, die Freundlichkeit in Person. Und sein Humor! Sein Humor! Sein unvergleichlicher Humor!!« Sie spricht im Singsang. Den fremden, für mein Ohr durchaus angenehmen Tonfall, der dem Russischen eine polnisch-ukrainisch-jiddische Färbung gibt, hat sie nie ganz verloren.

»Ja«, sage ich. »Er hat gerne gescherzt und manchmal verrückte Geschichten erzählt.«

»Du bist ihm ähnlich. Du bist wie er. In dir lebt er weiter.«

»Ja. Danke für deine Anteilnahme. Könntest du bitte still sein. Ich glaube, mein Kopf zerplatzt gleich.«

»Natürlich.«

Ich kann nicht sagen, ob sie gekränkt ist.

Eine halbe Stunde später sind Rosa Borisowna, mein Bruder, Borja und ich auf dem Weg zum Preobraschenskoje-Friedhof. Der Ort ist mir vertraut. Einige Verwandte von mir sind hier schon begraben, darunter meine Großeltern. Die Fahrt durch die halbe Stadt kommt mir diesmal besonders lang und mühsam vor. Es ist, als sei die Welt um mich herum in eine lähmende Zeitlupe verfallen. Klebrige Zeit, denke ich. Von jeder Minute muss man sich losreißen.

»Ich habe vor einer Woche geheiratet«, erzählt mir Borja in der Straßenbahn und beginnt zu lächeln.

Ich muss an den Traum denken, den ich vor ein paar Tagen im Zug nach Moskau hatte, und bekomme es plötzlich mit der Angst zu tun. »Es war Liebe auf den ersten Blick. Ich bin nun ein anderer. Dora ist mein Mensch fürs Leben. Wir werden für immer zusammenbleiben.«

»Hoffentlich«, murmle ich.

Die Gefühlsmischung in meinem Inneren ist so stark und intensiv, dass ich nicht weiß, wie ich damit umgehen soll. Ich denke an Greta und beschließe, ihr demnächst einen Brief zu schreiben. Es wird ein Brief ohne Absender und ohne Unterschrift sein, ein Brief voller Anspielungen und verschlüsselter Hinweise. Aber ich bin überzeugt, dass sie alles verstehen wird, und hoffe, dass sie mir in gleicher Weise antwortet. Ich werde auf ihren Brief warten, egal, wie lange es dauert, bis er bei mir ankommt. Ich bin geduldig.

Vor dem Friedhofstor bleibe ich stehen. Rosa Borisowna geht voraus, ich aber muss einige Augenblicke innehalten, mich sammeln, bevor ich weitergehen kann. Borja, links von mir, und mein Bruder, rechts von mir, bleiben ebenfalls stehen. »Ich werde das Kaddisch sprechen«, sagt mein Bruder.

»Danke, Sascha.« Es ist das erste Mal seit Jahren, dass ich ihn mit seinem Vornamen und nicht einfach als »Bruder« angesprochen habe.

Ich hebe den Kopf und schaue zum Himmel, der heute in Leningrad genauso herbstlich trüb ist wie am Vortag in Moskau. Wie gerne würde ich jetzt die Sonne sehen und ihre Wärme spüren, doch sie ist hinter einer dicken Wolkendecke verborgen.

Ich strecke die Arme aus, ergreife zuerst Borjas Hand und dann die meines Bruders. Beide schauen mich erstaunt an. Sie wissen, dass ich üblicherweise Berührungen mit anderen Menschen vermeide.

»Gehen wir«, sage ich und folge Rosa Borisowna, ohne Saschas und Borjas Hände loszulassen.

Quellenangaben zu den im Roman verwendeten Liedtexten und Gedichten

Ausschnitte aus Bulat Okudschawas Liedtext »*Vom Krieg*«, in: Bulat Okudschawa: *Der fröhliche Trommler. Lieder. Chansons. Balladen. Aus dem Russischen übertragen von Walter Fischer* (und leicht modifiziert von Vladimir Vertlib). *Damokles Verlag, Ahrensburg/Paris 1969*, S. 64

Alexander Puschkins Gedicht »*Ich liebte Sie*«. Aus dem Russischen übersetzt von Friedrich Martin von Bodenstedt (mit geringfügigen Änderungen von Vladimir Vertlib).

Ausschnitte aus Bulat Okudschawas Liedtext »*Die Dummköpfe*«, in: Bulat Okudschawa: *Der fröhliche Trommler. Lieder. Chansons. Balladen. Aus dem Russischen übertragen von Walter Fischer* (und leicht modifiziert von Vladimir Vertlib). *Damokles Verlag, Ahrensburg/Paris 1969*, S. 27